Staread
星文文化

斩春

十四郎 著

江苏凤凰文艺出版社
JIANGSU PHOENIX LITERATURE AND ART PUBLISHING

图书在版编目（CIP）数据

斩春 / 十四郎著 . — 南京：江苏凤凰文艺出版社，2023.4

ISBN 978-7-5594-7644-9

Ⅰ. ①斩… Ⅱ. ①十… Ⅲ. ①长篇小说—中国—当代 Ⅳ. ① I247.5

中国版本图书馆 CIP 数据核字（2023）第 047883 号

斩春

十四郎 著

选题策划　澜　亭
责任编辑　王昕宁
特约编辑　澜　亭
出版发行　江苏凤凰文艺出版社
　　　　　南京市中央路 165 号，邮编：210009
网　　址　http://www.jswenyi.com
印　　刷　三河市嘉科万达彩色印刷有限公司
开　　本　700mm × 1000mm　1/16
印　　张　18
字　　数　378 千字
版　　次　2023 年 4 月第 1 版
印　　次　2023 年 4 月第 1 次印刷
书　　号　ISBN 978-7-5594-7644-9
定　　价　49.80 元

十四郎

作品

目录

楔子

雪月湖

伊春满身是血地醒过来，便见到一轮满月挂在天边，清辉万里，大得惊人，似乎抬手就能摘下来。

很冷，彻骨的寒冷从身体每一个伤口钻进去，血液好像要被冻结。

她吐出一口气，白雾旋转着升上去，一下子便消散开。

小小一叶扁舟在玲珑碎冰的湖面缓缓摇晃，船身偶尔会和冰块碰撞，啪啪声在安静的夜里回荡。

伊春有点儿反应不过来。湖畔积满白雪，天外高山层峦叠嶂，一切都好似一场梦。

深雪湖心的一场乱梦。

她应当还在开满茶花的一寸金台上练武，和杨慎拆了几招，他输掉一个馒头，似笑非笑地赖账。

也可能是与他下了山，在露宿林间时被蚊子咬个大包，醒来发现什么都没变。

她在，她好好的。他在，他也好好的。

隐隐约约，听见拨弦声，跳脱悠闲，像漫不经心的一阵风。

叮叮咚咚，三弦在唱歌。有个男人也和着拍子唱着：玉宇净无尘，宝月圆如镜。风生翠袖，花落闲庭。

寂静的夜里闻得如此美妙的歌声，让人怀疑是遇到仙人。

于是，伊春努力把脑袋往上抬，看见船头倚着一个男人，怀里抱着三弦在清唱。

他穿着银红褂子，脖子上围了一条毛茸茸的紫貂围巾，色如美玉。脚边还安置一尊小案，案上茶水正热，水汽氤氲，满湖馨芳。

她呆呆地看了好久，从喉咙里发出沙哑的声音：“……舒隽。”

舒隽放下三弦，低头望过来，那神情似乎有千言万语要说，最后只变成一句话：“你还留着一条命。”

她没有回答。她身上伤口都被上过药，包扎整齐，应当是他的功劳。

要说谢谢，可是她现在什么也说不出来。

于是舒隽丢了一条帕子到她脸上，声音很轻：“再睡一会儿吧。”

伊春乖乖地闭上眼睛，帕子盖在脸上，又软又轻，还带着一股说不清道不明的幽香。

不过它很快就湿透了，冰冷冷一块贴在眼皮上，传来冰刺般的痛。

她梦见很多很多人、很多很多事，脑门子被挤得发疼。

最后所有东西都变成模糊的背景，从泛着白光的深处绽放出一点一点桃红，那是减兰山庄后山的桃林。花开得正好，雨下得也妙，林中那个少年出现得更是恰到好处。

他发脾气：我的名字是杨慎啊，杨慎！把别人的名字念成那样，好得意吗?

他偶尔害羞：师姐今天这样装扮……倒是好了许多。

他亦是热情如火：我什么也不会做。伊春，只要你活着就比什么都好。

可惜她差一点点就死掉了。

最后，在花神庙一起求签，他求到的应当也是一支上上签吧？没错，是上上签，他亲口告诉她的。

但她的话却没能告诉他，以后也不能告诉了。

救她的那个人还在弹着三弦，漫不经心地唱着：玉宇净无尘，宝月圆如镜。风生翠袖，花落闲庭。

整个茫茫雪夜都被笼罩在一层白雾里，被他的歌声覆盖，静谧、悠闲、懒散。

伊春蒙着帕子，声音含糊："舒隽，怎么是你救的我？"

他懒洋洋地"嗯"了一声，停下三弦，歪着脑袋想了好久，最后淡淡道："大概……因为我有点喜欢你吧。"

她的回答出乎意料地快："可我不喜欢你。"

舒隽走过去一把掀了帕子，神情似笑非笑，似恼非恼："你拒绝得真直接。"

说着他索性坐在她身边，抬手在她脸上轻轻拍了两下，两眼望着远处的皑皑白雪，说："总会叫你喜欢上我的。"

第一章

减兰山庄

伊春第一次见到杨慎的时候，减兰山庄里的柳树刚冒出嫩绿的新芽。

师父下山有三个多月，回来的时候带了两个新弟子。他把伊春和墨云卿叫到正堂里，说："以后你们就是师兄、师姐了，要有个样子，大家和睦相处，不许胡闹。"

山庄里向来人烟稀少，伊春记得她小时候师父还有许多弟子的，后来因为师父严厉，其他弟子差不多都走光了，只剩她和师父的独子墨云卿留在这里，寂寞得紧。何况墨云卿和自己向来不对付，如今见来了两个同龄的孩子，伊春难免欣喜若狂。

墨云卿最高兴，因为两个弟子里有一个是女孩子，说一口江南软语，雪白娇嫩，像一朵正要绽放的茶花。

他先走过去拽她袖子，小声问："你叫什么名字？多大了？"

大约是目光太热烈，女孩子的脸红了，慢慢把头垂下，轻轻说："我叫文静，今年十三。"

于是墨云卿得意地笑："那我比你大两岁，你得叫我哥哥。"

文静红着脸，只小声叫了句"师兄"，乐得他抓耳挠腮，不知怎么办才好。

师父在太师椅上喝茶，只瞥了一眼他俩的小儿女情态，淡声道："云卿，文静体弱，你身为大师兄，要多照顾她才对。好了，没什么事，你们把师弟、师妹带下去，找个客房安置吧。"

墨云卿巴不得和她多说一会儿话，乐颠颠地拽着她跑了。

伊春只好带着新来的师弟出门，边走边和他说话："我叫葛伊春，你呢？"

少年低声说："我叫杨慎，见过师姐。"

他说话声音小，含含糊糊的，像含了块萝卜。伊春好奇地转身："什么？你叫养肾？怎么会有这么怪的名字！"

她忍不住仔细打量他。

这少年生得十分瘦弱，像棵豆芽菜，满头长发乱糟糟的，把大半张脸都遮住了。衣服上补丁一个接着一个，能看得出经常洗，边缘发白，线头都毛毛的。应当是个穷苦人家的孩子。

她不由得多了些怜惜，拍拍他的肩膀，安抚道："生得这么瘦小，上山前一定吃了不少苦吧？不过没事，以后咱们就是同门，也算一家人了，有事你只管说，什么也别顾忌！”

他没有说话，只略微点了点头，依然垂着头佝偻着背，没精打采的。

伊春认定他吃过许多苦，心里的怜悯又多了一层。

到了晚饭的时候，伊春特地从厨房多拿了好几个肉包子，用衣服兜着，跑去敲他的门。

“养肾，我给你带晚饭来了，一起吃吧。”

“养肾”两个字响亮地回旋在半空，周围不明所以的烧火大婶、搬柴大叔都好奇地望过来，偷偷发笑。

门突然就开了，杨慎低着头，一把抢过她手里的肉包子，像是在生气，伊春奇道：“等等呀，养肾，咱们一起吃。”

他深深吸了一口气，忽然抬头看了她一眼，眼光从浓密杂乱的额发里射出来，竟然带着刀刃的冷锐寒光，有一种超乎他年纪的尖锐和沧桑。

“师姐，我不叫养肾。”他的声音冰冷，“欺负人也要有个限度，别人的名字不是被你拿来玩笑的。”

伊春愣了老半天，抓了抓头发，喃喃道：“呃，我不是欺负你……你不叫养肾，叫什么……”

“是杨慎啊，杨慎！你够了吧？”小小少年突然爆发了，肉包子砸在她身上，再用力把她推出去，木门“咣”一声被他用力合上了。

伊春怀里的肉包子掉了两个在地上，她心疼坏了，赶紧捡起来拍拍灰。

“羊肾就羊肾嘛……和养肾有什么不同……”她咕哝道，完全搞不懂他为什么要发脾气。

伊春抱着包子正要去找个地方吃，身后的门突然又开了，杨慎冲过来抢了两个包子，恶狠狠地瞪了她一眼——把别人的名字当作笑话来说，她真不是个好东西！他认定伊春一肚子坏水，第一天就排斥打击新来的师弟、师妹，他决定要讨厌她一辈子。

“哼！”他抢了包子又跑回房间，再次把木门关得震天响。

伊春莫名其妙地空着两只手，忽然听见外面有人在轻轻笑，回头一看，是墨云卿和文静两个，才半天而已，他俩已经混得很熟了。文静捂着嘴，嘻嘻笑着朝她这里看，跟着又低声和墨云卿说了句什么，他也笑了，望过来，眼神相当不屑。

又来了，伊春摇了摇头，转身就走。

不就是她年少无知的时候跟他告白过吗！他记武功秘诀不行，记这些讨厌的事情倒是很厉害。

与这两个人擦身而过，隐约听见墨云卿说：“葛伊春，新师弟才刚来，你要热情示好，至少也等几天再说，这么猴急做什么？”

她吸了一口气，一言不发，飞快地跑远了。

伊春六岁的时候被师父带到山庄里，那时候就认识了墨云卿。其实之前他俩有过一次孽缘，因为伊春父母是给减兰山庄做下人的，所以伊春也认定自己将来是服侍主子的丫鬟，成天拿着块抹布对着河边的石头涂涂抹抹，权当事先练习怎么擦洗桌椅板凳了。

有一天遇到了墨云卿，她还不知道他是师父的儿子，只觉得这个人讨厌。自己在那里擦石头，他非要她陪他玩，她不答应就拿小石子打她，嘴里还很不客气："呸，你是下人，我是主子，下人就得听主子的话！你这个不听话的奴婢！"

伊春怒了，直接将他打趴在河边，估计他三天都下不了床。回家后伊春还得意扬扬地把这事当作丰功伟绩告诉了爹娘。

谁料这就捅了天，爹娘吓坏了，赶着捧着把墨云卿送回山庄，回来之后也不说话，把她用麻绳一捆，丢在山庄门口，背上还插着一块木头，上书："不肖女在此，要打要杀请主子随意。"

回头师父来了，见到她被捆成了一个球，气鼓鼓的模样，倒笑了起来。

"丫头，手段不错。"他摸了摸她的脑袋，把绳子解开，"没学过功夫就能把我儿子打成这样，想必是个武学奇才。"

说着突然屈指轻轻弹向她的额头。伊春反应极快，立即闪开了。

师父又惊又喜，连声问："丫头，要不要跟着我学武？"

她回答得特别快，特别理直气壮："不要！我要做个好丫鬟！"

师父笑："做丫鬟没前途，你跟着我学武，将来我把斩春剑给你继承。"

斩春剑锋利无匹，寒光湛湛，是江湖上著名的兵器，亦是减兰山庄的代表。

伊春想，那剑利得很，拿来切菜切瓜，必然顺手至极。于是她高高兴兴地答应了。

从此伊春每日跟着师父在开满茶花的一寸金台上习武。

算上她与墨云卿，师父共有六个弟子，最大的那个十八岁了，成天被师父骂懒惰、好色忘本。后来伊春长到八岁的时候，大师兄就失踪了，听说是拐了山庄下的某户民家女子私奔去了，有没有被抓到她就不晓得了。

再后来，伊春长到了十一岁，二师兄拐了三师姐也私奔了，临行前两人还留下一封信，痛骂师父严苛似鬼，不近人情。气得师父把信当场撕了，派人下山捉拿二人，最后也是不了了之。

伊春十三岁的时候，四师兄想偷了斩春剑逃下山，被人发觉。师父砍了他一条胳膊，将他逐出师门，以后谁也没再见过他。

伊春从此很少见到师父笑，他总是抿着嘴、皱着眉，在指导他们剑法的时候，往往失神，心思不知飘到什么地方去了。

六个弟子，到头来只剩自己儿子和一个女徒弟。师父偶尔喝多了，便感慨："为师收错了许多弟子，却也收对了一个弟子。伊春，你要好好努力，别叫师父失望。"然后摸摸她的脑袋。

后来她年岁渐长，山庄里除了墨云卿就没别的同龄人。他人长得好看，虽然脾气不怎么好，伊春还是很喜欢每天都看到他。

某天，在桃林里练倒立，墨云卿因为刚被师父骂了一顿，正抱着脑袋哭，伊春便倒立着用手走过去，说："你哭什么，练武有那么难吗？"

墨云卿擦干眼泪，恨恨地瞪她："你到一边去！不许和我说话！"

因为她是倒着的，所以看他的脸也倒着，映着满树刚开的桃花。她迷迷糊糊地想，他的脸真是好看。

于是她就迷迷糊糊地告白了："墨云卿，你长得真好看，和我成亲吧？"

想当然耳，她被拒绝得很惨，但最惨的不是被拒绝，而是他从此就记住了这件糗事，动不动就要拿来嘲笑她一番，真是不爽。

年少轻狂啊……要是放到现在，他就是长得比神仙还好看，她也不会说这种傻话。

人长得好看，真是没什么用。

虽说山庄里多了两个人，但好像和以前也没什么区别，师父照样每天怒气冲冲地骂人，只不过骂的对象多了两个而已。

"和你说了多少次，这里是出拳，不是出掌！既然来了我减兰山庄，就把之前学的杂门武艺全丢掉！下次再犯错，就绕山跑五圈，不许吃晚饭！"

师父今天发脾气的对象是杨慎。他在跟着师父上山前好像学了一些武艺，杂七杂八的。学武之人最忌讳学武杂乱，不甚精通，他年纪还小，又一时改不过来，所以最近被骂得最多的居然是他。

杨慎一声不吭，满头大汗地继续从头开始练拳法，汗水把衣服都浸透了，两个肩胛骨高高突起，看上去瘦骨嶙峋，分外可怜。

伊春心里有些不忍，其实这个师弟已经做得很好了，玩命地练功，玩命地耍剑，好像命不是自己的，全部豁出去放在练武上，仿佛学好武功就是他的人生目标。

他这种独特的倔强令人惊异，连师父有时候也会说："此子坚忍，日后或许能成大才。"

话虽然这么说，但师父该骂还是照样骂，而且骂得比以前更凶。旁边的文静也是经常被骂的对象，一听师父的声音便要发抖流泪，可怜得不行。

墨云卿见文静害怕，便握住她的手，笑道："你怕什么，是骂那个丐帮帮主呢！他比你蠢多了，没见我爹最近总骂他？"

他们给杨慎取了个丐帮帮主的绰号，因为他头发永远不梳，衣服永远不换，补丁一个接着一个，邋遢而且狼狈。当然，最主要的原因还是前两天师父为了试杨慎的功底，让他跟墨云卿比武来着。

谁承想杨慎瘦弱矮小，功夫底子却很好，而且杂七杂八学了不少武艺。墨云卿使出吃奶的劲也没能把他扳倒，反而被他缠得不知如何是好，两人摸爬滚打了好一阵，最后墨云卿差点连拽头发咬肉的下流招数都使出来。师父终于恼怒异常地喊停，罚墨云卿不许吃晚饭。

就此之后，墨云卿连带着把杨慎也恨上了，动不动就冷嘲热讽。杨慎却是一个不声不响的闷葫芦，随便他怎么说，也是没一点反应。

杨慎还在台子上练拳，满是补丁的衣服挂在他身上，就像挂在竹竿上，随风乱飘，还真有点丐帮帮主的气概。

抬脚，踢腿，出拳——他一时没转过来，又出了掌。师父二话不说，挥手让他去绕山跑。

杨慎乖乖地转身就跑，很快就看不见踪影了。

师父心情不好，骂了两句就让他们散开了，墨云卿拽着文静去过他俩的二人世界了。伊春看天色已经暗了，便偷偷溜到厨房，抓了几个花卷和馒头，顺着山道追了上去。

此时已是晚霞满天，山岩被映成了艳丽的橙红色。伊春一边啃馒头一边四处张望，远远地，就见那瘦削的身影跌跌撞撞地跑过来。

她急忙招手："羊肾！过来啊！"

他没理她，像是没听见也没看见，与她擦肩而过。

伊春回头道："羊肾，累了就歇一会儿吧，有力气了再跑。"

他还是不理她，自顾自气喘吁吁地朝山顶爬。

伊春有点恼火，追上去叫道："师姐在和你说话，你怎么不搭理我？"

他不说话就是不说话，小小的身体绷紧了，使尽所有的力气朝前跑，鸟窝似的头发晃来晃去，往下滴着汗水。夕阳西下，他的影子在地上拖了好长，一颠一颠，好像随时要栽倒了。

伊春忽然觉得那背影很萧索，也很倔强。

是一种针似的倔强，尖锐，充满了对这个世界的不信任。

她看了好久，脚下突然一动，情不自禁地追上去，跟在他身后三四尺的地方，陪他一起慢慢跑上山顶。

山顶有一块很大的空地，还有一块百丈高的巨岩。

杨慎抬手摸到那块巨岩，终于停下来，无力地瘫软在地上，喘得好似风箱。伊春慢慢走到他身边，靠着巨岩坐下。两人谁也不说话，她是不知道该说什么，他是什么也不想说。

隔了一会儿，他突然开口，声音略带沙哑："喂，你跟着我做什么？"

伊春盘着膝盖，看天边晚霞褪去的最后一抹艳色，低声说："羊肾，你家在哪里？你是不是在想家？"

他猛然坐起来，冷冷地看着她："关你什么事？"

她急道："呃，你等等啦。我就是随便问问，你不想说就别说。其实我也时常会想家啊，这又不是什么丢人的事。我家虽然也在山上，但我人在山庄里，爹娘都在山腰的另一处，师父要不让下去，我一年半载也见不到爹娘和妹妹。咱们都差不多，文静也是。”

他没回答，坐了半天，突然又躺回地上，胳膊枕在脑袋下，静静地望着泛着墨蓝的天空，低声说：“我没有家，我不想家。”

骗人，怎么可能没有家。伊春本来想反驳，但不知为什么没能说出口。

他平常都是用头发遮住脸的，这次因为躺下去，所以露出了下巴和挺直的鼻梁，嘴唇也是倔强地抿着，好像里面藏了一千个不愿意说的心事，拒绝别人询问靠近。

他像一个长满刺的仙人掌。

“你为什么一起跑？师父又没罚你。”他突然主动找了个话题问她。

伊春笑了笑：“师父不是说了，大家都是同门，要互相照顾嘛。”

“那也没见你照顾墨云卿和文静。”他似乎对她靠近自己感到很不满。

那原因就复杂了……而且，他看上去是那么瘦弱可怜，偏又无比倔强，仿佛大叫着“你们谁也别来靠近我，谁也别管我”，但其实他在哭，还在内心祈求着能有个人来安抚自己。

“那下次我也去照顾他们。”伊春说得很敷衍，笑眯眯地从怀里掏出还有余温的花卷，送到他眼前，“饿吗？这个给你，偷偷地吃，别叫师父发现。”

他飞快接过来，立即塞了大半个到嘴里，噎得直伸脖子。伊春赶紧取出水袋给他：“慢点，不够还有。”

他也不客气，接过来就喝，吞了一个花卷，再吃两个馒头，终于饱了，伸个懒腰一跳而起。

“我继续跑了。”他只丢下一句话，拔腿就奔，连个谢谢也没有。

伊春也不在意，自己取出剩下的花卷，一口一口地吃。

吃到一半，忽然见他又跑回来，气喘吁吁，低头静静地看着自己。她愣了一下：“怎么了？”

杨慎看了她好一会儿，好像第一天才认识她似的。

“谢谢你。”他飞快地说了三个字，转身再次狂奔，这次再也没有回来，很快就跑得没影了。

伊春愣了一会儿，突然嘿嘿笑了起来，摸摸脸，自觉她这个师姐做得还算成功。

山庄里的日子单调，平日除了练武还是练武，日子过得像流水一样。眨眼间，杨慎他们上山已经有三个月了。

这天师父又让墨云卿和杨慎比试，杨慎来了这三个月，每天没命地练武，功力早已突飞猛进，这次比试不过五十招之内，就让墨云卿输得哑口无言。

师父恨铁不成钢地狠狠瞪着自家儿子，冷道：“给我走！去房里禁闭！三天不许吃饭！”

墨云卿脸色铁青地走了，文静战战兢兢地跟在他身后，好在师父没叫她，反正她体弱，练武也练不出什么效果来，师父也就随她去了。

杨慎突然走过来，破天荒地冲伊春笑笑：“你怎么不陪师兄一起禁闭？”

她耸耸肩膀：“有文静陪着啦。”

杨慎还是笑，摸了摸下巴，突然说：“你撒谎吧，你是不是喜欢我，所以对我纠缠不休？”

伊春吓了好大一跳：“怎么可能！你别乱说啊！”

她吓一跳的样子真滑稽，眼睛瞪得溜圆，像铜铃似的。杨慎觉得，她表情丰富的时候比较好看，因为长期在太阳下练武，她早就黑得不成样子了，脸上经常汗津津的，又黑又亮的脸配上并不怎么出众的五官，她实在和漂亮两个字无缘。

可是她眼睛好亮，黑白分明，神采飞扬，表情夸张的时候就会更亮，像天上的星星。

杨慎笑了：“肯定是喜欢我，你这不害臊的姑娘。”

伊春急得直跳：“别乱说！别乱说！叫师父听见怎么办啊！你怎么这么自作多情？哪只眼睛看出我喜欢你？”

“两只眼睛都看到了。”

伊春只好一个劲地跳跳跳，像小白兔似的，不知道怎么维护自己的清白。

实在是好玩得很。

师父脸色铁青地望过来，怒吼：“葛伊春！练功时间你在说什么废话？给我绕山跑两圈，不许吃晚饭！”

她倍感委屈地转身跑了，一面跑一面还不忘和杨慎叫屈：“你真是的！下次再被罚我也不给你带馒头了！好过分！”

她向来是师父的好弟子，从来没被罚跑过，这次被惩罚简直是个耻辱。她一路垂着头，觉得丢人极了。

直到快跑上山顶的时候，身后突然传来一阵脚步声，她气喘吁吁地回头，只见杨慎追在自己身后，就像上次她追着他一样，隔了三四尺的距离，不远不近。

伊春很生气，鼻孔里哼了一声，不理他，埋头朝前跑，一直跑到山顶那块巨岩下，才气鼓鼓地坐下闭目养神，看也不看他。

今天天气不好，一直阴着，她跑到了山顶就开始下小雨。伊春汗湿的热身体被冷雨打湿，不由得打了个哆嗦。

鼻子突然嗅到肉包子的香气，她急忙睁眼，杨慎正拿着肉包子在她眼前晃来晃去。

她看了他一眼，怒道：“你做什么？”

杨慎慢条斯理地说：“不是不给你吃晚饭吗？不会饿？这两个肉包子卖给你，一共五文钱。”

伊春更气了，跳起来就要走，一面说：“我不要！你真是个贪财鬼！山下五个肉包子才五文钱！”

“山上的不同嘛，而且我穷得很，只好两个包子卖五文了。”

伊春走了一半，突然又停下——他刚才说，他很穷。

她忍不住回头看了看他，从上山以来，她就没见杨慎有完整的衣服，永远打满了补丁，就算洗得再干净，也透着一股穷酸气。

是啊，他真的很穷。不像她，还有个家，回去的时候父母还会给她一点零花。文静又有墨云卿照顾，自然不愁吃穿，可是杨慎怎么办？

她突然又心软了，转身走回去，在怀里掏了半天，只掏出一文钱来，递给他：“我身上只有这么多了，你要吗？”

杨慎没想到她真给自己钱，原本只是想开个玩笑逗逗她而已。

她把钱塞进他手里，接过两个包子，开始大口大口地啃，一面含含糊糊地说：“过年过节的时候师父也会派红包的，你把钱存起来，别乱花，给自己买点穿的和吃的吧。”

他低头瞪着那一文钱，像是第一次看到一文钱似的，看了好长时间。

心里像是被什么东西轻轻敲了一下，竟有些发涩发软。他记不得有多久了，再也没人这样随口给他最关切的叮咛，哪怕是最最普通的关怀，也好久没听过了。

眼眶里有些发烫，他又觉得自己很傻，勉强笑了笑，把钱收好：“既然这样，那我就不客气了。”

伊春吃完肉包子，抹了抹嘴：“你今天陪着我跑，是还人情吧？哼，我才不要你还！”

杨慎还是笑，一肚子的玩笑话，不知道为什么很不想说。

他突然像上次一样躺在了地上，胳膊枕在脑袋下面，望着阴沉沉的天空。雨点很快把他的额发打湿了，只能隐约看到他颤抖的长睫毛，浓密秀长，像两柄小扇子。

“师姐，”他轻轻叫了一声，“你上次问我家在哪里，对吧？”

伊春点点头，走过去也不在乎地上湿不湿，坐在他身边：“现在想说了吗？”

他闭上眼：“嗯，我是邵州人。家人都死了……生病死的。”

伊春微微震了一下，神色复杂地看着他，过一会儿，轻轻握住他枕在脑袋下的手，低声说：“以后我们都是你的家人，永远照顾你！”

他还是闭着眼，声音里却有了笑意：“我们？我们是谁？”

“就是我啊，师父啊，还有我爹娘！”

他不说话了。

小雨越下越大，淅淅沥沥，把两人的衣服都浸湿。杨慎突然又开口，声音很低很低：“这世上哪里有什么永远？所有的东西都会变，在你不知道的时候，一切都变得令你不认识了。你不接受也不行……”

她不是很明白他话里的意思，只觉得那味道颓废悲伤得很，皱皱眉头想反驳，但她肚子里没什么墨水，搜肠刮肚一番，找不到好词，只好待在那里。

他的声音突然变得轻松："师姐，你喜欢师兄吧？我都知道呢。"

伊春差点跳起来："你……你怎么知道？不不！根本不是这样！"

他说："我听师兄和文静聊天时说的，他当个笑话呢。"

伊春懊恼地摸着湿漉漉的头发，郁闷死了："他怎么到处乱说……都是几年前的事情了！"

杨慎睁开眼，隔着湿漉漉的发丝，静静看着她，低声道："你放心，我不说。"

过了一会儿，他又说："师姐是个好人，以后会有更好的人配你。"

再也没人说话了，雨点越来越大，把所有声音与心事都遮盖住。伊春怔了很久，终于也躺下去，像他一样，把胳膊枕在脑袋下面，一起看着灰蒙蒙的天空。

不知道为什么，就算很冷，雨点打在身上也很不舒服，她还是不想离开，他也不想离开。

这一刻，一起躺着看看天空，听着彼此近在咫尺的呼吸声，仿佛这里就是整个世界。

这样也挺好的。

两人在山顶淋了半天的雨，后果就是两人都发烧了，在床上躺了两三天。

师父来探病的时候，伊春正烧得头晕目眩、眼冒金星，把香炉当作茶水恭恭敬敬地奉上去。

于是师父无奈地叹息："去躺着，别乱动。"

爹娘在干活，家里只有妹妹二妞，她见到大人就腿软，根本不敢进来端茶送水，师父只好自己倒了杯冷茶，尝一口便厌恶地丢在旁边。

"烧得厉害吗？"他坐在床边，拧了新帕子给她盖在额头上，顺便给她掖了掖被子。

伊春鼻塞严重，一个劲地摇头："没事没事，师父，我明天就能上山了，您老放心。"

师父默然片刻，低声道："云卿来求我，希望尽早和文静把亲事定下来，我已经答应了。"

伊春突然打了个大喷嚏，鼻涕满面，赶紧用帕子擦擦："哦，好……好啊。有喜酒吃了。"

师父干吗特地过来告诉她这个消息？墨云卿定亲也好，结婚也好，生孩子也好，跟她一点关系也没有嘛。

难不成师父知道那件尴尬往事，故意过来试探她的？

师父见她神色平静，便稍稍放下心来，又道："文静年纪还小，才十三岁。我打算安排他俩先文定，等她及笄再正式大婚。"

伊春不晓得该说什么，只好干笑。

"伊春你是个好孩子。"师父突然发了一句感慨，"所以师父对你的要求也比旁人高许多。希望你能成才，继承斩春剑，让减兰山庄名满江湖。师父不愿你像普通孩子一样，到了年纪就嫁人生子，蹉跎一生。"

伊春憋不住又打了个喷嚏，捏着鼻子说道："我……我没事，师父，我知道的。"

"你和杨慎都很用功，师父很欣慰。杨慎如今所学不多，稍显稚嫩，我精力有限，有时候难免疏忽，你身为师姐，也算他半个师父，得空可以多指点他一些。”

这是当然的，她连连点头。

师父顿了顿，神色忽然严肃起来：“伊春，你知道若想继承斩春剑，需要怎样的试炼吧？”

“……知道。”

要继承斩春，并不是师父认同就可以。

师父的师父，在临终前早已留下锦囊，内封密策一条，写着继承斩春之人须得办到的一件事。只有出类拔萃的弟子才能有幸目睹锦囊里的密策，然后，谁先办到此事，谁就能得到斩春剑。

师父与她说这话，等于是告诉她，她与杨慎两人就是那有幸能看到密策的弟子，为了继承斩春剑，他们必须完成一个任务，谁先办好，谁来继承。

伊春咳了两声，哑着嗓子说：“师父，您是要马上决定谁来继承斩春剑了？”

她和杨慎才十四岁，现在继承是不是太早了？

师父笑道：“当然不是要你们现在继承，我是要你们随时做好出去试炼的准备。山庄里虽有师父教你们武艺，但经验与人脉是学不来的，趁着年轻，多闯闯总不是坏事。”

伊春点点头，师父在她肩上拍了两下，起身道：“你好生休息，病好了就上山。为师要开始传授回燕剑法了。”

伊春登时大喜。

回燕剑法可是减兰山庄最精妙的武功，她觊觎已久，巴不得马上就生龙活虎地蹦回去开始学。

回到山上的时候，伊春遇到了杨慎，他的病也好了，正在一寸金台上挥舞木剑。

伊春走过去，咳了一声，算作打招呼。

杨慎满头大汗，懒得回头搭理她，隔了一会儿才道：“你放心，山顶的事，我不说。”

伊春小声道：“真的不说？可师父好像知道了……他以前也没找过我说这种事……”

她还不太了解他，有点不相信。这小子看上去蛮阴险，肚子里或许要要小九九，说不定真是他说的，不能掉以轻心。

杨慎不由得大怒，把木剑一丢，把手拢在嘴边大叫道：“喂！大家都过来啊！后山桃林有个不得了的大事啊——”

伊春慌得一把扯住他，抬手就去捂嘴：“你明明说了不说！”

杨慎斜睨她一眼，伸出手来：“原本我是打算烂在肚子里当作没发生过，但师姐的怀疑态度让人很不爽。给我五十文钱好了，当作封口费。”

这次轮到伊春大怒：“你分明是敲诈！”

他于是继续嚷嚷：“大家都来啊——后山桃林里的事——”

伊春头发都要竖起来了，忙不迭从袖子里掏出一把铜板，往他手里一塞。

“三十文，不许还价！”

杨慎立即闭嘴了，把钱在手上掂掂，满意地塞进怀里，拾起木剑，和没事人似的继续挥舞。

伊春做贼心虚，左右上下看看，确定周围没有闲杂人等被引诱过来，这才大大松了一口气。

冷不防师父的声音在台下响起：“后山桃林发生了什么不得了的大事？”

她顿时手足无措，本能地在地上找洞，她好钻进去不出来。

师父心情似乎不错，面上还带着一丝笑，走过来看看这个再看看那个。两人都是他钟爱的弟子，所以他的神情十分柔和。

杨慎故意回头看了看伊春，神情诡异，吓得她脸色越发白了。

“哦，是那天在后山桃林发现了一只狐狸，怪漂亮的。”他说得无比自然。

伊春一瞬间从紧张的高峰滑落下来，浑身都软了。

她偷偷瞥一眼杨慎，他也正望过来，对她微微一笑，倒难得有种狡黠的俏皮。

光阴荏苒，眼看着年关将至，山上早已下了两三场大雪，放眼望去皆是银装素裹。

大半年之前，伊春和杨慎各自大病了一场之后，师父就将四个弟子分开指导了。

他俩算是重点培养对象，整个下午连带大半个晚上，师父都会亲自传授剑法，指点两人拆招。而上午他俩就在一寸金台上练剑，师父则在山庄里另一处比较小的演武堂里指导墨云卿与文静。

两边练武的地方隔着挺远，伊春直到大年三十那天，才见到了睽违大半年的墨云卿，他穿着新裁的鸦青褂子，个头似乎又蹿高了不少，面如冠玉，一眼看去真是个翩翩公子。

文静柔顺地站在他身侧，谁看了都要在心中赞叹一声：好一对金童玉女！

见到伊春与杨慎过来，文静立即笑吟吟地上前行礼：“见过师姐，见过二师兄。”

伊春点点头：“新春快乐，恭喜发财呀！”

文静轻笑一声，捂住嘴，轻道：“师姐真会说笑，我能发什么财。云卿要做山庄新主人，才是发财呢。”

大半年没见，她连“师兄”两个字都省了，了不起。那话语里，自然而然要带上一些得意的色彩，用胜利者的姿态。

伊春毫无所觉，自己扯了一把椅子坐了，忽觉有人看自己，抬头望去，就见墨云卿不甚友好的目光。

她又站起来，恭恭敬敬地抱拳行礼：“师兄新春快乐，恭喜发财。”

他没搭腔，又从鼻子里哼了一声，别过脑袋，说：“多谢，承你吉言。也祝你来年多走走桃花运，找个门当户对的男人。”

言下之意，不外乎指责她曾有高攀自己的意图。

这顿饭吃得无味至极，伊春专心数着碗里的米粒子，巴不得天赶紧黑下来，她好回家。

对面的墨云卿一直在说笑，不知说到了什么，忽然提高声音：“伊春师妹怎么不吃饭，听说你晚上要回自己家，下人家里，只怕没这些好饭菜吧？”

她头皮有些发麻，抬头看看他，再看看文静，她在忍笑。再看看师父，他目中微有怒意。

于是伊春慢条斯理地说道：“其实嘛，下人家里的饭菜也还可以。别的不说，喂饱一只多嘴八哥还是绰绰有余的。”

她喜欢过他，所以他可以把她当作泥人，任意揉捏。因为她的喜欢不值钱，大约还侮辱了他高贵的出身。

不过，他总要明白一个道理：她不是泥人，所以她有火气。

“你什么意思？”他漂亮的脸果然沉了下来。

伊春没有说话，继续专心数碗里的米粒子。

场面有点尴尬，隔了一会儿，杨慎咳了一声，过来打圆场：“师姐，我还没去过你家呢，过年能去你家玩吗？”

伊春展颜一笑，点点头。

她越发觉得这个师弟很顺眼，十分顺眼。

墨云卿张嘴还要说话，师父突然开口：“天气不太好，只怕是要下雪，伊春，杨慎，你俩这就收拾一下下山吧，万一下起雪来，山路不好走。”

伊春长长松了一口气，赶紧起身，行个礼，直接奔走了事。

直到回房收拾了个小包袱，出得门来，才发现杨慎早早等在门口，衣衫单薄，冻得脸色发青。

她奇道：“你怎么不收拾东西？就穿……这身衣服过年？”

她突然发现，这孩子好像就没怎么换过衣服，常年只有两件衣服轮着穿，不是青灰粗布打满补丁的外衣，就是褐色粗布打满补丁的外衣，从春到冬，连稍厚实点儿的都没有。

如今他身量长高了，衣服穿在身上显得又短又小，脚上踏着一双破烂草鞋，十根脚趾冻得有红有白，看着越发拘谨可怜。

杨慎说：“没什么可收拾的，走吧。”

伊春犹豫了一下，点点头，两人一起下山回家了。

因着伊春是第一次带男孩子回家，而且是墨云卿少爷以外的男孩子，爹娘立即激动了。爹笑呵呵地问他会不会下棋，剑法学得如何。娘则拉着他的手亲亲热热地问他的名字，爱吃什么。

伊春笑嘻嘻地坐在凳子上择菜，道：“这是我师弟羊肾，您二老悠着些，别吓坏了人家。爹，今晚红烧肉要大块的，肥肉多点！羊肾喜欢吃肉。”

她爹笑呵呵地答应着出去切肉了。杨慎见伊春她娘擀面很吃力，便自告奋勇地洗手撸起袖子来擀。伊春娘笑得嘴都合不拢了，问他：“你今年多大了？是哪儿人？”

杨慎在大人面前老实得很，答道：“我今年十五岁，比师姐小一个月，是邵州人。”

“爹娘都还健在吧？家里几个兄弟姐妹？”

杨慎顿了一下，声音没有任何变化：“城里闹瘟疫，家人都死了，只有我一个人活了下来，被师父带上了山。”

屋子里静默了一阵。

二妞拉拉伊春的衣服，低声道：“姐，我听说老爷新收的那个男弟子瘦得像竹竿，长得特别难看。怎么这人和传闻中的不像啊？”

伊春道：“他是瘦，不过谁说他长得难看？他长得……呃……”

杨慎长什么样，她压根没关注过。这会儿回头去看，他刚好嫌挡在额前的浓密头发碍事，全拨到了后面，露出饱满的额头来。

出乎意料，倒是一张精致秀气的脸，睫毛长而浓密，不输墨云卿脸上那两把“小扇子”。

但她总觉着这孩子看着就不像好东西，像是有一肚子坏水，又或者可能随时会悄悄在背后给你一下子的坏蛋类型。

伊春回头，说：“他长了一张坏蛋脸，不过人很好。”

有的人长一张好人脸，神采飞扬，却不是什么好东西。

过完年三十，眼看年初三就要到，回山庄的日子也近了。

在伊春家的这几天，杨慎与伊春爹下了十七场棋，四负十三胜。帮伊春娘洗碗，砸破碗碟三对。替二妞从井里打水，拉断绳索五根。与伊春拆招八场，四胜四负，打个平手。

无论如何，他似乎过得很开心，纵然他笑起来像奸笑，睡着了像在打鬼主意，爹娘还是用宽大的心胸接纳了这个很不错的小伙子。

即将离开的那个晚上，伊春她娘拉着女儿说悄悄话：“大妞，这孩子人不错，你可要看牢了，别让他跑掉。”

伊春连连摇头：“说什么呢，他是我师弟！我可没那个意思。”

“没意思？你把人家往家里带，还让为娘的帮他做衣裳、鞋子，照顾得那么好，没意思？”

伊春还是摇头，一本正经：“真没别的意思，他是我师弟，和我弟弟一样，我当然要多照顾他一些，师父也这么吩咐的。而且我现在满心都想着学好武艺，将来继承斩春剑。喜欢啊意思啊什么的，我可没工夫想了。娘你也别多想。”

她娘不由得气馁。

第二天一早，杨慎推开门便见到伊春提着一个包袱冲自己笑。

他奇道：“师姐，这么早就回去？”

伊春把包袱递给他：“送你的礼物，看喜不喜欢。”

他疑惑地解开包袱，里面露出几双崭新的鞋，有棉鞋，也有布鞋，做得十分精致用心。还有几件粗布的新衣，从单到棉一应俱全。

“这是……”杨慎露出一个惊讶的神情，抬头怔怔地看着她。

伊春笑道：“你的衣服不太合身了，我让我娘给你做了几套新的，因你还会长高，所以衣服做得大了些。你试试看，喜不喜欢？”

他呆了半天，突然冒出一句：“我还以为是师姐做的。”

“……我可不会拿针线做衣服，别指望我。”伊春摆了摆手。

杨慎默默走进屋子，隔了一会儿再出来，果然换上了新衣新鞋，面目焕然一新，精神多了。

他脸上也挂着笑，难得笑得不像坏蛋，而是一个真真正正十五岁少年的清爽笑容。

“谢谢你，师姐。”他衷心道谢。

伊春又笑：“别谢我，去谢我娘吧，是她做的。”

杨慎轻道：“师姐的家人真好，有家人真好。”

伊春知道他想起了自己惨死在瘟疫中的家人，不由得怜悯地拍拍他的肩膀，无意中发觉这小子不知道什么时候个头都蹿得和自己一样高了，不再是以前那个瘦弱的豆芽菜。

“我们以后都是你家人。”她安慰他，然后决定把他敲诈自己三十文钱的事情给忘掉，从此要对他更好些。

杨慎摸着新衣，低声道：“谢谢师姐这么关心我……不过那三十文我是不会还给你的。”

伊春觉得自己还是记住这笔账比较好。

他抬脚走了两步，忽而回头对她一笑，神色温柔：“以后赚了钱，我还你三十两银子。”

新的一年就这么开始了，新的前途，新的希望，一切都铺开在眼前，等待他们去采撷。

不过伊春没想到一切来得那么快。

回到山上之后，师父第一句话就是——

“你们准备准备，三月就下山去吧。”

那一年，她十五岁，初涉江湖。

下山前，伊春她娘收拾了两个小山大的包袱，一个给自家女儿，一个给杨慎，托二妞送到山庄里。

伊春随手翻了一下，里面“哗啦啦”掉出几双筷子，并着她小时候爱不释手的一堆木头小人，散了一地。

她有点发怔：“……娘是恨不得让我把整个家都搬走呢。”

二妞捂着嘴笑：“那一包是养肾大哥的，姐别忘了给他。”

伊春一本正经地晃晃手指：“是羊肾，羊肾，不是养肾。这种口音以后得改，省得让人笑话。”

“你才要改改口音吧……”二妞瞪她，“什么羊肾，我还马肾呢……”

忽见伊春一件一件地把东西往外掏，不一会儿，那小山似的包袱就变得小巧玲珑，二妞奇道：“姐，你不要这些东西啊？”

“我们是去跑江湖历练，又不是出去玩，带那么多东西累赘死了。喏，这些你带回去吧，都用不上。”

二妞四处看了一圈，又问：“姐，羊肾大哥呢？不是说今天就下山吗？你们不一起？”

“哦，师父找他，说有要紧事交代。刚也嘱咐了我好久，还给我几张拜帖，扬州有他几个老朋友在。”

二妞眼睛顿时亮了：“扬州！姐要带些好吃的回来啊！”

伊春叹了一口气：“我刚说的你没听明白？我们是去历练啊，历练！不是游山玩水。”

话音刚落，忽听回廊尽头那扇门被人猛然推开，撞在墙上，发出好大的声响，紧跟着是一个人凌乱的脚步声，似是在朝这个方向跑。

两人好奇地探头出去望，却见杨慎跌跌撞撞地奔过来，脸色青白交错，这种惊惶的模样极少在他身上出现。伊春不由得问道：“怎么了？师父和你说了什么？”

他又吃了一惊，像是才发现伊春她们就站在对面，怔了半天，才喃喃道：“不……没什么。师父说江湖艰险……一切都要多加小心。”

伊春不由得笑道：“原来这就把你给吓到了，胆子真小。怕什么，有师姐我在呢，我罩着你。”

杨慎“唔”了一声，心不在焉。

第二章

菩萨与恶鬼

直到真正骑马下了山，走出了减兰山庄的范围，杨慎都没有说话，伊春笑嘻嘻地和他说话，他的回答只有“哦”或者“嗯”。

“喂，你怎么了？是不舒服吗？”终于，连迟钝的伊春都觉得他很不对劲，策马靠近，抬手去摸他的额头，“发烧了？”

那一瞬间他浑身都警戒地绷紧，左手装作无事地牵住缰绳，右手却悄悄握住了佩剑。

不过额头上的手很快就拿开了，伊春说：“没发烧啊。你撑着点，前面就是镇子，咱们好好休息一个晚上再走。”

杨慎的手也不着痕迹地从佩剑上移开，默然点头。

又行了半里路，眼看着天色要黑了，两人却在林中迷了路，左转右转出不去。

伊春索性勒住马，左右看看，叹道：“天都黑了，羊肾，你还能撑住吗？”

他垂着头，淡道：“我没事，不劳师姐挂心。”

话音刚落，却见她飞快地跳下马，一把抽出了佩剑。他大吃一惊，几乎是本能地，再次把手按在了自己剑上。

耳畔响起师父临走前告诫的声音：不能掉以轻心，伊春很厉害，一击不中就只有一败涂地等着你。

杨慎觉得自己的呼吸都要停了，背后冷汗涔涔而下。

伊春低声道：“羊肾，前面好像有怪声！听说附近有山贼抢劫行人，咱们要小心。”

他不由得一愣——山贼？

说时迟那时快，忽听前方传来一阵破空声，一把巨大的飞刀旋转着射了过来。头顶又是一暗，像是渔网之类的东西扣下。杨慎将身体一低，从马背上滚了下来。

两匹马被从天而降的大网给网住了，嘶嘶直叫，紧跟着又是一声悲鸣，杨慎骑着的那匹黑马被飞刀削去半个脑袋，登时就死透了。

伊春勃然大怒，提剑就冲了上去，一面厉声道：“是谁？给我滚出来！知不知道现在市集上一匹马要多少钱？你们赔给我吗？”

在这危急时刻，杨慎居然有种哭笑不得的感觉。眼看对面树上跳下十几个黑衣人，手里拿着明晃晃的刀剑，脸上蒙着布，还真是传说中的山贼。

他俩初生牛犊不怕虎，也不管对方人多人少，拔剑就是一顿乱砍。好在这帮山贼只会一点粗浅功夫，抢劫普通路人倒还绰绰有余，对付他们两个多年习武的，就难免吃力。

杨慎用剑抵住山贼的进攻，听见后面伊春打得热闹，忍不住回头去看。

师父看重伊春，自然有他的道理。

他看了一会儿，忽然就明白了，自己现在还不是她的对手。

她的每一次跳跃，每一次避让，每一次进攻，都微妙而优美，动作不可捉摸。

很轻，像是没有重量的那种轻，像最薄最利的刀锋，无声无息地靠近，杀人不见血。

就是这种轻巧与安静，令人胆寒。

山贼们很快就被打得七零八落，吹着哨子打暗号撤退了。

杨慎和伊春一左一右追上去，拦住跑得最慢的三四个人。伊春挥着剑，凶神恶煞地吼道：“把值钱的东西交出来！赔我们马钱！”

杨慎很合作地上前一步，神情阴森地瞪着他们。他那张坏蛋脸实在太生动，分明是告诉他们：如果不交出钱财，老子就要把你们剥皮抽筋。

山贼们吓得纷纷把荷包掏出，居然还有一大袋冷馒头，足有十几个，够他俩吃好几天。

杨慎捡起荷包，把里面的铜板倒出来数了数，皱眉道：“只有三百文，也是穷鬼。”

伊春不满意地继续挥剑：“一个子儿也不许留！统统交出来！”

山贼们痛哭流涕，只差脱裤子了：“女大王，真的没有了！杀头也没有！”

伊春只得悻悻收剑，说：“你们以后要是再抢路人的钱财，我就把你们的手都砍了，在你们脸上画王八！”

山贼们屁滚尿流跑走之后，杨慎忍不住望着她偷偷发笑。

伊春正色道：“别笑，方才的三百文呢？收在哪里了？”

他耸耸肩膀：“什么三百文？”

“可恶！你想一个人私吞？那是留着买马的钱！快交出来！”

“反正死的是我的坐骑，要买也是我来买，师姐就别插手了。”

“你不当家不知柴米贵！万一乱花掉怎么办？师父就给了二十两银子，现在不节省，用光银子以后我们难不成去要饭？”

“要你个头！师父早交代了，一年内把事情解决。二十两银子怎么也够我们一年过活的了！”

“什么一年？”伊春疑惑了，定定地看着他，“师父说一年内把什么事情解决？”

杨慎倒愣住了，半天没说话。

隔了好久，他忽然长叹一声，一屁股坐在地上，低声道：“原来……她不知道……师父没和她说？”

“说什么？”伊春也跟着蹲下去，眼睛瞪得溜圆地看着他。

他眼珠一转，敷衍地笑道："没什么……师父的意思是，让我们用一年时间决定谁来继承斩春剑。"

伊春犹豫了一下："奇怪，师父怎么没告诉我这件事……"

杨慎张嘴，正要说话，忽听不远的前方又传来骚动声，像是有人在喊叫，声音急切。

两人对望一眼，赶紧牵了马追过去，刚走一段，便见方才抢劫他们的那几个山贼被人用绳子高高吊在树顶，正在哭爹喊娘。

有个女孩子一面在树下拍手叫好，一面笑道："活该！谁让你们做山贼还那么穷，身上居然一个子儿都没有！"

这么嚣张，难不成也是个打算抢劫山贼的？

伊春躲在树后，悄悄望过去，隔了挺远，只能见到那少女白皙的侧面，眉目灵动，显得极为俊俏。

杨慎拉了拉她的袖子："师姐，她看上去不是什么好人，咱们还是走吧。"

伊春点点头，两人蹑手蹑脚地缩回去，正打算转身走，忽听身后一个低柔的声音笑道："在后面鬼鬼祟祟偷听，只怕不是什么好人吧？"

伊春吃了一惊，下一刻手已按在剑柄上，谁知肩膀处突然被一根手指点了一下。那人贴过来笑吟吟地说："好臭的丫头，从来不洗澡吗？"

她急忙回头，林中刚好风起，那人满头青丝并没有束，就这么随风飘在她脸上，冰凉而且柔软，带着一股幽绵清和的香气。

只一眨眼的工夫，他便退到了三步之外，略带着一丝嘲讽的笑，看着他俩。

他穿了件宽大的晚霞红的袍子，风骚而且艳丽，微微上挑的双目，竟有种妩媚之色。"风骚""艳丽""妩媚"这些词本来不该用在男人身上，他却能将它们表现得恰到好处，甚至还令人感觉不到一丝文弱气。而且他的这种容色丝毫没有侵略性，看上去又温柔又纯善，像是专门做好事从来不做坏事那种老好人。

伊春倒抽一口凉气，脱口而出："山鬼！是山鬼！居然在白天出来了！"

气氛好像凝滞了一下，杨慎脸色发绿，一会儿被气得要笑，一会儿又笑得想怒。那人也愣了一瞬，大抵想不到她会是这种反应。

女孩子早已跑到他身边，瞪圆了眼睛打量伊春他们，突然开口问："主子，他们是谁？"

那人别过脑袋冷冷一哼："碍事的家伙。小南瓜，你来善后。"

小南瓜飞快答应，袖子一挥，里面登时弥漫出一股黄色烟雾。伊春反应快，赶紧退了好几步，鼻前还是嗅到一股辛辣的味道，忍不住打了好几个喷嚏。

杨慎和山贼们就没那么幸运了，被那药粉熏得鼻涕眼泪乱飙。总算杨慎有底子在那里，没像山贼们一样当场晕过去，可是等药粉散开之后，他还是双眼红肿，喉头剧痛，脑子像有针在扎。

那对神秘又可恶的主仆早已不知跑哪里去了。伊春一把扶住杨慎，急道：“你没事吧？是不是毒药？”

杨慎摆了摆手，说不出话来，紧跟着白眼一翻，终于也撑不住晕死过去。

因着杨慎“中毒”，伊春只得先在贤德镇找了个客栈，安顿杨慎睡下，自己再出门请大夫。

出门的时候，师父资助了每人十两银子，很严肃地告诉他们：要省着花，花完就没了。

伊春摸摸瘪瘪的荷包，抬头看看医馆门口的大字：出诊费五十文起，疑难杂症百文起。

一瞬间，她突然觉得贫穷很可耻。在医馆门口踯躅了良久，也下不定决心到底要不要进去。这年头出门在外不容易，衣食住行哪一样不要钱？身上的佩剑万一损坏了，修整一下也是大笔的银子。若是水土不服，动不动来个头疼脑热，十两银子估计没两天就花完了。

“这位姑娘，可否让在下进门？”

身后突然响起一个男人的声音，伊春赶紧说了声抱歉，后退两步让人家先进。

那是一个穿着窄袖猎装的男子，左边胳膊鲜血淋漓，染湿了衣服。不过他看起来好像一点也不觉得疼，面不改色，温言道：“请邱大夫出来。”

前面招待的伙计大约是新人，没见过他，又见他衣料上乘，举止不凡，只道是钓上了一头肥羊，当即笑眯眯地说道：“这位公子，邱大夫是咱们医馆的招牌大夫，每天找他看病的没有一千也有一百，和寻常大夫可不一样。你要叫他，须得先付一两银子的订金。”

一两银子！黑店啊！伊春吓了一跳。

那个年轻人顿了一下，摘下腰间的一块木牌，道：“你拿着这东西去找邱大夫，他自然知道。”

伙计没捞到订金，只得嘀嘀咕咕地进去喊人了。过了没一会儿，门帘一掀，一个年约三旬的青年大夫快步而出，朝那年轻人抱拳道：“抱歉，晏少爷，新来的孩子没规矩，不认得您，让您久候了。”

那位姓晏的少爷摆摆手，自己将袖子撸起露出伤口，道：“你看这个。”

邱大夫凝神看了一会儿，倒有些吃惊：“咦，这伤口很是古怪，莫不是巴蜀那几个……”

话未说完，晏少爷忽然抬头朝伊春这里望过来，雪白的一张脸，长眉秀目，端的是好清俊的容貌，更难得的是眉宇间那种气质，清而不浊，是与墨云卿截然不同的另一种神采飞扬。

“姑娘是来求诊的？”晏少爷声线略低，隐含威势。

伊春原本在犹豫到底要不要求医，被他这一问倒有些不好意思了，讪讪地走进来，低声道：“有没有……便宜点的大夫？五十文实在是……”

晏少爷看了一眼邱大夫，他会意地点头道：“那请姑娘稍候，待我为这位公子疗伤之后，再随姑娘出诊。”

她又吓了一跳，摆手道："不用你！你是名医，一两银子的订金呢！"

邱大夫笑道："那是新来的孩子乱说的，我算什么名医。何况医者悬壶济世，救人为先。姑娘请稍候。"

伊春稍稍放下心，抓了把椅子靠窗坐着，此时再听他二人说话，声音果然小多了，常人的耳力只怕根本听不见。

但这种程度，对她而言还是小菜一碟。其实她也不是故意要听，但医馆里静悄悄的，他俩自己要说话，她就算不听好像也不行。

"巴蜀那几人居然追到了这里？少爷身边竟没有半个护卫？"

"不关殷三叔的事，是我自己想单独走走。只没想到他们竟不惜化装扮作妇孺，用暗器伤我。所幸我还有余力逃出，但这暗器无论如何也取不出来，只得劳烦邱大夫。"

"暗器还是小事，看起来像是有毒。"

邱大夫自伤口中挤出血来，放在鼻前一嗅："癫狂百蛇……唔，似乎还有些许仙人散。并非不可解，少爷莫急。"

说罢也不知邱大夫从何处取来一根单薄锐利的小刀片，一刀切下去，伤口顿时绽开，血流得更多了。那位晏少爷却神色平静，另一手兀自端着茶杯，茶水晃也不晃一下。

忙活了半日，邱大夫从伤口里取出三枚带着倒钩的铁针，针头蓝莹莹的，显然是放在毒药里炼过。

原来那就是传说中淬了毒的暗器。伊春一手撑着脸，看得目不转睛。

邱大夫取了药粉撒在伤处，细细包扎了，这才拿笔写药方："我马上就取药。"

晏少爷摆了摆手："我自己取，那位姑娘还等着你呢，救人要紧。"

这话说得很轻，寻常人绝对听不到，可伊春分明露出松了一口气的神情。他朝邱大夫使了个眼色，对方立即起身，对伊春温言道："姑娘，我们这就走吧。"

伊春有点尴尬，抓了抓头发，小声道："那……大夫的出诊费是多少？"

她是穷人，出不起太贵的出诊费。

邱大夫温和一笑："不多，十文钱就可以了。"

回到客栈的时候，杨慎还躺在床上，脸色却好了很多，双眼不再肿胀得像桃子一样。

伊春摸摸他的额头，轻声道："羊肾你别担心，我请了大夫，你马上就好啦。"

"把手给我。"邱大夫坐在床边，不着痕迹地打量着两个少年。

杨慎慢慢把左手递给他，邱大夫凝神把了一会儿脉，这才说道："不是毒，只是一种刺激的药粉罢了。不碍事，我马上开药方，明天就能痊愈。"

伊春这才松了一口气，摸摸心口。

邱大夫想了想，又道："公子是否经常心悸盗汗？莫不是有什么解不开的心结？凡事想开些比较好。"

杨慎微不可察地颔首，眼睫微颤。

邱大夫写了药方，和伊春一起出门，装作搭话的模样笑道："我看姑娘和那位公子身上都佩剑，想必是江湖中人。贤德镇附近有减兰山庄的势力，两位年纪还小，行事要低调些，莫要招惹了减兰山庄的人。"

伊春很奇怪："招惹？减兰山庄很可怕？我们就是减兰山庄的人啊。"

邱大夫自嘲地一笑："是我多嘴了，只是听闻了一些江湖传言，虚无缥缈，姑娘不必放在心上。"

伊春本想问他江湖上有什么传言，他却将药方递给她，交代："姑娘这便去抓药吧，我还有别的病人要出诊，告辞了。"

他走得飞快，眨眼就下了楼，消失在人群里。七拐八绕在小巷中走了一段，确定身后没有人跟着，这才抄近路回到医馆。晏少爷正在后院书房中坐着，新茶热气氤氲。

"是减兰山庄的人，一男一女，年纪不过十五六，想必就是传闻中山庄主人钟爱的两个弟子了。这次应当是下山历练。"

邱大夫放下药箱，说出自己的判断。

晏少爷沉思片刻，低声道："原来是那个过气的武林门派，听说还最喜欢血亲间自相残杀。如今这位主子倒挺开明，收外人做弟子，不过想必他的亲生独子心里不会好受。人那么多，斩春剑却只有一柄，到头来不过是血亲残杀变成同门残杀。"

"少爷，您要如何？"邱大夫问。

晏少爷摇了摇头："不必管他们，年轻小弟子而已。"

伊春熬好药端去杨慎房间，却见他在床上坐得笔直，抱着枕头也不知想什么心事。

"羊肾，喝药啦。大夫说不能着凉，你快把被子盖上。"

她走过去把他一推，杨慎却动也不动。

"你在想什么？"伊春很奇怪，忽而又恍然大悟，"是想那对讨厌的主仆？你放心，我记得他俩的样子，下次一定找他们算账。"

他慢慢摇头，沉吟了一下，轻声道："不是想他们……师姐，你看过太师父的锦囊吗？知道继承斩春剑有什么条件吗？"

她想不到他突然说起这个，摇了摇头："我没看过，你知道有什么条件？"

他没回答。

过了很久，他将药端起一口喝干，这才抱着被子倚在床头，声音很轻："师姐，我和你说过，家人都死在瘟疫中吧？"

她点了点头。

"……是我骗你，其实我家人是死于仇杀。"

伊春略有些震动，低头怔怔地看着他。烛火的微光在少年的脸上跳跃，令他看上去忽明忽暗，捉摸不定。

“我爹是个落魄江湖浪人，设馆授徒不行，摆摊做生意也不行。他笨得很，什么都做不好，所以我娘成天骂他不中用。那时候，他每天过得都挺难受。后来有个旧友引荐他到一家新开的镖局去做镖师，第一趟镖就是越过中原，将一批货物送到西域。路上遇到强匪劫镖，他杀了几个人，原本以为是山中盗贼，也没在意，顺利回来之后得了大笔的赏银，说要带我们一家人去吃点好的。刚好那天我因为闹肚子没能去，爹娘便将我托付给邻居马大婶，带着我哥出去了。这一去便没能回来，三个人都死在了路上。”

他说这一切的时候，语气十分平静，连一丝波动也没有。拳头却捏得极紧，像是要把骨头都捏碎一般。

“后来我才知道，我爹杀的那几人是郴州巨夏帮的，虽然与劫匪不是一伙，但那天路过见有利可图，打算浑水摸鱼来着，却被我爹给杀了。他们在郴州也算一个大帮派，当然不会忍得下这口气，唯一庆幸的，就是我爹娘他们都死得很快，没什么痛苦。”

伊春也不知该说什么好。

杨慎深深吸了一口气，低声道：“师姐，我一定要继承斩春剑，我得报仇。”

伊春走过去用力在他肩上一拍，大声道：“拿出点精神来！要想着你一定能继承斩春剑！别这么苦着脸，光靠想的，斩春也飞不到你手里。”

“师姐难道不想继承斩春剑吗？”他抬头问。

伊春愣了一下，摸着下巴喃喃道：“我当然想……从小到大就为了这个任务了，不过现在想那么多也没用。要继承斩春不是得办成太师父交代的任务吗？还早呢，咱们现在努力闯荡江湖，多积累点经验就好啦。”

杨慎看了她一会儿，忽然笑了一下，轻声道：“我还以为你会说干脆让给我。”

“我说这种话，你也不会高兴吧？”伊春把药碗端起来，“不是靠自己的真本事得到斩春剑，你一定不愿意的，对不对？”

他怔了一会儿，慢慢点头：“你说得对。”

说罢，他又勾起唇角，露出一个温和的笑：“师姐，你很好，我都知道。”

夕阳西下，林中起了一阵风，伊春不由得打了个寒战。

“啊，太阳好像鸭蛋黄。”她忍不住感慨，肚子也很合时宜地叫了一声。

杨慎牵马在前面领路，拨开一丛杂草，他说：“昨天抢来的馒头被你分走大半，难不成今天就吃光了？”

伊春不好意思地笑笑：“好师弟，你一定还留着，分我一些好不好？到了潭州我买十个还你。”

“没门。”他拒绝得十分干脆。

出了贤德镇，他们已经在林子里赶了好几天的路，又遇到山贼十几次，每次都从山贼那里搜搜刮刮、抢钱抢吃的，还抢了一匹马。

大抵因为这里也算穷山恶水，山贼们亦穷得可怜，昨天能抢到十几个馒头两人简直要偷笑。

抬头看看天色，太阳已经下山了，一线墨蓝在天际缓缓铺开，杨慎把马拴在树上，道："今天也只能露宿，我去捡树枝，你把毯子铺好。"

他回来的时候不光带了树枝，手里还提着两只洗剥好的野鸡，穿在匕首上慢慢烤。虽说他手艺很一般，两只鸡被烤得煳了大片，但那"嗞嗞"作响的金色油脂，带着焦煳的肉香，还是成功地让伊春口水泛滥。

她伸手想拿，却又不敢。杨慎的脾气这几天她也总算摸透一些，真要把他惹火了，他那根毒舌是绝对不饶人的。

伊春只好呆呆地看着那两只野鸡在火里翻滚，滚过来，滚过去。她的眼珠也跟着滚来滚去。

他把外面一层烧焦的皮剥了，将鸡腿肉切成小丁夹在馒头里，放在手上掂掂，忽然抬头看她。

"想吃？"他很好心地给她一个台阶下，"十文钱一个，卖给你。"

伊春别过脑袋："我不饿！哼，小气！"

"那我自己吃了。"

他张嘴便去咬那夹了鸡肉的馒头，伊春馋得眼睛都快冒绿光，忽觉嘴里一咸，被他塞进一块滚烫的鸡肉，烫得她差点跳起来。

杨慎笑道："傻子，我不给，你不会自己拿吗？"

伊春登时大喜，忙不迭地抢了一只鸡，毫无形象地大嚼大吞，惹得他连连皱眉："不像样子！男人婆啊！"

她舌尖上喉咙里胃里都塞着鸡肉，半个字也说不出来，只能意味不明地哼两声，换来他一句定论："猪。"

吃完饭两人一起躺在毯子上，隔着树影看星星。

"啊，那两颗就是牛郎织女星。"伊春指着天空最亮的两颗星子，不懂装懂，"你看，确实隔着一条天河吧？他俩一年只能见一次，怪可怜的。"

杨慎淡道："师姐，夏天才有牛郎织女星。这两颗就是普通的星子而已。"

"你把它当作牛郎织女星会死啊？"伊春有点发窘，"你再这样讨厌下去，当心以后没女孩子喜欢你哦！"

他的声音还是淡淡的："我从来没考虑过这种问题，旁人喜不喜欢我，和我没关系。"

伊春叹了一口气："你现在年纪还小呢。你看，牛郎织女明明是夫妻，孩子都生了，却不被允许在一起，一年只能见一次。这种故事你听了不觉得很凄美吗？"

杨慎静静望着墨蓝的苍穹，隔了很久，才低声道："他们至少还能相见，我却永远也见不到家人了。"

她无话可说。

杨慎翻了个身，用毯子将身体一裹："我睡了，你莫忘了加点树枝去火堆里，别让它熄灭。"

他才十五岁，却背负着血海深仇，真不能想象平日里他是怎么情绪平静地过活的。

如果是她，想到自己老爹老娘和老妹要被人杀光，估计立即就会疯掉。

伊春摇了摇头，心里对他的怜悯又多了一层。

到了半夜，伊春早已睡得迷迷糊糊，半梦半醒间，居然觉得头顶有人在看自己。那种眼神，不是杨慎，是陌生人！

她本能地摸向佩剑，谁知那人出手更快，眨眼就点了她两个穴道，她顿时僵在那里动弹不得。

是谁？伊春狐疑地瞪圆了眼睛，这才发现周围不知何时围了一圈白衣人，半点声音也没发出来，与平日里遇到的山贼截然不同。

为首的白衣人点了火把，看看她，再看看杨慎，最后低声道："没错了，公子想找的人应当就是他。身边跟着一个侍女，为了掩人耳目穿了粗布衣裳，面容清秀——他一定就是那个舒隽。把他带走！"

那伙白衣人一声不响地把杨慎用毯子裹好扛走了，他没有挣扎，没有叫嚷，估计也是被点了穴道。

"这个侍女怎么办？要杀掉灭口吗？"有人问。

"不，公子交代了不得见血。将她放在这里就是了，一个小小侍女而已。"

说罢众人飘然而去，很快便消失在树林中。

伊春僵直地躺在地上，还没弄清楚究竟发生了什么事。

什么书卷？他们是不是认错人了？

为什么，他们才下山两三天，就要遇到这么多莫名其妙的事？师父有说过江湖是这么乱糟糟的吗？

夜已经很深了，林中风大，吹得伊春遍体生寒，她不由得打了个大喷嚏，只觉得鼻涕快要流出，偏又不能抬手去擦。

后面突然传来一阵悠闲的脚步声，然后一个清脆的声音响起："主子，这里有人点火露宿。"

脚步声渐渐靠近，伊春瞪圆了眼睛使劲朝上翻，试图看清来者何人。

鼻前突然飘来一股淡淡的幽香，和以前在香炉里闻到的那些香饼香块的味道都不同，这种香像是要侵入五脏六腑一般，极清极淡，令人心胸顿时一畅。

一幅绛纱落在她眼前，纱后是一张倒过来的脸，脸孔似新雪一样白，乌溜溜的眼珠，看上去无比纯善。

一张熟面孔，正是那天他们在林子里见到的那对可恶的主仆。

那双漂亮的眼睛定定地看了她一会儿，眨了眨，眼睛的主人突然开口道："啊，好脏的小野猫。"

野……猫……是说她？

绛纱忽然消失，紧跟着另一张端秀的脸倒着出现在她眼界里，是小南瓜。

她低声道："这位姑娘，我们也是赶路人，如今迷失在山林里无处可去，能否容我主仆二人暂借此地一同休憩？"

看起来他们已经不记得她了，说话这么文绉绉的。

伊春想说个好，她向来大方，不过如今被人点了穴道，口不能言体不能动，她只好一个劲地眨眼睛。

小南瓜回头道："主子，有点不对劲，这位姑娘像是被人点了穴道。"

披着绛纱的主子坐在火堆旁，抱着胳膊说道："不管她，咱们休息咱们的。"

喂喂！太冷血了！

小南瓜倒有些不好意思，低头道："抱歉，我家主子最不喜欢露宿，所以心情不好，姑娘别见怪。"

你有空说这些废话，不如赶紧帮我解开穴道啊！伊春急得差点把眼皮眨抽筋。

"主子，好奇怪。这里拴了两匹马两个包袱，可睡着的只有姑娘一人，还被点了穴道，莫不是遭遇了劫匪抢人？"

小南瓜一面说，一面从自己的包袱里取了厚厚的毯子铺在地上给自家主子睡。

那位主子还是同样一句话："不管她。"

所谓世态炎凉就是如此了。伊春被凉风吹得瑟瑟发抖，忍不住又打了个喷嚏，鼻涕满脸。

小南瓜很好心地拿着手绢替她擦鼻涕，柔声道："夜深风大，姑娘小心着凉。"

说罢，忽然盯着她看了一会儿，露出一丝疑惑的神情，回头道："主子，这个点穴手法很独到，是逍遥门那些人。"

那位主子终于有了一点好奇心，"哦"了一声，探头过来看。左看看右看看，他忽然说道："我现在问你几个问题，是你就眨左眼，错你就眨右眼。明白了吗？"

伊春赶紧眨了眨左眼。

"跟你一起上路，被劫走的人是个男的，而且长得挺不错，对不对？"

眨左眼。

"劫走你同伴的那些人身穿白衣，个个都是貌美如花的少年郎，却神经兮兮，成天公子公子地挂在嘴边，对不对？"

犹豫了一下，眨左眼。

“他们把你同伴当作一个姓舒名隽的人劫走了，还以为你是舒隽的侍女，对不对？”

拼命眨左眼。

那位主子把手一拍，神色温柔纯善，笑道：“原来如此，小南瓜，他们把别人当作我给劫走了。”

小南瓜皱眉道：“果然是逍遥门那个无耻公子的手段！成天盯着主子，癞蛤蟆想吃天鹅肉！”

舒隽扶着下巴，笑吟吟地望着伊春一会儿青一会儿白的脸，说道：“既然有人做替罪羊，再好不过。咱们休息一晚上，明早继续赶路吧。”

伊春的脸彻底变得惨白。

小南瓜于心不忍，小声道：“主子，至少把这位姑娘的穴道解开。人家做了公子的替罪羊，也怪可怜的。”

舒隽横卧在毯子上，神态慵懒，双目微合，轻道：“你笨啊，解开穴道你家主子就多了个麻烦。如果要做好人，一开始就得做，半途做好人不值得。还不如再给她点几个穴道，让她这一夜睡安稳些。”

小南瓜连连摆手：“点穴就算了吧，主子！偶尔也要积点德。”

舒隽没有再说话，他似乎是睡着了，那张秀雅清俊的脸在火光里忽而亮忽而暗，于是印在伊春的眼里就像是菩萨与恶鬼轮流出现。

长得像菩萨，内心却是恶鬼，恶鬼啊！

夜色褪去，发白的晨光照亮了伊春的脸。这难熬的一夜，总算是过去了。

她眼睛瞪得溜圆，忽而她发现眼珠子转了转，脖子也跟着动了动，接着是胳膊、腿。最后她从地上一跃而起——时效已过，她又自由了。

伊春回头恨恨地瞪了对面那两个没良心的主仆一眼。他俩蜷缩在厚厚的毯子里，像两只毛毛虫，睡得正熟。

伊春实在没时间跟他们计较，跳上马扬长而去。

马蹄声渐渐消失，小南瓜闭着眼睛低声道：“主子，她一定是急着去救同伴，包袱都没来得及带上。”

舒隽用毯子蒙住脑袋，声音闷闷的：“去翻翻，看有没有钱。”

“你拉别人做替罪羊也就算了，现在还要贪图人家的财物吗？”

“东西是她自己留下的，不算强取豪夺。”

小南瓜一把揭开毯子，仰天长啸：“我为什么要跟着这种卑鄙无耻、阴险狡诈的主子！”

舒隽从厚实的毯子里伸出脑袋，长长的乌发披散下来，面容姣好秀丽，怎么看怎么像个心地纯善的好孩子。他裹着毯子蠕动，滚到包袱前一把抓住，道：“那我自己翻。”

包袱皮打开之后，里面的东西散了一地，无非是破衣烂衫之类的，半个铜板也没见着。

舒隽直接丢出去，不屑一顾：“穷鬼！”

“你连穷鬼的东西都偷！”小南瓜义愤填膺。

舒隽从毯子里钻出来，打个哈欠，喃喃道：“该换个部下了，不然真要骑到我头上来了。”

小南瓜捧了水给他漱口洗脸，一面替他梳头一面絮絮叨叨：“主子，做人不能太没良心，会遭天谴的！你看某某，因为偷了东西，大前年跌断了左腿。再看某某某，因为诬陷别人，去年瞎了双眼……”

“诅咒够了吧？”舒隽回头看她一眼，小南瓜立即闭嘴，飞快地把东西收拾整齐。

他往前走了两步，道：“走，牵上这匹马。”他指了指树上拴着的马，那是伊春来不及带走的另一匹坐骑。

小南瓜大吼：“还要偷人家的马？”

舒隽又看她一眼，叹了一口气：“咱们就骑这匹马，去逍遥门看热闹吧。”

逍遥门它真是一个门，门上写着“逍遥门”三个烧包大字，还涂了金粉，生怕别人不知道自己有钱。

伊春一脚踹开大门的时候，里面站得满满的全是人，一齐回头看她，神情各异。

她眼尖，早已见到人群里有昨夜挟持杨慎的那伙白衣人，当即抽出佩剑，大吼：“把羊肾交出来！”

没人回答她，庭院里一阵令人窒息的静默。

隔了一会儿，为首的一个衣着华贵，神情严肃的中年大叔沉声道：“姑娘是何人？怎如此无礼！”

伊春说：“是你们无礼在先，昨天晚上派人把我师弟劫走了！”

于是有人略带讥诮地笑道：“不知姑娘师出何门？居然要逍遥门出门来劫持你师弟，想必姑娘初涉江湖，没听说过逍遥门的名声吧。”

伊春摇了摇头：“这和名声没有关系，我只相信自己的耳朵和眼睛。”

为首的那个中年人露出一丝怒意，回身朝对面一个蓝衣青年抱拳，歉意道：“对不住了，晏少爷，本派今日有人上门挑衅。待在下先将此事解决再与你促膝详谈。”

青年人长身玉立，器宇轩昂，正是伊春先前在贤德镇医馆遇到的那位晏少爷。他今日起了大早前往逍遥门，自是有要事商谈，只是没想到在这里居然也能遇到减兰山庄这个小丫头。

伊春没有江湖经验，出言不逊，态度倨傲，等于惹了个大麻烦。他为避免麻烦，便装作不认识她的模样，朝逍遥门主做个随意的手势，便背着双手退到了阴影中。

那门主立即朝部下丢了个眼色，一群人立即将伊春围在中间。

门主淡道：“不知这位姑娘如何称呼？尊师何人？你一口咬定是逍遥门劫走了你师弟，

可有什么证据？”

伊春懒得与他啰唆，抬脚便将面前拦住她的两人踢了个趔趄，身后风声凌厉，是那些人挥剑刺来，她一个前翻，手里的剑舞成了风车也似，用无比蛮横的姿态硬是突破重围。

然而这些人毕竟不是山贼，也不是先前晏少爷派来跟踪的玄霜。对方所有人都戒备十足，她纵然身手伶俐，毕竟年纪小，占不了什么便宜，刚突破重围，肩上就被人刺了一剑，痛得她一个惊颤。

眼下只有速战速决，赶紧冲进去找到杨慎才是要紧。

她顾不得伤口刺痛，一步跃上台阶，强行要冲进内院。冷不防阴影处突然伸出一只手，动作极快，朝她面门要害袭来。

伊春非但不躲，反而迎上，食指弯曲，朝那人手腕脉门处弹去，迫得他中途变招，反手来擒她胳膊。

两人一瞬间拆了十几招，伊春到底肩膀受伤，动作不如先前灵便，被他伸指弹在手背上，疼得一缓，紧跟着脉门上一紧，被他五根手指扣住了。

“姑娘何不消消火气，有话好好说。”那人温言劝解。

伊春猛然抬头，见到他清俊的容貌，不由得一怔——奇怪，有点眼熟，她见过这人吗？

晏少爷原本不欲插手此事，但见她力战众人，动作流畅至极，打得十分漂亮。他素来爱武，竟心痒痒地想与她切磋一番，一时忍不住出手将她擒住。

见伊春狐疑地盯着自己，他便微微一笑，正要说话，冷不防她抬腿就踢向自己面门。寻常人手腕脉门被扣住，根本做不出这样的动作，她的身体却软得好似泥鳅一般，不过牛刀小试。

晏少爷不得不放开她的手，伊春虚晃一招，在一片惊呼叫骂声中冲进了内院。

身旁有个戴着斗笠的人低声道：“少爷，属下去擒住她？”

晏少爷摇了摇头：“罢了，这么多人，她要吃苦头的。”

伊春在内院没头苍蝇似的乱冲，身后还跟着一群逍遥门的人，万一不小心被抓住了，只怕小命要丢在这里。

形势明明很险恶，她却从心底感到一种兴奋的战栗，竟对这种感觉无比享受。

纵身跃上高高的围墙，风忽然大了，将她束发的带子吹散，乱蓬蓬的头发就这么随着衣服扬了起来。

围墙后藏着一个精致的小院子，几个穿白衣的美少年正在给花浇水，见伊春昂首挺胸地站在墙头，都不由得呆住了。

她露齿一笑，背着光，黑黝黝的脸，白森森的牙，下一刻就落在院子里，一人一个头槌，将他们撂倒在地。

一把推开房门，里面两个人都吃了一惊。

杨慎穿着一身雪白的绸衣，银色的发带顺着青丝垂在脸旁，以前浓密得将半张脸都遮住的额发全被梳到了后面，露出一张秀致又邪气的脸。

这张脸上正凝聚起惊愕的神色。

在他对面，分明站着一个同样白衣的少女，手里端着碗，正挑了面条，似是打算亲自喂他吃，动作就这么僵在那里。

“羊肾！”伊春叫了一声，欣喜无限，“你没事吧？”

杨慎飞快起身，像是不敢相信似的，脚步由慢变快，最后一个箭步冲到她面前，低头看她肩上血淋淋的一片，半晌，才轻声道：“血……”

她随意揉了一把，一点也不在乎：“小伤小伤，没事！我来接你啦，咱们走吧！”

他正要说话，身后那个白衣少女突然反应过来，尖叫一声，把碗砸在地上。

“来人啊！有个又脏又丑的女人闯进我屋子了！”她抱着脑袋没命地大叫，缩在桌子后面恐惧地看着伊春，好像她是个怪物。

伊春一把抓住杨慎的手，拽着推门就跑。对面正迎上逍遥门那帮人，伊春提着剑左冲右突，快得惊人，众人一时竟拦她不住，又被她撞开一个突破口，跃上围墙拔腿狂奔。

有好几个白衣人冲进屋子，口中叫着：“公子！是属下疏忽，让公子受惊了！”

伊春挠挠头，看看杨慎：“她……公子？”

他淡道：“是啊，她是个女公子。逍遥门主的独女，自幼就怕女人，独独喜爱男色，从各地收集了无数美男子来伺候她。”

伊春有些发晕，见他脸上神色淡淡的，既不激动也不高兴，想到自己推门的时候见到那少女神情温柔，亲手喂他吃饭，他看上去也没有抗拒的意思，不由得惊道：“羊肾，我是不是坏了你的好事？不该来救你？”

他立即怒了：“胡扯！”

伊春笑了一声，眼见围墙下都追满了逍遥门的人，除非她长了翅膀能直接越过大院飞上前门的高墙，否则一下去就会被活捉。

“这下可不好办了。”她为难地挠挠头，“明明是他们先把人劫持走，现在却这么嚣张！”

杨慎摇了摇头，低声道：“你走吧，你一个人还能逃出去。我被那女公子下了药，三天之内手足无力，没办法跟你一起走。”

难怪他方才一直不出手，竟是被下了药。

伊春咬了咬牙，心头似有一股火在烧，分不清是兴奋还是恐惧。她轻道：“我一定带你逃出去，抓紧了，别松手！”

她握紧剑，打算孤注一掷，跳下去再杀出一条血路。忽听对面前门的高墙上有人吹了一声口哨，轻叫：“丫头，抓住这个！”

她愕然抬头，就见一条麻绳抛了过来，那高墙上分明坐着一个缁衣少年，正是真正的舒隽。他笑吟吟地，一手提着麻绳，另一手朝他们懒洋洋地打招呼。

伊春大喜，立即将绳子拴在腰上，拦腰一把抱住杨慎，下一刻便腾云驾雾般地飞了起来，双脚稳稳落在逍遥门大门外。

刚好有两匹马狂奔过来，正是他们两个的坐骑。其中一匹上坐着小南瓜，她一个劲地招手：“上来呀！”

伊春反应极快，待那两匹马跑到眼前，她立即跃上马背，紧紧抓住缰绳。

小南瓜挥起马鞭，在马屁股上狠狠一抽：“快走吧！”

第三章

那一点心动

伊春三人策马狂奔而去的时候，舒隽刚从墙上站起来，手在额前搭个凉棚，四处张望，不知在找谁。

逍遥门一群人在下面又叫又骂，捡了石头去砸他。也有人跃上高墙，徒手去擒他，都被他像踢球一样踢了回去。

晏少爷离得远了，只能看见他身上的缁衣被风吹得飘来荡去，又兼他肤色极白，远远望着倒像个身材修长的女子。

戴斗笠的部下低声道："少爷，这人有点像舒隽。"

晏少爷的眉头不由得一跳。

原来是臭名昭著的舒隽，那个既风流又下流，既卑鄙又无耻，行踪不定，到处招惹是非的舒隽。

传闻，他专门调戏良家少女，玩够了就拍手飘然离去，砸碎一地芳心，每天都有人为他上吊自杀。

传闻，他时常发作偷东西的恶习，看到什么偷什么，连乞丐的打狗棒都不放过。

传闻，他把敛来的钱财埋在地下，上面建了一座华美的大宅，里面酒池肉林，美女如云，过着淫靡放荡的生活。

还有许多许多传闻……多得让人咋舌。

晏少爷忍不住多看他一眼，刚巧他正回过头来，美玉般的容颜，极为灵动，笑得像个小孩儿似的。

晏少爷忽然觉得传闻未必属实。

逍遥门那些人乱成一锅粥，闹得很难看。他不由得暗自摇头，眉头皱了起来。

他的属下说："少爷，这里的人行事不稳，藏头露尾，肤浅得很，还是不要跟他们谈那件事了吧？"

晏少爷点了点头："嗯，那老儿不是什么好东西，当面都这般张狂跋扈，私下还不知做了多少恶事，须得好好惩罚一下。"

"那属下立即去准备。"斗笠男立即便要告退。

"等等。"晏少爷轻轻一拦，露出一丝看好戏的促狭笑容，"先看他要做什么。"

刚好此时一伙白衣美少年从小院子里拥出，中间簇拥着一个面容清秀的白衣少女，抬头见到高墙上神态悠闲的舒隽，她面上登时一红，像是要晕过去似的，一把搀住身边白衣人的胳膊，低声吩咐了几句。

白衣少年上前一步，抱拳道："这位一定是真正的舒隽公子，我家公子仰慕公子大名已久。自去年在洛阳牡丹会上惊鸿一瞥，我家公子对你念念不忘，吩咐属下们四处寻访公子踪迹，期盼能与公子秉烛长谈。"

舒隽扶着下巴，慢悠悠地说道："我倒觉得你们不是寻访，而是强抢。听说昨天还错抢了一个少年郎，错便错了，还不肯放人家走。你家公子对我的痴情，不过如此罢了。"

小女公子脸上有些发白，低头又去吩咐那些白衣人，忽听舒隽的声音从头顶传来："有话便亲自与我说好了。来，抬头看看我。"

话音一落，他已经站在女公子对面不到两尺的地方，一片惊呼声中，两根手指抵在她下巴上，将她的脸抬了起来。

女公子的脸红得像晚霞，目光迷离，只觉他吐息馥郁，轻轻喷在脸上，声音更是低沉温柔："你要对我说什么？"

她一个字也说不出来。

于是舒隽一笑，道："我这个人很自私也很恶劣，谁要是喜欢我，便只能喜欢我一个人，若不是这样，我就再也不理她。"

他好整以暇地替女公子将耳边的碎发拨到后面，拇指慢慢摩挲着她柔软的嘴唇，声音更加温柔："你这个贪心的家伙，从洛阳牡丹会之后便缠着我，简直像一坨甩不掉的狗屎，又臭又烦。我突然好奇，想看看你到底长什么样，凭什么强抢良家少年郎。所以我来看了，狗屎真的是狗屎，你可真丑啊。"

舒隽用手掌轻轻拍了拍她呆住的脸，又微微一笑，拿出一个纸包往她手里一塞："以后别再来烦我，明白吗？这东西就当作见面礼送你吧。"

语毕，他轻飘飘地翻身上围墙，闪电般蹿出丈外，几乎是眨眼就不见了。这份落荒而逃的本领还是很强的。

女公子怔怔地看着手里的纸包，里面发出一股恶臭，居然真是一坨新鲜狗屎。

她一把将纸包丢出去，然后人晕倒在地。

"无聊。"斗笠男皱眉给了两个字的评价。这简直是坏得彻底的小孩子的恶作剧，亏他那么大个人也好意思对女孩子用。

晏少爷亦有些啼笑皆非，眼见逍遥门一群人闹哄哄地把女公子扶进房间，他低声道："我们走吧，没什么好看的了。"

两人悄无声息地走出乱糟糟的逍遥门，行得半里不到，便有马车来接，车上下来两人，道："小丫头他们朝潭州方向跑去，这次有舒隽在，不敢再派人暗中跟着。"

晏少爷说道："不用在意他们，我们的事才更重要。巴蜀那几个牛皮糖还在跟着吗？"

那二人道："公子此去潭州，一切小心。"

言下之意，牛皮糖就是牛皮糖，不粘着就不叫牛皮糖了。

晏少爷点点头，钻进马车，一行人缓缓往潭州行去。

伊春三人策马一路狂奔，最后在林子里渐渐慢了下来。

小南瓜见伊春半边身子都是血，不由得担忧道："姑娘，你还是先包扎伤口吧，不然等血干了脱衣服可疼了。"

伊春确实有些支持不住，眼前好像有许多小星星在蹦。她跳下马背，扯了水囊从肩上浇下，疼得她一个劲地龇牙咧嘴。

"羊肾，你呆了？不会帮我看看伤口啊！"因为伤在肩后，她看不到，眼见杨慎不但不过来帮忙，反而把头掉转过去，她终于发火了。

他也发火："你笨啊！对面有个女孩子在，你怎么不叫她帮你看？我是男人啊！"

和男人女人有什么关系？伊春正要说话，忽听小南瓜害羞地一笑，捂着脸低声道："我……我也是男人啦。"

两人顿时僵住。

小南瓜拍拍胸口，"砰砰"作响，果然是一片平坦。只是他衣服宽大，人长得又俊俏，做女子打扮便看不出来。

"我跟着主子出门玩，他说我扮成女的做什么事都方便，毕竟除了少数流氓，大多数江湖人还是很照顾女孩子的。"

这倒是实话。

伊春有些感慨地看着小南瓜，他竟是个男的，长得这样秀气，不输给文静。又因着年纪还小，才十三四岁，扮起女人来确实惟妙惟肖。

杨慎艰难地下马，女公子给他下了药，手足变得比不会武的人还要软弱无力。

他给小南瓜抱拳，声音真挚："多谢小哥相救，不知小哥尊姓大名？"

小南瓜赶紧摆了摆手："不用谢！这事都是我家主子惹出来的，你们不怪罪就很好啦，千万别客气！我也没什么尊姓大名，我叫小南瓜，我家主子叫舒隽。你们呢？"

话还没说完，就听后面传来一阵优哉游哉的脚步声，舒隽声音淡淡的："你又动不动就把我的名字乱说出去。"

小南瓜笑道："主子的名字不能说吗？"

舒隽没理他，直接牵了一匹马，回头道："喂，你们两个，我救了你们的命，牵走一匹马不算过分吧？"

说罢也不管他们答不答应，跨上马，双腿一夹，那匹马撒开蹄子就跑，眨眼间便跑出了林子。

小南瓜叫了一声主子，回头朝他俩拱拱手，也赶紧追了上去。

伊春愣了半天，忽然想起了什么，大叫：“他把我的包袱抢走了！”

虽说里面没钱，只有一堆换洗衣服，可好歹也是下山前娘一针一线给她做的呀。

这个什么舒隽，真搞不懂他到底是好人还是坏人。

杨慎一言不发，提起水囊淋在她肩膀的伤口处，伊春立即跳了起来：“好疼！”

他脸色阴沉，低声道：“别动，我看伤口。”说着从她靴筒里拔出一把匕首，将肩膀那块的衣服割开，一道血肉模糊的伤口就露了出来。

如果是划伤还好治些，偏这是刺伤，杨慎粗粗观察一下，大约刺进去有两寸，伤口绽开一个血洞，极为狰狞。

他紧紧咬牙，取出药粉轻轻撒在上面，用纱布紧紧盖住，轻声道：“你先忍着，等到了潭州我去买药给你好好包扎。”

伊春本来疼得龇牙咧嘴，听他声音有些不对劲，便反手在他胳膊上拍拍，笑道：“没事，小伤罢啦，不会死人的。”

杨慎良久没有说话，只轻轻“嗯”了一声。

一匹坐骑被舒隽强行牵走了，他俩一个被下药一个受伤，只好同乘一骑。

伊春叽叽喳喳地不停说话：“你被那个女公子掳走，她没欺负你吧？除了下药，可有受伤？”

“没有，只是我试图逃走，被她发现，在香炉里下了药。”

“她发现你不是舒隽，还是要留你？这姑娘怎么这样呀……”

她不光是要舒隽，而是喜欢天下所有长得好看的少年男子。可是这话他说不出口，也没心情说，索性沉默。

伊春回头，看着他干干净净露出额头的脸，说：“虽然这女公子人很古怪，品位却不古怪。你这样打扮不是比以前好多了吗？”

原来杨慎被劫走之后，立即有一群人替他沐浴束发更衣。女公子喜白，他这一身便是纤尘不染，大概说书人嘴里那些江湖上白衣幽雅的少侠就是这样。

可他还是沉默，再也不说话了。

到了潭州第一件事就是找客栈住下。杨慎在马厩拴好坐骑，一进大堂就听伊春在和掌柜说话。

“不要天字号的客房啦，说了好几遍，就给我两间普通客房！”

“这位客人，现在小店有优惠活动，凡来我店订天字号客房的客人，都可以得到本店赠送的丰盛早点一份。还有按摩捏脚保证让你流连忘返。”

“……我只要两间普通客房。”

“来参加本店的优惠活动，客人绝对不会后悔！”

伊春终于觉得无力。

杨慎走过去，把铜板拍在柜台上，冷冷地说道："两间普通客房！"

掌柜的立即交出钥匙，冲伙计微笑："快，带客人上楼，热水饭菜千万别短了。"

伊春突然发现杨慎的坏蛋脸很有用。

杨慎将伊春送上楼，自己去药堂买了金疮药，回去的时候，忽见街对面有几个褐衣男子说说笑笑地走过来。

郴州巨夏帮的人！他觉得身体像是被什么东西狠狠击中，一时间喧嚣的街上都变得无比安静，只有血液轰隆隆流窜的声音，像是要冲破耳膜。

出于本能，他立即摸向佩剑，却摸了个空，这才想起自己的衣物武器早已在逍遥门被丢了个干净。

他在那个瞬间忽然感到一种刻骨的耻辱，全然由于自身无力而引发的耻辱。

脑海中回旋起女公子的声音。

他被下药之后，有一个时辰完全不能动，瘫软在地上，只能用眼神表达自己的愤怒。

于是她便笑了，手指像柔软冰冷的水藻，划过他的脸颊，声音是虚幻迷离的："不用怕，你长得这样好看，我绝不会伤你。咦？你还佩剑？是练武吗？他们这么轻易就将你带来我身边，想来你的武艺也不出众。不过别担心，既然你跟了我，必教你欢喜。明天我便去求爹爹将你收入门内，传授你上等功夫。"

他原本只有愤怒，可那种愤怒在她漫不经心的话语下突然变成了无比的耻辱。

无数个夜晚，无数个白昼，他像是不要命般地修行，得到师父的青睐，与天才的师姐分庭抗礼，自觉已有小成。

但原来他什么也不是。

连自己的佩剑也保不住，佩剑和衣裳一起被当作垃圾丢出去，他的尊严仿佛也成了被践踏的垃圾。

她用漂亮的衣裳打扮他，用温柔诱惑的态度面对他，将他当作玩偶一般。

他这样白衣飘飘地走在街上，多少女孩子偷偷在看，红了双颊。可那有什么用？只会让他感到愤怒而且迷惘。他没命地修行练武，到头来却给一个女人做花瓶，全然不能反抗，甚至害得伊春险些丧命。

非但不能报仇，新的耻辱还一遍一遍凌迟着他。

他还太弱。

所以只能眼睁睁地看着仇人们谈笑风生地擦肩而过，风擦在他脸上，像刀刮过去。

杨慎不由得闭上眼，感到疼痛。

回到客栈推开房门，就见伊春正努力把脑袋朝后伸，试图看清伤口长什么样。

她好像还没发现，衣服顺着胳膊落下来了，她大半个后背就这么赤裸裸地呈现出来。

她的脸和手都是黑黝黝的，因为长期在太阳底下练武，晒成了“小黑炭”，背上的肌肤却很白，骨骼极纤细，有一种说不出的美感。

杨慎先是愣了一下，还没来得及夺门而出，忽又见到她肩上那个伤口，狰狞无比，还在流血。

他赶紧关上了门。

伊春系好衣服，回头有气无力地看着杨慎，她脸色有些发白。

“药买回来了吗？”她觉得眼前的小星星越来越多。

杨慎默然点头，隔了一会儿，他强迫自己不要发抖，轻轻把她的衣服扯下来，让伤口暴露在眼前。

涂药，包扎，他的手腕无法抑制地发抖。

伊春说：“你别怕啦，我都不怕你怕什么。一点都不疼！”

足有两寸深的刺伤，说不定还伤到了经脉，怎么可能不疼？杨慎咬了咬牙，低声道：“师姐，以后我要是再被掳走，只能证明我无用，你不要再涉险来救我。”

她微微一惊：“你是我师弟啊，我怎么可能不救你？这是什么话！”

“我自己无用，不该牵连别人。技不如人，就该拱手让出斩春剑。师姐你若是继承了斩春剑，便替我报仇吧。”

伊春再也忍不住回头看他，映入眼帘的是他惨白的脸，那神情，像是要痛哭出声似的。

她轻声说道：“羊肾，只是一点小挫折而已，你别垂头丧气。要相信自己一定能继承斩春，一定能报仇。”

杨慎只觉眼里一片热辣，急忙用手捂住，不想让任何人看到自己软弱的眼泪。

手上一暖，是她用力握住了，头顶被她摸了两下，很笨拙的安慰方式，安慰的话也很笨拙，翻来覆去只有两句：“别难过，别多想，现在不是好好的吗？都好啦、都好啦。”

杨慎把额头贴在她手心，声音颤抖：“……师姐，如果只有一个人能得到斩春剑，得不到的人死路一条，你要怎么办？”

伊春愣住，隔了半天，才犹豫着说：“不会吧？得不到的人就要死？”

“我只是说……假如。”

“哦，那我会努力得到斩春剑，然后护着你，不叫任何人来杀你。”

回答得毫不犹豫，想也没想。

他真的要流泪了，是谁说她迟钝粗鲁，其实她温柔又细致，这种温柔令人忍不住要流泪。早知道她很傻，在山上的时候就知道了，所以忍不住要逗弄她，那时候只觉得是个傻姑娘，不欺负她一下都可惜。

可是现在回想起来，以前的那种好笑都已经变味。他自以为聪明高高在上的戏耍，只是被她温柔地包容了。

一直以来，都是她护着他、让着他。

是她说的，她要做他家人，她从不食言。

杨慎勉强笑了一下，将软弱的眼泪硬生生逼回去。心里有很多话想告诉她，不要这样温柔，不要再这样在乎他，他会陷进去的，他离不开这种独特的温柔。

一个身怀血海深仇的人，不配拥有这种感情，不配……爱上她。

可是让他怎么忍耐，她就在对面，靠得这样近，还在温柔而笨拙地安抚自己，像一个家人。他想要的不仅仅是家人。

他只有紧紧握住她的手，声音很低，很低："……师姐，我绝不会让任何人来杀你。"

除非是杀了我自己。

可是这傻乎乎的姑娘，一点也没察觉到少年复杂缠绵的心意，一脑门子只想着他刚才的话："喂，真的是假如吧？这么危险的想法，你怎么想到的？"

杨慎擦了一把脸，终于把头抬了起来，眼睛还有点红，但方才面上那种近乎绝望的神情已经消失了。

他露出一个有点羞怯又有点得意的笑，轻声道："给我五十文，我就告诉你怎么想到的。"

此人以后必然要钻进钱眼里不得超生。

一场说大不大说小不小的风波暂时就结束了，伊春在客栈养伤的时候，偶尔想起遇到过的人，狡诈善变如舒隽，仗势欺人如逍遥门弟子，还有那个看着很眼熟的蓝衣公子，每个人似乎都复杂得很，与她十五年来单纯的生活完全不同。

江湖果然是个乱糟糟的地方。

她开始想念减兰山庄里的一切，唠唠叨叨却很疼爱自己的爹娘，严厉冷酷却公正无私的师父，甚至连墨云卿的恶声恶气都让她觉得好温暖。

不知道杨慎会不会也像她一样怀旧。

肩膀上受伤，别的倒还好，就是洗头比较费事。为了避免伤口进水，她从受伤开始就没再洗过头。隔了那么多天，连她自己都觉得味道难闻得很，实在忍不住，索性叫小二送了两桶热水，小心翼翼地把头发拆开清洗。

杨慎敲门的时候，她刚好把头发打湿，一时起不来，便叫道："直接进来啦！敲什么门！"

他一进门便见到此人脱得只剩一层单薄旧中衣，胳膊和背后还磨出了大洞，两根肚兜带子大喇喇地从洞里探出脑袋朝他问好。

"可恶！你有没有一点防备心啊？这种情况叫什么进来？"

杨慎忍不住破口大骂，转身便走。

"我洗头又不是洗澡！你这色狼脑子里在想什么东西！"伊春觉得莫名其妙。

杨慎觉得自己迟早要被她气得发疯，他在门上用力一捶，怒道："你的意思就是不管什么人，你都可以在他面前敞开衣服洗头？你是吃什么长大的？”

“我当然知道是你才叫你进来的啊！你以为我那么蠢吗？”

你就是那么蠢！杨慎无力地吐出一口气，方才一肚子邪火不知道为什么又消失了。

好吧，她说因为是他才没关系，他不想承认自己是为这句话突然感到欣喜。不可以，不应该，要忘记，要无视。

他现在蠢蠢欲动，并不是为了别的，他只是觉得她受了伤行动不便，他身为师弟得出手帮忙。这才是一个最好的理由。

一件衣服突然罩在伊春身上，替她遮住旧中衣上那些破洞，也遮住暴露出的肌肤。她疑惑地抓着头发抬头看，却见杨慎撸起袖子坐在对面，板着一张脸，沉声道：“我……我好心点，来帮你洗吧！”

她忍不住咧嘴一笑，放心地把头发递给他，垂着脑袋由他将热水淋上去，然后取了皂荚细细搓揉。

“谢谢啦，羊肾你真是个好人。”

他的心头没来由地一跳，双颊忽然有种火辣辣的感觉，慌得很，在她头顶拍了一下，故意说：“脏死了！看盆里水都变黑了！”

其实她不脏，也不丑。

指尖触摸到柔软湿润的头发，像滑腻的绸缎，令他不由自主地放柔动作，仿佛稍稍重一点便会伤到她。

她身上披着自己藏青色的粗布外套，略有些大了，朝前倾的时候越发显得她脊背纤细，敲一下只怕会折断。

真不敢相信这样稚嫩瘦弱的身体却拥有那么大的力量，杀出血路来救他。

想问问她，那一刻她心里想着什么。是因为他是师弟、是同门，必须要救——还是为了别的什么？他心底隐隐约约，有一些自己都不敢去想的“别的”。

只是问不出口，他静静看着她纤瘦的后颈，那里毛发茸茸，说不出地可爱。又因常年被头发和领子遮住，后颈的肌肤并不黑，而是一种温润的白皙。

看着看着，指尖忍不住轻轻触一下，心底像是要醉了。

杨慎在心里告诉自己：同门，同门，同门……

嘴里却轻轻唤道：“伊春。”

“嗯？”她答应得很爽快，完全没发现称呼上的变化。

杨慎却有些慌，结结巴巴地说道：“伊春……不，伊……衣服！我是说，你的包袱被舒隽抢走，没换洗衣服，所以我帮你买了新衣服！”

伊春把洗好的头发拧干，湿漉漉地提在手上，充满惊喜地四处看，叫道：“咦？羊肾你帮我买了衣服？在哪里？”

他像是松了一口气，指了指床，上面果然放着一件浅蓝色的新罗裙。

伊春无限欢喜地抖开裙子，只觉料子柔软，显然是上乘品。领口与裙摆都绣了兰草，十分精致。但这些都比不上裙子的颜色，像晨光初现的天空，最薄最透明的那一层蓝。

她不可思议地回头看杨慎："好漂亮！谢谢你，羊肾！"

他清了清嗓子，脸上红得厉害，别过脑袋不看她，故作自然地说道："不用客气啦……你救了我嘛。还有旁边那个小包……我不太会挑这些东西，你要是不喜欢就丢了吧……"

伊春拿起衣服旁那个小包，还没来得及打开，里面的东西便沉甸甸地滚落下来。却是一朵蓝色珠花并着两枚珍珠耳环。

她小心翼翼地拿在手上仔细看，轻声道："我喜欢，羊肾你很会挑东西，我真的很喜欢。"

他心里一块大石头稳稳落下，低着头说："那……你喜欢就好，不枉我跑了两三天……"

原来她养伤这几天总不见他人影，是专门给她买东西去了。

伊春在感动的同时，突然觉得有什么不对劲，她捧着珍珠耳环和衣服看了半天，突然回头："很贵吧？你该不会把十两银子全花光了吧？"

杨慎瞪了她一眼："我怎么会像你一样大手大脚。在逍遥门的时候，那个女公子给我换上的衣服很值钱，我卖了五两银子。"

五两银子的衣服和首饰！伊春突然觉得眩晕，她活了十五年，从来没有过这么昂贵的衣物。当下毕恭毕敬地把衣服叠得整整齐齐，与首饰一起小心放进包袱里，只差双手合十给它们行礼跪拜。

杨慎低声道："你……不想穿吗？"

伊春回头对他微微一笑："不是啦，衣服和首饰太漂亮，舍不得穿。等天气和我的伤都好了，再穿着出去玩。"

他只是一笑，摸着鼻子不知说什么好。

忽觉她走过来，一把将他浓密的额发拨上去，手心按在额头上，惊得他一颤，竟有些气息紊乱。

她凑过来仔细看看他的脸，他也看着她，心慌意乱地想着她真的不丑，就是黑了点，再养一阵伤，皮肤恢复白皙，配上那双黑白分明充满灵气的眼睛，一定非常漂亮。

伊春看了半天，眼睛笑得弯弯，像个月牙儿，单纯又直率。

"把头发弄上去啦，这样才精神。"

杨慎垂下眼睫，她的手离开额头，留下皂荚清爽的香气。

他轻声道："好，师姐喜欢的话，我以后就把头发弄上去。"

伊春把长发铺在窗台上，让风徐徐吹干。阳光照在她身上，仿佛镀了软软的一层金边，她时不时还撑着脑袋打个大哈欠，懒洋洋的。

像一只猫，杨慎想。只是不能摸一摸。

每到三月中旬，潭州附近的开福寺都有庙会，热闹非凡。

伊春的伤虽然还没好全，但此等热闹说什么她也不能错过。她换上了杨慎新买的罗裙，在镜子前左照右照。

铜镜里那位小姑娘似乎白了一些，也不知是由于养伤在客栈里捂白了，还是这衣服颜色衬得皮肤白，比起以前的邋遢模样真是一个天上一个地下。

杨慎看了她一眼便垂下头，半晌方道："……很适合你，蛮漂亮的。"

伊春小心翼翼地提着裙摆下楼，在他胳膊上一捏："今天一定要小心走路，五两银子的衣服可不能糟蹋！"

他只能干笑一声。

街上人群熙来攘往，大道正中有人舞着辟邪狮子"铿铿锵锵"，敲锣打鼓地闹过去。两旁还有各色小贩摆了很长的摊子，招呼人们过去看。姑娘们裙上的彩带随风飘舞，好像整个天空都变成了五光十色的。

伊春拿着两只泥猴子舍不得放手，杨慎对木头做的各色面具兴致非凡，最后每人手里捧着一堆东西去开福寺烧香求签。

庙里的老师父见到他俩便摸着白胡子笑："是来求问姻缘的吧？"

杨慎手忙脚乱地摆手："不……不是！"手里的东西险些一股脑掉地上，他实在是心虚得很。

白胡子师父笑道："贫僧明白，来问姻缘的人都不会承认。二位施主请进吧。"

"我真的不是……"他急切的辩白还没说完，伊春在他袖子上扯了一把："进去啦！不是挺好玩的吗？看你以后会娶个什么样的妻子啊？"

他怀里的东西马上"叮叮当当"掉了一地，好不狼狈。

最后还是恭恭敬敬烧了香，捧着签筒虔诚地摇动。

他心里求的是什么？自己也不清楚。忍不住悄悄睁开眼，望着跪在身边的那个淡蓝身影。她粗枝大叶的，随便晃了两下，很快便掉出一根签，被她捏着欢快地跑出去找签文了。

他明白，这些对她来说只是觉得好玩，一时感兴趣，捏一根签，看看签文，随手也就丢了，心里甚至不会留下一丝丝痕迹。

正因如此，他反而更加虔诚，全神贯注。

他在期盼，真的期盼。即使这期盼非常不应该，他这样子，可悲又可笑，但心甘情愿。

一根竹签掉在地上，他小心翼翼地捏着，去外面找签文。

年轻的小沙弥递给他一个红纸包，笑道："恭喜施主，这是上上大吉签。"

杨慎忍不住勾起了唇角，傻瓜似的答应一声，然后急急回头寻找她的踪影。

寺院里的银杏树刚刚长出嫩绿的叶片，上面挂满了众人求来的签文，红红白白的颜色，映着新绿，分外醒目。

伊春就站在树下，学那些人，将签文系在一根枝叶上。阳光顺着枝叶淌下，落在她浓密的发上，她的神情带着孩子气的专注，嘴唇微微噘着。因为笨手笨脚的怎么也系不好，所以急得直皱眉，不耐烦里还有着倔强，非要完成这项任务不可似的。

他便慢慢走过去，接过签文，轻轻松松地替她系在树枝上。

“是什么签？”他装作无意地问。

伊春耸耸肩膀：“中平啦，看样子我的姻缘也就那样，没什么看头。”

杨慎咳了一声，把手放在唇边，低声道：“也不能这样说……以后的事，说不准。”

她见他捏着自己的签文像捧着个宝贝，伸手抢过来看：“哇！上上签！好福气啊！你以后肯定能娶个好老婆！”

他急忙把签文抢回来，小心折叠，放进怀里：“别乱说。走吧，前面还有许多没看的呢。”

出了开福寺没走几步，忽听一个尖尖的女子声音响起：“这种破衣烂衫你也好意思要价三两银子？三文钱还差不多吧！”

伊春一听有卖衣服的，赶紧扯着杨慎一起过去看。她的包袱被舒隽抢走，能穿的女装只有杨慎给她买的这件了，日后骑马赶路穿这种衣服肯定不行。

刚靠近那摊子，忽听摊主脆生生说道：“这位姑娘，俗话说得好，人不可貌相海水不可斗量，这衣服呢，也不能单纯凭外表就认定它不值钱。你看这布料，很像粗布对不对？错！其实这是真正的天蚕丝织就。看看这针脚，看看这做工！你有见过这么细致的粗布衣服吗？实话告诉你，我原本是在京城里给大官家里做书童的，因着年纪渐大，夫人怕我带坏了少爷，便寻了由头将我赶走。这几件衣裳，是我趁夜偷出来的。大官儿穿的衣裳，可能是粗布吗？”

那姑娘倒被他说得犹豫起来，拿着衣服舍不得放手。

伊春越听那声音越耳熟，赶紧拨开人群探头一看，跟着大叫一声：“小南瓜！”

再低头看看摊子上摆的衣物，居然都是她的！那舒隽抢走她包袱，居然还让手下拿出来卖。卖便卖吧，居然还要欺诈，将粗布衣服说成天蚕丝的，要价简直离谱。

小南瓜一见她，立即用手拍了拍额头，叹道：“完蛋，生意是做不成了。”

伊春抢过摊子上的衣服，急道：“这是我的外衣！这是我的裙子！啊！连我的破靴子你也要卖！”

小南瓜“嘻嘻”干笑道：“姐姐别气，不是我的主意，是我家主子逼我来着，我也不想的。”

她索性把衣服全抱起来，怒道：“不许卖！全都还给我！你家主子太过分了！”

小南瓜只好一直笑，左右瞅瞅，找了个空隙想溜，冷不防后背心被伊春一把抓住。

他跟着舒隽学了一两年武艺，自信逃命本领一流，谁想在她面前半点也施展不开，只得继续回头傻笑。

“姐姐，你别怪我，是我家主子的错呀！”

他满脸讨好的笑。

伊春说道：“你家主子在哪里？带我们去见他。”

他眼珠子滴溜溜地转，飞快答道：“他现在不在潭州，出去办事了，不知道什么时候回来呢！要不我帮姐姐带个话？姐姐现在住哪里？”

伊春果然老老实实要说住在客栈，杨慎拉了她一把，抬手轻轻捏住小南瓜的脸，似笑非笑：“你主子不在，找你也一样，这就跟我们走一趟吧。”

小南瓜果然立即改了口风：“好好，我认输。你们跟我来，我带你们去见主子！”

舒隽和伊春他们居然住在同一个客栈，只隔了两个客房而已。

她敲了半天门，里面才传来一阵懒洋洋的脚步声。“吱呀”一声，大门被拉开，门后正是那张俊秀又纯善的脸，头发披着衣服敞着，满脸睡意。

他早已认不出伊春，揉着眼睛很不耐烦地问道：“有事？”

伊春说道：“有。虽然你偷了我们的马，还偷走我的衣服拿出去卖，而且我师弟出事的原因也在你身上，不过你还是救了我们两人，所以我要亲口和你说一声谢谢，多谢你救了我们俩。”

所有人都愣了一下，舒隽呆了一会儿，瞪圆了眼睛把伊春仔细打量一番，跟着恍然大悟：“哦哦，是你……今天好像变漂亮了，没认出来。”

伊春“嘿嘿”一笑，朝他抱拳：“没事啦，告辞。”

转身刚走了两步，忽听舒隽在后面懒洋洋地说道：“你既然道谢就要有点诚意，好歹请客吃顿饭嘛。”

请客吃饭？杨慎不禁为此人的厚脸皮感到震惊，世上居然真有把无赖当作荣耀的人！

舒隽理着垂在肩下的长发，又慢悠悠地道：“其实那天为了救你们，我可是暴露了身份，等于和逍遥门结下仇怨。请我吃顿饭，怎么也不算过分。”

伊春想了想，点头道：“你说得对，我应该请你吃饭。多谢你的救命之恩。”

舒隽露出一抹“你果然上道”的笑，把门一关：“请稍等一会儿。”

小南瓜上下看看伊春，低声道：“姐姐，你是真心要请客吃饭？”

伊春笑道：“当然是真的，请客还有假的吗？放心，我有钱。”

小南瓜再看看她，不说话了。

杨慎脸色有些不好看，拉拉她的袖子：“师姐，你过来一下。”

两人走到一边，他轻声道：“你无缘无故请什么客？难道不是打算找他们麻烦？”

伊春奇道："我为什么要找麻烦？确实是他救了咱们呀，请客吃饭是应该的。师父也说走江湖的时候要多结交朋友。"

杨慎紧紧皱眉："就算是结交朋友，你与他结交什么？你不觉得他脾气古怪吗？何况事情本来就是他惹出来的，救人之后他也牵走咱们的马了，等于两不相欠。"

伊春笑了笑："我算不清楚这种账啦，反正他救了我们，为人处世，每件事都算得那么清楚，不肯吃一点亏，岂不是很累？"

杨慎见她一派霁月光风、毫无阴暗的模样，倒也说不出什么来，只好使出撒手锏："请客的钱我可不出。"

伊春却一点也不恼，笑眯眯地拍着自己的荷包："放心啦，我请客，怎么会让师弟掏钱？"

他这下真的说不出一个字了。

舒隽推门出来的时候，换了一身浅碧色春装，眉目疏朗，温润如玉。他似乎常穿颜色鲜艳的衣裳，可在他身上偏偏十分贴切，丝毫感觉不到轻佻气息。

"走吧。"他笑，一双黑琉璃似的眼珠，灵气十足，"姑娘打算请在下去哪里吃饭？"

伊春想了想："潭州我还不熟悉，我看这家客栈楼下就有吃的，叫几个小炒就行啦。"

舒隽微微一笑："不好，这家客栈做的菜根本不能吃，我倒知道个好去处。"

"好啊，你说。"伊春一点意见也没有。

结果，他们被带到了潭州最大最贵的酒楼，名为豪庄。

杨慎见那华美的楼宇，门前随风摇曳的各类彩色灯笼，腿肚子不由自主地打颤，担忧地看看伊春干瘪的荷包。她难道还看不出，这个舒隽根本是要着她玩吗？这顿饭吃下去，只怕把她卖了也凑不齐菜钱。

四个人神情各异地进了豪庄，直接被带入雅座，两个香喷喷的小姑娘来送手巾，望着舒隽和杨慎清俊的容貌都有些脸红。

"上茶吧。如今正是品龙井的好时节，不尝尝雨前龙井，人的一生都不能算圆满。"

舒隽朝伊春笑了笑，貌似询问。

她爽快地点头："好啊，就上雨前龙井。舒隽，小南瓜，羊肾，你们喜欢吃什么随便点，不要客气。"

事实证明，对面主仆两人根本没有客气的打算，江鲜时令菜点了满满一桌子，再来三个人也吃不完。

每上一道菜，舒隽都要儒雅地解释一下："这是清蒸鲥鱼。此鱼还有个别名叫惜鳞鱼，只要摸到它的鳞片，它便乖乖不动由人捕捞。寻常鱼类都要刮鳞而食，此鱼的风味却在鱼鳞。"

"这是 ×××，典故是……"

"这是 ×××，别名……"

杨慎眉头越皱越深，充满忍耐地抬头看伊春。她居然一点不耐烦都没有，听得津津有味，充满乐趣。

此人的神经果然比老竹子粗。

两个香香的小姑娘又红着脸来送酒，坛子封口揭开，浓烈的酒香便蔓延开。

舒隽拿起酒杯，道："此为汾酒，虽然有些烈，味道却是极好的。来，我敬姑娘与少侠一杯。"

伊春赶紧摆手："不，我不会喝酒。抱歉啦，用茶代替可以吗？"

他双眼微微一眯，轻笑："姑娘随意便是。"

伊春也跟着笑："不用姑娘、姑娘的，我叫葛伊春，这位是我师弟羊肾。我们是减兰山庄的人，你呢？"

舒隽扶着下巴想了半天："这个嘛，我也说不清。我的师父很多，想不起谁是谁。"

根本就是敷衍！杨慎皱起眉头。他真恨不得马上拉着伊春离开，饭菜钱就让这对无耻的主仆来付。这种人根本没有结交的必要，拿别人的诚心当作狗屎，江湖上最不缺这种败类。

估计是怕伊春不付钱，或者发现他们的阴险用心，这个舒隽嘴上好像抹了蜜，和先前根本是两个人，称呼从"姑娘"变成了"葛姑娘"，现在又变成了"小葛"。

"小葛年纪轻轻，却身手不凡，想必是尊师的得意弟子。日后行走江湖，定然能做一代女侠。"

奉承得如此肉麻，杨慎觉得鸡皮疙瘩一片一片生出来，扶着额头十分无奈。

伊春脸上却有些泛红，捧着杯子轻声道："你怎么知道？其实我一直都梦想做大侠。"

舒隽笑得很敷衍："原来如此，小葛果然是巾帼不让须眉，雄心壮志在胸间，在下佩服，佩服。"

佩服个鬼！杨慎觉着自己再也不能忍受了，嘴皮翕动一下，正要说话，忽听隔壁雅间传来一阵女子的哭声，哀哀切切，十分可怜。

众人一齐探头去望，就见隔壁雅座门敞着，先前在逍遥门见到的那个蓝衣公子正面无表情地坐在正中，周围或坐或站，有三四个人。另有两人跪在那公子脚边，哭声哀切。

"又是他。"伊春微微皱眉，怎么到处都能见到这个人？

舒隽望了一眼便不再看，殷勤地给他们添茶夹菜。

杨慎低声道："师姐，你认识他们？"

伊春摇头："不认识，不过上次在逍遥门见了一次，他突然出手拦我，很讨厌。"

晏少爷看也不看脚边两个哭倒的人，像是没听见一般，手里的白瓷茶杯缓缓转着。他目不转睛地望着窗外渺渺江水之色，仿佛只是单纯在欣赏美景。

身边那个斗笠男却有些忍不住，劝道："你这奴婢好不省事，既然早已将你逐出去，亦给过遣散的钱财，如今怎么还缠着晏少爷不放？"

那女子浑身披麻戴孝，哭得双眼通红，颤声道："昔日公子在府中大肆清理下人，奴家不明不白被赶了出去，求了殷总管半日，他方告诉奴家是公子招惹了仇家，怀疑府里有内奸。奴家打小便是在府上长大的人，早已将那里当作自家一般。公子若是嫌弃奴家懒惰要赶奴家走，奴家绝不敢有怨言。但奴家绝不能忍受这种不白之冤！如今奴家老母业已病逝，只留老父一人，奴家身无分文，连棺材钱也凑不齐。奴家不敢说为府上尽心尽力服侍，但好歹也曾为公子研墨添香，不敢有半点不恭，公子于心何忍！"

她说得极凄婉，身边那人白发苍苍，想必就是她的老父亲了，满面垂泪只会磕头，其情可悯。

隔壁伊春他们早已不吃不喝，全都瞪圆了眼睛朝这边张望。

晏少爷放下茶杯，忽而低头看了她一眼，跟着淡道："殷三叔，给她二十两银子吧。"

斗笠男答应一声，立即从怀里取出一个小包裹，送到女子面前："银子拿去买两块地，岂不比给人做奴婢来得好。这是少爷的恩情，不要再辜负了。"

女子惨然一笑，却并不接，轻声道："奴家今日来求公子，并非为了要钱。公子疑心有人出卖他，赶走了许多人。奴家想不到自己也身在其中。人活一世，没有什么比得上清名，奴家但死无妨，却绝不能背负出卖主子的恶名！求公子大恩大德，收奴家回府继续做工，银子奴家绝不敢贪图，但求洗脱冤情罢了！"

原来她是想求晏少爷收她回去。

晏少爷沉默良久，忽然说道："听闻江湖上传言，晏某的脑袋百两黄金一颗，一只手也能卖到二百两白银。想不到晏某居然这般值钱，引得众人趋之若鹜。你呢？他们给你多少钱，让你来演这样一出戏？"

女子脸色一阵惨白，凄声道："公子何出此言！"

晏少爷微微一笑："我不是吓唬你，也并非信口胡诌。一来，我身边丫鬟虽多，却从没见过你这样的。你双手粗糙，应当是在厨房或者洗衣房做工，研墨添香之事只怕未必做过吧？二来，我来潭州，也不过三日，家中父亲还未得知，你是从何处得知行踪的？"

那可怜的女子面如土色，只会哭了。

晏少爷轻轻靠在椅背上，像是有些疲惫，吐出一口气，低声道："你走吧，不要有下一次。"

女子将老父扶起，搀着走向门口，忽而停了一下，说："公子不相信奴家也罢，无论如何，奴家这条命终究是丧在公子手里了。"

第四章

谁是猪

眼见那两人下了楼，沿着江岸慢慢走远，伊春忽然起身，轻道：“抱歉……我有点事，马上回来。”

她也不等众人回答，推开窗户就这么跳了下去。

杨慎倚在窗边，见她缩头缩脑装作路人的模样，与那对父女擦肩而过。那一瞬间的动作虽然快，却瞒不过行家的眼神。她是把荷包里的碎银子塞了小半去那女子怀里。

傻里傻气的行为，明明马上就要被舒隽他们给卖了，还天真得很。

不过，这才是葛伊春。

舒隽趁机把小南瓜拉去旁边咬耳朵：“谁让你把人家衣服拿出去卖？好大胆，居然还敢用你主子的名义！死小子越来越不上道了！”

小南瓜嘟着嘴：“谁让主子你那么小气，囤积那么多钱，居然连买糖的零花也不给我。”

舒隽在他头顶狠狠拍了一把，低声道：“给老子带了那么多麻烦！又要做一次坏人！”

小南瓜龇牙咧嘴地偷偷笑：“你本来就不是好东西……哎呀！”

杨慎冰冷的目光扫过来，心怀叵测的主仆俩立即坐直身体，埋头猛吃。

伊春又从窗户翻进屋子，挠着头，脸上有点红，笑道：“不好意思，稍稍离开了一下。咱们继续。”

杨慎朝她招招手：“师姐，过来。”

他将一个东西飞快塞进她手里，用眼神示意她赶紧放好，嘴上故意说道：“我看今日大家都很尽兴，不如再让他们送两坛酒上来吧。”

伊春莫名其妙地捏捏那东西，手感很硬，像是……碎银子？她抬头看看他，这孩子脸上有些发红，眼神恶狠狠的，像是警告她：若是把我的钱花光了，他日必然要你十倍偿还！

她一下子就明白了他的意思，不由得展眉一笑，紧紧握了握他的手：放心，绝对不乱花。

正要招呼外面的姑娘们，让她们再上两坛酒，忽听走廊那里传来一阵脚步声，晏少爷修长的身影出现在众人面前。

他面上含笑，抱拳道：“想不到竟与诸位在这里相遇，当真有缘。”

舒隽埋头使劲吃，装作不认识他，小南瓜只得有样学样，也装作不认识他。杨慎本来就不认识他，所以便装傻。伊春虽然也很想装不认识，但人家过来打招呼却没人理会，该多尴尬啊。

她只好干笑道："你……你好啊。"

晏少爷不以为意，淡笑道："当日在逍遥门，只是情势所逼，在下并非有意伤害姑娘，还请不要见怪。"

伊春摆手道："没事、没事，不见怪，反正现在大家都好好的。"

晏少爷看了舒隽一眼，见他一直不抬头，明显是打算装傻躲过去。虽然他二人并未接触过，但晏家二少爷的名声此人必定听过，既然不予理会，便证明这舒隽并不是一个好拉拢的对象。

他于是又道："在下晏门晏于非，不知姑娘与诸位少侠如何称呼？"

晏门，伊春听了这两个字或许没什么反应，因为她不知道。但杨慎知道，这两个字在江湖人中可算如雷贯耳。

和减兰山庄代代血亲单传有一点区别，晏门虽然也是血亲相传，但门下依旧有无数外姓弟子，犹如众星捧月一般将晏姓少主捧在中间。师父对晏门的评价极高，和日渐衰弱的减兰山庄不同，晏门是武林名门，蒸蒸日上，光辉万里。

或许就是希望减兰山庄能变成下一个晏门，师父才开始破例收外人做弟子。可惜这一辈他只得两个得意门生，墨云卿又不是办大事的料，减兰山庄要恢复往日风光，只怕路还很长。

此人名叫晏于非，应当是晏门排行老二的少主。传闻晏门主有四个儿子，个个都能干得很，其中最出众的就是这位二少爷晏于非。

他看上去年纪不大，二十出头的模样，但言谈举止间老于世故，沉稳无波。此番前来打招呼，目的未必是他们两个初出茅庐的菜鸟，只怕是想趁机认识舒隽。

伊春很老实也很大方，人家既然赔礼道歉，她就不会再生气，当下爽快地说道："我叫葛伊春，这位是我师弟羊肾。我们是减兰山庄的人。至于这两位是……"

舒隽不等她说完，抢着道："无名小辈，不值一提哈，不值一提。"

伊春不解地看着他，不明白他为什么拒绝。

此等情形，再待下去难免尴尬，今日也只有点到即止。晏于非笑道："前几日在逍遥门冒犯了姑娘，在下心中有愧，不如今日便由在下做东，略表歉意。"

"呃？不用，那个……"伊春还没说完，他已将两锭银子交给了守在门口的姑娘，轻声道："这间雅室的酒菜钱，由我包了，再上一壶特酿汾酒。"

特酿汾酒与他们喝的普通汾酒几乎是天差地别，一两银子只能买到一壶。

酒从壶内倾入杯中，酒液澄澈见底，清香四溢。晏于非斟了四杯，亲自分送到四人手里，伊春这次想拒绝好像也不行，是人家出钱，所谓拿人手软吃人嘴短，她只得浑身发毛地捏着酒杯，犹豫再犹豫。

“打扰了诸位的雅兴，晏某赔罪。”他将杯中酒一饮而尽，跟着又斟一杯，朝伊春抱拳行礼，道：“葛姑娘，请。”

箭在弦上不得不发，她只好咬牙吞下特酿汾酒，辣得眼泪都要出来了。

耳边又听晏于非声音低柔道：“在下与姑娘相识时间虽然不长，但也能看出姑娘是个心地善良性格豪爽的人。只是有些话在下难免要多嘴提醒。姑娘毕竟初涉江湖，有些事，能不插手便不要插手，有些人能不得罪便不要得罪。譬如再遇到逍遥门那样的事，还盼姑娘能三思而行。”

他话里有话，借着逍遥门的由头，来提醒她方才不该给那对可怜父女送钱？

伊春头有点晕，张嘴想反驳来着，可是一抬头人早就不见了。

杨慎见她晕乎乎的，皮肤底下透出一层红，知道是对酒有反应了，只得过去扶住她，低声道：“师姐，他走啦！你……你是不是很难受？回客栈休息吧？”

伊春勉强把紊乱的脑子理顺，正要说话，忽听舒隽在后面笑道：“可真是喝多了，走吧杨少侠，一起将你师姐送回去。”

杨慎对这个人简直是鄙视到了脚底，当下一言不发，扶着伊春便下楼。舒隽笑呵呵地跟在后面，他脸皮老厚，完全不在乎，和小南瓜有说有笑。

凉凉的夜风一吹，伊春倒清醒过来。她揉了揉发疼的脑袋，说：“羊肾，今天真幸运，有冤大头帮忙花钱了，咱们算逃过一劫啊。”

杨慎有些哭笑不得：“你知道今天花了多少钱吗？”

伊春严肃地点头：“那什么燕子于非，付账的时候我偷看了，总共是六两银子。我半年也吃不了这么多钱，万幸！”

杨慎忍不住笑了起来：“看样子你还没醉。不过既然是那个晏少爷付账，咱们就等于承了他一次情，以后再遇见，也算是相识的情分。师姐，这才是真正结交，你和舒隽……根本是他讹诈你。”

伊春也笑，并不说话。回头看看那对主仆，还是有说有笑的，她拍了拍杨慎的胳膊，放慢脚步等舒隽走到身边。

小南瓜很机灵地跑到前面缠着杨慎说话了。

伊春笑问：“舒隽，饭菜还合胃口吧？”

他皮笑肉不笑，殷勤地说道：“当然合，小葛古道热肠，真让在下从心眼里佩服。江湖中若是多一些小葛这样的人，就不会这么乱糟糟的啦。”

伊春低声道：“你们都喜欢口是心非，顾左右而言他，一副怕别人来麻烦自己的模样。”

舒隽不由得一愣，低头去看她。这位小姑娘虽然有些醉了，脸上酡红，眼睛却极亮，黑白分明，直率坚定地看着自己。

原来，她心里都有数。

他便回给她一个笑，随口道："小葛是说醉话吧。"

伊春拨了拨面上略有些凌乱的发丝，淡道："我请你吃饭，只是因为我想请你，觉得值得。所以你不用多想，那些漂亮话，也不用再说。"

她看看他，笑得一排白牙亮闪闪："人在江湖上混久了，是不是都会变得忘记初衷？活得可真累。"

她一面加快脚步朝前走去，一面伸懒腰，头发在身后一甩一甩的，像马尾巴一样。

舒隽不由得停下了脚步。

小南瓜鬼头鬼脑地蹭过来，轻声道："主子，是不是被他们发现了你的讹诈？给你一顿好骂？你也真是的，既然不想结交，就干脆拒绝嘛，何必搞这么麻烦。"

舒隽无辜地抓抓脑袋："可是……我以为她看上了我的花容月貌，不得不做坏蛋。"

小南瓜做个呕吐的姿势，解释道："主子，我只是酒喝多了，绝对没有不敬的意思！"

舒隽先是一笑，脸色却慢慢阴沉下来，没有搭腔。

小南瓜叹道："那你现在知道人家只是单纯想感谢你，要怎么办？我看这对师姐弟人都挺不错的，多个朋友也不是坏事嘛。"

舒隽摇了摇头："不要，看着就讨厌。"

"是因为人家没看上你的花容月貌……哎呀！"小南瓜捂住被打的脑袋，痛得跳脚。

舒隽迈开步子，继续朝前走。

风从四面八方吹来，吹着头发，吹着衣服，它明明没有形，抓也抓不住，却总能够牵动你最意想不到的东西。

就算你不想被它牵着，也不行。

他轻声道："怎么说，觉得她挺危险的。以后最好还是别再见吧。"

无拘无束，像一阵清朗的风，危险。

很危险。

人与人的际遇往往只在一个瞬间便被决定下来。

或许是巧合，或许是刻意安排。但人生就因为各种各样不同的、人与人之间的际遇，而显得变幻莫测。

譬如伊春遇到宁宁，也只不过是在一个寻常午后，她闲着没事与杨慎逛庙会，然后在一个角落里发现这个快要饿死的骨瘦如柴的少女。

她蜷缩在一团脏兮兮的茅草上，像一只快要断气的小猫，只有眼里偶尔流淌过的光芒让人相信她还活着，只是活得很痛苦。

倘若少女遇到的是舒隽，他大约会指使小南瓜把她脚上那双还算干净的鞋子脱下来，然后在众目睽睽之下见死不救，甚至回头就寻个由头把鞋子给卖了赚点零花钱。

倘若遇到的是晏于非，他见惯了横死街头的苦命人，眉梢也不会动一下，淡若清风地走过去。

少女很幸运，因为她遇到的是伊春。

所以她被带回客栈，睡在柔软的床上，所有伤口都被悉心包扎好。伊春的手不停在她额头上抚摸，声音轻轻的："没事啦，你先睡一会儿，起来就好了。"

宁宁顺从地睡着了，大约是感到安心。

宁宁再次醒来，是第三天的傍晚。伊春正在屋子里替她熬药，窗口吹来的风带着潮湿的黏意，还有桃花的香气。

宁宁看着她忙碌的背影，忽然开口："你叫什么名字？"

伊春猛然回头，便见到她亮若星辰的双眼，仔细一看，这女孩子长得还挺秀气的，只是那双眼过于明亮，不像一个将死之人。

她笑道："我叫葛伊春，还有个师弟，他叫羊肾，在隔壁房间。我们是在庙会上看到你的，你受了那么重的伤，是有人欺负你吗？"

宁宁沉默片刻，说："我爹娘欠人钱财，无力偿还就把我卖了，打我的人是恼我不肯接客。"

老套的苦命身世，却总能引来人们的同情与眼泪。平淡的口吻，更能令人感到揪心。

伊春什么也说不出来。

"我叫宁宁，多谢姐姐救命之恩。"宁宁在床上给她磕了两个头，"我已无处可去，求姐姐收留。"

伊春最不擅长应付这种场面，虽然心里明明知道出门历练不可能带着一个累赘，但拒绝的话好像也不是那么容易就能说出口。

正是为难的时候，外面突然传来一阵凌乱的脚步声，紧跟着门被人一把撞开，杨慎的声音略显惊惶："师姐！大事不好！"

他一阵风似的奔进来，见到床上跪着的宁宁不由得一愣，却也没工夫理会她，只把手里的一张纸举起来："你被通缉了！"

伊春吓了一跳："被……被通缉？"

她接过那张纸，原来是一张告示，上面画着一个头发凌乱的女子，面容有七八分像自己，下面还写着一行惊心动魄的红字：杀人潜逃，知情者如实禀告，重赏。

她惊得眼前发黑，喃喃道："杀人……潜逃？我杀谁了？"

杨慎急道："还记得逍遥门那个女公子吗？我打听到了，她前几天忽然被人杀了，逍遥门那帮人不知为何一致栽赃到你头上！现下已经报官，掌柜的把你供出去了，官兵马上便到！"

伊春脸色煞白："可……无缘无故就这样栽赃？没证据吗？官府不调查清楚？"

"官府向来是有钱能使鬼推磨，谁管你一介小民死活！先别说这些了，你快把头脸遮住，找个僻静的小道逃吧！”

杨慎推了她一把。

伊春揉揉额角，试图让自己冷静下来。

她冲到窗边，探头望了一眼，杨慎果然没有骗她，客栈下站满了官兵，掌柜的正与为首的捕快说话，时不时抬头朝他们的客房望来。

她一把甩上窗户，提起包袱，道：“羊肾，你带着宁宁走。咱们在开福寺后面那片小林子里会合。”

“宁宁？”杨慎一时没搞清楚这个陌生的名字是指谁，伊春早已一脚踹开房门，就这么大张旗鼓地冲了出去。

“师姐！”他急叫一声，她疯了！就这么硬冲出去？

可他也明白伊春的意思，通缉上虽然没有他杨慎，但掌柜的为了邀功必然也会将他供出，她先冲出去扰乱视线，自己才好带着那少女找路逃走。

纵然有千万分不愿，他还是咬牙一把将宁宁提起，飞快蹿出门，左右看看确定走廊还没官兵上来，当即推开后院的窗户跳了出去。

被他提在手上的宁宁忽然轻道：“公子小心后面。”

不用她说，杨慎也听到了身后众多脚步声，看样子后院也有官兵把守着。他扯下一副袖子，将脸遮住，反脚在地上一踢，扬起一阵尘土，暂时将那些官兵阻了一阻。

“把你的脸遮住！”他急道。

她双臂伸长，扑进他怀里，脸埋在他胸口。

杨慎不由得愣住，此时情况紧急，却也不好责备或者推开她，只得装作不知道，箍住她的腰身，拔出了佩剑。

凭他现在的功夫，击退几个官兵并不是大问题，要担心的是伊春那里，她硬闯出去，不知会不会罪上加罪？刚刚出门历练，却遇到这等离奇事，不能不说倒霉。

杨慎跑了很远，确定后面没有官兵再追上来，这才停在一条巷子里，硬是把宁宁扯了下来。

“你也看到了，我们如今被通缉，自身难保，更不用说照顾你，你自己走吧。”

他说着，从荷包里取出两锭碎银子：“拿去，至少不会饿肚子。”

她却不接，半跪在地上仰头看他，身形纤细得像是马上便要被折断。

“我无处可去。”她低声说。

杨慎皱眉道：“我的话你没听懂吗？”

宁宁定定地看着他，慢慢从地上爬起，轻声道：“我无处可去，宁可跟着你们亡命天涯。”

荒唐！杨慎没有伊春那等好心肠，甩手就走了。

身后忽然传来很不妙的声响，他飞快转身，抬手将那个扑向墙壁的纤弱身体拦住。她撞墙的力气很大，杨慎连退了两步才稳住身体，心下倒有些骇然。

她依在他胳膊上，神情平静，身体却抖得像迷路的小猫。

她定定地看着他，还是那句话："我无处可去，你走，我就死。"

伊春几乎是放肆地挑衅着官府的威严，直接从楼上冲下去。

掌柜的看到她那个瞬间，下巴都快掉下来。她在他肥肥的肚子上轻轻踢了一脚，嗤笑："这一脚就算房钱吧！"

他登时像个皮球一样滚了出去。

官兵们一拥而上，将她团团围在中间，一时间刀光剑影，一阵好打。

伊春丝毫不惧，在包围圈中左冲右突，动作像燕子一样轻快，偶尔有不长眼的刀剑砍在她身上，鲜血顺着衣服滴在地上，像绽开一朵朵红梅。

见了血，她的动作反而更加灵活，抬脚将对面一人踹倒在地，寻了个空隙便逃出客栈。

她逃跑的本事不小，左钻一个巷子，右进一户人家，官兵很快就被弄花了眼，再也寻不到她。

一路有惊无险，到底还是让她赶到了开福寺后的那片林子里。杨慎和宁宁正一站一坐，在那里等她。

"师姐！"杨慎急急迎上去，见她身上血迹斑斑，心中不由得大惊，"伤得重不重？"

伊春摇了摇头："没事，一点也不疼。我们快离开这里！"

说着突然看一眼宁宁，她有些犹豫："宁宁……我们不好带着你一起走，那个……你……"

她从石头上起身，走到伊春面前，直接跪下："姐姐，公子，你们救了我的命，等于是再生父母，宁宁愿意为二位效犬马之力。我的一条命，从此是你们的。姐姐和公子若是不要，我便自绝于此。"

伊春看了一眼杨慎，他皱眉摇了摇头，用眼神告诉她：她是当真的。

伊春只得说道："好吧……委屈你跟着我们一起逃亡了。我们快走，马上离开潭州。"

她将宁宁背在背上，朝前飞奔。没跑多远，伤口处似乎绽开，血流得更多了，她咬牙一声不吭，额上却渗出了大片大片的汗珠。

宁宁摊开手，上面湿漉漉的，全是血迹——伊春身上的血。

"姐姐，你的伤口在流血。"她低声道，"还是先包扎一下吧。"

伊春轻道："没事，别担心。"

杨慎一把抓住她的胳膊，将她扯得被迫停下，又因牵动了伤口，伊春疼得差点跳起来。

他皱着眉，神情似隐忍，又似极愤怒，压低声音："快让我看伤口！不要逞强！"

伊春叹道："真的没事，羊肾，咱们先逃到一个安全的地方再说吧，不然再遇到官兵又要打。"

他正打算强行动手，忽然浑身一僵，与伊春对望一眼，眼神都变得警惕而焦虑。过了片刻，两人慢慢转过身来。

林子里有一辆油壁马车缓缓行近，赶车人头戴斗笠身披大氅，很是眼熟。

马车上用酱紫色的涂料画了一只展翅高飞的燕子，栩栩如生。

宁宁的双眼忽然亮了。

马车行到三人身边，车门从里面轻轻打开，里面坐着一个身穿紫檀色长袍的年轻公子，面若冠玉，气质清贵。

晏于非。

他低声道："上车，我送你们去安全的地方。"

直到上了车，行出很远，两人才想到究竟该不该相信此人的事情。

杨慎低声道："晏公子……"

晏于非打断他的话："就在三天前，有个属下报告说逍遥门哀声一片，是那位门主宠爱的独女被人暗杀。有人在夜色中见到凶手，是个女子，身材瘦削，发髻凌乱，与当日扰乱逍遥门的葛姑娘有七分相似。"

伊春捂住伤口，脸色苍白："三天前，我们在豪庄见过。"

晏于非露出一丝笑，点头道："不错，当日我与两位在豪庄饮酒，明白姑娘的清白。"

伊春看着他："那你……可以替我做证，向官府说明原委吗？"

他缓缓摇头，声音里有些遗憾："并非晏某不愿惹麻烦，实则因为潭州隶属逍遥门的势力范围，他们如今一致认定姑娘就是凶手，官府也会被他们买通，我纵然挺身而出，只怕也未必能全身而退。葛姑娘，江湖就是这样，若有人要你死，清白与否已经不重要了。"

伊春没有再说话，只是紧紧按住伤口，鲜血从指缝里不断涌出。

宁宁撕开袖子，替她把伤口紧紧裹住，她眼睛里水汪汪的，似是马上便要被吓哭了。伊春于是对她一笑，表示安抚。

晏于非看看她，状似无意地询问："这位是……？"

伊春轻道："路上救的一个女孩子，她叫宁宁。"

宁宁红着脸对他微微点头，清秀的脸庞，似是忽然多了一抹媚色，很是勾人。

这位清贵的公子却仿佛没有看到似的，淡淡移开了目光。

杨慎忽然开口："晏公子，多谢你相救，来得真及时。"

他们刚逃到开福寺，他就赶到了，只怕未必是巧合。

晏于非道："惭愧，是有属下见到了通缉告示，因见是葛姑娘，便立即通知我。我派人在潭州城内四处寻找二位的踪影，所幸没有延误。"

杨慎抱了抱拳："救命之恩，不敢相忘。不知公子要带我们去何处？我们如今乃是戴罪之身，只怕会给公子惹麻烦。"

晏于非含笑道："杨少侠客气了，晏某既明了二位的冤情，再不出手相助，岂不成了铁石心肠之人？在下别无长物，因从小爱游历，各处都有歇脚的地方。潭州百里之外的乡间有一处陋室，如今用来安置两位是再好不过的。"

他说得那么正大光明，好像再多想就是他俩疑心太重。杨慎只得表示了感谢，一路无话，只有窗外风景飞驰变幻。

马车在路上轻轻颠簸，伊春只觉越来越困，越来越冷。

腹部中了一刀，血一直在流，纵然她能忍住疼痛，却忍不了身体本能的反应。

她好想靠在车壁上睡一会儿。

可是耳旁好像突然响起了师父严厉的声音："伊春！你在偷什么懒？快起来！"

她本能地一惊，坐直身体。

从六岁开始，做师父的好弟子就是她人生唯一的目标。大约所有做人的意义也在那里面了。伊春向来以自己的认真负责而自豪。

要做一个好弟子，不可以怕苦，那代表没有尽全力。不可以因为任何疼痛流泪，那代表示弱。不能够超越自己极限的人，只能做失败者。

她拜师九年，就这么过来了。

葛伊春，你赶紧起来，坐起来，坐直了，不可以倒下去！她在心里这样对自己说。可是身体真的不听使唤，软软的，像一团棉花，轻轻扑在地上。

醒过来，睁开眼！她继续对自己提出严厉的要求。

耳边传来杨慎略有些惊惶的低呼，跟着忽然什么也听不见了，陷入无边无际的黑暗中。

有人在摸她的脸，不，准确点说，应当是有人在帮她用毛巾擦脸，而且动作不太客气。

一边擦，还有个清脆的声音在一边大声抱怨："我的老天！居然有这么乱糟糟的女孩子！真让人看不下去！"

紧跟着一个柔和的声音轻道："奈奈，你小声点，让她睡一会儿吧，流了那么多血呢。"

"你看看她身上！居然有疤啊！有疤！你见过这么不在乎自己的女人吗？"

"奈奈！小声！"

"居然还这么黑！上次见的那个名满江南的一线香女侠也没她这么狼狈！不管是侠女还是什么别的，是女人就该好好保养。不行，我真看不下去了，木木你来替她擦身体吧！"

"你去哪里？公子吩咐了要好好照顾她的。"

"我把这些脏兮兮的衣服鞋子丢掉！"

感觉有人在脱自己的衣服，伊春觉得自己实在不能继续沉默下去了。

她睁开眼睛，立即见到两个一模一样的俏丽脸蛋，四只乌溜溜的眼珠子盯着自己看。

左边那个穿绿裙子的姑娘忽然惊道："醒了！醒得好快啊！不是点了安神香吗？怎么对她没用？"

嗓门很大也很清脆，应当是叫奈奈的那位姑娘。

右边穿蓝裙子的姑娘先皱眉回头瞪了她一眼："你安静！"跟着又冲伊春温柔一笑，声音婉约："姑娘莫惊，这里是公子的别院，公子吩咐我们姐妹俩来照顾你。"

这位应当就是木木。

伊春茫然地点了点头，立即感觉到腹部的伤口一阵抽痛，她喘了一口气，眼前金星乱蹦，只好无力地躺回去，低声道："谢谢你们……我师弟和那个姑娘……"

"杨少侠和宁宁姑娘都在隔壁，要婢子去叫吗？"木木很温柔。

她摇了摇头："不用啦，多谢两位姐姐帮我包扎。"

奈奈"嘻嘻"一笑："嘴真甜！我说姑娘啊，你年纪也不小啦，女人该好好打扮自己的，你这些破衣烂衫，我全帮你丢了好不好？"

伊春把领口拉拢，脸色发灰："不……不用。"

奈奈把嘴一噘："姑娘别怪我直言，出门在外，人的精神面貌很重要。这里是公子别院，姑娘也算是客人，衣冠不整可不好呢。"

她……以前那样是衣冠不整？伊春吃惊了。

木木赶紧安抚："姑娘别听她乱说。其实是公子吩咐的，因为姑娘现在被通缉，为了不让人发觉姑娘人在此处，所以要给姑娘换个模样。榜上那张画像其实不甚像姑娘，只是头发乱糟糟而已，姑娘若是弄得齐整了，谁也看不出姑娘是榜上通缉的人。"

伊春叹了一口气，指着自己被包扎得厚厚的肚皮，低声道："……我现在这样，也齐整不起来吧？还是等伤好之后再说……"

奈奈噘着嘴出去了。木木替她放下帐子，又往香炉里加了一块安神香，这才缓缓退下。

伊春松了一口气，缩在被子里，只觉风里带着甜软的香味，瞌睡虫又爬上眼皮，令人昏昏欲睡。

她渐渐地又沉入梦乡。

不知睡了多久，忽然觉得脸上不对劲，好像有人把什么黏糊糊的东西往她脸上涂。

伊春猛然睁开眼，耳边听到奈奈轻呼："别动！快好啦！"

她手里端着一个黑黝黝的小钵子，用药杵在捣来捣去，里面也不知是什么东西，发出一股又腥又甜的药气来，味道怪怪的。

捣了一会儿，再把药杵上那些黑漆漆的东西涂在她脸上，一层层抹匀。

伊春吓了一跳，正要躲避，却发现自己好像是被点了穴道，动弹不得，只能由她摆布。

"这可是好东西，在外面花钱也买不到的奈奈秘方，回头不要太感谢我哦。"

奈奈"嘿嘿"地笑着，把药钵里的东西涂满了伊春的脸，然后又取来小剪刀并热水铫子之物，小心翼翼地替她洗手、洗脚、剪指甲并挫去死皮，弄得妥当之后，涂了一层黏黏的东西，小心翼翼地用布包好放进被子里。

伊春实在不知道她在搞什么鬼，此女看着甚是古灵精怪，她只得轻咳一声："这位姐姐……我能问问你在做什么吗？"

奈奈很诡异地一笑："伤好了你就知道啦。来，快睡觉！赶紧把伤养好。"

伊春在茫然中再次陷入梦乡，隔天杨慎来找她，看到的就是一张漆黑的涂满药物的大花脸，双手双脚还被包在白布里，看着很是古怪。

"师姐，你没事吧？"他担忧地坐在床边，"你脸上……这是做什么？"

因着嘴巴被那药给黏住，伊春费了好大的劲才含含糊糊说道："我没事了……有两个姐姐来照顾我，说这是为我好的药方，我也不知道是什么。"

杨慎脸色突然发白："该不会是毒药吧！我听说过西域有一种奇毒，涂在皮肤上能让肌肤腐烂，他们是不是打算给你换一张脸？"

伊春吓得心都凉了，门外忽然响起奈奈的大嗓门："你不懂就不要乱说，好不好？"

紧跟着绿裙子婢女就冲了进来，手里依然捧着那个黑黝黝的药钵子，俏脸上满是怒意："什么毒药！这是我自己配的灵丹妙药！你说是毒药，根本是污蔑我！"

杨慎大约也没想到晏少爷手下会有这么跳脱彪悍的婢女，一时竟说不出话来。

奈奈白了他一眼，走到床边低头看看，满意地点点头："很好，你没乱动，现在该换啦。"

木木跟在她身后走进屋子，给杨慎行了一个万福，含笑柔声道："杨少侠千万别见怪，家姐就是这么火暴性子，她绝对没有恶意的。那药也很有效，不用担心，不是毒药。"

她这样客气柔声地解释，倒让杨慎不好意思起来，讪讪地说道："抱歉……我一时失言……"

木木又笑道："这里是公子在潭州的别院，他平时很少来。院里除了侍卫，也就只有我们姐妹俩了，无聊的时候只能钻研药石。家姐在这方面已经略有造诣。"

杨慎忍不住回头去看，只见伊春脸上的药膏已经被洗干净，也不知是因为受伤还是什么别的原因，黑黝黝的皮肤颜色好像淡了一些。

奈奈一边继续给她涂药一面絮絮叨叨："不要动，也别把它擦了，这真的是好东西。很快你就知道怎么好啦，到时候你肯定要感谢我。"

伊春自己也觉得脸上皮肤清爽了许多，见杨慎神情平静，知道脸上皮肤肯定没烂，这才放心由她摆弄，重新涂上一层药，继续躺床上装死。

木木见他们师姐弟俩似乎有话要说，很快便拉着奈奈离开了。

杨慎坐在床边低声道："师姐，你别担心被通缉的事，等你伤好了，咱们去找逍遥门说个清楚。"

其实他非常清楚，去找逍遥门根本是自寻死路，没有确凿证据说明人不是她杀的，逍遥门见到他们只会火上浇油。但如今他也只能这么安慰伊春了，省得她不能安心养伤。

伊春却摇了摇头："不能找，被通缉就被通缉，也没什么大不了，等伤好了赶紧离开潭州便是。对了，宁宁呢？她也有伤，我现在不能动，你多照顾她一些。"

杨慎犹豫了一下："其实……这两天我都没见到她的人影。师姐，你不觉得她有些怪怪的吗？不像是平常人家的女儿。"

他这样一说，伊春便想起宁宁过于明亮的眼睛，亮得十分诡异。

她也是一阵犹豫，隔了一会儿，轻声道："总之，多注意她一些。"

更夫已经敲过三更，夜色浓郁，今晚没有月亮，黑得伸手不见五指。

晏于非就着灯光看了一会儿书，似是有些乏了，抬手轻揉额角。

就在这个时候，门开了，冰凉的夜风呼啸而入，一下便吹灭了蜡烛，屋里陷入一片漆黑。

他并不惊惶，只将书卷放了下来，抬眼朝门口望去。那里有一个白影，飘飘忽忽，游移不定，像一抹幽魂。

不，或者说，那就是一抹幽魂，凄艳的幽魂。

"晏于非——"她发出凄厉的低吼，"晏于非，你因为疑心便将我逐出，令我只有死路一条，你好狠的心肠！"

他没有说话，只静静望着门口那抹白影，她忽而飘进了屋子，脚不沾地似的，一直飘到他面前。凌乱的长发披在脸上，底下是一张惨白的脸，七窍中似有鲜血汩汩涌出，极为可怖。

虽然这张脸很扭曲，但他还是认出来了，正是那晚在豪庄求他将自己收回晏门的那个婢女。

她还在低号："你迫得我老父猝死半途！看看这张脸，你还记得我吗？"

晏于非忽然轻道："原本我真以为自己是做了一件错事，如今看来，到底还是没做错。"

他右手忽然一扬，只听"卒卒"两声锐响，像是银针之类的细小暗器射了出去，正中那女鬼肩头。她却动也不动，只直勾勾地盯着他。

晏于非勾起唇角，露出一丝笑，提醒她："针上有毒，晏家二少并不是什么不用有毒暗器的正人君子，派你来的人没事先告诉你吗？"

那女鬼浑身一颤，肩头隐约发麻，提醒她此人并不是说笑。

她恨恨地把脚一跺，飞也似的逃出门去。

晏于非点亮了灯火，似乎没有要追的打算，继续端起书，他看得入神。

没有月光的夜，杨慎在床上翻来覆去怎么也睡不好。

他是个很怕黑暗的人。得知家人被仇杀，也是在一个死寂阴沉的黑夜，从那以后很长一段时间，他睡觉都要点着灯。

风声如咽，像一只手在窗外轻轻拍打。他到底还是将烛台点亮，望着火苗没了睡意。

床头放着一块汗巾，不是什么好料子，用得半旧了，微微发黄，下面倒是绣了很精致的云纹，有点不伦不类。

杨慎用手摸了摸，爱惜地拴在腰带上。

这是下山前伊春的娘送给他的。他们一家人都很好，或许只有这么温馨的家庭才能生出伊春这样的女儿。看到伊春娘慈祥的笑容，他总会想起自己的母亲，那块汗巾子就仿佛是他母亲亲手给他做的一样，令人心头暖洋洋。

窗外突然传来一阵轻飘飘的脚步声，略带杂乱，仿佛是在躲避什么东西。

杨慎一口吹了烛火，只见一个纤细的影子自窗前一闪而过。

他一跃而起，飞快将门打开，刚好与那影子撞个正着。她似是吓了一跳，急急后退，纵身间无声无息地越过一盆芍药。

杨慎厉声道："什么人！"随即出手抓她。

那影子并不作声，迟疑地与他拆了几招，大抵是发觉自己不是对手，足尖一点便要逃走。

冷不防被他一把抓住后背心，用的力气大了，只听"刺啦"一声，后背的衣服竟被扯裂了。

杨慎只觉一大片莹白的肌肤突然出现在眼前，出于本能把手飞快松开，耳边听她低叫一声，声音婉转。

是她？

杨慎稍稍一愣，见她还要逃，再也顾不得此人衣衫不整，眼见她长发凌乱地披在身后，他毫不怜香惜玉地扯住朝后一拉，她登时哭了，半缩着身体，哀求似的抬头看他。

一张小巧又楚楚可怜的脸，是宁宁。

她轻声道："求求你，放过我。"

杨慎早已怀疑她身份特殊，如今见她装扮诡异身手不凡，岂有放过的道理，当即冷道："你到底是什么人？要做什么？"

她含泪道："我……只是睡不着出来透气而已，公子不是也深更半夜还没睡吗？请快放开，你弄疼我了。"

杨慎索性把她的长发在手上绕了几道，森然道："不如我现在带你去问问晏公子。"

她果然怕了，死死抱住他的胳膊，像一只快要溺水的小动物，一个劲地抖。

"我……我自己也不愿，只是老父被人软禁，我实在不得已。"

杨慎"哦"了一声，道："那你说怎么个不得已。"

她颤声道："我不能说！我知道公子与姐姐都是极好的人，我绝不会害两位。求公子放过我！"

只可惜她怎么哭求，他也不心软。杨慎没有伊春的好心肠，从某方面来说，他相当冷酷。

宁宁实在无法，忽听不远处又有脚步声响起，杨慎扯着她的头发，似是打算躲到阴影地里细细盘问，忽然她重重呻吟了一声，喘息道："啊！你……求求你，轻点！"

说罢整个身体像没骨头似的，一下钻进了他怀里。

他要推，她反而把脸贴上他的手，是一种近乎娇蛮撒娇的引诱方式。

杨慎正要用力，忽听奈奈的声音在前面响起："哇呀！大半夜的，你们俩在干吗？要偷情也找个好地方呀！"

他一下反应过来，又羞又怒，脸颊像被火舌舔过似的，掌上用了力，拍在宁宁肩上，触手却觉湿漉漉的，带着腥气。

是血？

宁宁闷哼一声，忽而紧紧抱住他，双腿像蛇一样盘在他腰上。

奈奈赶紧捧着脸跑开了，还喃喃道："看他就不像个好东西，果然人品不好！啊啊，眼睛看到脏东西了！"

宁宁笑了一声，声音颤抖："公子，你不要逼我。你看我现在的模样，若是叫嚷起来，只怕对公子的声誉不好。你师姐知道了，不知会怎样想？"

杨慎怒极，扬手想扇她一个耳光。她却滑到了地上，将他腰上的汗巾子飞快扯下塞进怀里。

"你若是将今晚遇到我的事说出去，我便有更好的事情要告诉你师姐。"

她呵呵低笑："反正也已经有人看到我俩的好事了，瞒也瞒不住她。可惜，你那么喜欢她，她却要把你当作坏人了。"

杨慎没说话，定定地看着她。他本来就长了一张坏蛋脸，如今真正沉下来，竟令人觉得悚然。

宁宁勉强笑道："不如你我都当作今晚没遇到过对方，否则我便要将这汗巾子给你师姐看，你猜她听说我俩两情相悦会有什么反应？肯定不会难过吧？"

她见杨慎依旧不说话，目光阴冷，怀疑他是动了杀意，不禁退了一步。

他却将双手背到身后，淡道："你不会说出来，因为你受了伤。若是闹大了，我不过是落得个风流的名声，你的小命只怕保不住。"

她想不到这纯情少年竟然毫不在乎，不由得感到浑身发麻。

他又道："我不管你和晏于非有什么恩怨，若是招惹到我与师姐，我绝不放过你。师姐很关心你，我不想让她觉得又遇到一个居心叵测的人。你走吧，自己知道怎么做。"

宁宁怔怔地看着他转身离去，忽然像是着了魔似的，把汗巾举高："那……这汗巾，还给你。"

他淡道："被你抓过，脏了，我不要。"

她不由得无言。

果然，第二天宁宁便去看望伊春了，杨慎见到她还是和以前一样，没有任何反应。

“宁宁，是睡不惯这里吗？脸色好难看。”伊春依然涂着大花脸，关切地问她。

她勉强一笑：“就是夜里风大，确实睡不安稳。”

肩上的伤还在隐隐作痛，晏于非那根银针上涂的不知是什么毒药，她吞了两颗解毒丸，只觉效果不明显，伤处又痛又麻，一条胳膊有点不听使唤。她虽然焦急，却也无法。

奈奈端着药钵进来给伊春换药，听到她这样说，冷哼一声，朝杨慎翻了个不屑的白眼，咕哝道：“是一夜没做什么好事，所以没睡好吧！”

伊春奇道：“什么意思？”

奈奈嘟着嘴，喃喃道：“害我看见不干净的东西，以后长针眼绝对找你们算账……你这个师姐呀，有空多管教管教自家师弟，年纪还小呢，以后误入歧途怎么办？”

伊春看看杨慎，他脸色也不太好看，低头不说话。

她于是笑道：“不会的，羊肾是好人，他不会做坏事。”

杨慎握住伊春的手，用力捏了一把。

伊春的伤痊愈，是二十天之后的事了。

这二十天里，她不但每天忍受奈奈在她脸上和手脚上涂各种各样稀奇古怪的东西，还要被当作人偶，一遍遍被她和木木把头发拆开束起，试验无数种发髻。

这二十天她简直是活在地狱中，如今终于要解脱了。

杨慎来找的时候，伊春刚把脸洗好，头发和衣服都是奈奈打理的，不容她发表半点意见。

“奈奈，这个衣服袖子好宽松啊，行动真不方便。”

“奈奈，没有皮带我没办法拴剑，找根皮带好吗？”

“奈奈，这鞋子穿着好不舒服啊，脚底痛死了。”

伊春一遍一遍地抱怨，通通被奈奈一句话堵回去：“这样才漂亮，习惯就好。”

她怎么可能习惯这种累赘的打扮！伊春摸摸头顶不知什么形状的发髻，只觉晃一晃就要松了，奈奈偏说这是什么流行款式，适合她的脸型。

适不适合她看不出，她就觉得浑身上下像被无形的绳子捆住一样，一点都不自在。

奈奈端起脸盆，道：“你别摸啦，女儿家动作幅度要小一点，要优雅，大大咧咧那是男人婆。”

伊春很严肃地回头看着她：“我只有一个问题，我弄成这样，还能练武打架吗？”

这才真真是扶不起的阿斗，奈奈无力地吐出一口气：“我真没见过这样的女孩子……武功重要还是容貌重要？”

抬头见杨慎抱臂含笑倚在门框上朝这里看，她又说：“你也来劝劝你师姐，她不会是个武痴吧？”

伊春扶着发髻颤巍巍地站起来，无辜地看着杨慎，喃喃道："羊肾啊，我觉得头昏脑涨，浑身不舒服，能不能换回以前的衣服鞋子？"

杨慎略带一丝惊艳的神情细细打量着她。

伊春原本很黑，黑得油光发亮，像块木炭，五官纵然生得不赖，但也从来与"漂亮"两个字无缘。

现在虽然不算白如玉，但比以前是好了无数倍，健康的肌肤，端正的五官，充满了十五岁少女神采飞扬的味道。

她额头饱满，如今把头发全部束到后面，发髻也不繁复，很符合她利落的气质，配上藕色罗裙，多了一丝娴雅的气息，倒让人眼前一亮。

纵然不是什么大美人，却也当得起"英姿飒爽"四字。

见她求助似的望着自己，他笑道："师姐穿什么都好看。"

在他心里，她怎样都是美的。

大约是他看得太专注，伊春飞快地把脸别开，装作没注意。这个小动作让他心里微微发凉，有一种极苦涩发酸的滋味一点点蔓延上来。

她可以相信他一辈子不做坏事，可以当着所有人的面，不顾一切地护着他，可以在他被人掳走的时候，豁出命去救他。

却不愿面对他的那一点点略带奢望的祈求。

他的感情在她面前，是否很卑微？他是否应当自惭形秽？

杨慎一点把握也没有。

伊春低头拉拉裙子，神态恢复自然，略带抱怨："好不习惯。"

"习惯什么？"宁宁含笑的声音在窗外响起，她笑吟吟的脸也探了出来，见到伊春崭新的模样倒是一愣，与她印象里那个邋里邋遢的姑娘似乎不是一个人。

她……是不是白了好多？

"姐姐今天打扮得好漂亮。"她说得好像很有诚意。

有意无意地，宁宁忍不住偷看杨慎，他的目光没有一瞬间离开过伊春，看得专注又认真。

宁宁突然觉得很烦躁。

晏于非听说伊春伤势痊愈，特意放下手头繁忙的事务，下午抽空过来探望她。

因见伊春变化甚大，他倒有些过意不去："婢子胆大无礼，葛姑娘莫要放在心上。"

伊春与他赔笑两句，无非是感谢他相救收容之恩。这等江湖客套话，她还没学会，自觉说着很累，索性放开了讲："晏公子救了我们，以后有什么要帮忙的，尽管说。"

一旁戴着斗笠的殷三叔嫌她说话粗鄙轻浮，不由得多看她一眼。伊春浑然不觉。

晏于非淡淡一笑："姑娘客气了，都是江湖中人，一方有难八方支援乃是常理。今日我来，还有个好消息要告诉姑娘。"

好消息？她愣了一下。

晏于非道："姑娘的通缉榜已然撤销，真凶已在两天前捉拿归案。那女公子强夺了许多少年男子养在府中，其中一人已有婚约在身，未婚妻苦寻郎君至逍遥门未果，便趁夜潜入门内将女公子杀了。如今案件已破，姑娘冤情得雪，岂不是大快人心？"

伊春倒有些吃惊，先前逍遥门一口咬定是她杀的女公子，官府被他们收买，也不问实情就来擒拿。如今态度转变得好快，真凶又是从哪里钻出来的？

杨慎说道："多谢晏公子从中周旋，替我师姐洗脱罪名。"

伊春恍然大悟，见晏于非神情似笑非笑，立即明白了，其实是他在后面推动，不知用了什么手段把真凶寻出。

晏于非慢悠悠地说道："晏某不敢居功，此事多亏殷三叔调查跑腿，总算没有令葛姑娘蒙受不白之冤。"

他顿了顿，又道："晏某确有一件事有求于二位，恳请二位拨冗听我一言。"

木木和奈奈一起退下，宁宁也早早避开。殷三叔将门关上，抱臂守在门口，斗笠压得很低。

气氛很有些玄妙，杨慎神色凝重，心知此人不提要求便罢，若是提了，必然难办。

他这番相助绝不像嘴里说的那么冠冕堂皇，世俗中打滚之人，一切利益第一。

杨慎忍不住看看伊春，她明显不习惯也不喜欢这种情况，漂亮的眉毛皱了起来。

"自与葛姑娘在贤德镇医馆初遇，如今也过了一个月，姑娘是否还记得当日情景？"晏于非忽然说了一句莫名其妙的话。

他不提醒还好，一说伊春不由得"啊"了一声，恍然大悟："对了！那天医馆里的人就是你！我说怎么那么眼熟。"

晏于非笑了笑，又道："当日我为人追杀，身中奇毒，多亏邱大夫诊治得当，否则再难活命。晏门名声在外，难免遭遇宵小之辈，只是我所遇的狂徒却异常难缠，从漠北一直追杀到潭州，几次险些被他们得逞，若非殷三叔，今日也不可能与二位在此详谈。"

两个人都不说话，等他说出最重要的。

果然，他也不拖泥带水，立即说出了所求之事："晏某有要事在身，身边也没有其他会武的仆从，二位身手不凡，乃名门子弟，故而厚颜恳请二位暂且留在别院，多则两月，少则十日，绝不敢令两位长留。"

这个要求倒不过分，大大出乎杨慎的意料，他原以为此人有拉拢的意思。晏门近年来拓展势力范围相当厉害，亦收拢了许多人才并入门内，他原本还准备好了婉拒的托词。

这个晏二少，果然不是简单角色。现在时机尚未成熟，他立即说出拉拢之事，必然会遭拒绝，倒不如以退为进，先将他二人留在身边，图个来日方长。

杨慎个人意见倒还罢了，关键在伊春，只要她动心想留下，那就等于杨慎也留下。

他略想了想，正要说话，却听伊春很爽快地答应了：“好啊，小事一桩。要追杀你的是什么人？”

她果然是想也不想就钻进瓮里，杨慎索性把嘴闭上了。

晏于非对她微微颔首，感谢她答应得那么爽快：“此事倒是说来话长。我晏门近年来有意壮大门下，与中原诸多门派亦有合作，一向相处愉快。前年我大哥去巴蜀渝州，与万华派商谈合作事宜，却出师不利遭到对方暗杀，大哥右腿被砍去，所幸留了一条性命，我父亲因此大怒，捉了十余个万华门人软禁起来。自此巴蜀万华竟与其他门派勾结，处处挑衅晏门，当日在贤德镇，我所中的毒，也是源起巴蜀万华。巴蜀之人善于制毒暗杀，防不胜防。我此次出远门倍感头疼，故而恳请二位暂时留下，待事情办完，在下自有厚礼送上，绝不敢轻慢。”

此人说话技巧果然高明，稍不小心便要被他绕进去。

想来真实情况应当是晏门想吞并巴蜀一带的势力，却遭到反抗，晏门主恼怒儿子被伤，便大开杀戒，非但没有服众，反而引起了更强烈的反抗。

如此算来，宁宁兴许与万华脱不了干系，是被派来暗算晏于非的。可惜技不如人，反而先露了马脚。以晏于非的精明，不可能查不到宁宁的身份，他却不点破，分明是给他二人面子。

杨慎不由得暗暗颔首，赞此人做事漂亮。这样一来，他们欠他的情分更多，到时候只怕是算不清，必定要大大偿还他一笔了。

他又看一眼伊春，估计她的糨糊脑袋肯定是被糊弄得一团糟，毫不犹豫便要热血沸腾。

伊春正色道：“我听人说，世上没有无缘无故伤人的人，除非是疯子，巴蜀万华会如此抵抗，想必是你们晏门做了什么他们不赞同的事。晏公子，你救了我们，这个恩情我肯定会还，巴蜀的人要来杀你，我帮你挡下，但不会帮你杀人。”

这话说得众人都是一愣，殷三叔的眉头立即拧了起来：“你怎能如此与少爷说话！”

伊春起身对晏于非抱了抱拳，略带歉意：“抱歉，我不大会说话，有些不中听，公子的厚礼我不要，但我会帮你，只管放心。”

大抵是没想到这傻乎乎的姑娘脑子还挺清楚，晏于非脸色变了一瞬，随即露出笑意来，温言道：“姑娘说得对，此事晏门也有过分之处。无论如何，晏某要感谢姑娘与少侠的侠义心肠，在潭州这段时间，拜托二位了。”

伊春与杨慎走后，殷三叔摇头道：“少爷，这两个少年只怕会坏事，属下还是寻个时机令他二人再也不能泄露风声为好。”

晏于非揉了揉额角，将茶杯放在鼻前轻轻一嗅，低声道：“过一段时间再说。”

窗外莺啼鸟啭，一派仲春柔靡景象，他将窗推得大开，刚好有一行鹤扑棱着翅膀飞上天。

他看得有些痴了，轻轻问道："殷三叔，还记得我小叔吗？"

殷三叔却默然。

晏门曾出了个惊才绝艳的人，名叫晏清川，是晏门主最小的弟弟。此人野心勃勃，才干高出门主十倍不止，奈何一朝栽倒在某位不知名的侠客身上。传闻那人放荡不羁，却武艺高强，晏清川一心拉拢他，可惜道不同不相为谋，逼得狠了，反被那人一剑穿心，当场殒命。

这是晏门中的悲剧，纵然是门主，现在提起亦要老泪纵横。

晏于非唇角露出一抹笑，有点冰冷，似乎还带了一丝讥诮。

"我不会变成小叔那样的，该杀的人，我一点也不会心软。"

这世上总有一种人无法被掌握在手心，收为已用，他们是一阵风，是带着翅膀天生便要翱翔的鸟。

可是他们偏偏生得极美，翅膀上带着阳光，纵然埋在地下最深处，也能一眼就发现。

但是不能归属自己的东西，生得太美反而是祸害。

他们也许有一天忽然反过来阻碍自己，也许会有更高明的猎手将他们捕获。

所以，除掉才是最简单最放心的方法。

殷三叔退了一步，垂头恭恭敬敬地说道："少爷，属下探得舒隽仍未离开潭州，逗留在城南一带，似乎是在等人。"

这又是一只美丽却桀骜的鸟，根本连靠近都不得其法。

晏于非缓缓摇头："撤了，暂时不要继续跟着他。葛伊春与杨慎似乎和他有些交情，留住这二人的话，总有一日会再次遇到他，从长计议吧。"

殷三叔点了点头，拱手正要退下，忽听门上被人轻轻一敲，安排在外面的部下低声道："师伯，少爷，人带来了。"

晏于非转过身，便见两个属下架着一个瘦弱的女子走进来。

是宁宁，她嘴巴被封住，知道挣扎也没用，索性装死，一动不动地被人挟住，两眼无神地盯着地面。

晏于非淡道："又是巴蜀万华派来的人吧，我已调查清楚，你姐姐确是我晏门中一名婢女，一年前将她驱逐是因为家中有你这个拜入巴蜀万华门下的妹妹。如今你姐已自尽，老父被万华作为人质，逼得你前来刺杀我。计是好计，可惜找错了人。"

宁宁还是不动，像没听见一样。

他又说："你中了我的毒，半年之后必然发作癫狂而死，现在你右胳膊应当已经变成了紫色。"

立即有属下将她的袖子撕开，果然半条胳膊都变成了紫色，像是被烧烂了一样，极为可怖。

宁宁咬牙道：“要杀就杀，要折磨也痛快些，不必多说。”

说罢，她却阴狠地笑了一声：“你这个晏门二少，果然深得晏门精髓。明明是你派人将那女公子杀了，却栽赃在别人头上，演了好大一出戏，精彩得很哪！晏门妄想称霸江湖，令群雄马首是瞻，好歹也要做些有德行的事吧？”

晏于非并不理会她的挑衅，声音冷淡：“我给你半枚解药，一年内你为我做事，若是成了，我便给你另外半枚解药。你的老父我已派人救出，不用再听万华的话。”

他示意手下放开她，从袖中取出一封信，递给她。

宁宁将信将疑，展开信纸上下一扫，心中顿时五味杂陈。

确是她老父的笔迹，说晏于非已将他从万华抢出，安置在一处僻静之地，只要她尽心做事，父女总有相聚之日。后面还画了一个只有他们父女俩知道的秘密花纹，确认这是她老父亲笔没错。

宁宁将信纸塞入怀内，再抬头面上已是平静无波。

她直直跪了下来：“公子请吩咐。”

隔天，伊春和杨慎便充作晏于非的贴身护卫，随着他出门了。

这次不管奈奈怎么威逼利诱，伊春也不肯再穿那累赘的罗裙、盘烦琐的发式。

她甚至管杨慎借了一套男装，学着男人的模样把一头长发全部束在头顶，为了不暴露自己女人的身份，还和殷三叔学习，加上一顶压得低低的斗笠，倒也别有一种风韵。

身为晏门二少究竟有多忙，伊春总算有了体会。真正的江湖人士是不是也像他一样，上午见好几个人，有时午饭也来不及吃，便要赶去见另外的人。

谈啊谈啊谈，他们好像永远有谈不完的事。

有时候伊春会猜，他们是不是在谈怎么练武怎么过招？

这个想法让杨慎嗤之以鼻：“武痴才会成天想着练武的事，江湖上的事情哪有那么简单。”

所以伊春一直也不知道他们究竟有什么可谈的。

在她看来，生活是如此简单随性，有饭吃，有觉睡，有人说话，有景色可看，有许多没见过没学过的东西等着她。

实在没有多余的时间浪费在一次又一次莫名其妙的谈话上。

于是杨慎又会笑她：“猪也是这么过日子的，这样挺好。”

他们两人正跟在晏于非的马车后面走，这位少爷下午第二个目的地是储樱园，近日刚好是赏樱时节，他不知又和什么人约定了在那里谈事情，忙得要命。

伊春把斗笠压低，有点火气：“羊肾你总和我过不去！我可是你师姐！”

杨慎笑嘻嘻地看着她扮男装的模样，出乎意料，似乎比女装还多些俏丽，他说：“做猪才好，有人养着，无忧无虑的。”

“那你怎么不去做猪！”她抬头瞪他，如今脸色白了，形容居然生动了许多。她相当耐看，看久了会让人忍不住心头一动。

杨慎的心就动了好多次，动得他都有些无奈了，便忍不得透露一些：“我做猪的话，谁来养你？”

他知道她肯定听不懂，她有时候聪敏得让人意外，有时候却真的是一头猪。

她却只是笑，似乎不打算搭话。

已经有很多次了，他一时情动会说一些相当出格的话，或者做一些出格的事，她的反应很奇怪，似乎带着逃避，并不想承认，但又碍于一个什么理由不能利索地拒绝掉。

这是非常令人泄气而且恼火的反应，杨慎按捺不住，声音变冷：“伊春，你到底……”

话未说完，她却立即打岔：“要叫师姐！啊，前面是不是储樱园？我们到了！”

故意的，绝对是故意的。

他气极，反而笑了起来，咬牙转头，再也不说一个字。

伊春也对自己过激的反应有点尴尬，把斗笠压低，挡住脸。

很快便到了储樱园，晏少爷推门下车，冷不防周围“呼啦”一下拥上许多乞丐，挥着脏兮兮的盆子，嚷嚷着求他打赏点钱财。

潭州一是储樱园，一是开福寺，附近的乞丐简直比蚂蚁还多，稍遇上一个服饰光鲜点的人，乞丐便立即群起而上，根本不是要钱，而是抢钱。

伊春二人立即护在他身边，将那些乞丐挤开。

忽然，她起了一丝不好的预感，像是有什么寒冷而危险的东西正在逼近。

几乎是本能，她一把抽出佩剑挡在身前，只听“叮”的一声，一个蓬头垢面的乞丐垂着头，手里拿着一把寒光湛湛的匕首，似是打算偷袭，却撞在了伊春剑上。

他一击不中，掉头便跑，伊春犹豫了一下，不知该不该追，忽觉一股大力从隔壁传来，她被杨慎撞得一个趔趄，急道：“怎么了？”

他说了一句什么，含含糊糊的，紧跟着一声巨响，像是鞭炮炸开的声音。伊春眼前突然涌出大片大片的青色浓烟，刺鼻又刺眼，什么也看不见了。

她飞快伸手去捞杨慎，却捞了个空，殷三叔在浓烟里怒气冲冲地吼了一声，紧跟着是兵刃交接的声响，再跟着……什么声音都没有了。

终于等风把浓烟吹散，伊春揉着发疼的眼睛四处张望，这才发觉只有她一个人站在马车前，杨慎、晏于非、殷三叔他们不知去了什么地方。

第五章

暗之吻

就这么一眨眼的工夫，他们就算被挟持，也走不了多远。

伊春四处张望一番，忽见园门前地下斜斜钉了一根细细的针，针头指着储樱园内。

那是晏于非常用的暗器。

她直接冲进了园子。

储樱园里种了无数樱花树，此时正值樱花盛开的季节，如烟如霞，晃得人眼花缭乱。

传说这园子本是某豪富人家的后院，后来家道败落，便将园子转卖旁人，几经转手，如今却成了一块公众之地。园内另有商家酒楼茶舍各自经营，互不相扰。但由于价钱昂贵，纵然是樱花盛开的时节，也鲜少有人进来消遣。

伊春很快就在繁华的樱林里迷路了，迷得一塌糊涂，完全不知该往哪个方向走。

胡乱绕了几圈，她忽又在一棵树下见到了一片撕碎的衣角，捡起来摸摸，是粗布的。那颜色质地与杨慎穿在身上的衣物并无二致，那孩子一向心思缜密，应当是给她留的记号。

果然，伊春左右再看看，在另一棵树下也找到了一片碎布。

她心头一松，顺着杨慎的记号一直朝前飞奔，不一会儿忽觉眼前豁然开朗，竟是出了樱林，对面是一个凸起的土坡子。

坡上建着一座竹楼，晏于非身上的象牙白外袍很是显眼，就靠在窗边。他看上去倒没什么异样神色，一手扶着下巴漫无目的地望着窗外，忽然看到伊春朝他挥手，他不由得一动，反而把脑袋别过去了。

伊春愣了一下，左右看看，确定这里应当是园子里的某间茶舍，因为还有三三两两的游人在附近赏樱，竹楼下还摆了桌椅，供人休憩喝茶。

她解下斗笠，直接推门走进茶舍，热心的伙计上来招呼，她说："我要上二楼。"

伙计很是为难："姑娘，二楼被人包下了，委屈你在一楼坐会儿，好吗？"

她像是没听见，抬脚便冲上楼，伙计急得大叫几声，只听楼上传来一阵沉重的脚步声，像是要把纤细的竹楼给踩塌了似的，猛然停在楼梯口。

伊春抬头一看，心里顿时打鼓，犹豫着停了下来。

楼梯口站着一个铁塔似的壮汉，不，称他为巨人或许更合适些。

天气还没完全转热，他却只穿了一条薄裤，裸露出来的上身肌肉偾张，犹如铁块一般，甚是可怖。

伊春估摸着四个自己也未必能抵得上人家一个，眼看那人手里提着一把巨斧，作势要砍过来，好女不吃眼前亏，赶紧逃命要紧。

她下了楼梯，一阵风似的跑出茶舍，隐约听见楼上有个冰冷的声音说了一句："是那个丫头？把她杀了。"

沉重的脚步声在背后响起，伊春惊得头发都要竖起来，勉强回头一看，那个巨人果然提着斧头来追她。他生得高大笨重，跑起来却飞快，伊春觉着自己就是一只小鸡，很快便要被老鹰抓走吃掉。

她在樱花林里左右乱窜，仗着身体小巧轻便，那巨人一时也无可奈何，只能紧紧追在后面。

伊春终于明白为什么其他三人一瞬间就不见了，要是被这壮汉抓住，估计再来十个人也对付不了，通通会被他打晕拖走。

眼瞅着前面有一株特别高大的樱花树，她像猫一样"刺溜"一下便蹿了上去，抱住最高的枝干，把身体藏在樱花里，动也不敢动。

沉重的脚步声慢慢靠近了，她屏住呼吸，眼睛瞪得溜圆，浑身绷得发疼。

树下忽然传来一阵莺声燕语，应当是普通游人在树下歇息玩赏。

伊春稍稍探出脑袋，打算提醒他们先逃命，被那巨人推一把或者砍一斧子，可不是闹着玩的。

却见树下摆了一张躺椅，上面还铺着柔软的锦垫，锦垫上半躺着一个穿浅紫色长袍的年轻男子，面如美玉，神色纯善，正是许久不见的舒隽。

躺椅周围还围着一圈姑娘，正嘻嘻哈哈七嘴八舌地和他说话。

"舒公子说话好生风趣，对了，你还没说自己家住何方呢？"

某个圆脸姑娘略带娇羞地问他。

舒隽闭着眼睛，声音淡淡的："问了家住何方，是不是就打算问有没有娶妻？问了娶没娶妻，大约就是要问我年纪多大。问了年纪再问父母高堂，最后是不是打算问我家里到底有多少钱啊？你们烦不烦。"

很明显，他正处于不耐烦的状态，而且是很不耐烦。可那张脸生得又温柔又善良，明明是很烦躁的神情，可看在别人眼里却是害羞又容忍的。于是大家都以为他是在开玩笑，叽叽喳喳又笑开了。

"舒公子是在这里等人？这么久那人还没来，莫不是某位高傲的姑娘家？"

纯真热情的姑娘们看不出脸色，还在问。

舒隽冷道："关你什么事，你们烦死了，都走远些！"

大家认定他是在害羞，笑得更欢乐。

“想必是国色天香的美人，不然怎敢让公子这样的人等候多时。”

有人的语气微微含酸，又羡又妒。

这帮三姑六婆，真是没完了，舒隽睁开眼，打算大发狼威把她们赶走。每次都是这样，他只要单独落在外面，这些女人便都朝他这里靠，他说话怎么难听都没用，烦得要命。

樱花林里忽然走出一个半裸的巨人，手里还提着一把巨斧，比常人大腿还粗，杀气腾腾地停在对面看着他们。

女孩子们一下就安静了，惊恐地缩了起来。

“有看到一个扮男装的丫头经过吗？”巨人声音粗重，冷冷问着。

舒隽撑着脑袋，懒洋洋地说：“最近女人流行穿男装，满大街都是扮男人的，你问的是哪个？”

“年龄十五六，戴着斗笠，身上佩剑，身材瘦削。”

“这种人街上每天一抓一大把，你问我，我问谁？自己去找吧。”舒隽的回答欠扁至极。

“舒公子……”有女孩被他的大胆打动了，双颊浮现红晕。

“都给我闭嘴，滚开。”他头疼地揉揉眉心，口吐粗话。

姑娘们全体感动，一齐挡在他身前，说：“公子为我们担心，怕这人伤到我们，不惜翻脸赶人，此心我们若是体会不到，岂不是辜负公子一番厚情？你这粗鲁的汉子，还不速速离开！是要在园子里当众逞凶吗？”

舒隽索性翻身坐起来，叹道：“你们不滚，我自己滚。”

他说走就走，挥挥袖子不带走一片云彩。

“哪里走？”巨人恼他出言无状，伸手便要抓他。

姑娘们一齐扑上去，抱手的抱手，拽裤子的拽裤子，就是不让他靠近那可怜又柔弱的男子。巨人一时倒也没办法，他总不能真的当众杀人，只好像抓小鸡似的把那些女子抓着轻轻丢开。场面顿时乱了，娇滴滴的哭喊叫嚷声连绵不绝。

舒隽塞住耳朵，喃喃道：“活该，让你们花痴。”

伊春再也忍不住，从树上一跃而下，厉声道：“放开她们！我在这里！”

舒隽只觉声音耳熟，回头一看，登时认出是葛伊春。她从头上摘下斗笠，直接丢出去，紧跟着寒光一闪，剑已出鞘。

“我和你过招。”

她简直大言不惭，难道看不出再来十个她也不是这怪物男的对手吗？

“算了，不要管闲事。”舒隽对自己说。他本来想拔腿走开的，但不知怎么竟本能地朝她走去，低声道：“你没长眼睛吗？自己冲上去找死？”

伊春恼怒地瞪着他：“你真无耻！居然让女孩子们为你送死！”

虽然是被骂了，他却不恼，眼珠一转。

伊春正要冲过去和巨人打上一架，忽觉身体一紧，是被人从后面抱住了。

舒隽搂住她的腰身，把下巴放在她肩上，笑吟吟地说道：“哎呀！你总算来了，我可是等你好久。来来来，咱们找个僻静的地方好好谈谈吧。”

“你说什么……”伊春的嘴忽然被他捂住，舒隽半抱半拽，拖着她往后走，一面在她耳边低声道：“臭丫头，把他引到没人的地方再说，不是不想让那些三姑六婆受牵连吗？”

伊春眼睛登时一亮，舒隽丢开手，皱眉道：“身上都是汗臭，你不换衣服的？”

她怒了：“一个男人香喷喷的才叫恶心！”

说话间，巨人已经摆脱了那些女孩子，提着斧子追了上来。

舒隽一把拉住她的手：“快跑！”

伊春不由自主地随着他在樱花林中飞奔，眼前只有他淡紫色的袍子一摇一晃，偶有飞樱落下，像一场红雨，像一幅会动的画。

姑娘们眼看这位漂亮又温柔的公子等的是一个其貌不扬的小姑娘，不由得纷纷落下辛酸的眼泪。

如今的世道，鲜花永远是插在牛粪上的。

“怎么会招惹上那怪物？”舒隽一面跑一面问她。

伊春老老实实地把经过说了一遍，说得他连连摇头：“我以为你装傻，没想到是真傻。晏于非的人情怎么能随便欠，小心以后骨头都被他吃了。”

伊春却毫不在意：“我不是正在还他嘛。”

舒隽还是摇头，却不说话了。那巨人紧紧追在后面，他体型笨重，樱花树的枝叶又生得低，总打在脸上疼得厉害，他恼怒起来，扬起巨斧旋转着挥舞出去。

两人朝相反的方向跳开，只觉脸庞风声锐利，擦在脸上一阵疼痛，紧跟着“砰”一声巨响，巨斧深深插入地里。真无法想象被这斧子砍一下是什么滋味。

舒隽叫了一声：“喂，有暗器吗？”

伊春摇了摇头，她和杨慎都只学剑法，暗器什么的并不擅长。

舒隽无奈地摸摸身上，他今天是出门见人的，没想到要在这里和人打架，什么准备都没有。他四处看看，只好从地上捡了几颗小石子，放在手上掂掂，抬头冲那巨人微微一笑：“小心暗器。”

说罢不等他有任何反应，抛出一颗石子，就朝着巨人的面门飞去，被他轻轻松松地接下了。

他嘲讽地笑道：“这就是暗器？”

舒隽忽然露出一丝诧异的表情，望着他身后，惊道：“啊，你怎么来了？”

这等骗人小招，稍有经验的都不会上当。巨人连眼皮子都没动一下，拔腿朝舒隽狂奔而去。

谁知身后“扑簌簌”几声响，真像是有人拨开枝叶朝这里走来。巨人猛然回头，却见空荡荡并无一人，只一颗小石子滚在路边，心知是上了他的当，正打算转身好好教训他一番，背后几个要穴却突然被点，登时僵在那里无法动弹。

舒隽笑吟吟地颠着石子走过去：“我早提醒你要小心暗器了。”

伊春略带惊讶地走过去，看看僵直不动的巨人，再看看舒隽，不太敢相信他轻轻松松就把难题解决了。

舒隽整整衣袖，抬头看天色，道：“估计要等的那人今天不会来了。也罢，我去了，你保重。”

伊春见他说走就走，急道：“那个……谢谢你帮我！”

舒隽斜睨她：“如今我也是还你人情，多谢你上次一顿好酒菜。你我现在两不相欠，以后见了就当不认识吧。告辞。”

原来如此，他人倒是不坏。

伊春在后面笑道：“别这样嘛，舒隽，我们交个朋友不行？”

是真的要交朋友，还是别有用心？这个女孩子，总有一肚子稀奇古怪的理论，还当真不能小瞧她。

他把她从头到脚看了一遍，忽然抬手把她歪到一边去的发髻扶正，神情严肃：“你太邋遢了，等你变成美人再说吧。”

伊春奇道：“交朋友还要看容貌？我都没介意你长得像女人。”

怎么说呢，她确实具备把人肠子给气破的本事，他真恨不得用麻袋把她的头套住，然后狠狠暴打一顿。还从来没人敢这样不客气地跟他说话，当然，他跟别人不客气地说话那就另当别论了。

可是他被气笑了，看着她的眼睛，黑白分明——她一点也不觉得自己是侮辱了他，也不觉得自己被侮辱了。

这样纠缠下去肯定没好事，他还是离她远点比较好。

他立即岔开话题：“你不是要去救人吗？”

话还没说完她就飞快跑走了，一面还朝他摆手：“说定了！交个朋友哈！”

他倒愣愣站在原地：“你别擅自决定……”

自然是没人回答他了。舒隽抬头看看那巨人，对方也直直地看着他，隔了一会儿，说：“原来你就是那个臭名昭著的舒隽。”

他一言不发转身离开，忽又想到什么似的，回头恶作剧似的给他一个笑容，眉眼舒展开，倒有一种别样的淘气在里头。

“送你个见面礼，省得总拿我的名字与旁人卖弄。”

手里剩下的石子被他一把抛出，全部砸在巨人脸上。巨人痛得放声大叫，偏又不能动，脸上也不知破了多少伤口。

舒隽掸掸袖子，像是终于出了一口恶气似的，神情轻松地走了。

竹楼里很安静，只有泡茶沏茶的轻微声响。

那是一个年约四旬的男子，正值壮年，头发却已花白，面容清癯，目中隐含锐利。

他缓缓用滚开的第一遍茶水把四个陶瓷的小杯子烫一下，残水倒掉，再灌入新烧开的水。四个小杯子比婴儿拳头大不了多少，茶水映着里面白色的底子，碧黝黝的，香得沁人心脾。

眼看他把四个杯子分别放在各人面前，杨慎下意识地稍稍一缩，背心立即被一柄冰冷的刀抵住了。

他们三个人，每人背后都有一人用刀指着要害，只要稍有妄动便会性命不保。

晏于非似乎见惯了这种事，眉毛也不动一下。只听那中年人说道："晏二少见识广博，可知这是什么茶？"

他淡道："安溪盛产铁观音，工夫茶大善。"

中年人笑了笑："厉害。舍弟也最爱闲时品尝这铁观音，晏二少向来聪明，想必已知道舍弟是何人了。"

晏于非看了他一会儿，说："是闽南龙虎帮的于头领，阁下应当是于头领的胞兄，铁面穷奇于先生。"

于先生做了个请的手势，敬他们喝茶，三人被迫拿起那小小的陶瓷杯子，一口喝干，滋味果然与寻常茶不甚相同。

他又往小小的茶壶里倒开水，一面说："晏门为了吞并闽南一带势力，收买了不少帮派。钱字当头，当然人人抢着办事，将舍弟一家大小十三口人杀得一干二净，龙虎帮就此瓦解。此事说出去却与晏门没有一点关系，这招借刀杀人果然厉害。想得出这个点子的晏二少，更是少年英才，不同凡响。"

晏于非丝毫不惊惶，倒是微微一笑："于先生谬赞了。"

杨慎心下略有些了然，先时还当是巴蜀万华又来找麻烦，没想到晏门仇家太多，闽南的人居然找到了这里。

他稍稍转头朝窗外看，心中焦急，方才伊春循着记号找来，却被那巨人堵住，眼下不知生死。最糟糕的情况莫过于大家今天一起死在这里，早知道便宁可做无赖，根本不还他什么人情。

思忖间，于先生又放了一杯新茶在面前。

"晏门施计杀了舍弟全家一十三人，连出生不满三月的婴儿也不放过，这笔账今日是算不完的。你们兄弟四人，加上门主五人，听说你大哥生了两子一女，加上妻妾也不过十人，还缺三人。算上先前跑掉的丫头，还要麻烦这位先生与这位少侠来充数，血债血偿。"

杨慎背上冷汗涔涔而下，晓得他是说真的，奈何绞尽脑汁也想不出什么脱身的法子。

晏于非却说道："你也不过在我面前说说狠话，今日是我不慎被你抓住，我大哥他们却不会像我这般没用。于先生，十三人比四人，到底还是让我们晏门占了便宜，多谢承让。"

他居然还故意挑衅。

杨慎瞬间明白他是想激怒于先生，趁他露出破绽才好反击。

只是太险。

于先生抄起茶壶，撒了他一脸热水并茶叶。殷三叔忍不住低叫："少爷！"

晏于非动也不动，由着茶叶顺着脸庞滑下，白皙的皮肤立即被烫红了。

于先生再不多言，手一摆："带走，我要把你活活煮熟。"

话音未落，忽见窗外一个黑影劈头飞来，他下意识地避开，那东西狠狠地砸在桌子上，茶水杯子叮叮当当碎了一地。

原来是一块大石头。

众人还未反应过来，伊春早已越窗而入，剑光闪烁似银龙。

杨慎一把按住了抵在背心的那把刀。

局面瞬间反转，先前制住他们的人，如今反倒被他们制住了。

杨慎顾不得其他，先把伊春从头看到脚，急道："没受伤？那巨汉呢？"

伊春摇头："遇到舒隽了，他帮我来着。"

舒隽？杨慎心里难免不是滋味，连着两次她都被那无赖救了。

"他没再提出什么无理要求？"

她还是摇头："没啊，其实我刚发现他人不错……"

殷三叔回头看了他们一眼，两人都本能地闭嘴不再说话。

他低声问晏于非："少爷，怎么处理？"

晏于非看着于先生死灰般的脸，忽而抬手，剑光划过，于先生的脑袋骨碌碌地在地上弹跳起来，滚了老远。

鲜血飙射上天花板，他的身体像个沉重的麻袋，重重地砸在地上。

晏于非将剑上的鲜血一甩，面不改色地收剑回鞘，淡道："真可惜，于先生，你废话太多了，要杀一个人，先杀了再说话吧。"

他转过身，声音清冷："殷三叔，全杀了，记得善后。"

伊春一步上前，急道："喂！你……"

杨慎死死拉住她，低声道："别说话！别冲动！"

殷三叔意味不明地回头深深看了他俩一眼，提剑将剩下三人杀了，跟着又下楼，伊春只听见他紧紧将大门关上的声音，伙计掌柜们纷纷惊叫起来，然而瞬间就变得一片死寂。

她掌心全是冷汗。

殷三叔踩着竹质台阶，“咯吱咯吱”地上来了，身上干干净净，剑却在往下滴血。

他是把茶舍里的人都杀了，断绝官府搜查的任何线索。

晏于非朝伊春深深一揖，神色温和亲切：“多谢葛姑娘出手相助，大恩大德，晏某毕生不忘。”

伊春脸色有些发白，盯着他看了好一会儿，忽然说道：“我走了，不会再帮你。你救我，我也救了你，咱俩扯平。就此告辞。”

晏于非目光闪烁，轻声道：“葛姑娘何出此言，莫非是觉得晏某所作所为过于残忍？姑娘须得知道，江湖上你不杀别人，别人便要来杀你。方才若不是姑娘，晏某早已横死。明知对方是障碍却不除去，那是菩萨。”

伊春慢慢说道：“不，我只是觉得……道不同不相为谋。总而言之，你我现在两不相欠，以后就当不认识吧。”

她把舒隽的话拿过来用，再也不管他说什么，拉着杨慎的手直接跳下楼，转眼便跑远了。

殷三叔的脸色顿时变得极难看，回头道：“少爷，让属下去把这两人除了以绝后患！”

“慢。”晏于非摇了摇头，“这事还不必殷三叔亲自动手。”

他眉头微皱，似有无数心事，缓缓下楼，殷三叔紧紧跟在他身后，消失在樱林中。

忽听前方有人在大声叫骂，殷三叔探头张望一眼，脸色稍变：“少爷，是方才那个巨汉。似乎被人点了穴道不能动弹。”

晏于非一言不发地走过去，那巨汉见到他骂得更厉害了，脖子上的青筋也绽出来，极为狰狞。

殷三叔摸了摸入地三分的巨斧，有些感慨：“真是个怪物，少爷，不如把他收为己用？”

巨汉听了，骂得几乎要喘不过气：“吃屎去吧！要老子为仇人效命！老子进门后第一件事便是把你们两个王八蛋捏成碎片！”

殷三叔眉头一皱：“……少爷，还是杀了省事。”

晏于非沉默半晌，忽然露出一抹笑来，轻道：“不，等等，我有个好法子。”

他从袖中取出一个小小锦囊，里面并不是什么灵丹妙药，而是一个针盒。他取出四根针，回头细细打量那巨汉，目光竟惹得巨汉浑身发抖，颤声道：“死小子要做什么？”

晏于非并不搭腔，绕到身后，对着他的颈椎一针扎下，那巨汉登时狂吼一声。

紧跟着，头顶、左右耳下都被扎了针，他这下连叫也叫不出来了，翻起白眼摔倒在地上，四肢簌簌抽搐，也不知是死是活。

晏于非收起锦囊，心情似乎变好了，抬头欣赏地望着云蒸霞蔚般的樱花。眯起眼睛，他仿佛想到什么欢快的心事，眼中波光流转，神情无法捉摸。

他低声道：“殷三叔，对付喽啰不用动咱们的人，让别人帮咱们动手好了。麻烦你明天与减兰山庄的小少主交涉一下，我看看他是个什么货色。”

殷三叔垂手说了个是。

晏于非在那巨汉身上踢了一脚，笑骂："还不起来。"

话音刚落，巨汉便从地上慢悠悠地站直了，依旧翻着白眼，嘴边还有白沫流下，分明是一副不省人事的模样，却能走能动，也能听懂指令。

他亦步亦趋地跟在晏于非身后，慢慢走出樱花林。

那天离开的时候，杨慎提醒了一句："晏于非老谋深算，得失猜忌心甚重，此番拉拢失败，必然要寻了法子来除掉我们，以后一切小心。"

伊春眉头紧皱："羊肾，你说……我是不是不该当面给他难堪？"

他笑了笑："所谓不是朋友就是敌人，无论你给不给他难堪，只要不愿被他拉入阵营，他迟早都要来对付你。"

说到这里，他的笑容渐渐淡了："他是布了局，诱我们进去，不进也不行。"

常听人说晏家二少手段了得，他也想过此人大不了他们几岁，传言未必属实，这次接触了才明白，那传闻半点也不夸张。

所谓江湖豪情，朋友义气，在他们这种人眼里不过是可以拿来利用的工具。每个人都是一颗棋子，有用的就想办法留下，留不住的，就要尽快抹杀。

情谊，在这个江湖里什么也不是。

两人一路无言，回到潭州城内寻了家客栈住下，就近等待晏二少的报复，把账算个清楚。

谁知这一等就是十天半个月，杀手没等来，却见到了宁宁。

她来的时候正是半夜，月亮挂在天际像个银盘子。

杨慎睡得很熟，不知做了什么美梦，嘴角微微扬起，令那张邪气的坏人脸多了一丝天真率直。

睡梦中，他觉得有一双柔软滑腻的手在摸自己，顺着脸颊一遍一遍地抚摸，像春风在轻抚。

春风吹着吹着就往不该去的地方去了，吹开他的薄衫，还要往下，再往下。

他一把按住那双手，反手便扭了过去，身上立即传来一声娇软的轻呼。睁开眼，正对上宁宁那张清丽又楚楚可怜的脸，她双眸似水，幽幽地看着他，唤一声："杨公子，你抓疼我了。"

杨慎脸色铁青，抓起她的衣服想狠狠丢出去。谁知那衣服薄如蝉翼，也许是故意，也许是无意，系带松松垮垮的，一拉之下居然全部裂开了，那件薄薄的衣裳便轻飘飘地顺着她光裸的肌肤滑到了地上。

她里面什么也没穿，光溜溜地压在他身上，若有若无，贴近他全身敏感的地方。

身体一下绷紧了，他一时找不到下手的地方，她没穿衣服，碰到哪里都不好。

他声音里压抑着怒意："不知廉耻！你如今又为晏于非效命了？"

宁宁对着他的耳朵轻轻吹一口气，柔声道："杨公子狠心，将我一个人丢在那虎穴里，一个弱女子还能怎么办？"

他没说话，也没有任何反应。

宁宁缓缓摸着他的头发，声音又缓又轻，充满诱惑："杨公子，你看我如何？是不是比你那个邋里邋遢的师姐好上千倍？你年纪还小，见的女人太少，所以把你师姐当作宝贝一般。等你见过真正的美人，便知道她连泥巴也算不上呢。"

他闭上眼，已经恢复冷静："在我心里，什么美人都不及她。"

他再也不管什么男女之防，握住她赤裸的胳膊，将她重重地抛在了地上。

宁宁痛得大叫一声，迎面丢过来一件衣服，他的声音冰冷："无耻！穿上衣服！"

她轻轻咬住嘴唇，表情委屈，像是要哭，又像是自尊受损的忧郁，也不知是真是假。

握住那件外衣，却不穿，她光溜溜地跪坐在地上，抬头看他。月光像银纱一样蒙在赤裸的少女肌肤上，丘壑顿现，曲线玲珑。

杨慎别过脑袋不去看，冷道："晏于非也会用这种下流计谋？"

宁宁见他始终不为所动，只好披上外衣，低声道："杨公子，你是聪明人，知道和晏门作对没有好下场。你和你师姐只是初出茅庐的小辈，减兰山庄更不是什么武林泰斗，换言之，你们没有任何背景。"

她见杨慎一声不吭，以为是说动他了，心头一喜，继续道："就算你不说，我也知道减兰山庄主子让你们二人下山历练是为了什么。晏公子与少庄主接触过，得知一年之内你二人必须决定由谁来继承斩春剑，你师父也单独给你一人看了那个锦囊，我说得对不对？"

"少庄主……是说墨云卿？"杨慎终于不再无动于衷，"他和晏于非接触过？"

宁宁微微一笑："少庄主识时务，知道谁是强者。杨公子是不是也明白识时务者为俊杰？"

杨慎没有回答。

当初他下山之前，师父单独把他叫过去，什么也没说，只将太师父留下的锦囊交给了他。

锦囊里是一张字条，只写了一行字：弟子互搏，胜者生而继承斩春，败者死。

他和伊春，只能有一个人活着继承斩春剑。

师父的脸色也很难看，隔了半晌，告诉他：杨慎，你师姐身手不凡，他日必成大器。一击不中，便是死路一条。明取不成，你要致力于暗袭。

他一下子明白为什么师父要收那么多弟子，为什么之前许多弟子要逃下山，为什么他要带文静上山把伊春的心思断了，为什么他对自己的儿子不闻不问却只专心教导他们两个。

原来是因为这锦囊。

因为伊春要继承斩春剑，说不定会死在争斗里。因为他早知锦囊里的内容，所以不能让自己儿子墨云卿陷入屠杀怪圈。

那天杨慎整个人凉了半截。

师父拍拍他的肩膀，叹道：杨慎，我知道你身负血海深仇，斩春剑和减兰山庄可以助你一臂之力。

言下之意，他得到了斩春，便可以动用山庄的力量向郴州巨夏帮寻仇。

宁宁柔声细语：“我还知道杨公子大仇未报，只等羽翼丰满之日，才能让仇人偿还血债。杨公子觉得是与你那师姐一起小打小闹地闯闯江湖，最后两人拼个你死我活来得好，还是良禽择木而栖，寻个厉害的背景做靠山来得好？”

她说罢却不等他回答，捂嘴“咯咯”笑了两声：“宁宁虽然修为不高，却也能看出，杨公子似乎略逊你师姐一筹，你真能赢她吗？”

杨慎眉头拧了起来，似是有杀气迸发。

宁宁扑过去抱住他的小腿，光裸的身躯贴在上面，微微颤抖：“公子若是愿意，让我做什么都行……何苦纠缠那个对你没任何情意的师姐？”

杨慎猛然站起，抬脚将她轻轻踹开，正要说话，忽听伊春的声音在门外响起：“羊肾，出什么事了？我听到好大的声响。”

他顿了一下，勉强维持冷静的声音：“没事，我不小心摔碎了一个茶壶……”

宁宁裹上衣服，娇笑道：“别撒谎啦，杨公子。”

她贴着他耳朵，轻道：“识时务者为俊杰。杨公子，好好考虑，不要落得横死街头呀。”

他的身体又是一阵僵硬。

伊春一把推开房门，急道：“是宁宁的声音？她来了？”

宁宁“嘻嘻”一笑：“姐姐也要保重。”跟着人便跳出窗口，踏着夜色轻飘飘地跑远了。

伊春有些发愣：“她怎么来了？她不是留在了晏于非的别院吗？”

杨慎脸色难看，低着头，隔了半天才道：“她……现在为晏于非做事。”

伊春挠挠脑袋：“是被晏于非收买了？她三更半夜跑来又是做什么？还有……她怎么看上去功夫很好的样子？”

他摇了摇头：“师姐，我累了，想睡一会儿。你也早点休息吧，明天咱们就离开潭州。”

她静静看了他一会儿，忽然唤道：“羊肾，你怎么了？”

他心里烦躁，像有一千根针在脑子里不停戳，眼前一会儿是爹娘浑身流血的凄惨模样，一会儿是师父阴沉的脸，告诉他：你不是伊春的对手，只有靠卑鄙的暗袭。最后又变成晏于非冷冷的双眸，他似是在向自己作揖，身后繁花万朵，前景美好。他邀请自己，他有绝对强大的力量。

答应，或是不答应，只有两种结果。

伊春死，或者他死。

一双手抓了上来，掌心温暖，手指有力。

她紧紧握住他的手，抬头担忧地看着他，轻声道："羊肾，是不舒服吗？我帮你找大夫？"

杨慎怔怔看着她的手指，她的手指并不纤细，不像书里形容的女孩子的手，什么兰花柔荑、滑腻如脂，相反，她的手修长却有力，这是一双侠客的手，自由而且温暖。

鬼使神差，他说道："师姐，我要是做了坏事，你会不会怪我？"

伊春笑了笑，定定地望着他的眼睛，眼神澄澈而且明亮："你不会做坏事，我知道的。"

"不，我是说……假如。"不知出于什么目的，他像是往下坠落，急急地求得某种认可，答案是什么他也不知道。或许他心里已经有数，但还缺了点什么让他不敢真正面对，还需要一些什么。

"你做坏事，当然是把你拉回来，难道还能让你继续坏下去吗？"伊春有些好笑，"无论如何，我在这里，不管你跑多远，记得我在后面，别走丢就行了。"

他心中暖暖的，无论如何，有她在。

不知道从什么时候起，伊春的存在变得无比重要，对他而言，只要有她在，他就绝不会迷失自己的方向。

杨慎也笑了，把她的手一捏："师姐要看好我。有你在，我哪儿也不去。"

她点点头，却轻轻把手抽了回去，有点迟疑，有点小心，好像生怕他发觉似的。

他好像微微僵了一下，她不确定，不过他没有任何反应，应当是没发现。

伊春松了一口气。

临走的时候，她又说："替别人做匕首，岂不是活得像个工具，我们还没有堂堂正正地做个大人，先不要自己长歪了。"

原来，她心里都知道。

杨慎垂下眼睫，心里忽然有一种冲动，压抑不住地，走过去从后面紧紧抱住了她。

他觉得自己快要落泪了。

不要离开他，不要轻易松开手，也不要像一阵风，随意地吹着，待他那样漫不经心。他这样追在她身后，累得骨头都要碎了，她却不肯回头看看他。难道真的要追到粉身碎骨，她才会停下来将他抱住？

"伊春，你别走那么远……"

他在她头发上吻了一下，把脸贴在上面。

他第一次做出如此亲密的举止，伊春有点僵硬，但人家在难过，也不好推开他，所以她只好六神无主地四处张望，目光总是落不在一个固定的点，嘴里一遍遍喃喃地说："我知道，我知道……好了好了……"

他用手指慢慢摩挲着她的脸颊，感觉温暖柔软，他不敢用一点力气，似是怕把她摸碎了。她是一个未知的宝物，光彩夺目，像鸟一样自由自在。

偶尔有冲动，要吻一吻她他也不敢，生怕吻碎了。

他只能叹息一声，要把心底所有的忧郁苦楚都叹出来似的。

“伊春……我好累。”

她心里一个角落开始发软，像是有一颗小种子钻来钻去。痒痒的，还有点疼。

分不清那是心疼、怜惜，还是什么别的。

他明明已经很努力了，不被仇恨打倒，他像信仰神明一样信仰自己。

这种感情无比沉重，她不敢任它压在肩上。可是如果她要拒绝，他又会怎样呢？

伊春握住他的手，想了很久，只不知该怎么说。忽见门口一个人影闪过，跟着一声怪叫：“是你们俩！要亲热怎么也不关门！”

两人都吓了一跳，定睛一看，却是小南瓜又穿了裙子扮女人，正蹲在门口冲他们做鬼脸。

伊春走过去毫无芥蒂地一笑：“好巧，又遇到了，你们也住这个客栈？”

小南瓜先不回答，两只眼睛滴溜溜在两人脸上转来转去，见伊春神情自然，杨慎神情古怪，他便挤眉弄眼地说：“原来你们不光是师姐弟……真是没看出来呀，没看出来……”

忽见杨慎眉头一皱，他赶紧跳起来，连连摆手：“不说了，主子有难，我还得赶紧搭救他去！”

伊春追了几步，趴在扶手处问：“什么难？我可以帮忙吗？”

小南瓜抬头研判地打量她一番，老实摇头：“等你打扮漂亮点再说吧。”

她真不明白，交朋友也好，救人脱难也好，和漂亮有什么关系。

伊春一把抓住杨慎的手，拽着他下楼：“走，我们去看看舒隽出什么事了。”

他迟疑了一下，把手一缩，有点不乐意：“我……话还没说完，你为什么总关心那个无赖？”

她默然停下了，回头静静看他。

杨慎却极后悔，犹豫了半晌，低头道：“不，你当我没说，咱们去看看吧。”

伊春一向是这样，活得洒脱又自在，真正的来去无牵挂。他在旁边对比，就像个多嘴碍事的八哥，一会儿不给她做这个，一会儿告诉她小心那个，有时候自己都觉得烦。

他是想让那双黑白分明的眼睛能多停留在自己身上，不要去看别人，不要总想着其他的东西。

可他也明白，风是抓不住的。

手被她握住，轻轻晃了晃，她眉眼舒展开，笑吟吟地望着他，唤了一声：“羊肾，别钻牛角尖啦。”

他心里涌起一股暖意，点了点头。两人贼兮兮地下楼，把脑袋从扶手上面探出去，看舒隽惹了什么麻烦。

天色已经很晚了，客栈早已过了关门打烊的时刻，可伙计们一个都不能撤，只因为大堂角落里那位穿绛纱的公子。

他往那里一坐，甚至不需要讲话，在众人眼里便是一朵绽放的花，美丽而且芬芳。

这朵花成功地引来无数狂蜂浪蝶，大女子、小女子都团团围上去，恨不得与他多说两句话，哪里还管现在天黑天亮。

伙计们劝了又劝，叹了又叹，可姑娘们的脚仿佛扎根在大堂里，死活挪不开。

伊春远远望见舒隽发黑的脸，不由得“哧”地一笑：“原来是女难。他气呼呼的，像颗大茄子。”

杨慎只好陪着她勉强一笑。

“天都这样晚了，不知是什么人让公子等候到现在，太没礼貌了。”

陌生的姑娘，似曾相识的话语。舒隽扶着下巴，强忍着把茶水泼过去的冲动，冷道：“天这么晚了你们还不回去，这才是真的没礼貌。”

“看上去好可怜，都快哭了……”姑娘们看着他微微抽搐的脸颊，心疼极了，“公子放心，有我们陪着你等，一定陪你等到那人。”

他皱眉揉了揉眉心，喃喃道：“求你们快滚开，滚得越远越好……”

话未说完，就听楼梯上一个脆生生娇滴滴的声音笑道：“让郎君久候了，妾身好生过意不去。”

是小南瓜的声音。他又往头上加了一朵珠花，打扮得风骚无比，花蝴蝶似的从楼梯上飞奔而下，搂住舒隽的脖子，众目睽睽之下，一屁股坐在他腿上。

舒隽脸色稍缓，揪住他背后的一点点肉，发狠道：“死小子现在才来！”

小南瓜委屈极了：“主子，装女人也要时间的。”

不过在旁人看来，他俩情意绵绵，互相咬耳朵，一个略带嗔意，一个含羞而笑。姑娘们清楚地听见自己玻璃心碎成一片片的声音。

“这位……莫非是公子的夫人？”不死心的姑娘颤声问。

小南瓜配合地浮起一朵红晕，把头压得很低，羞答答的。

舒隽微微一笑，将他腮边一绺碎发拨到耳后，柔声道：“见笑了，内子向来任性得很，而且怕生。如今天色已晚，诸位还是赶紧回去吧，莫叫家人挂念。”

姑娘们又羡又妒地看着小南瓜精致的容貌，都有些自愧不如。

可惜，如今能看的好男人，大多名花有主，剩下的那些无主花还一个个朝牛粪狂奔。

世风日下，人心不古啊……姑娘们叹息着，终于散开了。

舒隽长长舒了一口气，把小南瓜一推：“今天来得特别慢，撞鬼了吗？”

小南瓜挤眉弄眼，压低嗓子告诉他：“主子，你猜我撞见谁了？那对师姐弟你记得吧？原来他俩不光是师姐弟，我瞅见他俩不关门抱在一起……”

“舒隽！”楼梯那里又传来伊春爽朗的声音，她朝他挥了挥手，径自走过来。小南瓜立即闭嘴不说话了。

舒隽扶住额头，突然很想叹气：“去了豺狼来了老虎。”

“原来你还没离开潭州。”伊春笑吟吟地走过去，扯了一把椅子坐在他俩旁边。忽然觉得身边有什么不对，回头一看，杨慎还站在原地没过来。他面无表情地做了个手势，转身自己上楼了。

她赶紧起身去追，冷不防胳膊被舒隽拽住：“来了就坐，别客气。”

他带了一丝恶作剧的心情，笑得纯善。等人等得很无聊，他总忍不住要找点坏事来做做，眼前这对师姐弟就是很好的消遣。

“你脸上有灰。”舒隽很自然地抬手替她把鼻梁上一块小小黑斑擦了。

“头发也有点乱。”顺便帮她把头发顺顺。

扭头再去看，那姓杨的小子果然黑着脸上了楼，只怕今天晚上再也睡不好。像是小孩子的恶作剧成功了，他笑得两眼亮晶晶。

“我以为你早就离开潭州了，不是出来游山玩水的吗？”伊春根本没发现他这些小动作，顺便给自己倒了一杯茶。

人走了，舒隽便意兴阑珊地扶着下巴：“你管我，我乐意留下。”

伊春笑了笑，并不在意，把杯中茶水一口喝干，起身道：“不早了，你们也早些休息。告辞。”

舒隽懒洋洋地说道：“要交朋友的话是你说的吧？你就这样交朋友？”

伊春奇道：“那你说要怎么交？”

不耐烦的人是他，不给人靠近的也是他，眼下他居然还怪她不会交朋友，此人真是任性之至。

他眼珠一转：“好歹也要请我吃饭喝茶，时刻追在我屁股后头，看我有什么不妥就立即出手相助才对。”

伊春笑了笑，摇头道：“你要的是有钱跟班，不是朋友。”

他把眼睛一瞪：“谁说不是朋友？常言说为了朋友两肋插刀，我又不是要你插刀。”

她还是摇头：“你把自己放得很高，而我心里是和你平视的。我可以为朋友两肋插刀，你能吗？”

舒隽又一次在她面前语塞，真要强辩他当然不会输，胡搅蛮缠向来是他强项，可不知为什么今天却不想和她辩。

所以他只眨了眨眼睛，说：“啊，你好烦。”

伊春摆手说了个好梦，转身正要走，却见客栈的门被人用力推开，一个身形佝偻面容猥琐的灰衣老者捧着个大包袱走了进来。

无视伙计们的招呼，他直接走到舒隽对面，把包袱往桌上一摆，开口道：“跑了十几日，终于把你要的东西找齐了。”

舒隽叹了一口气：“我也白白在潭州耗了十几日，你既然没弄好，便该早些派人通知我，叫我好等。”

老者“呵呵”一笑：“还和以前一样是个急性子，半点耐心也没有。你且看看是不是你要的。”

说罢，老者瞥了一眼伊春，朝她招手：“姑娘也可以做个见证，看是不是真货。”

她好奇地走过去，看着舒隽将包袱皮一层层打开，里面露出的既不是什么珠宝，也不是什么神兵利器。那东西黑黝黝、湿漉漉、沉甸甸的，却是一块石头，长得奇形怪状，上面还有许多被水冲刷而出的天然孔洞。

舒隽眼睛顿时一亮，像是看到心肝宝贝似的，抬手在上面轻轻抚摸。

伊春一头雾水，轻轻问小南瓜：“这是什么东西？”

小南瓜低声道：“是主子一直想收集的太湖石，他平日里就有个收集石头的爱好。”

太湖石通灵剔透，形态万千，是富贵人家玩赏摆设的妙物。奈何普通太湖石体型庞大，搬运甚是不便，舒隽一直想要个小巧些的，到今日总算给他找到了一块。

老者笑道：“绝对是真品，你若不信，就带着它去太湖问一圈。”

舒隽小心翼翼地把石头重新包好，抱在怀里，道：“不必，我还有要事赶回去。价钱方面就和与你谈好的一样——小南瓜把字条给他——你自去通宝钱庄取钱。”

说罢舒隽满脸放光喜滋滋地上楼了，忽又想到什么，低头看了看伊春，说：“丫头，一切小心，别让人给杀了。”

他的关心听起来也那么别扭。

伊春跟着上楼，想到舒隽居然有个收集石头的古怪癖好，倒觉得他整个人亲切了许多。

推开房门，里面黑漆漆的，她正要摸到桌子旁点上灯火，忽听身后风动，像是有人扑上来。她本能地抬手一卸——手腕却被紧紧抓住了。

不是暗杀？脑海里瞬间只能闪过这个念头，紧跟着那人将她一扯，力气出乎意料地大。

她撞在一个硬邦邦的怀抱里，味道极熟悉。

是杨慎！她猛然一惊，张口便要质问，可是他的手捧在她脸颊两旁，甚至在微微发抖。她心中起了一阵极其异样的感觉，快要滑出喉咙的问句不知为何卡在那里，只带出一个字：“你……”

他捧住她的脸，狠狠吻了下去。也许是因为黑暗，也可能是因为生涩和紧张，接触在一起的并不是嘴唇，而是牙齿。

两个人的牙撞在一处，发出很清脆的响声。

伊春疼得“哎哟”一声叫了起来，那人却没有退让，发抖的唇像是无比饥渴，带着一丝血腥气，这一次轻柔却不容抗拒，盖在了她同样流血的嘴唇上。

睁开眼的时候，天亮了。

伊春在迷惘中本能地抬手摸摸嘴唇，那里被撞破的一块肿了起来，一跳一跳地疼，还有些麻麻的。

她在床上躺了半晌，到底还是长长吐出一口气，把被子给掀了。

刷牙洗脸梳头，和平时一样的清晨，却又有一点微妙的不同。

伊春看了看铜镜里的女孩子，里面的人也无辜地对望过来，像是在告诉她：当作没发生最好。

昨天夜里他好像是在哭，他肩上背负了许多她看不懂也不能体会的沉重包袱，他一遍一遍地说："你不要离开，不要离开。"

但想离开的人不是她。

原来他心里的矛盾这么深重，却一直被他藏得很好，不为人发觉。

所以她只有握紧他的手，问他："羊肾，你要什么？是怕自己不能报仇？明天我陪你一起去郴州，我们俩一起去找巨夏帮，好不好？"

他没有说话，过了很久似乎是平静下来了，轻声道："对不起，冒犯了你。"

他指的是她一直在流血的嘴唇，手指轻轻摩挲着她的伤口，像是要替她把血擦掉，又像恶意地令她疼痛。

他说："伊春，世上有很多被仇恨蒙蔽眼睛的人，他们很可悲，我不会变成那样。"

只要有你在，我就不会为了仇恨而活。

他吻了她许多下，每一次都轻轻的，唇与唇之间略带黏腻的轻触，碰一下就退开。

她应该拒绝他，直接告诉他：她是师姐，她一直将他当作弟弟，从没有往别的方面想。但是杨慎那么聪明，他又怎么会不知道。她说出来，不过是再次伤害他而已。

所以他最后说："伊春，你什么也别说，我什么也不会做。你就这么活着，比什么都好。"

他走了，她的心却开始狂跳，那一夜梦见的全是他。

后山桃林里细雨迷蒙，桃花的香气略带甜涩。豆芽菜似的少年低着头，告诉她：师姐今天这样打扮比以前好多了。

伊春惊醒过来，心还在跳。

或许有些事情，已经不能再装作什么都不知道，轻松地面对他，像姐姐一样与他调笑。

或许真的不该再逃避下去。

但她还需要一点时间，她还什么都没弄清，又害怕又惊惶。

到底还是得装作什么都没发生过，伊春把剑装好，将包袱拉紧，下楼吃早饭。

杨慎早就买好了油条豆浆，朝她招手："起得好迟啊，师姐。"

他也没有任何异样，看样子两人都心照不宣，打算把昨晚的事当作没发生过。只有两人嘴上的破皮，光天化日之下是很好的物证。

唇上有伤口，喝豆浆的时候被烫得一阵阵发疼，伊春放下碗，皱了皱眉头，忽见杨慎不自在地捂着嘴，估计也是疼得厉害。

两人对望一眼，先是尴尬，后来不知怎的都笑了起来。

“咱们今天就离开潭州吧，要不要去洞庭湖玩？”他问。

“好啊，我还没见过大湖。”她答应得很爽快。

洞庭湖边有渔夫出租船只，专门供游人去湖上玩赏。又因伊春和杨慎两人都不会划船，只得再出十文钱雇上一个渔翁。

船桨拨动水面，发出“啪嗒啪嗒”的声响，小小的渔船摇摇晃晃离了岸，朝烟水茫茫的深处驶去。

今日天略有些阴，湖面上起了一层薄雾，湿漉漉地黏在两人的衣服和头发上。伊春走到船尾，背着双手深深呼吸，风里带着水腥的味道，却并不难闻。

一望无际的洞庭湖，像一汪凝碧的翡翠，这一叶扁舟就在翡翠上缓缓滑行，偶尔留下几道波纹，也很快归于平静。

放眼如此广袤的水天一色，怎能不叫人心胸大畅。杨慎的神情也变得轻松，指着不远处一丛冒出水面的芦苇：“师姐，你说那里面有没有水鸟？咱们打一只当午饭吧。”

她连连点头，站在船头的渔翁笑道：“两位莫要说笑，如今正是春暖花开的时节，小鸟刚孵出来，把大鸟杀了小鸟还怎么活？让它们一家子开开心心的岂不更好。”

杨慎默然。

伊春知道他是因为听到了“大鸟死了小鸟怎么活”，而想到自己的身世。她拍了拍他的肩膀。他还她一个微笑。

渔翁又说道：“百年修得同船渡，千年修得共枕眠，两位小少侠是有缘人啊，今天老头子给你二人划船，他日二位结成夫妻了，老头子也能讨一杯喜酒喝喝。”说罢呵呵笑了起来。

渔人说话向来豪放洒脱，不拘世俗之礼。杨慎面上浮出一层薄薄红晕，但笑不语。

伊春只觉心跳得厉害，若像平时那样装作没听见跑到别的地方似乎也不行，渔船就这么大的地方。

她只能故作自然地望着远方。

小船经过那一丛芦苇，里面“扑簌簌”飞出数只白色大鸟，渔人一面笑，一面开始放声高歌：

“春生春灭春又回，几度花谢花开。小子夜啼茅屋东，难掩柴门，一钵清粥冷。”

歌声略带苍凉，在湖面上回旋，伊春倒有些痴了。忽然想到渔翁说百年修得同船渡，忍不住回头看看杨慎，刚好他也看过来，两人的目光对撞一下，又纷纷急着挪开。

伊春把头低了下去，心里将“杨慎”两个字念了很多遍，每一遍的滋味都不同，道尽了辛酸甜蜜，那分量似乎也慢慢沉重起来，压在胸口一块，挥之不去。

“师姐。”他低低唤了她一声，走过来似是有话要说。

伊春吸了一口气，索性大大方方地抬头看他，忽听身后水声潺潺，又有一条船破浪而来，一个玄衣公子斜斜倚在船头，怀里抱着个玉似的美人。美人皓腕如雪，拈了一颗樱桃到他唇边。

两个人都是一僵，怔怔地看着那船靠过来。船上公子抬头看了他们一眼，咧嘴一笑，那笑容里带着一分轻狂、三分阴狠。

“好久不见了，两位，这次出门历练可还顺利？决定由谁来继承斩春了吗？”

伊春好像没听见他的问话，她定定地看着这个人。她以前喜欢过的，以为他也喜欢她，放下女孩子的矜持去和他告白，却落得被人羞辱的下场。

以为再见的时候心里会难受，因为她有那么一段时间一想起这个人就觉得郁闷。

不过真正见了，她好像也没什么感觉，淡淡的，只带了一丝丝涩然。

宁宁缩在他怀里，像一只柔软的猫，享受主人的宠爱。

伊春看了一会儿，忽然开口问了个风马牛不相及的问题：“你不是有文静了吗？怎么还抱着其他女子？”

墨云卿淡道：“看来你一点没变，你把自己的事情管好就行，文静不劳你操心。”

伊春看看他，再看看宁宁，说：“我知道了，你是替晏于非来做说客的。”

宁宁“哧哧”笑了起来：“姐姐自视甚高，莫非江湖上人人都盯着你们俩，变着法子做说客来拉拢你们不成？我只不过与墨相公游湖，碰巧和姐姐遇上啦。”

她话虽然是和伊春说的，眼睛却望着杨慎，见他还是不看自己，她心里便犹如猫抓般，闹腾得很。

伊春退了一步：“既然是碰巧遇上，我们也没什么好说的，告辞。”

她让渔翁把船摇开一些，等他们先过。

小船晃到她身边，墨云卿淡淡笑道：“枉费我爹成天挂念你这个好徒弟，见了我你居然一句也不问他。”

说罢将她上下仔细打量一番，神色古怪：“你……倒是漂亮了不少，花了许多心思吧？”

伊春没理会他，只低声问：“师父他老人家……还好吗？他怎么让你独自下山？”

他别过脑袋，冷道：“他病重得很，已经快死了，自然管不到我。”

伊春和杨慎都是大吃一惊：“病重？”

“你父亲病重，你怎么不陪在他身边？”伊春忍不住提高了嗓音。

墨云卿随意撩拨着湖里的水，袖子湿了大片，声音懒洋洋的：“他有把我当作儿子吗？病重也好，没病也罢，嘴上讲的、心里想的都不是我。你们俩是他的好徒弟，师父快死了，还不赶紧回去看看？”

“你真冷血。”杨慎皱起了眉头，“他毕竟是你父亲，若不在乎你，怎会把你留在山庄不让你下山历练。”

墨云卿抬头看看他，笑道：“他只有我一个儿子，我要是死了，难道把山庄给你们这些外人继承？你听好了，就算得到斩春剑，你也一辈子是减兰山庄的狗。狗还想爬到人头顶上去？”

杨慎面色阴沉，却不说话了。

伊春回头道：“老伯，麻烦你往东面去行吗？我们想赶紧上岸。”

墨云卿又道：“现在赶回去也来不及了，他只怕早死啦。如今山庄主人是我，我吩咐你二人赶紧决定谁来继承斩春，生生死死，也就那么一回事。”

“什么意思？”伊春不明白。

他说：“看来好师弟还没告诉你太师父锦囊的事情，你自己去问他。杨慎，我与晏二少都将宝押在你身上，你不赌也不行。总而言之，我要你速速继承斩春剑，滚回山庄替我看门。这个女人，不死也得死。”

杨慎抿紧了唇，脸色一阵青一阵白。

眼看着两条船越摇越远，墨云卿的声音也渐渐小了：“你要什么样的美女，天下间多的是。何况你还有仇在身，自己想想，是一个女人重要还是自己的前途重要。”

小船消失在浓雾里，宁宁“咯咯”的娇笑声犹在耳边：“杨公子，那天晚上的话你没忘吧？”

伊春转头看着他，过一会儿，低声道：“羊肾，你有事瞒着我？”

他抬手在眉心轻轻揉了两下，最后像是下定决心似的，把手一放，说道：“伊春，我不会让你死，绝对不会。”

她静默片刻，走过去与他一起蹲在船头，肩靠着肩。

“太师父的锦囊是不是说只有一个人能继承斩春，其他人都得死？”她问。

他没有回答。

伊春看着湖上的雾气飘来荡去，像一层无形的轻纱，把她掩盖，也把他掩盖。

“我们谁也不会死，羊肾。”

她握住他的手，他的手是冰冷的，微微发抖，反过来使劲攥着她，像是要把她揉碎了嵌进自己身体里。

“谁也不会死。”

她重复一遍，像是说给自己听。

第六章

上上签

渔翁把船往回摇，小船在湖面上微微摇晃，船桨带起的水花溅湿伊春的衣角。

雾气渐渐散开了，眼前一片清朗，比先前的烟水茫茫还要美上三分，可惜已经无人有心观赏。

船行一半，忽听远处传来一阵“叮叮咚咚”的三弦声，跳脱悠哉，弹了一阵，便有一个男人唱道：“远是非，寻滞洒，地暖江南燕宜家，人闲水北春无价。一品茶，五色瓜，四季花。”

其情其景，其声其人，竟让人从胸膛里忽生一种旷达洗练，犹在仙山。

那歌声越来越近，薄雾中有一艘不大不小的乌篷渔船款款行来。

扶桨的人一双大眼看过来，冲伊春“嘻嘻”一笑：“这才真是有缘了，在这里也能遇到。”

说完回头冲船舱里嚷嚷：“主子快出来！你心上人也在呢！”

心上人！

杨慎的眉头猛然一挑，低头看一眼伊春，她也是满脸茫然之色。

竹帘子被掀开，舒隽披着头发懒洋洋地把脑袋探出来了，四处看一圈，正色道：“在哪里？”

小南瓜又开始挤眉弄眼：“少装傻了，是谁一天在我面前提起人家十来遍？眼下人在对面你就开始摆姿态。”

舒隽叹了一口气：“我每天还要提二十多遍小南瓜的名字，难不成就是喜欢你？”

小南瓜笑道：“那当然，在主子心里，我自然是排第一的。”

舒隽扫了他一眼，没说话。

“你也来游湖？”伊春问。其实她比较好奇舒隽究竟是做什么的，好像从没见他做过正事，成日就是穿着昂贵的衣服，住天字号客房，吃一两银子以上的菜馆，到处游山玩水。

难不成他是富家子弟？可他的功夫很好，她见识过。

舒隽没回答她，反而拍了拍自己的船板：“今天心情好，过来吧，带你们去我别院玩玩。”

此人向来任性妄为，忽冷忽热，前两天还冷冰冰的，今天突然又来邀请，委实让人琢磨不透。

伊春正想着要怎么婉拒，她和杨慎还赶时间回减兰山庄看师父，谁知杨慎很痛快地答应了："多谢盛情邀约，我们却之不恭了。"

她不由得一愣，杨慎悄悄把她手一捏，声音细若蚊蚋："师父的事情有蹊跷，别急着回去。"

渔船一路慢慢朝西漂浮，傍晚时分，终于靠在一块巨大的湖礁石旁。礁石顶上建了一个小院子，外面一圈矮矮的白色围墙，能看见院子里青瓦屋顶，甚是利索干净，与舒隽平时为人的奢侈做派大为不同。

屋内家具是清一色老藤所制，并无什么奢华装饰。

小南瓜上了新茶，并着一盘水灵灵的甜瓜，跟着笑道："姐姐喜欢吃什么只管说，今儿让你尝尝我的手艺。"

伊春一面大口啃着甜瓜，一面含混道："随便什么都行。话说舒隽你稀奇古怪的东西好多，刚才那首歌也是你唱的？叫什么名字？怪好听的。"

舒隽扶着下巴懒洋洋地靠在藤椅里，微微一笑："小葛喜欢？那晚上去我房里，我再唱，只唱给你一人，别人想听还听不到。"——这是典型的恶作剧毛病发作，要做坏事了。

杨慎清清嗓子，淡道："多谢舒公子邀约，我二人不敢叨扰晚饭，略坐一会儿便走。"——这是典型的岔开话题外加暗暗警告。

伊春继续扑哧扑哧地吃甜瓜，好像什么也没听见——这是典型的……不是装傻就是真傻。

舒隽状似无意地说："反正你们没事，我也没事，何不在这里逍遥几日，非要去外面喊打喊杀？"

杨慎面色一凝："你知道我们与晏于非结怨？"

"我怎会知道。"他笑了，"只不过那天在储樱园遇到小葛，听说她为晏于非做事，隔了没两天，你们又离开了。晏于非那个人向来小气，即便不杀掉你们，给点苦果子吃是免不了的。"

伊春赶紧吞下嘴里的甜瓜："舒隽，你是在帮我们？谢谢你！"

舒隽别过脑袋，淡道："我怎会帮你，莫要多想。"

伊春毫不在意，把沾满了甜瓜汁的手往他肩上一拍："别这么说，我知道你人不坏，就是嘴巴刻薄些。"

舒隽皱眉看着自己肩膀上一大块污渍，再抬头看看她，因着她两眼亮晶晶的，他觉得自己有点说不出话来。

他也见过很多人，从小到大认识的人里终究是狡猾自私者居多，江湖上有谁不为自己谋利。不知从什么时候起，"侠"这个字变了味道，学了点功夫的，带了武器的，在江湖上混闯了几个年头的，都敢自称侠客。

他还见过许多聪明人，有人过目不忘，有人文采绝艳，有人谋略一流。

他总是可以将他们分类，有的归入可以接触的一类，有的归入不可接触的一类。

刚见到葛伊春的时候，他将她划入了不用接触的范围。

一个脏兮兮的丫头，天真得要命，以后闯荡江湖必然是要惹大麻烦的，和她接触也只会让他麻烦不断。

不过他好像错了。

她实在不能用“天真”二字就简单概括了去。

要怎么形容才最为恰当？

舒隽扶着下巴仔细打量她，从头看到脚，再从脚看到头，完全无视杨慎冰冷的目光。

她有侠气……也不尽然，因着年纪小，到底还是鲁莽居多。

她很聪明……也不正确，依稀是很混乱的聪明，时而慧时而呆。

她是个未知体，难得在这个乱七八糟的江湖上活得利索快活，像一阵风。她看着像没有心，谁也伤害不了她。也可能她的心很大，很广阔，那些小小恩怨并不会被她放在心上念叨。

她实在很矛盾，很有趣，很让人舍不得放手，想多看看她，多了解一些。

舒隽忽然露齿一笑，笑得暧昧极了：“小葛，我好像越来越喜欢你了，怎么办？”

伊春定定地看着他，也是一笑：“我也很喜欢你啊，舒隽。”

舒隽握住她黏糊糊的手，皱皱眉头，还是忍了：“我们这就做朋友吧。”

伊春连连点头：“好啊、好啊。”

他们这是在儿戏吗？杨慎把歪到一边的杯子扶正，脸色很不好看：“师姐，不早了，我们还是走吧，不要给主人家添麻烦。”

伊春只好把手抽回来。

舒隽轻叹：“小葛，既然要做朋友，就留下来住几天。你要是被晏于非弄死了，我会难过的。”

这也能算朋友说的话？

伊春看了一眼杨慎，他却把脸别过去，淡道：“师姐我随你。”

她两边看看，抓了抓脑袋：“呃……现在确实晚了，我们又不认识水路，还要麻烦小南瓜划船，这样不太好。还是住一晚吧，明天再走好吗？”

杨慎没回头，声音还是淡淡的：“好，我随便。”

他肯定生气了。

吃饭的时候，伊春时不时往杨慎那里看，他看着并没什么异常，面色如常，但她就是知道他生气了。

舒隽的眼睛比平时还亮，闪烁着让人毛骨悚然的光芒，不停给她夹菜劝饭，热情得让人措手不及。

情况很诡异，很让人摸不着头脑。

饭后伊春端着茶杯蹲在门前看夜景，其实没什么好看的，水面上的景色到了白天才能见端倪，晚上不过黑咕隆咚一大片罢了。

但是进去也不好，杨慎在生气，她一时想不到什么话和他说，索性先躲开。

身后传来一阵脚步声，伊春没精打采地抬头，却见杨慎走了出来。

瞧见她，他先是一愣，跟着把脸一沉，转身就朝另一个方向走了。

“羊肾——”她赶紧叫一声，跳起来就要追。舒隽却不知从什么地方冒出来，笑吟吟地拉着她的袖子：“小葛，不是想听我弹三弦吗？走吧。”

说罢，拉着她一阵风地走了。伊春急急回头，隐约见到杨慎瘦削的背影停了一停，他没有转身。

心里突然像被什么东西咬了一口，有点麻麻的。她挣脱舒隽的手，低声说个“抱歉下次再听”，抬脚就朝杨慎那里跑去。

舒隽低头看看自己空荡荡的手，倒有些发愣。

一直躲在暗处看热闹的小南瓜忍不住“哧”地一笑，从树影里钻了出来。

“主子是被甩了呀。”他不知死活地在旁边拍手叫好。

舒隽笑了笑：“……胡扯。”

并不是喜欢她，只是无聊的时候找点乐子。可是现在他的手空荡荡地晾在那里，忽然觉得有些冷。明明已经快五月了。

他索性把双手背到身后，倚在树上抬头看天。

新月如钩，弯弯的，让他不自觉就想到她眼睛上方那两根生动又漂亮的眉毛。

舒隽看了很久，久到小南瓜开始打哈欠，才低声道：“小南瓜，你家主子这次……或许要倒霉了。”

伊春追过去的时候，看见杨慎一个人抱着胳膊站在后院，他低着头，也不知在看什么。

她清清嗓子，慢吞吞地走过去：“那个……羊肾，晚饭好吃吗？”

他不抬头，隔了半天才闷闷答一声：“你过来做什么，不是听他弹琴吗？”

“弹琴”两个字他说得特别响，听起来就像“谈情”。

真别扭，伊春心想。

她索性蹲下来，捡了根枯枝在地上画来画去，再不说话了。杨慎抱着胳膊，听见树枝在泥土上划动的声音，先时还装作没听见，隔了好一会儿却有点忍不住，低头去看，见她在地上画了一张乱七八糟的人脸，皱眉龇牙，很是狰狞。

“这是你现在的脸。”画完之后，她笑眯眯地抬头，“难看吧？”

杨慎淡道：“我本来生得就不如旁人好看亲切，多谢你再次提醒。”

伊春干脆把树枝扔了，拍拍手上的灰：“你怎么这么别扭？”

他转身就走。

“你再这样我就要生气啰！”伊春在后面大叫。

他像没听见。

伊春追上去一把抓住他的袖子，他忽然出手攻击，用上了武功招式，将她双手擒拿住。她顿时一惊，急道：“喂！要打架？”

杨慎紧紧抓住她两只手腕，简直像套了铁箍似的，她挣了好几下都无法挣开。印象中他力气好像没有那么大。

“你把男人看得太轻了，以为自己武功好，所以毫无防备之心？”他声音冷冷的，“朋友？你要做朋友，能确定别人也是和你做朋友？”

“我真的生气了！”伊春眉毛竖了起来，小腿一勾，试图把他绊倒，谁知勾了两下他的腿纹丝不动，反而屈膝在她腿骨上一撞。

她疼得站立不稳，朝前一个踉跄，杨慎顺势抓着她仰面倒下去，跟着一个翻身将她压在身下。

“你连我都打不过，怎可能赢舒隽？”他双臂撑在她脑袋旁，居高临下地发问。

伊春瞪着他：“你确定是我打不过你？而不是让着你？”

如果对方是敌人，她自然有几十种法子对付，死小子把相让当作无能！

杨慎看了她一会儿，目光灼灼，过了片刻把眼光移开，轻声道：“总之，这次是我赢，你再辩也没用，以后要小心……”

话还未说完，只觉她抓住自己衣领，发力要把他丢出去。他索性全身都赖在她身上，脸颊不小心贴了一下她的脸，心中便是一动。

“好了，不闹了师姐。”他低声说，“起来吧。”

话是这么说，他却一动不动。伊春揪着他的衣襟，被压得满头冒汗、浑身难受。

“你先起来啊！”她叫。

他想了想：“好，我起来。”

语毕，他却用双手轻轻捧住她的脸，吻了下去。

月色是那么美，他长长的睫毛像是被镀了一层银白色，凑得很近很近，在微微颤抖着。

这样不对，不好，不应该这么做。伊春揪住衣襟的动作改成了推，用力推。

那对长睫毛便翘了起来，目光如水，定定地看着她，然后——他张口在她唇上轻轻咬了一口。

不疼，反而发麻，像是被他种下细小的媚药，她忽然整个人都软了下去。

生涩的舔舐、吮吻、唇舌缠绵。他的呼吸烫得惊人，粗而且重。伊春觉得心惊，像是某种东西脱离了自己的掌握，一直朝她从不曾想过的方向狂奔而去。

他的手很轻很轻，捧着她的脸，一遍又一遍往上抚，将她略有些凌乱的额发拨到后面去。

最后他终于离开她的唇，把身体稍稍抬高，仔细看着她。

“你把额头露出来，也很漂亮。”他说。

伊春傻了，完全傻了，呆呆回一句：“真的？”

杨慎笑起来，点点头：“我自然不骗你。”

于是她就痴痴地按住额头，神思尚未回归似的，眼睛怔怔地看着他。

杨慎低声道：“伊春，不如我们离开吧。不管减兰山庄，不管斩春剑，我们什么都不管了，就我们俩去闯江湖，找好玩的事情。”

被蛊惑了，她几乎就要答应了。

“如果我没有血海深仇，爹娘和大哥都还活着，我一定马上带你去看他们。我娘性子爽朗，一定喜欢你。我爹虽然木讷，却是个老实人。大哥顽皮得很，必然领着你炫耀他收藏的许多锅碗瓢盆……对了，你爱吃鸡，我娘做的红烧鸡味道最好，邻家的小孩儿常带着碗来蹭吃的。吃完饭我爹会拉着你去后院切磋剑法，我和大哥就在旁边看着……”

他没再说下去，因想象而陶醉的神色变得悲戚。

“我得报仇。”他说，“我先去报仇。”

他将伊春从地上拉起来，拍拍衣服上的尘土，轻声道：“不早了，去睡吧。依你的意思，就在舒隽这里暂住一段时间。减兰山庄先别回去，我看墨云卿说话神情古怪，未必属实，我们不要急着涉险。”

伊春见他转身走了几步，忍不住唤一声：“羊肾。”

他回头：“嗯？”

“你……还在生气吗？”

“我本来就不是生气。”他眨眨眼睛，神情有点怪异，“只是这里不舒服而已。”他指着心口。

那有什么区别？伊春抓抓头发，脑子里还乱乱的，反应比平时慢两三拍。

“我不说，你自己猜。”他这次真走掉了。

伊春回到客房，墙上铜镜里映出她模模糊糊的身影，只有眼睛是亮的，极亮。

我做了什么？她茫然地问自己。

他是她师弟，一直是弟弟一样的存在，可是她做了什么？一次也就罢了，他在伤心闹别扭，情绪不稳定，事后两人也都当作什么都没发生过。

可是今天的事算什么？

不能再想下去，她觉得整个人都要烧起来，手心密密麻麻出了一层汗。

她当然不是傻子，到这个地步再不明白就完蛋了。

可是，是从什么时候开始的？他一直师姐、师姐地叫着，搞得她真以为自己是姐姐，又怜他身世凄苦，不由得对他好一点。难道是因为对他太好，所以他误会了？

得和他解释清楚，她……她对他没有那个意思，千万不能再错下去，否则她就要成罪人了。

伊春一口吹了烛火，推门就朝杨慎房间走去。

“羊肾。”她站在门口，轻轻叫了一声，突然有那么一点胆怯，想跑回去，但愿他没听见这声叫唤。

门很快就开了，杨慎还没睡，似乎是在洗脸，手里还捏着一条毛巾。

“有事？”他好像也有点诧异她这么晚了还跑过来。

伊春吸了一口气，鼓足勇气抬头看着他的眼睛，低声道：“那个……我有点事……得和你说一下。”

杨慎笑了笑，把身子让过去：“进来吧。”

她觉得全身的汗毛都要竖起来了，关门的声音几乎令她腿软。

床上放着他的衣服，洗得很干净，整整齐齐地摆在床头，应当是他明天要换的。他的剑放在桌上，因为经常抚摸剑柄，磨得半旧发光。旁边还有一杯残茶，可能是刚刚才喝过，杯缘留了一片茶叶。

伊春感到心惊胆战，甚至不明白自己在怕什么。

方才想好的一脑子的话，此刻都忘得一干二净。

她掉头走向门口：“算了，我回去睡觉。”

杨慎一把拉住她，捏住下巴还想去吻，这次她总算反应过来，使劲把脑袋别过去，急道：“我是你师姐！是你姐姐！你……你这是乱伦！”

他不屑地“切”了一声：“我从来没有姐姐。”

“我比你大！你得尊敬我，不许再这样！”

“大一个月而已，而且脑子还小了许多个月。”

“羊肾！”她大叫，“你到底要怎么样？”

“葛伊春！”他也提高了嗓音，“你是一头驴！”

伊春反倒一下被堵住了，半晌说不出话来。

杨慎冷笑一声：“你装得好傻，无辜得很，什么也不知道吗？没错，我是痴心妄想，亦不是家财万贯的翩翩公子，只是个一天到晚念叨报仇的傻小子而已。所以你可以装作什么也不知道，一面什么事都要来找我，一面还装模作样地问我究竟要做什么。你说我要做什么？”

伊春看了他一会儿，慢慢说道：“你现在很激动，我们都要冷静一下，明天再谈。”

她推开他便走。

杨慎从后面紧紧抱住她，低声道：“对不起，伊春，我不是故意的。”

伊春摇摇头："你听我说，羊肾，我是你师姐……"

"我从来没想过这些，师姐也好，师妹也罢，伊春，我们不过是两个普通人，有缘遇上了。我喜欢你，就这么简单。你可以不喜欢我，但不能用这种借口来推托。"

她顿时哑然。

杨慎扶住她肩膀，将她扳过来，定定地看着她的眼睛，轻问："你是不是不喜欢我？"

伊春哽了半天，"不喜欢"三个字却说不出来。

她惭愧地低下头："羊肾，我不知道，我从来没想过。我一直……把你当作弟弟。"

他的手慢慢放开了，退了一步。

伊春默默看着他走到脸盆架子那里，平心静气地把毛巾洗干净，挂起来，这才回身，见到她脸色也淡淡的，只说："已经晚了，快回去睡吧。"

"我……"她犹豫着不知该怎么说。

"不用说了。"他笑了一下，"走吧，去睡，师姐。"

最后那两个"师姐"说得很轻，像悄然落地的雪花，几乎要听不见。

伊春推门走了，心里却觉得空落落的，仿佛干了一件错事。回头看看他的窗户，烛火已灭，但他这一夜必然睡不好。

忽然觉得胸口发疼，并非真正受到创伤的疼痛，而是闷闷的，像被一只无形的手绞上一下，连呼吸都变得不顺畅。

身体里有一种冲动，她还不能完全明白和接受。

在反应过来的时候，她已经再次推开他的门，急道："羊肾！我其实很……"

话未说完，却听见小南瓜惊叫一声，杨慎一骨碌从床上跳了下来。

刚到前院，就见舒隽手里提着一个黑衣人轻飘飘地走过来。小南瓜背对着他俩，还在捏着嗓子怪叫："来人呀！救命呀！不要在后面谈情说爱了！主子要死了！"

舒隽把人直接丢在他身上："我看你才是不要再丢我的脸了。"

小南瓜满肚子委屈："我也是为你好，自家地盘都搞不定心上人，让外人占了好大便宜。"

舒隽神色怪异地看看他，再看看他背后，没说话。

杨慎在后面咳了一声，低声道："是有人来找舒公子的麻烦吗？"

小南瓜脸皮比城墙厚，面不改色地转身说："来得太慢了！我叫了几十声！万一主子真被杀了怎么办？"

舒隽索性把他一脚踢进屋子，省得继续丢人现眼。

先前被他抓住的黑衣人瘫软在地，不知死活。舒隽用足尖点点他，轻声道："来了四个人，只来得及生擒其一。晏于非养的狗果然了得，一被人发现就服毒自杀。这个若不是我手快用袜子塞住他嘴，只怕也捉不来呢。"

说罢把那人翻过来，果然嘴里塞了一只雪白的丝绸袜，估计是舒隽刚从脚上脱下来的，他左边那只脚光溜溜的，露出半透明的指甲。

伊春眼睛顿时一亮："舒隽你好厉害，怎么能用袜子做暗器？"

他得意扬扬："人被逼急了，头发也能做暗器，何况一只袜子。我教你个诀窍，以后手里找不到武器，就把身上戴的所有能卸下的东西当作暗器。钱财衣服都是身外之物，命保住才是最最紧要之事。"

如果放任他俩继续说，那话题就不知道要岔到什么莫名其妙的地方去。

杨慎赶紧打断："这么说来，晏于非也开始找舒公子的麻烦了？"

舒隽微微一笑："他不是找我麻烦，是专门来找你俩，顺便试探一下我。"

他蹲下来，拍拍黑衣人的脸，轻声道："别装死，我知道你上颚塞了毒药，只要解开穴道就打算自杀。不巧我刚好知道怎么解毒，我会替你把毒解开，然后每天在你练功的命门上扎一根针……别这样瞪我，我不会轻易把你杀掉的，不过针扎进命门应该很痛吧？要不要试试是什么滋味？"

黑衣人的脸变得比南瓜还绿，茫然无措的神情像掉进陷阱的小兔子。

舒隽解了他的穴道，把袜子抽出来，扶着下巴看他。

他只好断断续续地说道："少爷吩咐……先试试舒隽的手段，既然他要蹚浑水……"

舒隽回头看看伊春，好像是告诉她：你看、你看，你们把我拉下水了，真是祸水啊。

杨慎沉吟片刻，问道："晏于非与减兰山庄是怎么回事？听说庄主病得快死了，此事是否属实？"

"少爷助了减兰山庄万两白银，湘西一带势力已尽归晏门门下。少爷要杨少侠来继承斩春剑，庄主却断然拒绝，说什么太师父的锦囊要求公平互搏……那个少庄主蠢蠢欲动要下山来玩，便说由他来劝服两位……"

杨慎恨了一声："早知他满嘴胡话！减兰山庄怎么会落到今日这种地步！"

倘若没有答应舒隽的邀请，他和伊春早早赶回山庄，师父迫于晏于非的手段，必然叫他二人立即决斗。结果无论谁输谁赢，为了遵守太师父的遗训，输者死是不能避免的。

黑衣人低声道："杨公子，少爷常说，人生在世，父母家人血海深仇都不得报，等同苟活。既然是苟活，不如找个僻静的地方躲起来，省得叫世人来唾弃你。做人的资格都没有了，还要妄想别的吗……"

话还没说完就被舒隽扎了一针去胸口，痛得他一个惊战，瞪圆了眼睛看他，像是质问：不是说好了不扎命门的吗？

舒隽淡道："你太多嘴，满口喷粪叫人听不下去。"

伊春见杨慎身体微微颤抖，急忙上前扶住，轻声说："羊肾，你别听他乱说，你爹娘在天有灵，一定也是希望你过得快活！"

他嘴唇翕动，脸色比雪还要白，什么也说不出来，忽然一把甩开她的手，掉头就跑。

伊春叫了他好几声，他却像没听见一样，眨眼就跑得没影了。她只得匆忙朝舒隽抱拳表示谢意，然后拔腿追上去。

小南瓜从门缝里探出脑袋，眼珠子骨碌碌地转："主子你太没用，被甩一次也罢了，居然连着又被甩……"

舒隽没搭理他，起身拍拍袖子上的灰，说："要问的都问完了，你可以咬毒啦，不用客气。"

黑衣人的表情是那么不可思议，好像还在问：我什么都说了你还要我死？

舒隽心不在焉地笑道："让你死得痛快点，已经是我的恩赐了，叽叽歪歪什么？"

黑衣人泪流满面。人常说舒隽是恶鬼，如今他终于明白恶鬼到底是什么意思了。

父母亲人的血海深仇还没有得报，他却活得嘻嘻哈哈、轻轻松松，是为无耻。

明知仇人是谁，却始终不能与之交锋，只因修行未成，是为无用。

身负血海深仇，却还期盼别的东西，不由自主地被吸引，忘了自己究竟有没有资格得到，是为无赖。

痛楚像毒蛇在心头反复噬咬，不光是伤口会疼，流遍全身的毒液腐蚀血液和骨髓，痛得他猛然弯下腰。胃里不舒服，想呕吐。

杨慎用力捂住脸，只觉掌心湿漉漉的，不是泪，是冷汗。

伊春在外面把门拍得震天响，他却一动不动。

他不停地问自己：我在做什么？我到底在做什么？

这么久了，他竟然不知道自己做了什么。玩命练武是为了报仇，想得到斩春剑也是为了报仇。但为了报仇，他又掉进另一个陷阱：他死，或者伊春死。

凭他现在的本事，要报仇根本是说笑，就算再怎么玩命练武，也要到三十岁左右才能一人单枪匹马挑战郴州巨夏帮。可是如果投靠背景强大的晏门，复仇可能只是一两年的事。

伊春和血海深仇，哪个更重要？

他自己也被这个问题吓住了。

伊春终于不拍门了，外面安静了很久很久。

死寂，死寂和黑暗一样，潮水般把他吞噬。在这妖异的黑暗里，很容易就滋生一些不可捉摸的、可怕的想法。

杨慎抬手握住用旧的佩剑，反复摩挲，像是逼自己下个决心。

窗外突然传来一阵脚步声，紧跟着"哗啦"一声，木窗被那个鲁莽的女孩子一脚给踹烂了。

伊春半个身子探进来，手拢在嘴边大叫："羊肾！在里面你回答一声啊！不要想不开！”

火折子擦了一下，然后杨慎端着烛台面无表情地站在窗前看着她，淡道：“师姐，已经过三更了，我真的很困。”

伊春趴在窗框上，把他从头到脚打量一遍，突然轻声道：“羊肾，我已经不想要斩春剑了。像你说的，咱们不管减兰山庄的事啦，外面那么多好玩的事，我们为什么非要往火坑里跳？”

他好久没说话，垂着头，抿着唇。

伊春又道：“羊肾，你还想着要得到斩春剑吗？”

他摇了摇头：“不……我只是要报仇而已。”

她犹豫了一下，说：“那我陪你啊，我们一起好好练武，一起去巨夏帮替你家人报仇。”

杨慎揉了揉额角，忽觉心底无比烦躁。像是陡生出一只巨大的怪兽，将他来回撕扯。

身体真的要被撕碎了。

他低声说：“你就……一直这样和我一起？做我姐姐？我要的不是姐姐。”

伊春咬了咬嘴唇，抬头定定地看着他：“羊肾，我其实很在乎你。你说喜欢我，我也很高兴。我只是……我还不知道……不过我会努力试试。很快的，如果你一定要个答复，我会很快给你答复。”

他轻声道：“不，我不想要什么答复……我累了，你走吧。”

伊春只好退了两步，见他要把破烂的窗户重新合上，她突然冲过去紧紧握住他的手。

“羊肾，很多道理我说不清楚，也不会安慰人。不过我爹说过，人活在世上关键是无愧于心。你想做什么，我都支持，因为我知道你不会做坏事。你看，我这种傻瓜都活得好好的，你还担心什么呢？”

她咧嘴一笑，在他手背上拍了两下，这才转身走了。

因为心无邪，所以行无碍。她的洒脱，是因为随性。

杨慎把裂开的窗户勉强拼凑回去，缝隙里透进的夜风将烛火吹灭了。

他怔怔地站了一会儿，忽然惊觉了什么似的，急急按向胸口。那里放着荷包，和碎银子裹在一起的，是一张淡红色的签纸。

开福寺问姻缘，上上签。

他的眼泪一下就流了出来，无论如何也止不住。

杨慎起来的时候已经快晌午了，推开门便见伊春直挺挺坐在门口，脊背挺得很直，像根针。

他奇道：“你在做什么？”

伊春一本正经地抬头看着他：“我怕你想不开，坐这里守着比较好。”

他不由得失笑，笑的同时却又感慨。她两只眼睛比兔子还红，强打精神的模样可怜又可笑。

杨慎扯了扯她的后领子，低声道："起来，去睡觉。"

伊春见他头也不回地朝前走，赶紧叫："你去哪里？"

他还是不回头，声音含笑："拿早饭而已，你以为我要去哪儿？"

伊春松了一口气，整个人软下来，咧开嘴好像打算狂笑，最后却撑不住捂嘴打了个哈欠。

杨慎走了两步，轻轻说道："今天我做红烧鸡，你不睡就不给你吃。"

她立即从地上跳起来，转身便朝自己的客房跑。

他突然转身大叫："葛伊春！你这傻瓜，你真是一头驴！"

伊春茫然地挠头看他，他却笑着摇头，一阵风似的走了。

傻瓜，傻瓜，全天下只有你会这么傻。

全天下也只有我会这么喜欢一个傻瓜。

匆匆数月眨眼就过去了，舒隽别院的生活很是悠闲，说白了不过吃了睡、睡了再吃。

闲来听舒隽焚香弹琴，无事和小南瓜下下五子棋，偶尔跟着杨慎学做红烧鸡，烧出一碗黑炭来。

末了伊春发现，自己最擅长的还是握剑打架。

时常她和杨慎拆剑招的时候，舒隽会端茶在旁边半睡半醒观看，小南瓜恶作剧地总在旁边指手画脚："这是什么动作？好蠢哦！杨公子，你在学青蛙？"

杨慎一般是不理他的，吵得厉害了就回头瞪他一眼："谁练武的时候像天仙？"

小南瓜立即顺藤摸瓜推荐自家主子："我家主子就是！不信让他耍一套剑法给你看？"

场上两个人不约而同地转头看舒隽，他穿着皎白的长袍，纤尘不染，长发如云散在石桌上，十根手指莹白得像是半透明。

想破脑袋也想不出这样一个人物练武时汗津津的模样。

舒隽把茶杯放下来，一副"我是师尊我来指导你们"的模样，手指轻点伊春："你总是仗着自己身体瘦小轻便，故意留力不发，偏向弄巧。这样不行，遇到刚猛的对手，人家一拳头就把你的巧劲都打飞了。快和轻便是优点，别忘了狠字更是关键。"

再点点杨慎："你很会变着法子躲，很好，继续保持。"

两人同时捡起石头朝他头上丢："谁要听你指导！去死吧！"

舒隽轻飘飘地躲过两块石头，从亭子里走出来，含笑道："不服气？你们还在吃奶的时候我就已经挥汗如雨地练武了，这点资格还是有的。剑给我。"

伊春犹豫地看看他的长袍大袖，把剑递过去："……你真能舞剑？别划伤自己啊。"

他用帕子擦了擦剑柄，那上面被她握得全是汗水。

"你也拿剑。"他示意杨慎把剑给伊春，然后晃晃剑尖，问她："准备好了吗？"

伊春点点头，舒隽的功夫她只见识过一次，他使诈用石头打中别人的穴道，几乎没看出他是怎么出手的。

他一定很厉害，要小心应对。

刚想到这里，只见他白袍一闪，剑光已到了眼前，动作快绝。

她有心反应，却只能勉强挡住一招，那剑光却又忽闪，打了个弯似的顺着剑锋边缘斜斜刺上。

这是回燕剑法，减兰山庄最精妙的剑术，她和杨慎辛辛苦苦学了一年多才略有小成。他只看了这些日子，就会了？

快狠准，他的剑已到下巴前，伊春自知不是他的对手，索性认输，把剑丢在地上。

舒隽拿剑指着她的喉头，笑吟吟地，连头发也没乱上一根。

伊春很是佩服："你好厉害！师父还夸我是天才，他要是见到你才知道什么是天才，只看了这些天就把回燕剑法学会了！"

他懒洋洋地"嗯"了一声，说："我只学会姿势而已，谁也不是天才。何况，你还小呢。"

说话的时候，剑尖还不离开她，反而渐渐下滑，顺着肩膀，一直滑到她胸脯上方。因为先前拆招，她呼吸急促，胸口起伏。快要十六岁的少女，没有刻意掩饰身材，即使是粗布麻衣，依然能看出美好的形状。

她的脸红扑扑的，和初见的时候比起来真是白了许多。为了方便练武，头发学男人那样全部束上去，露出额头来，越发显得双眼明亮。

舒隽喃喃道："嗯……其实不小了。"

剑尖在她胸口上方点了一下，跟着飞快撤回。他丢了剑重新走回亭子里倚着，淡道："你们还差得远呢。小屁孩，还差得远呢。"

伊春一头雾水地看着他，杨慎黑着脸把她拖走了，低声道："以后少和他单独相处！"

小南瓜鬼头鬼脑地凑到舒隽身边，见舒隽神色淡淡的，他服侍舒隽也有几年了，察言观色可谓一流，知道这会儿最好别乱说话，主子心情不太好。

所以他只小声道："主子啊，我觉得葛姑娘人真不错，身材也好，现在人白了，打扮打扮肯定漂亮。"

舒隽"嗯哼"一声，低头喝茶。

小南瓜把手一拍："主子，是终于要抢人了吗？好样的！"

舒隽瞥他一眼，似笑非笑："胡扯，我为什么要抢她？她有眼无珠是她笨。"

啧啧，到底还是不甘不愿承认了。小南瓜在心里叹息着摇头，男人啊，面子最重要。

"那主子就别在洞庭湖这边逗留啦，不是早就说想去江南看醉雪姑娘？人家从春等到秋，脸上的妆也要化了吧？"他索性刺上一刺。

舒隽皱眉想了半天，才恍然："哦哦，你不提我都忘了有这回事。她还欠我两千白银，连本带利要滚作三千了。不错，这笔账一定得讨回来。你去准备准备，咱们明天就走。”

小南瓜咧嘴一笑：“先和葛姑娘他们透个口风？”

舒隽把脑袋扭过去：“管他们，爱去哪里去哪里，少跟着我惹人讨厌。”

小南瓜做个鬼脸：“我知道啦！要和他们说一起走比较好！不，最好只有葛姑娘跟着。”

舒隽作势要打，他早一溜烟跑得没影了。

结果第二天还是四个人一起上船，也不知小南瓜是怎么和他俩说的，伊春笑得春花怒放：“舒隽，你真是好人，多谢你请我们去江南玩。”

“请？”舒隽看一眼小南瓜，他正使劲丢眼色过来，大意就是舍不得钱财套不住姑娘。

他只好从鼻子里发出一个暧昧不明的哼声，算作回答。

事后小南瓜扯着他低声道：“主子，你也活了二十多年，被女人投怀送抱惯了，以为是个女人都会喜欢你，那可大错特错了。如今是你看上人家，人家压根没那个意思，这会儿是个男人就该主动点大方点。你不想想以前怎么对人家的，眼下再不让她改观，可真完蛋了。”

舒隽点了点头：“不错，你出的好主意，这趟行程的钱就从你月钱里扣。”

小南瓜悔得差点要跳河。早知道他家主子是个一毛不拔的铁公鸡，没想到对着喜欢的人也能照样铁公鸡，没救了，他绝对没救了。

到达苏州的时候，已是十一月光景，纵然天气寒冷，树木花草一片萧条，依然能感受到江南水乡旖旎的氛围。

船夫摇着小船，在交错纵横的河道里缓缓前行。两旁都是青瓦白墙玲珑小屋，偶有老人家坐在河岸边喁喁聊天，小孩子追着打闹，听在耳内都是陌生好闻的吴侬软语。

伊春站在船头四处张望，偶尔回头拉拉杨慎：“你能听懂苏州话吗？”

他摇头。小南瓜赶紧过来插嘴：“主子能听懂，不仅能听，还会说！”

他一天不在伊春面前炫耀舒隽就不甘心。

“葛姑娘，你们要是担心听不懂吴语，就别单独在街上乱跑，迷路可不得了，一定要跟着主子，苏州他熟悉。”

小南瓜都觉得自己太好心了：“主子，我为你制造那么多机会，你怎么感谢我？”

舒隽对他微微一笑：“那就只扣一半月钱。”

小船摇摇晃晃地靠岸，岸上许多人家，房屋比先前看得精致许多。

舒隽左拐右绕，进了一栋屋子。门前小院种了两棵冬青树，檐上竖着挂了一条黑木匾，篆书：香香斋。不太正经的名字。

杨慎的脸有点黑：“这里是……？”

舒隽声音慵懒：“你以为是妓院？”

杨慎无话可说。

小南瓜“嘻嘻”笑道：“杨公子别那么多疑，我家主子向来洁身自好，才不会去那些风月之地。这里是卖熏香的地方，老板欠了公子的钱，今天是来结账的。”

香香斋里装饰华美，绣幔垂帐，细细一股甜香袅袅钻进鼻子里，令人骨软目饧。

伊春甚少见到这种精致旖旎，看得有点发愣，喃喃道：“这里的老板还欠你钱？舒隽你一定特别有钱！”

舒隽但笑不语。

四人刚进屋内，便有两个中年仆妇迎上，似乎是认得舒隽，脸色变了一瞬，立即垂头道：“舒公子大驾光临，令敝斋蓬荜生辉，老板在楼上恭候。”

伊春跟着他们上楼，她耳朵尖，听见下面两个仆妇低声说：“催债阎王上门了，可怜老板心上只有他这个无情无义的东西，这种人怎会是良配。”

她不由得一愣。

穿花厅，过绣门，闺阁深处端坐着一个华服女子，眉梢都溢满了喜悦，静静看着走过来的舒隽。

她是那么美，生得像一朵兰花。女子低声道：“说好了四月来，早早备了新茶等你，怎的拖到今日？茶都旧了。”

舒隽毫不客气地坐在对面，在怀里掏啊掏，掏出一个账本，翻开看了看，掐指算算，最后说道：“两千两银子，四成利，到今日已经两年，一共是三千九百二十两白银。香香斋经营大善，今天可以有银子还了吧？”

好狠！翻了一倍！伊春听见那么多钱，大气也不敢出。

老板脸色一瞬间就变了，冷笑道：“还是个不解风情的东西！过一会儿再谈钱会死？”

舒隽喝一口茶，说：“莫非醉雪要说今年还是还不起？”

醉雪姑娘恨恨地瞪他一眼，过一会儿，却幽幽问道：“我若说还不起，你明年还会来吧？你若来，我今年就不还。”

“哦，明年我会让小南瓜替我来。”舒隽对她良善地笑了笑。

醉雪又恨又爱，抬手想去拧他那张可恶的脸，不知想到什么却又放下了，叹道：“人人都说舒隽风流且下流，为何我看不是这么回事。你好歹也下流一次，给我个机会。”

伊春嘴里的茶差点喷出来。

说了半日，舒隽到底还是如愿拿到了近四千两银子，把纸条递给小南瓜，交代道：“去通宝钱庄，让他们直接将银子算入我名下。”

醉雪姑娘神色怪异地看着他，摇头叹道：“我恨不得没认识过你。”

舒隽又笑了笑，放下杯子轻声道：“醉雪，茶里下了什么毒？”

茶里有毒？杨慎一把将伊春手里的杯子打翻在地，他天性警觉，因为闻着屋里香味怪怪的，所以茶水碰都没碰。

醉雪用半截袖子捂住嘴，垂睫轻声道："我年年都盼着你来，你却年年令我心碎。你这样的祸害，倒是死了干净些。"

舒隽摇了摇头，淡道："说谎。"

她沉默了一会儿，道："果然瞒不住你。晏二少来找过我，他对你身后的两个小朋友很感兴趣，要我把他们留住呢。"

舒隽

杨慎

第七章

自己的路

舒隽不免失笑："两个江湖小辈而已，晏二少事务繁忙，何必苦苦相逼，传出去不是叫同道耻笑？醉雪向来高傲，如何也做帮凶。"

醉雪幽幽地说道："不错，两个江湖无名小辈而已，如何得了你的庇护，舒隽是这等热心人？"

他没说话，好整以暇地端起茶杯，也不管里面有没有毒，继续喝一口。

只听"咕咚"一声，伊春毒性发作，一头栽倒在地，人事不省。杨慎脸色阴沉，立即便要拔剑，舒隽轻声道："收起，别冲动。"

"她中毒了，会死！"杨慎紧紧皱眉，"要赶紧拿到解药！"

舒隽如同不闻，扶着下巴用手指在上面轻轻叩。伊春毒性发作，他却一点事都没有，明明都喝了茶。

杨慎忽然感到心惊："难不成，你也是被晏……"

他说不下去了，直觉舒隽不可能是做走狗的人。

醉雪别过脸，说："你向来冷酷无情，谁的死活都不管，这两个小辈的命自然更不放在眼里。这些年我有心做些大事让你关注我，却总也不得其法。前几日晏二少派人找我，他对你的作风倒是了解得透彻，知你必来找我讨债，便要我把你身边的两位小朋友留住。我欠他一个人情，非还不可。舒隽，是不是我要做些丧尽天良的事，你才会稍稍把我看进心里？"

舒隽淡道："就算你把自己老爹老娘都杀了，和我又有什么干系。"

醉雪默然。

隔了一会儿，她慢慢站起来走到窗边，又道："晏二少新吞减兰山庄，湘西一带势力归入他手，奈何斩春剑的继承人却迟迟不定，难免有人不服。否则，以晏二少的心胸，又怎会揪住两个小辈不放。"

舒隽笑了笑："原来如此，我还当苏杭一带也被晏门给霸占了。天下之大，晏门占了这个又占那个，是要做皇帝吗？"

"晏门要不要做皇帝，醉雪不想知道，醉雪只想明白，舒隽要的是什么。"

她回头，深深望着他。

舒隽想了想："这个嘛，我也不知道。"

他将茶杯一放，起身把晕倒在地的伊春打横抱起，笑道："再说下去我难免要听到怨妇之言，无聊得很。这就告辞吧。"

他走到门边，忽又停下。无他，门外窗外都守着无数黑衣人而已，刀光湛湛，令人悚然。

醉雪垂下头，声音凄楚："你……真不是人，死在我这里也不怨？我知道你中毒了，只是装模作样而已。"

舒隽回头朝杨慎瞪一眼："这时候还不出手，你要等到地老天荒吗？"

话音一落，杨慎已经像箭一般射了出去，与门外众多黑衣人战成一团。舒隽在后面笑吟吟地看着，忽然说了一句："你记得找小南瓜。"

杨慎猛然一愣，还没反应过来，只见他抱着伊春从窗口跳了出去。

卑鄙狡猾！他居然单独带着伊春逃了！醉雪和守在窗外的那些黑衣人立即反应过来，一时间暗器刀光满天飞，杨慎惊得头发都要竖起来，只怕伊春毒还没解就会被这些利刃砍成碎末。

舒隽的身形在空中微微一转，轻飘飘地躲过飞舞的利刃，像一只收起羽翼的仙鹤，远远落在地上，再一折，落入交错纵横的河道中不见踪影。

杨慎眼见他二人逃了出去，终于暗松了一口气，再也不敢恋战，胡乱挥舞着长剑，硬是在香香斋里杀出一条血路，逃出生天自找小南瓜去了。

伊春此刻完全没有中毒的感觉，她觉得浑身轻飘飘的，好像马上就要飞上天。

这感觉……其实不坏。

可是有人在不停地拍她的脸，手劲还挺大，她这么皮糙肉厚的都受不了。拍着拍着那只手就移到了耳朵上，轻轻捏着她的耳垂，然后一个低柔的声音在耳边响起："丫头，再不起来，我就要把你衣服脱了。嗯，光溜溜总比脏兮兮好些。"

伊春赶紧把眼睛睁开，入目看到的一切却是淡淡发红，像蒙了一层血雾。

她疑惑不解地发现自己躺在地上，浑身湿漉漉的，一边身体冷一边身体发热。师父说过，走火入魔的人才会出现这种古怪征兆。

她吓得一骨碌坐了起来，脑子"嗡"的一下，身体里好像找不到一点可以用的力气，刚起身又软绵绵地倒了下去。

舒隽坐在旁边往火堆里加着树枝，他也是刚从水里捞出来的模样，下巴还在滴水。

伊春怔怔地看着他，喃喃道："舒隽，我是不是……走火入魔了？"

他瞥她一眼："走火入魔了你还能说话？中毒而已，小毒死不了人。"

中毒？伊春努力从凌乱的回忆中寻找相关片段，最后恍然大悟："是那个老板下毒？她不是喜欢你吗，怎么又要毒死你，还连累我也倒霉？"

舒隽摸摸下巴："女人心海底针，鬼知道她怎么想的。你要没事了就自己去后面脱衣服，这个天穿湿衣不是闹着玩的。”

伊春动动手指，她现在只有手指能动了。

“我动不了，就这样吧。对了，是你带着我逃出来的？虽然这事是你招惹出来的，不过还是多谢了。”

明明是他们自己招惹了晏于非，反倒一点自觉都没有。

舒隽不理她，自顾自把外衣脱了，放在架子上烘烤。见伊春见到自己裸着上身却毫无不自然表情，不由得那恶作剧的心又钻了出来。

“喂，”他靠过去，斜斜躺在她对面，用手撑着脸，“我为了救你也算吃尽苦头，回头还得为你配解药，口头上一句多谢太没诚意了吧？”

伊春果然入瓮，直接问：“你要我怎么谢？再请你和小南瓜大吃一顿？对了，小南瓜呢？羊肾呢？”

她四处张望，发现这里是个破庙，外面天色已经黑了，安安静静的，小南瓜和杨慎都不见人影。

舒隽按住她的脑袋，不让她乱看，又凑过去盯着她的眼睛。

舒隽貌美，江湖人人皆知。据说没有女人能与他目光接触，一看到他的眼睛便要脸红，芳心大乱。于是他利用这点优势做尽下流之事。

当然这只是传闻，事实如何谁也不知。

只怕没有哪个女人见过他现在的模样，舒隽向来是衣冠楚楚、飘然若仙的，不会浑身湿漉漉，光着上身胡乱躺在草堆上毫不顾及形象。有几绺头发还黏在他腮上，也许是冷，也许是火光，他脸上泛出桃花般的色泽，胸前的水珠都比平时诱人些。

他瘦，却不瘦弱，每一寸肌理都修长而优美，仿佛蕴含着无数力量。

那些曾经为他疯狂和正在为他疯狂的女子若是见到这样的情形，必然会当场晕过去。

“待会儿再说他们……你身上最值钱的是什么？”他低声问，带着一丝慵懒，抬手去捻她眉间的发丝，“把最值钱的给我。”

伊春大惊失色：“出门师父只给了我十两银子！这一路也花了大半，就剩下三两多你还要？那我以后喝西北风？”

他微微一笑，修长的手指下滑，滑到她领口，停住。

“还有更值钱的，把它送给我如何？”他的手掌在她心口忽然烫了起来。

伊春低头看看他的手，再抬头看看他的脸，忽然明白他指的是什么。

“我不是拿来送人的。”她看着他的眼睛说。

舒隽一时又有些说不出话来。

她的眼睛黑白分明，很清，很亮。天真不解世事的人才会有这种眼睛，看破所有的迷障诱惑，直切本质。

但，她并不是愚蠢的天真，也不是茫然地不解世事。

只是谁也不能玷污她而已。

小南瓜一直拿她来和自己开玩笑，似真似假，他纵容一笑也就过去了。其实谈不上有多喜欢，只是觉得能遇到这么个人，很是难得。

靠近她真的很危险，在潭州豪庄，他曾想以后再也不要见。

对着一块什么也无法倒映出的水面，很容易让人陷入偏执，执着追求不属于自己的结果。她的眼睛是看着他，一丝一毫的躲避都没有，美色，诱惑，她都没在意。

她分明看着他这个人，眼里却没有他的倒影。

舒隽忍不住又笑了一下，有意无意地解开她一条系带，轻声说："只怕由不得你。眼下月黑风高，夜深人静，只有你我二人在这里。你中毒动也不能动，如果你是我，会不会做些什么让事情变得更好玩？"

伊春没有回答，只是静静地看着他。

舒隽的手指停下了，慢慢缩回去。

"你真无趣。"他埋怨地说着，"一点都不好玩。"

伊春很想翻他一个白眼，此人恶劣至极，总会开一些不合时宜的玩笑，这毛病真得改改。

舒隽把胳膊枕在脑袋下面，什么形象都懒得管了，整个人呈大字形躺在草堆上，把伊春挤得坐立不安，直叫："你怎么这么霸道，这里这么大不够你躺？"

他懒洋洋地说道："小南瓜会找到你师弟的，纸条上写着指令，别担心他们。"

伊春心中感激，低声道："谢谢你舒隽，你是好人，我知道。你也中毒了吧？有什么我能帮忙的？"

他转着眼珠，到底是有点不甘，突然回头和她鼻子对鼻子眼睛对眼睛，良久，轻声说："有，你这颗解药暂时还能发挥点作用。"

他揽住她的脑袋，把嘴唇贴在她额头上，轻吻一下。

心里突然觉得有一点点疼，很陌生的疼，破天荒让他感到手足无措，不知如何是好。

她的脸很红——不，确切点来说，是半边通红半边苍白。

醉雪下的毒并不致命，却也相当厉害，能破坏人体经络，让人被迫呈现走火入魔的状态。就算放着不管，伊春也不会死，不过痊愈之后是再也不能练武了，一辈子只有拿菜刀做饭的份。

舒隽倚着墙壁半躺半坐，伊春的脑袋就枕在他腿上。

她很轻，而且瘦削。平日里总是神采飞扬、穷开心的傻姑娘，时而慧时而呆，让人容易忘记她才十五岁，不管是身量还是头脑，都还有很大的成长空间。

他的手指划过她半边通红的脸，她的神情带了一丝痛苦，昏昏沉沉的，想必被毒药折腾得够呛。

舒隽心里有个冲动，想把她丢出去任由其自生自灭。

她很危险，不可以靠近，本能一直这样警告他。就这么丢下，死了最好，这样就没什么能牵动他，依旧是那个纤尘不染冷酷无情的舒隽。

他甚至恶意地想，她一点也不漂亮，随便去镇上捞个卖豆腐的女孩儿都会比她有女人味。

凭什么，要为这么个人心疼？她到底凭什么？

伊春忽然惊醒了，双眼被毒药烧得赤红，茫然地看了他一会儿。

舒隽凑过去，轻声说："喂，你一个人待在这儿行不行？做好事已经做到这个地步，也对得起你那顿饭菜了吧？"

她神情迷惘，尚未恢复理智，喃喃地只是问杨慎在哪里，她到处也找不到那坏蛋脸的少年。她觉得自己有很多话要和他说，很多事情要告诉他，她以前不太明白的、逃避的——现在她考虑得差不多了，是时候要告诉他了。

可是，他在哪儿？

舒隽忽然感到一阵无比的烦躁，甩开她起身便走，直走到破庙门口，忽地转身冲回去，捏住她下巴左右晃，很不爽地说道："舒隽，舒隽呢？你不问问他？"

伊春被晃得晕头转向，被动念一声舒隽，跟着便没了下文，仔细一看是又昏睡过去了。

这种感觉真是讨厌极了。

舒隽使劲捏一把她的脸，像是恨不得把她捏成猪头。回头看看天色，晨曦微露，这一夜快要过去，正午之前再不给她服下解药，这孩子一辈子就真的只能拿菜刀做饭了。

实在等不及小南瓜他们找到这里，舒隽将她扛在肩上，走出了破庙。

她欠他的，只会越来越多，多到……只能用自己来还。

想起她那么一本正经地说"我不是拿来送人的"，舒隽不免也一本正经地想："不送也得送。"方才那些负气的想法早就不知丢到哪里去了。

彼时天色微明，苏州城大小药铺尚未开门，要抓药起码还得再等一个时辰。

不过这种事情自然是难不倒舒隽的，肩上扛着一个人他照样飘然若仙，直接翻墙入室从药铺橱子里抓药，一个子儿也不会给老板留下。

清晨薄雾潮湿，细细的水珠沾在他发间衣上，狂奔的动作比最轻灵的仙鹤还要快。

倏地，他停下脚步，纵身跳上一栋民居，将身体隐在青瓦之后。

过了片刻，薄雾后出现一辆油壁马车，马蹄踏在滑溜溜的小青石道上，发出清脆的嗒嗒声。车壁上别无他物，只用酱紫色的颜料画了一只轻巧的燕子。

驾车的男子头戴斗笠，压得很低。熟悉晏门的人都知道，这副装扮的是晏二少的得力助手殷某，具体姓名已无人得知，大家都随晏二少一样唤他一声殷三叔。

车旁只跟着两人，一人高而且壮，十一月的寒冷天气，他还打着赤膊，身上肌肉虬结极是雄伟。在看到他手里提着的那把巨斧之后，舒隽眉头突然一蹙——在储樱园遇到的那个怪物巨人，倒不知晏于非用了什么手段把他收为己用。

马蹄声“嗒嗒”，混合在其中的还有拖动铁链的声音。巨人两眼翻白，口角流沫，神情呆滞，颈项上套了一个脖圈，连一根铁链，链子很长，有大半拖在地上，另一头握在一只雪白纤细的手掌中。

那是一个纤细瘦弱的小姑娘，眉清目秀，腰上别了一朵玉芙蓉，人比花娇。

马车一径行去，车里忽然响起一个年轻男子的声音：“宁宁，杨少侠醒了，过来服侍。”

那姑娘答应一声，把铁链交给殷三叔，恭恭敬敬地上了马车。

车门只开了一瞬间，却也足够让舒隽看清里面的人。晏于非神情温和，静静看着半躺在对面的少年——是杨慎。他似乎受了伤，半边身子血淋淋的，嘴唇翕动不知在说什么。

车门飞快合上，马车继续前进，渐渐消失在薄雾中。

舒隽眉头皱得更深了，转头看看伏在肩上人事不省的伊春，倘若她醒来再次问他杨慎在哪里，他要怎么回答?

一番折腾，回到破庙天色已然大亮。小南瓜不知什么时候找来了，正抱着膝盖坐在门口苦等，终于见到舒隽来了，他放声大哭，跑过来揪住袖子不放手。

“主子主子！我等你好久，还当你死了！”

说罢把满脸鼻涕眼泪一股脑擦在舒隽袖子上。

舒隽皱眉道：“我是被你脏死的，快放手，东西都买了？”

他从地上取了两个瓦罐，哭丧着脸：“主子那狂草药方我实在看不懂，叫药铺的人来看也不明白，只好买了两个药钵。你打我吧，你骂我吧。”

舒隽扛着伊春进了破庙，说：“有那个工夫假惺惺，不如快打水来熬药。”

小南瓜见他从怀里取出药包，登时松了一口气：“我就说，主子到底还是有能耐的。”

药材丢在药钵里，点火开始熬，小南瓜瘫在地上叹道：“主子，我没能把杨公子带来。”

舒隽淡道：“是没找到他？”

小南瓜摇了摇头：“我倒是看见他了，受了点轻伤的模样，在和一个女的说话。我招呼他好几声，他都装没听见，最后跟着那女的走了。我本来想追，又担心主子，所以先找来这里了。”

女的？舒隽问：“是身材瘦削，眉清目秀的女孩子？腰上别了一朵玉芙蓉？”

小南瓜眼睛一亮：“主子认识？你果然风流倜傥艳福不浅，难不成是你认识的某个老情人？”

舒隽在他头顶敲一个栗暴，道：“那没错，是晏于非的人，他到底是跟着晏于非走了。”

说到这里，却忍不住静静看着晕倒在地的伊春。

小南瓜看看他，再看看伊春，终于恍然大悟，喃喃道：“主子啊，你不会真的……”

“真的什么？”舒隽懒洋洋地反问。

他赶紧笑道：“我是说，如今到了主子大展雄威的时刻。”

舒隽本想像以前一样似笑非笑地回一句“胡扯”，唇角都勾起了，那两个字却怎么也说不出口。

好讨厌啊，这种感觉。

他朝地上一躺，用手遮住眼睛，冷道：“小南瓜，把那臭丫头丢出去，别管她死活了。”

小南瓜答应一声，当真站起来去抬伊春，拖了没两步，却听他家喜怒无常的主子又恚道：“谁叫你真丢！还不好好放回去！”

所以说，跟着这种主子真累。小南瓜一边摇头一边感慨，乖乖把伊春放了个舒服的姿势，让她继续睡。

舒隽挡住眼睛躺在草堆上，好像也跟着睡着了，很久很久都没有说话。

马车在凹凸不平的路面上轻轻颠簸，杨慎背上的伤口也在一跳一跳地疼。

宁宁敷药的动作很轻，却还是不免要刺激到伤处，他的胳膊不由得一颤，宁宁立即抬手，轻声问：“疼得厉害吗？”

他没回答，只定定地看着对面的晏于非，隔了一会儿，说道：“晏公子居然也会用谎话诱人上当，我师姐究竟在何处？”

当时他从香香斋冲出，身上已经受了伤。舒隽虽说要他去找小南瓜，但苏州城之大，没有任何记号，他也不知从何找起，正在无措的时候，却遇到了宁宁。

“杨公子若想见活着的师姐，便随我来一趟吧。”她这样说。

晏门的手段他见识过，虽然不太相信舒隽也会落到他手里，但伊春毕竟中毒，舒隽又冷漠古怪，指不定真把她丢下一个人跑掉了，他只得跟着宁宁走了。

晏于非淡道：“杨少侠不必疑心，葛姑娘虽不在我这里，但她身中奇毒，唯我有解药。你只管安心随我去拿解药便是。”

杨慎抿了抿唇：“所以你想用解药迫得我为你做事？”

大约是没想到他会问得这么直接，晏于非顿了一下，低声道：“撇开晏门之事不说，我知道杨少侠身负血海深仇。男儿活于世间，自当顶天立地，纠结情爱之事忘却父母血仇，岂不让人耻笑。”

杨慎脸色发白，沉声道：“我不想听你说教！”

晏于非笑了笑，神情温和：“我也没什么见识，岂能信口说教。杨少侠心中自有丘壑，只是舍不得令师姐而已。何况将你们逼入死路的并非晏门，而是减兰山庄的规矩，你二人注定只能存活一人，但你若能继承斩春，令师姐说不定还能保住一条命。待你来日报了血海深仇，娶她为妻也好，金屋藏娇也好，便都是你自己的事。”

杨慎沉默着，窗帘被风吹得起伏不定，像他心里暗潮汹涌。

晏于非的马车停在一家客栈前，刚下车，掌柜的便满头大汗地迎了过来，连声道：“晏少爷！您请来的那个客人……没日没夜地闹，今儿又打伤了烧水的小陈。大家都……都快吃不消啦！”

晏于非没说话，一旁的殷三叔却露出厌恶的神情，低声道：“少爷，不能由着他败坏晏门声誉。”

他只是淡淡笑，并不搭腔，反倒转身请杨慎下车：“这间客栈已被我包下，杨公子请上楼，大夫很快就来。”

杨慎脸色阴沉地跟在他身后上楼，忽听楼梯上传来一阵脚步声，夹杂着“嘤嘤”的哭声，一个女子狂奔而下，险些撞在晏于非身上。

他身子一侧，后面的殷三叔一把拦住她，皱眉道：“这又是做什么？”

她惊慌失措地抬头，左边脸上一大块乌紫，像是被打的。杨慎忽地一惊，急道：“文静？”

文静见到杨慎，到底忍不住痛哭失声，使劲抓着他的袖子，颤声道：“二师兄，求求你，去劝劝你大师兄吧！他……他说要休了我！”

推开花厅大门，酒气、脂粉气以及一股说不清道不明的暧昧气息扑面而来，杨慎的眉头不由得皱得更紧。

一群人形的东西滚在软垫里，酒水鲜果撒了一地，根本没人去管。

青丝乱铺在地上，偶尔可以听见女子娇笑的声音，极为暧昧。

文静缩在杨慎身后只会哭，轻轻扯一下他的袖子，求他过去叫人。

殷三叔黑着脸先过去了，开口正要说话，晏于非却说道：“墨少庄主，贵夫人来了怎么不告知一声？晏某招待不周，心中甚是惭愧。”

一个人从软垫里爬了出来，披头散发，敞着领口，面容却十分俊美，正是墨云卿。他身边围着三四个衣冠不整的美貌女子，没骨头似的蜷缩在他脚边，“咻咻”地笑。

他漫不经心地笑道：“什么夫人？墨某尚未娶妻，莫不是有人存心冒充？”

文静忍不住大哭起来，哽咽道：“云卿，你怎能如此待我！”

墨云卿瞥她一眼，笑道：“原来是她，并非什么妻子，师妹而已，她总爱缠着我，实在无趣。”

文静又气又怒，居然晕了过去。晏于非叫来伙计将她扶到隔壁客房休息，回头微微笑道：“晏某招待不周，唯恐怠慢了少庄主。”

墨云卿摆手道：“不怠慢，好得很！”

殷三叔怒道：“你这个……”

话未说完，人已被晏于非拉出门去。杨慎隐约听见他在大声抱怨：“竖子荒淫！少爷怎能留这种人在身边，索性杀了干净！”

晏于非没说话，旁边又有掌柜的小心翼翼地说：“不分日夜只知淫乐，伙计要打扫房间或送食物热水进去，一个不小心就会被打……看着二少的面子……”

后面的话已经听不清，杨慎回头看看软垫中不成人样的墨云卿，心中也不知是什么滋味。

晏于非在后面含笑轻道：“少庄主是性情中人，独爱女色美酒，晏某只怕招待得不够周到。”

杨慎猛然回头：“你故意的！”

养着他，毁坏他，让他离不开自己，从此世上再也没有什么减兰山庄，湘西势力真正要换成晏门做主人了。

晏于非神情温和依旧，低声道：“无所谓故不故意，大家各取所需而已，杨公子心里自然是明白的。”

他说得其实没错，各取所需。墨云卿自己要堕落，不关任何人的事。

杨慎去文静房里的时候，她已经醒了，还是只会捂着脸哭，喃喃道：“下山前与我山盟海誓，说一定要做一番大事业出来，叫师父再不能小觑了他。谁知他下山快一年音讯全无，我好容易寻到这里，他却变成这副模样！”

杨慎也不知用什么话来安慰她，只得保持沉默。

文静又道：“人常说，男子情爱恩宠消弭最快，前一刻还甜言蜜语，后一刻便翻脸不认人。只可怜我腹中未见天日的孩儿，没出生父亲便不认他了。”

杨慎心中一惊：“你们……已经……”

文静脸色苍白：“四月，师父让我们举行文定大礼，他说我俩已是夫妻，不过缺个正式婚礼的名头罢了。所以……如今孩子已有六个月，他却不承认文定，要休了我，叫我以后怎么见人？”

她身材纤细，须得仔细打量才能看到腹部隆起。

杨慎再也待不下去，推门直朝墨云卿所在的偏厅赶去。

刚把门打开，里面便有酒壶飞出，杨慎侧身让开，只听墨云卿在里面大吼：“滚！不要碍事！”

他皱眉道：“师兄！”

墨云卿缓缓抬起头来，盯着他看了一会儿，露出一抹笑：“原来是你，已经下定决心帮助晏二少了？”

杨慎正色道：“我来不是谈这事。文静与你既然已经文定，如今她已有身孕，于情于理你都不该如此待她。”

墨云卿还是笑，抬手捞起脚边一个美女，捏着下巴让她把脸对着杨慎，问：“如何？是不是比文静漂亮许多？”

杨慎抿唇不语。

“天底下有无数美女，男人怎能吊死在一棵树上。你也莫要再念着葛伊春那脏兮兮的女人，人既然来了，晏二少总不会亏待你。只管办事就好。”

杨慎默然看他良久，耳边忽然响起伊春的话：做别人的匕首，岂不是活得像个工具。我们还没能做个堂堂正正的大人，自己先别长歪了。

“你已经完全歪了，再也救不过来。”

他说着，转身走出去，把门重重合上。

晏于非说他去给伊春配解药，中午之前必回。

杨慎回到给他安排的客房，打水洗了把脸，将腰上的剑拴紧，推窗便要跳下去。

身后突然传来宁宁的声音：“杨公子，你要去哪儿？”

他没有回头，淡道：“我要走了，去找伊春。”

她飞奔过来，从后面紧紧抱住他的腰，把脸贴在他背上，轻声道：“别去！你这样再一走，真的会没命！”

杨慎一言不发地将她两条胳膊抓开朝下一丢，她却不依不饶地顺势钻到他面前，一头埋进他怀里，像一头瑟瑟发抖的小鹿。

“你别走！我……不想看到你死！”她颤声说着。

杨慎一动不动，冷冷道：“这次又是晏于非派你来色诱我？”

宁宁低声道：“我知道你不信我，说什么你都当是诱惑。我只告诉你，晏于非软禁了我老父，我不得不为他做事，并非心甘情愿。”

他声音冷漠：“那和我有什么关系？”

宁宁脸色苍白，仰头看着他，却不放手：“我知道你是个铁骨男儿，自然看不上我如此卑微懦弱的女子，就连我说仰慕，你也觉得脏。但我是为你好，你就这么离开了，没有背景没有势力，什么也没有，和晏门作对只有死路一条。”

杨慎将她推开，说道：“多谢你的好意，但我不会仰人鼻息而活。报仇只是私事，轮不到旁人过问。”

宁宁轻声道：“你这一去，万一丢了命……万一过个几十年还不能雪耻，又当如何？一辈子活在悔恨里？”

杨慎定定地看着窗外萧索的树木，一字一句地慢慢说道：“我不会被仇恨蒙蔽眼睛，做一个行尸走肉。几年也好，几十年也好，我的仇我自己报，我的路我自己走。”

宁宁陡然退了好几步，像是不认识他一般死死盯着他看了很久。

“来也是为她，走也是为她。你师姐……当真那么好？”她低头小声问。

杨慎没有回答她，一个纵身，人已蹲在窗台上。

宁宁急道：“我不行吗？我……其实在晏于非别院那个晚上，我就已经对你……”

他还是不回答，回头意味不明地笑了笑，跳下了窗台。

她追到窗边，只见他藏青色的粗布衣服在院内一闪，很快就不见踪影了。十一月冰冷的风扑在脸上，泪水很快就被吹干。

她心里忽然生出一股恨意，怎么也无法抑制。

伊春，伊春，她会在什么地方？舒隽有没有好好照顾她，会不会把她丢在路边不管死活？

杨慎在街道上狂奔的时候，心脏“扑通扑通”跟着飞快地跳。

他要先在心里和她说抱歉，居然有那么一瞬间的犹豫。师父说他聪明，舒隽也说他精明，但这些聪明根本不算什么，真正看得远的是她，信念最坚定的也是她。

在这个世上，每个人的人生都是自己的，苦乐只有自己能体会。大仇暂时不能报的痛苦，他自己最清楚。

就是因为明白这种痛苦，他才不愿被人利用。

杨慎不会是行尸走肉，得罪晏门也好，得不到斩春剑也好，谁也不能改变他人生的轨迹。不能坚持走完自己路的男人，不算男人。

然后，见到伊春，他想抱抱她，再说一声抱歉。

他只是个没有江湖经验的傻小子，乍遇变故很容易反应不过来，居然让她被别人救走。

他要认真告诉她，绝没有下次，绝不会再有。

他会一直在她身边，一直一直，做弟弟也没关系。

最后，最后还有一句道歉。

方才他说谎了，他其实不想做她弟弟，可不可以吻吻她，一下就够了。

郊外有一座破庙，他缓缓走近，便听见里面传来一个女孩子的声音：“羊肾失踪了？不会被晏于非抢走了吧？”

小南瓜声音很怪：“这个嘛……难说，你别多想啦，喝了解药赶紧睡觉，有了精神才好去找他，对不对？”

杨慎推开破破烂烂的庙门，里面三个人，两个都惊跳起来，只剩舒隽低头慢慢整理衣袖，头也不抬。

于是他笑了笑，说：“师姐，我来了。”

在那个瘦削的身影扑向自己的时候，他也紧紧抱住她，这一生都舍不得放开。

隔日，伊春中毒的症状就全消失了，又开始生龙活虎，拉着杨慎到处打山鸡、野兔做午饭。

小南瓜对她旺盛的生命力很是惊叹，一面在火上烧水一面连声道：“主子，我真怀疑她是不是真的女人，比许多男人都强。”

舒隽“嗯哼”一声，撸起袖子拿一根树枝在火堆里乱搅，搞得火星蹦得老高，“啪啪”

直响。

小南瓜四下看看无人，凑过去靠他很近，低头道："这次是主子救了葛姑娘，她心中必然有你。眼下算算时日，也该回去了，主子何不邀她一同前往？"

舒隽只静静望着跳跃的火焰，火光将他那张脸映得忽明忽暗，那双眸子深得好似要吞噬一切。他唇角忽然勾了一下，露出一个漫不经心的笑，说："嗯，是时候回去了。"

小南瓜忽然觉得心惊，什么也说不出来了。

安静，破庙里变得非常安静，只有火舌舔舐枯枝的"唰唰"声。

过了片刻，外面传来阵阵欢快的脚步声，伊春叽叽喳喳的声音渐渐近了："这里兔子好肥，圆得像颗球，是因为江南水土好吗？"

杨慎无奈地给她解释："动物过冬都会把自己吃肥，和水土没什么关系。"

破烂的庙门被人打开，伊春身上还带着寒气，像只纤瘦的燕子，扑棱一下飞进来，钻到舒隽身边烤火。

"好冷！舒隽，你就穿这么点，不冷吗？"她扭头去看他。

舒隽向来爱美，一天换一套衣裳，颜色还都是风骚艳丽的。前天他又是落水又是找药，难得狼狈一次，今天又变成衣冠楚楚的舒隽了。

浅紫色的绸质外袍，虽说很配他，看着却单薄得很，外面的寒风一吹就会吹透。

他笑了笑，反手把她整只手掌包住，问："冷吗？"

那掌心是温热的，连指尖也带着暖意。伊春愣了一下，他很少做出这种亲密举动的，常常一副"你那么不修边幅别靠过来"的模样。

她也跟着一笑，正要接话，他却飞快把手松开了。

"我离家已有年余，年关将至，须得回去了。"他淡淡说着，语气没有什么起伏。

正在烤火的伊春和忙着收拾兔子的杨慎都扭过头来瞪他。杨慎对他的态度比先前要好许多，真心诚意地说道："不能再留一些时日吗？你帮了我们许多，还没来得及报答呢。"

舒隽瞥他一眼："就你们现在这样，还得起吗？"

一没钱财，二没权势，三没人缘，所谓报答也只是倾尽所有请他再吃一顿好的，果然寒碜得很。杨慎说不出话，只得低头继续弄兔子。

伊春毫无察觉，两眼亮晶晶的，连声问："舒隽，你家在哪里？远不远？好玩吗？"

她自己从不吝啬带朋友回家，自然觉得别人也该如此。

小南瓜在后面一个劲给舒隽丢眼色，要他趁这个千载难逢的机会赶紧邀她一同前往，错过这村就没这店了。

舒隽扶着下巴，有点心不在焉："远得很，也不怎么好玩，外人只怕进不去。"

伊春恍然点头："那你什么时候走？我们请你吃饭啊。"

"今天，马上就走。"

这个回答让三个人都跳了起来。小南瓜捂着额头，心里直骂朽木不可雕也，就他这样，追一百年也追不到心仪的姑娘。主子平日里看着聪明伶俐，遇到这种事却笨得要命。

“怎么事先不说一下啊！今天就走……那我们赶紧出发去苏州城，你爱吃什么尽管点！”伊春把剑一抓，说走就走。

舒隽淡道：“我不爱吃江南菜，不劳费心。”

说到这里，到底是有些不甘心似的，看看杨慎再看看她，慢条斯理地说道：“若有心，你们送我一程也好。”

就因为这句话，四个人大半夜站在太湖边上吹冷风。伊春打了好几个喷嚏，手脚冻得发麻，在地上不停跺脚。

舒隽手里捧着一个布包，看着沉甸甸的，应当就是他花大价钱弄来的太湖石了。他抱在怀里宝贝得要命，时不时还揭开布包低头闻闻石头，像是确定那上面真有太湖水的味道。

小南瓜在不远处和渔人家商量买船的事，没一会儿主人家便把一艘靠岸的船解开了，他第一个跳上船，朝这里挥手：“主子，船买好啦！”

伊春二人将舒隽送到船边，杨慎拱手道：“希望以后还能再见，那时必然请你痛饮一顿。”

舒隽从鼻子里发出一个哼声，有点不屑似的。他不看杨慎，只把脸对着伊春，看了好久好久，最后说：“你要小心，不要死掉。”

伊春已经习惯他这种古怪的关心方式了，当下咧嘴一笑：“你也保重，明年我们还能再见吧？”

明年吗？舒隽看看漆黑的天空，没有回答。

夜风把他的长发吹得卷曲凌乱，像是用毛笔在宣纸上画出的一道道墨线。那衣裳也是翻飞如翅，仿佛马上便要腾空飞高飞远。

他将怀里的太湖石递给小南瓜，忽然回头温柔唤一声：“伊春，你过来一下。”

他从来都是叫她小葛，不男不女，不近不远，古怪得很。如今第一次叫她伊春，倒让她没反应过来，愣愣地答应一声，走过去。

手腕被人一把擒住，用了巧劲轻轻拉扯，她不由自主地朝前跌下，一只胳膊立即将她揽住，腾空抱起。

“啊……”伊春只来得及叫一声，被冻得冰冷的唇上忽然多了一股暖意，眼前是两扇放大的长睫毛，微微颤抖。

这一惊非同小可，她先是整个人僵住，然后猛地想到反抗，奈何他拿捏的力道极巧极准，竟然是一丝一毫也动弹不得，他按住她的后脑勺，深深地吻，几乎要吻到她心上。

和杨慎炽热却生涩的亲吻不同，这个吻几乎要让她窒息了，血液在四肢中疯狂流窜，就是不朝脑子里跑。迷迷糊糊的，只觉一个灵巧湿润的东西打算撬开齿关，她本能地把牙咬死，它便只能在她唇上细密舔舐。

很快，很急，赶时间似的，没有那么多时间让他缠绵流连。

撤离的时候，他贴着她的唇，低声道："你这个笨小孩，叫你，你就真的过来？"

伊春完全傻了，呆呆地看着他，像是从来没认识过他。

舒隽"嘻嘻"一笑，拇指在湿润的唇上轻轻一擦，说："这个就当给我的报酬吧，告辞。"

说罢将她一推，伊春刚好落在脸色阴沉地赶过来拉她的杨慎身上，两人撞成一团，险些在滑溜溜的礁石上摔一跤。

回头再看时，小船已经摇远了。他静静站在船舱前，没有回头，背着双手抬头看着没有月亮的夜空。这个喜欢恶作剧的坏人，临走也不安分，硬是扰乱一池刚刚安定下来的春水。

杨慎脸色十分难看，用袖子使劲擦她的嘴唇，几乎要把皮擦破，疼得伊春连声哀叫，躲闪不及。

湖面传来弹三弦的声音，慵懒闲散，像一阵无心逗留的风。

有人在唱：远是非，寻滞洒，地暖江南燕宜家，人闲水北春无价。一品茶，五色瓜，四季花。

渐渐地，那歌声也像风声，消失得再也听不见。

伊春怔怔望着陷入黑暗深处的小渔船，良久，才轻声道："他真的走了。"

杨慎一言不发，转身跳下礁石，大步朝前走。她赶紧跟在后面："羊肾，这么晚了，咱们别赶路了吧，找个好心人家借宿一宿好吗？"

他没回答，径自走到方才小南瓜买船的那户人家，敲了敲门。

渔民们向来淳朴，见是两个年轻人投宿，赶紧将他们请进屋子，端上热腾腾的鱼羹饭菜。

饭后渔家又收拾了一间屋子供他俩睡觉。伊春见杨慎洗了脸就闷头睡在床上，用被子盖住脑袋，只留一把乌发在枕头上，便提醒一句："羊肾，不要用被子蒙头啦，对身体不好的。"

他像没听见，动也不动一下。

伊春走过去把被子一扯："和你说话呢，又闹什么脾气？"

他索性翻过身，抬眼看着她，半晌淡道："你一直将我当作小孩儿？这也管那也管，怎么不把自己管好！"

伊春莫名其妙："我怎么没把自己管好了？"

他别过脑袋，脸上多了一丝怒意："管好了怎么会被他……被那个……你好像也不太在乎？怎么一点也不在乎？"

伊春顿时被堵得不知该说什么，想了半天，才犹豫道："他人已经走了，我再怎么在乎也没用，不是给自己添堵吗？"

"你是过得好好的，被添堵的人当然不是你。"杨慎怒了，抢过被子继续蒙头。

伊春本来是打算自欺欺人当作什么都没发生过的，被他这一通乱发脾气，搞得她反而烦躁起来，索性不理他，自己去睡觉了。

睡到大半夜，伊春忽然觉得头顶有人，她本能地抓起放在床头的剑，那人却低声道：“是我。”

杨慎？伊春揉揉眼睛，哑着嗓子问：“你不睡觉又要玩什么别扭？”

他在床头静静坐了一会儿，才轻声道：“伊春，我想过了，咱们继续南下，去福州玩吧，那里冬天暖和。等天气热了，咱们就往漠北去，看大漠草原，一起骑马猎鹰。”

原本以为他又要说什么气话，谁承想是说这个，伊春一下来了精神，拥着被子起身连声说好：“我还想去西域，听说那边的葡萄和甜瓜特别好吃！对了，蜀地也有许多好玩的，咱们慢慢玩慢慢逛。”

杨慎倚着床头，笑道：“是啊，说不定你我运气好，能在山顶或谷底遇到什么避世高人，习得两招绝世武功，这样就能提前报仇了。”

伊春笑得直打跌：“不错不错，然后我们两人四支剑，去把郴州巨夏帮杀个落花流水！”

杨慎陪她笑了一阵，顿了顿，忽然轻声问：“伊春，我们一起去报仇。报完仇，又要去哪里，做什么？”

伊春的两只眼睛在黑暗里闪闪发亮，一点犹豫也没有：“我们继续五湖四海地玩啊，做大侠！交朋友！你呢，你想做什么？”

他摇摇头：“我不知道，我从来没想过报完仇还能做什么。”

他活到现在的意义就是为了报仇，可是一旦下定决心，可以选择的路反而比以前宽广，面对突然广阔的天地，难免让人心生犹豫。

伊春拍拍他的手：“咱们一起，你跟着我，绝不会无聊的。”

他却沉默了，过得片刻，忽然用力握住她的手，掌心滚烫。

“伊春……”他声音很低，低得几乎像耳语，“我们就……一直在一起，永远不分开。”

她回答得特别爽快：“好啊，不分开！”

他的脸有点发烧，喃喃道：“那……我……我们可以成亲吗？”

伊春愣了愣，过去与他发生过的所有亲密行为突然如潮水般从眼前流淌而过，她一瞬间明白他说的不分开是什么意思了。

有点犹豫，有点动心，像有一个小钩子在心底慢慢挠，又痒又疼。

她用力把手抽回来，用被子蒙住脑袋躺回去，闷闷说道：“啊，睡觉吧，睡觉吧，困死了。”

杨慎拍了拍被子，低声说：“伊春，我等你。我会一直等你答复，多少年都没问题。”

她还是没回答。

于是他慢慢站起来，走到自己床边，轻轻说道：“还记得当时在山顶，我说世上没有不变的人和事吗？伊春，我说得不对，世上一定会有不变的人和不变的事，我现在真的很相信。”

伊春一直不说话。

她过了很久才睡着，梦里自己穿着丁香色的新罗裙，薄施粉黛，撑一把紫竹骨的伞，满心期待地往桃林奔跑。

有个少年站在桃花树下，那桃花开得极好，沉甸甸坠下来。少年身材瘦削，坏蛋脸，怎么看怎么不像好东西。

可他笑得很温柔，一万股春风加在一起也不如他那般柔情似水。

她越看心里越欢喜，过去直接告诉他：“我中意你，你怎么看我？咱们这就去求师父，让他成全，如何？”

他抬起头，爽快地答个“好”，然后紧紧握住了她的手。

夜晚的太湖一片漆黑，星子月亮都被乌云遮了去。

舒隽靠在船舱上，轻啜一杯薄酒，叹道：“阴天真讨厌，黑漆漆的，方向也分不清。”

小南瓜把小暖炉放在手上抛来抛去，笑道：“主子不是讨厌阴天，是心里烦吧？照我说，葛姑娘对你未必无意，主子的条件可比那姓杨的小子好多了。”

舒隽半躺下来，手扶着脸，喃喃道：“这种事情……和条件无关。要是为了什么狗屁条件就转头过来喜欢我，我肯定一脚丫把她踹飞。”

小南瓜哼了一声：“那就继续做你落魄的、被人甩的江湖浪人吧！”

舒隽却笑了，懒洋洋地说：“这有什么郁闷的，各人缘法罢了。”

“是哦是哦！”反正小南瓜很鄙视他不战而退，“主子向来是说大话上的巨人，做实事上的矮子！你不郁闷才有鬼！”

他翻个身，轻笑：“无心我便休，怎会是大话。你一个小孩子懂什么？”

说罢，他突然自顾自一愣：“等一下，你方才说什么……巨人？”

巨人……巨人？他脑海里抽个激灵，猛然想到那天清晨见到的那个巨汉。不知晏于非用什么手段把他给收服了，居然还随时带在身边。

那种怪物招人眼得很，晏家二少向来小心谨慎，不会落下任何把柄给人咀嚼，这次却大张旗鼓地带着个怪物，目的为何？

转念再一想，想到杨慎回来得那么快，之后两天却不见任何晏于非的人来挑衅，小南瓜只说他一定是放弃了，打算另选斩春继承人。他自己心中有事，也没多想。

但现在，舒隽突然发觉事实未必如此。

晏于非是什么人？他在一件事上已经投入人力物力，不得到结果是不会罢手的。

舒隽飞快坐起，回头吩咐：“把船往回划，回苏州。”

你若无心我便休，真能休才有鬼。

第八章

少年之死

隔日，伊春起了个大早，别的什么也没说，只丢下一句话："听说花神庙很有名，咱们去看看。"

杨慎被赶出屋子等她换衣服，颇有些弄不清她葫芦里卖的什么药。

太湖上迎面刮来一阵风，冷到了骨子里。抬头看看天，还是阴沉沉的，太阳被挡在乌云后，透出许多亮白亮白的碎块。

杨慎肚子饿了，难免想起豆腐脑、蒸鸡蛋之类的东西。

正想得口水泛滥，打算待会儿带着伊春去街上大吃一顿，身后门却被人推开，他下意识地转身说："伊春，我们先吃……"

话忽然断在那里，他有点忘了方才想说的是什么。

对面站着一个婀娜少女，虽然背上背了一把半旧的剑鞘，有点奇怪，发髻弄得也不是那么光鲜整齐，脸上更是半点脂粉也没涂，但她灿烂的笑容足以弥补一切。

她穿的是春天他买给她的那套淡蓝色罗裙，又薄又透明的蓝，映着她健康的肌肤，居然秀致得很。耳旁簪着同色的珠花，上面纤细的银丝微微颤抖，像怯怯不安的蚊翅。

上次去开福寺，她也穿过这套罗裙。那时她还是一个很鲁莽的少女，九成像男人，打扮得再好看也像是偷偷穿了大人衣服出来玩的小孩儿。

明明是同一个人，这次却完全不同了。说不出什么味道改变了，这衣服居然很合身很漂亮，像是专门为了衬托她这个人的。

杨慎的脸不由自主地红了，瞠目结舌，一个字也说不出来。

伊春一边走一边披上半旧的大氅，毕竟是冬天了，铁打的身体也得注意保暖。一直走到杨慎面前，她扶扶珠花，神情自然地问他："我长高了吧？衣服本来有点大，这次穿却刚好。"

他还是不说话，一只手愚蠢地揉着鼻子，很是忐忑不安。

伊春笑了笑，自顾自往前走了两步，忽然又道："我有个心事想和花神说，上次我问得潦草，她答得也潦草，这次我得好好说。"

他不明所以地答应一声，转身慢慢追过去。

她又笑了一下，带着一点自嘲："其实菩萨神仙都是虚无缥缈的，但我也是头一次遇到这种事……所以……以前……以前那个不算。这一次，我是真心的。”

“什么是真心的？”杨慎心中突然一动，脱口就问。

她只是微笑，反手将他的手握住，低声道：“回头我一定告诉你。”

那到底是什么甜蜜又神秘的事情，足以让两个少年神不守舍地想上一整天。两人胡乱在街上买了些东西填饱肚子，一路说着莫名其妙心不在焉的对话，朝花神庙缓缓行去。

又焦急，又期待，却还希望不要来得那么快，好像眼看着一朵花快要开了，便莫名留恋起含苞待放最后一刹那的姣美。

还忐忑，还惶恐，只怕结局不是自己想的。

直到真正跪在花神面前，拿着签筒再一次虔诚求签，杨慎都不太敢相信这一切是真的。

可能这是个梦，他还没醒过来，梦里一切都那么顺当，完全如他所想。她就跪在自己身边，紧紧闭着眼睛，像遇到难题似的，虔诚得不行。

几乎要把签筒摇烂了，后面的人一个个怒视过来，怪他们干耗那么久。

“啪”的一声，终于有一根幸运的签从她的签筒里掉落出来。伊春捏着飞快起身，低声道：“等我马上回来。”

说完便飞快出去找解签人了。

杨慎哪里忍得，直接把自己的签筒扔了追上去，远远地见她从解签人手里接过一张淡黄色签纸，那人摇头晃脑地和她说着什么，她听得连连点头，很是认真。

到底是什么签？杨慎抓着头皮努力猜，中平？下签？还是上上大吉？上回开福寺的上上签是淡红色签纸，花神庙淡黄色签纸会代表什么？

伊春的表情好像是笑，再看一会儿就不能确定了。

杨慎慢慢朝她走过去，见她把签纸放进荷包里小心保存，于是低声问：“什么签？”

伊春腮上还残留一抹红，轻道：“……待会儿告诉你，你的签文呢？”

他有点尴尬：“我马上去摇。”

转身跑了两步，忽听她在后面低低唤道：“羊肾……”

他回头用眼神问她何事，伊春挠挠脸颊，左思右想好半天，耳旁珠花颤巍巍直跳，她的睫毛也在颤抖，最后下定决心似的，对他爽朗一笑，指着旁边一棵大松树：“我在这边等你，快些来，我有话想和你好好说。”

杨慎飞快摇了签，出来的时候，松树下却半个人也没有。

大约是去买东西了吧，杨慎一面想一面把签条递给那解签人，很快便得到一张同样淡黄色签纸，解签人笑吟吟地恭喜他：“这位小少侠运气真不错，上上大吉呀。方才有个小姑娘也抽中了上上签，我看你俩是认识的，是有婚约在身的小情侣吧？”

他支吾两句，心内一阵狂喜，捏着签纸便朝松树下跑去。

伊春还没回来，她向来贪玩，大约等得不耐烦去别处闲逛了，他只要耐心等着别乱找就行了。

杨慎把签纸打开仔细读了一遍，越看越觉得喜悦无限，唇角不由自主地扬得老高。

脚下忽然踏着了什么东西，低头一看，却是一副断开的袖子，薄到透明的蓝色，袖口还绣着精致的兰草。

很眼熟。

他的心忽然一沉，皱眉弯腰捡起那块布料，袖口除了兰草刺绣，还有几点触目惊心的血迹，还没干，摸在手里湿漉漉的。

泥土里也有几滴血，虽然不多，却让他的心沉到了深渊里。

他们太不警惕了，只因欲说还休的心事，居然忘了晏于非还留在苏州。

杨慎四处看看，果然东面地上还有几滴血，他当即拔腿狂奔追去。

还未到花朝节，花神庙里人并不多，三三两两的行人，没有一个有异常。杨慎心急如焚，忽然见到前面有个少女也在焦急地跑动，似是在找什么人，他冲过去一把拉住她的手腕，脑子里一片空白，居然不知该问什么。

少女转过脸，眉清目秀的芙蓉面，急得满头大汗，却是宁宁。

一见到杨慎，她的眼睛就亮了，神情无比焦急，一把反扯住他的袖子连声道："杨公子，你快去，你师姐被殷三叔带走了！"

杨慎用力甩开她，皱眉道："你们又耍什么诡计？"

宁宁急得要哭，颤声道："我这次真的没骗你！本来晏二少说干脆重新选择斩春继承人，可殷三叔咬定晏门的威严被你们两个小辈挑衅，而且你们也跟过晏二少，闹得这么大，只怕你们在外面乱说，败坏他名声，所以坚持要过来抓你们！你们跟过晏二少，自然知道殷三叔说话的分量，这点我绝不是骗你！"

杨慎冷道："晏于非打算重新选斩春继承人？他会这么好心？"

宁宁急道："姑且不管他是故作姿态还是居心叵测，如今你师姐被殷三叔带走是事实！殷三叔一身武艺连晏门主都要怕他三分，你师姐怎可能是他的对手？你们……怎么说也是我的救命恩人，我再怎么冷酷卑鄙也不能看着你们去送死！我……偷偷瞒着他们跑出来，原本想早些通知你，可还是没赶上。你师姐脾气直，殷三叔脾气也暴，万一哪句话把他得罪了，她真的会没命！"

杨慎沉吟半晌，内心虽是焦急无比，却也不想轻易上当，只问："师姐功夫比我好数倍，她都抵抗不了那个姓殷的，我去又有什么用？"

宁宁脸色一阵惨白，转身便走，低声道："我以为你是个重情重义的铁骨男儿！没想到也不过是一介贪生怕死藏头露尾的懦夫！枉费我一番辛苦出来找你们。罢了！"

杨慎见她渐渐走远，便放轻脚步偷偷跟在后面。

不管她方才说的是真是假，先跟着她回晏于非安置的地方看个究竟再说。倘若伊春在那里是最好不过，不在那里，他一颗心也能稍稍放下，确定并不是晏于非在搞鬼。

宁宁脚步轻快诡异，很快绕出庙外的一片树林，走的方向却不是苏州城，而是往荒无人烟的郊外行去。

走了两三里，却是成片的荒坟堆。

杨慎见她漫步在坟堆间，心中突然起了疑窦，停下脚步不打算再跟踪。岂料他停下她也跟着停下，回头朝他这个方向诡异一笑。

果然有诈！杨慎转身便要跑，此时却已来不及，身后传来一阵沉重的脚步声，像是有巨大怪兽从坟间冲出一般。杨慎勉强回头去看，却见昔日在储樱园遇到的那个赤膊巨人提着寒光湛湛的巨斧在后面狂追。

巨人身体粗壮，动作却十分灵活，照这种追法，他迟早会被追上，周围只有荒草齐腰，半棵可以隐藏身形的树木都没有。

杨慎按住腰上佩剑，犹豫着要不要和巨人打，不防身后传来破空声，他下意识地扑倒在地就势一滚，耳旁利风擦过，几乎破了皮，那把巨斧就钉在脸旁不到四寸的地方。

他心中大骇，翻身跳起的时候，巨人已经冲到面前，身上一股浓厚的恶臭味，一拳打向他面门。

纵然可以用佩剑勉强挡住，杨慎还是被打得倒退了十几步。

刚刚站稳，那把巨斧已经朝他身上劈来。

“不对——”

耳旁突然响起师父严厉的喝声，他心中顿时一凛。

“不要和体型相差悬殊的敌人比力量！要比的是技巧和灵活！他揍你一拳的工夫，你得揍他十拳！实在打不过，立即逃！”

可是师父没有说，如果敌人体型巨大，动作却也十分灵活应该怎么应对。

逃——他逃不掉！

只能把身体微偏，让过要害——但也没有什么用，被巨斧砍上一下，不管砍到哪里都是要害。

那一个瞬间，杨慎觉得整个身体像是从中间生生裂开一样。

他身体里那么多血，从裂口中争先恐后往外奔跑倾泻，一种阴冷却无比安静的感觉一下子把他笼罩住，风吹动枯草的“飒飒”声、衣袂的“簌簌”声、呼吸声、流血声，他突然全部听不见了。

很累，很寂静，很困，像是终于解脱了一样，他站不住，很想躺下来睡一会儿。

到底是怎么回事？他还不能相信，巨斧真的砍中他了？真的断骨削肉，令他重创不能救？

不能够相信，突然发生的意外，来得那么快。

前一刻，他明明满心期待地在松树下等一个女孩，不能让她久等，她有重要的话想说给他听。现在他却生死垂危，一口气吊在丝线上。

不可以死，还有很多事情等着他做。

好好练武，不管多苦他都不怕，为了给家人报仇，为了和伊春永远在一起，一起去很多地方，交很多朋友，看很多风景。

可是巨斧从他身上撤离，好像也带走了他所有的气力。

好冷，他觉得很冷，十一月的江南天气，却比任何严寒都要刻骨。

眼前的一切都变得模糊不清，无论他怎么眨眼睛也不行。

真的要死了？

忽然，他看见许久不见的爹娘和大哥在光明的另一端向他招手，神情平静喜乐。

于是他也笑了，一瞬间心中觉得舒畅又安详，这种感觉久违了。他走过去坐下，低声道："再等一会儿，等一会儿我再过去，好吗？"

再等一会儿，他得回去，伊春还等着他。

她说的，有话要告诉他。

开福寺求姻缘，上上签；花神庙问嫁娶，上上签。两张签纸还被他宝贝地放在荷包里。

上上签，一个人一生能遇到多少次上上签，他又怎会死在这里？

对了，她也是上上签，只有花神知道她问的是什么，可惜他大约是永远不会知道了。

她要和他说的，到底是什么？

现在再想这个问题，似乎很傻，可他突然觉得自己能够明白。

明白她一本正经欲言又止的背后藏着的是什么，明白上上签是什么。

他爱上的，本就是世上最好的女子。

乌云密布，太阳被切割成无数碎片，碎在天空正中。

宁宁深深吸一口气，抬手接住一片飘落的雪，这是苏州今年的初雪。

她神情平静地看着远方影影绰绰的枯黄老绿，那里没有人，她却像和别人说话似的，低声道："你轻贱我、无视我，现在死在我手上，可是永远都记得我了吧？"

没有人回答她，冷风卷着几片萧索的雪花从荒草上滚过去。

她感到彻骨的寒冷。

伊春在松树下安静等待。

没有方才的欲言又止、忐忑不安，她向来都是这样，一旦决定做什么事，就再也不会瞻前顾后，冲过去先做了再说。

杨慎还在摇签筒，有一根竹签竖了起来，眼看便要落下。伊春心里痒痒的，忍不住想过去看个究竟。

脖子后面突然被一根冰冷的铁剑指住了。

“不要叫，不要动。”一个很熟悉的声音在背后响起，“不然那小子马上会四分五裂。”

伊春果然一动不动，定定地站在原地。

那人又道：“少爷向来心软，未曾真正用过什么手段来对付你二人，只盼你们懂事些，奈何你二人竟是丝毫不懂江湖规矩，老夫实在看不过眼，今日便来句痛快的。要杨慎来继承斩春剑，老夫留你们两条小命，否则便全杀了！”

伊春低声说：“斩春剑我们谁也不打算继承，而且羊肾有他自己的决定，我不会干涉。”

那人笑一声：“死了也不怕？”

伊春忽觉胳膊上一凉，半幅袖子居然就这么断开落在地上。手腕上一处隐隐作痛，应当是伤了，温热的血顺着手掌往下淌。她还没有反应过来，冰冷的铁剑又指向她后脖子。

不愧是专门保卫晏门二少的殷三叔，身手了得。伊春自知不是他的对手，心中难免悚然。

“老夫可以把你手脚削断，让你做一辈子的废人，也可以一剑穿心将你立毙。少爷虽不愿与两个武林小辈纠缠不清，老夫却不在乎这些，今天来找你们，也是最后通牒，你再不识相，休怪刀剑无情。”

伊春看看周围三三两两的行人，说：“你要当众杀人？”

殷三叔有些无语，把剑往前送了几分，她顿时感到脖子上一阵刺痛。

“跟我来，不许说话！”他低声呵斥，半挟持半推搡，把她带走了。

行不到半里，却是林中一片空地，人迹鲜少。伊春被推了一把，踉跄着好容易站稳身体，只听殷三叔在对面说道：“拔剑，我试试你的武艺。”

她莫名其妙：“你把我带出来就是要比试？”

殷三叔压低斗笠，声音更冷：“不想死就快拔剑。”

伊春只好从背上抽出佩剑，她今天是出来玩的，压根没想到会在这里和人打架，身上罗裙、脚下缎鞋、头顶珠花都明显地透露出“很不适合打斗”这六个字。

但敌人永远不会为她考虑着装问题，眼前一花，铁剑已经送到眼前，她不得不接住。

这两人走的都是快而准的路线，剑光在半空闪烁，像无数条银龙，时而碰撞在一起，便是刺耳的金属摩擦声。

时间一长，伊春就有点受不了，衣服和鞋子都在那边拼命碍事，像捆了好几条绳子似的。

手中剑突然被一股大力击中，脱手而出飞了老远，伊春气喘吁吁地站在那里，只觉比平日练十场剑都来得累。

殷三叔倒带了一丝笑意，问她：“如何？”

她眉头一蹙：“什么如何？如果你要比输赢，是你赢了。”

殷三叔收了剑，背着双手低声道：“老夫行走江湖数十年，自认还有些看人的眼光。你的资质比那姓杨的小子高出数倍，只要悉心教导，假以时日必然大放异彩。奈何少爷放着明珠不管，偏要拉拢一颗鱼眼睛。姓杨的小子身负血海深仇，一时半会儿还可以用此事将他拴在身边，时间长了此人心智必然扭曲，百般聪明伶俐只会更棘手。这些身怀巨仇的人，都很危险，不能让他们留在少爷身边。实话告诉你，老夫看中的是你，斩春交给你来继承，想必才不辱没减兰山庄昔日的威望。”

他见伊春半天不说话，便回头看着她，又道：“你年纪还小，很多事情也不懂，江湖上何来正义邪恶之分，不过是利益瓜分而已。立场与你相同，便是好人，立场不同就是坏人。今日是你减兰山庄被晏门吞并，你又怎知昔日减兰山庄吞并了什么门派？湘西一带的势力总不可能那么轻易到手，必然要腥风血雨一番。你初涉江湖，就像刚飞出窝的鸟，不找一棵大树躲避风雨，将来只有死路一条。”

伊春静静地看着他，突然问：“你和我说这些……是什么意思？想劝我做什么？”

殷三叔愣了一下，大抵是没想到自己话都说到这种地步了，她还没听懂。不过转念想到她这般迟钝，不是惹事的人，将来方便归于自己部下派遣指挥，又不禁欢喜。

“老夫是想说——由你继承斩春剑，找晏门做后盾，凭你的资质，来日必在江湖大放异彩。”

说白到这样，她应当明白了吧？

伊春别过脑袋：“我没兴趣。和你说的好人坏人没关系，晏门和我不是一个路子，就这么简单。”

殷三叔的脸沉了下来：“敬酒不吃吃罚酒！”

伊春淡道：“我知道很多人都是这样，别人如果不听自己的，就会想方设法逼他听从。我正好最讨厌这样。”

出乎意料的伶牙俐齿，他原本以为她就是个鲁莽且迟钝的小丫头。

这句话，他曾经在另一个人嘴里听过。

那时候二少还很小，谁也不缠，只喜欢跟着他小叔晏清川。那是个惊才绝艳的人物，门主对这个弟弟也是宠爱有加，因他喜欢广交江湖豪杰，甚至花大价钱在城西买了别院，让晏清川招揽人才。

那年殷三叔被派去别院照顾二少，经过花廊时曾听见两人说话。大约是争执了起来，晏清川只说：“足下执意离去，可曾真的想明白其中利弊？”那语气有些阴森，是个人都能听出里面的威胁。

对面那人笑一声，坦然道：“很多人都喜欢逼迫别人听从自己，真不巧，我最讨厌这样。”

话说到这里，已经是不欢而散了。若是按照门主的手段，纵然当面放了他走，日后必然悄悄派人把这一大患除去，可是晏清川傲气十足，紧咬不放。

最好的猎手总是期待自己能驯服一只最桀骜的鹰。

但他没能驯服，反而被那只鹰一剑穿心而死。

殷三叔后来明白，遇到这种桀骜的人，最解气的方法就是斩了他的翅膀，磨灭了他的光彩，令他再也骄傲不起来。

眼前的丫头隐约有些难驯的影子，所以最好现在就除掉她。

殷三叔手扣在佩剑上，心底有杀气缓缓蔓延出，眼角略带屠戮的红。

“砰”的一声，远方腾出一颗空弹，青色烟雾笔直地飞了老高。

是信号，宁宁已经得手。

殷三叔面上神色一缓，把手从佩剑上移开，淡道：“事情办好，你且与老夫走一趟。”

伊春还想说话，后脑被大力一击，登时软倒在地。

要驯服这样的人，必须将她左右臂膀都捆住，断了她所有希望，让她明白自己几斤几两。

殷三叔将她提在手里，转身走出了林子。

昏睡中，伊春好像见到了杨慎，他挥着手里的签纸，笑吟吟地告诉她：伊春，我也是上上签。

她心中喜悦，脱口而出：“羊肾，我知道啦，其实我也喜欢……”

话未说完，人已惊醒。四处看看，这里似乎是客栈的一间客房，她正躺在床上，佩剑放在床头。

伊春一把捞起佩剑跳下床，警觉地打量一番，确定屋里没人，正要把门推开一道缝观察情况，忽听外面传来一阵压低嗓子的争执声。

“是让你擒住他做人质，谁让你真把他杀了？少爷若是问起来，怎么交代！”

是殷三叔的声音。

“让他把我也杀了吧，这样也利索些。”

声音婉转，语调却极冷，撞在心头令人一凛，是宁宁。

“胡闹！自己不想活便死得干净些！少爷的手怎能被你这种人弄脏！”

“不错，我卑贱得很，做什么也不配，活着也不配。可是……这次是我赢，呵呵，我赢了……”

伊春越听越心惊，隐约有种极度不祥的预感在心头反复啃噬。

她一脚踹开门，外面是一个小小的偏厅，厅中几人都吃了一惊，急急回头看她。

厅正中放着一张满月八仙桌，桌上躺着一个人，身上盖了大氅。

他蜷缩得像个熟睡的孩童，鲜血在桌上凝成了块状。

伊春觉得整个人像是被一只巨大的拳头狠狠击中，打得她魂飞天外，只留下一个冰冷发抖的身体僵在当场，一丝一毫也动不了。

宁宁跪坐在桌下，握住他那只苍白冰冷的手，轻轻放在脸颊旁，垂睫轻轻呢喃：“这样，他就是死了也忘不掉我。他这么可恶的人……永远都要记得我。”

这可恶的男人，长了一张随时会叛变、会发狂的坏蛋脸。他年纪还小，左右摇摆不定，他的心很容易被扰乱。

但谁也没能够真正撼动他，摇摇晃晃，犹犹豫豫，他还是一直往他和师姐的道路上前进。

他们会有美好光明的未来，在阳春三月牵着手看河边杨柳；在大漠的漫天风雪中被好心的游牧人收留，依偎在一处喝滋味古怪的奶酒；在寺庙里虔诚地求签，为心上人忐忑不安或喜悦激动。

无论如何，他的未来里总不会有她。

那这种未来不要也罢，把它毁了最好。

他现在这样闭着眼睛，才像个真正的十五岁少年，眉目忧郁，唇角却噙着安详，睡醒了马上就会起身，神采飞扬地走在她前面，挑眉转身看她。

宁宁觉得这样最好，明明是最好的结果，她的心却像死了一样绝望。

对面有人在动，是葛伊春。

她面无表情，抽出佩剑指着她的脸，轻轻告诉她："不要碰他，把羊肾还给我。"

后面的事情，伊春记得不大清楚，她眼前只剩大片大片血红的雾，整个人都被吞噬在里面。

脑子里有无数嘈杂的声音，吵得额头生疼，像是要炸开。

不过，最后一切都归于死寂。

她像脱弦的箭，瞬间射了出去。

殷三叔挡了她一招，奈何她动作快绝，凭他这般身手，居然也没能挡住。她冲到桌旁，单手将杨慎的尸体抱在怀里，紧紧抱在怀里。

他身上的血将她半个人都浸透了，毫无表情的脸，一半红一半白。

她居然一滴眼泪也没掉。

殷三叔心中悚然，握剑的手犹豫了一下，不知是该马上将她制住，还是干脆杀了她省却麻烦。

这一下犹豫，便见她抱着尸体跳下楼，撞飞无数桌椅板凳，惹得掌柜伙计们连连惊叫。

这样不行，放任她跑出去会引起混乱。

殷三叔顾不得继续责备宁宁，拔剑追上去，一面厉声吩咐伙计们："快！去把院门锁上！所有的门都锁上！不许让她跑出去！"

这座客栈格局古怪，由许多个小庭院零零落落组成一个大院。

伊春一手抱着杨慎，一手提着剑，在院子里像没头苍蝇似的乱跑。身后有许多人在追、在喊，像一群吵闹的猴子。

这个情景忽然让她想起在逍遥门那次，她也是一手扶着他，杀出一条血路把他救出去。

像是受到蛊惑，伊春纵身跳上围墙，冷风夹杂着雪片，把她的衣服吹得扬起，好像有一只手在后面轻轻拉扯她。

她回头笑道："羊肾，别怕！我一定将你救出去！"

他的眼睛还是闭着，两片雪花落在上面，没有化开。伊春用手抹开，把他凌乱的头发拨到耳后，看了一会儿。

碍事的风却偏偏要把他的额发吹下来，覆在脸上。于是她一遍一遍用手抹上去。

他露出额头才精神。

“我带你出去。”她紧紧抱住他，把脸贴在他冰冷的脸颊上，“马上就带你走！”

她在围墙上飞奔，下面一群伙计大叫大嚷，谁也上不去，能上去的人也都犹豫着等候殷三叔指令，不知是杀还是生擒。

最后，她跑到大门口，一脚踢飞了两个看门的伙计，推门便要奔出。

殷三叔再也忍不得，急道：“杀了！”

身后刀光剑影一齐袭来，伊春完全凭借本能去抵挡，可是人太多了，那么多人，那么多武器，她却只有一只手。

身上有很多血，已经分不清是她的还是杨慎的。

大约她今天真的要死在这里了。

大门突然被打开，有人走了进来，殷三叔惊呼一声：“少爷！你怎么这么早就回来了？”

所有的攻击动作全部停下，晏门的人对着走进来的那个蓝衣公子跪下行礼。

晏于非慢慢走近，冠玉似的脸庞，上面同样没有表情。他看着浑身是血的伊春，她握剑那只手的拇指伤得很重，几乎能见到骨头，只怕是再也打不动了。

他低声道：“不是我吩咐的。”

像是解释，轻飘飘的一句。

“你的伤很重，把人放下，我替你包扎。”

伊春看着他，像在看一个泥巴堆出来的死人。

她挥剑朝他砍过去，后面众人立即起身制住她，乒乒乓乓又打了起来。

殷三叔走过去，脸色极为难看，轻道：“少爷……属下犯了大错，自当领罚。只是这丫头再也留不得，还是杀了比较好！”

晏于非很久都没说话，最后似是叹息一声，背着双手转身，道：“……也好。斩春剑就另寻可靠之人来继承。”

话音刚落，却听后面花厅的门被打开，墨云卿怒气冲天的声音响起：“吵吵嚷嚷的做什么？要杀人放火去别处！少来扰人清净！”

伊春身体一抖，急急转头看向他，她万万想不到他会出现在这里。

墨云卿似是也看到了她，猛然一愣，又见她怀里抱着杨慎的尸体，眼底瞬间流露出极悲哀的神情，只是转瞬即逝。

“哦，是你。”他淡淡说着，“看样子杨慎不听话被杀了，你还是听话点吧，省得再被杀，还要劳烦我们重找斩春继承人。”

伊春没有说话，她缓缓环视周围。墨云卿、殷三叔、晏于非，许多晏门的人和客栈伙计，二楼那间偏厅还坐着宁宁，减兰山庄还有一个师父。

曾经认识的，不认识的，她都一一看过去。

然后她把剑捏紧，低声道："来，再打，谁死谁输。"

她只记得打得昏天暗地，不停挥剑，不停躲避，不停有鲜血飞溅。

最后，院子里传来阵阵惊呼声，她就什么都不知道了。

伊春满身是血地醒过来，便见到一轮满月挂在天边，清辉万里，大得惊人，似乎抬手就能摘下来。

很冷，彻骨的寒冷从身体的每一个伤口裂缝钻进去，血液好像要被冻结。

她吐出一口气，白雾旋转着升上去，一下子便消散开。

小小一叶扁舟在玲珑碎冰的湖面缓缓摇晃，船身偶尔会和冰块碰撞，啪啪声在安静的夜里回荡。

伊春有点反应不过来，湖畔积满白雪，天外高山层峦叠嶂，一切都好似一场梦。

深雪湖心的一场乱梦。

她应当还在开满茶花的一寸金台上练武，和杨慎拆了几招，他输掉一个馒头，似笑非笑地赖账。

也可能是与他下了山，露宿林间被蚊子咬个大包，醒来发现什么都没变。

她在，她好好的；杨慎在，他也好好的。

隐隐约约，听见拨弦声，跳脱悠闲，像漫不经心的一阵风。

叮叮咚咚，三弦在唱歌，有个男人也和着拍子在唱：玉宇净无尘，宝月圆如镜。风生翠袖，花落闲庭。

寂静的夜里闻得如此美妙的歌声，让人怀疑是遇到仙人。

伊春努力把脑袋往上抬，看见船头倚着一个男人，怀里抱着三弦在清唱。

他穿着银红褂子，脖子上围了一条毛茸茸的紫貂围巾，色如美玉，脚边还安置一尊小案，案上茶水正热，水汽氤氲，满湖馨芳。

她呆呆看了好久，从喉咙里发出一个沙哑的声音："……舒隽。"

舒隽放下三弦，低头望过来，那神情似乎有千言万语要说，最后只变成一句话："你还留着一条命。"

她没有回答。身上伤口都被上过药，包扎整齐，应当是他的功劳。

要说谢谢，可是她现在什么也说不出来。

于是，舒隽丢了一条帕子去她脸上，声音很轻："再睡一会儿吧。"

伊春乖乖地闭上眼睛，帕子盖在脸上，又软又轻，还带着一股说不清道不明的幽香。不过很快它就湿透了，冰冷冷一块贴在眼皮上，传来结冰般的刺痛。

她梦见很多很多人、很多很多事，脑门子被挤得发疼。

最后所有东西都变成模糊背景，从泛着白光的深处绽放出一点一点的桃红，那是减兰山庄后山桃林，花开得正好，雨下得也妙，林中那个少年出现得更是恰到好处。

他发脾气：我的名字是杨慎啊，杨慎！把别人的名字念成那样，好得意吗?

他偶尔害羞：师姐今天这样装扮……倒是好了许多。

他亦是热情如火：我什么也不会做。伊春，只要你活着就比什么都好。

可惜她差一点点就死掉了。

最后在花神庙一起求签，他求到的应当也是一支上上签吧？没错，是上上签，他亲口告诉她的。

但她的话却没能告诉他，以后也不能告诉了。

救她的那个人还在弹着三弦，漫不经心地唱着：玉宇净无尘，宝月圆如镜。风生翠袖，花落闲庭。

整个茫茫雪夜都被笼罩在一层白雾里，被他的歌声覆盖，静谧、悠闲、懒散。

伊春蒙着帕子，声音含糊："舒隽，怎么是你救的我？"

他懒洋洋地"嗯"了一声，停下三弦，歪着脑袋想了好久，最后淡道："大概……因为我有点喜欢你吧。"

她的回答出乎意料地快："可我不喜欢你。"

舒隽走过去一把掀了帕子，神情似笑非笑，似恼非恼："你拒绝得真直接。"

说着，他索性坐在她身边，抬手在她脸上轻轻拍了两下，两眼望着远处皑皑白雪，说："总会叫你喜欢上我的。"

可是伊春不想听这些，她挣扎着从船上坐起来，立即看到躺在船舱里的杨慎。

他被人整理过了，肩上那个竖劈下去的裂口缝得整齐利索，身上也换了干净的新衣，头发光滑柔顺，全部束在后面，露出额头。

他像是睡着了，推一把就要醒过来，恼怒地骂她扰人清梦。

伊春扑过去，紧紧抱住他，贴着他的脸颊，好像有许多话要和他说，只是说不出口。

这一切都不会是真的，他明明就在这里，在她怀里。天亮的时候他还抱着胳膊说要吃豆腐脑，两个人手牵着手去花神庙抽签，她抽中了上上签，欣喜得不知怎么办，飞快地回头看他。

他便虔诚地跪在神前，略显瘦削的背影，衣角上还有一块新钉的补丁。

后面好多人在抱怨，因为他摇签的时间太长了，好像要把所有灵魂都投进去摇晃一般。

可是他不在乎，她也不在乎。

他应该要拿着签文，笑吟吟地迎着风朝自己走来。头发被风吹得摇晃，偶尔刮在眼睛里，他就用手拨开。他的额发总是这么倔强，就算全部撸到了后面，还是会有那么一两绺不听话，徘徊在额头上。

他抽中的是什么签？她猜不到，可是不管他抽的是什么，就算是下下签，她也不管。

这一次她一定要好好和他说，握着他的手，看到他眼睛里去，一个字一个字地告诉他：羊肾，我是上上签，神明告诉我咱们就是很合适的一对。所以，咱们要永远在一起，永远不分开。

事情应当是这样顺利，而不会突生异变。

他如今这样冰冷地睡在她的怀里，看上去是那么陌生。嘴角微微抿着，像是在做梦，并不痛苦。

他梦见了什么？梦里是否有她？

他怀里有一个小荷包，上面已经染满了血。伊春慢慢抽出来，手指在干涸的血迹上用力搓，像是要把血迹搓掉似的。

荷包里硬硬的几个凸起，是他还没用完的银子，有两张签文裹在银子上，一张淡红，一张淡黄。

原来他的也是上上签。

伊春将那两张签文折好，小心地放进自己怀里，像是收起最宝贵的东西，认真且虔诚。

过了很久很久，她终于把头抬了起来，怔怔地望着远处漆黑的湖面。

舒隽低声道："我不是因为他走了，所以乘虚而入。"

伊春的声音很轻："……嗯，我知道了。"

他又说："找个风水好的地方，让他入土为安吧。"

她赫然转过头来，脸上有红有白，伤痕累累，就是没有一滴眼泪。

舒隽不由得哑然。

"要埋了他？"她问得像个小孩子。

舒隽说："这是能为他做的最后的事，给他找一个家。"

伊春点了点头，伏在杨慎身上渐渐睡着了。

舒隽曾想，她一定会惊天动地地大哭一场，甚至哭晕过去，然后咬牙切齿不顾伤势，提剑嚷嚷着报仇。

可是她什么也没做。

这里是苏州郊外的一个风光明媚的小丘陵，他租了一户民居给伊春养伤。杨慎就埋在风景最好的那一个小山头，推开窗便能见到干干净净的墓碑，小南瓜每天会用清水细细擦洗。冬天找不到花可以供，舒隽便用冰雕出几朵花来放在墓前。

伊春最常做的事，不过是推开窗静静凝望那个小小坟墓。

谁也不知道她在想什么，连向来以聪明伶俐著称的舒隽也摸不着头脑。小南瓜就喜欢危言耸听，好几次拉着他偷偷说："主子要把葛姑娘看牢一些，这种症状像是失心疯，万一一个想不开，只怕是要提刀抹脖子的。”

于是，伊春房里所有的利器一夜之间突然消失了，连修眉毛的小刀也不见了踪影。

小南瓜又说：“当心她扯了被单上吊！”

于是，屋梁一夜之间被拆了，挂帐子的漂亮大床换成了除了被褥什么也没有的小床。

小南瓜还说：“千万别让她咬舌头！”

舒隽终于忍无可忍，一拳把小南瓜头顶打出个包来，心里到底放不下，走到伊春屋子门口，抬手敲了敲门。

门很快就开了，伊春的伤势已经好得差不多，见到舒隽，她微微一笑，将手里一团洗得干净却皱巴巴的衣服递给他。

“舒隽，小南瓜会缝补衣裳吗？能帮我把这件衣服缝好吗？”

舒隽默然展开那条罗裙，正是当日救她的时候她穿在身上的，上面大小破洞有几十个，就算补好也肯定不能穿了。

他把衣服收好，点头道：“好，我让他帮你补。”

走到门口，忽然听到她在后面诚心实意地说：“谢谢你，舒隽，真的谢谢你。”

他回头漫不经心地笑道：“谢什么，我高兴而已。”

伊春指着窗外杨慎的墓，柔声道：“我也替羊肾谢谢你。”

舒隽看看她，还是心不在焉地一笑：“那个，也是我高兴。”

伊春眨眨眼睛，消瘦的脸颊露出一丝笑靥来，又温柔又忧郁。

舒隽想：以前那个男人婆去了什么地方？这样笑起来，倒比以前漂亮多了。

伊春离开的那天，没有打招呼，只在桌上留下自己的荷包，里面零零碎碎，大约有三两银子。

舒隽望着空荡荡的房间，再看看手里那只旧荷包，心里不知是什么滋味。

小南瓜说：“主子，她给你留钱，证明她不想白白受你恩惠。你完了，人死为大，这辈子你都注定被她甩。”

舒隽连栗暴的力气都没，神色怪异地捏着荷包，喃喃道：“三两银子就想买我舒隽的恩情？未免太便宜了……”

小南瓜赶紧顺水推舟：“就是啊！人活一口气，咱们可不能被她看扁！主子，把银子当面还给她吧？”

舒隽把荷包塞进怀里，背着双手走出了门。

雪已经化得差不多了，斑驳黄黑的泥土露出来。

他轻轻地，像是对自己说话：“对，要见见她，不能让她这样走掉，欠了舒隽的东西，一定得还。”

有了晏门的万两白银进驻，减兰山庄的气势比以往大是不同，青瓦旧屋修葺一新，隔了很远便能见到琉璃瓦璀璨的光辉。

多了许多人,却都是晏门派来的。减兰山庄气势是有了,但怎么看怎么像个悲哀的傀儡。

这里是伊春成长、练武、学做人的地方，教给她的最后一课，竟是无奈的屈服。

数着半旧的青石台阶，一级一级慢慢上去，便到了曾经开满茶花的一寸金台。

晏门的人一般不会出现在这种地方，空荡荡的一寸金台，再也听不到弟子们练剑的喝呼声，如今台上只坐着一个身形萧索的男人。

伊春轻轻靠近，他没有回头，声音沙哑地开口：“伊春，你过来，到我面前来。”

她默默走到男人对面，一动不动地看着他。

他老了很多，才一年而已，眼角多了细碎的皱纹，头发也花白了大半。

他望着练武台边缘那些枯枝败叶，低声道：“江湖权益斗争是何等残酷，你终于明白了？减兰山庄也不过是江湖里的一颗小棋子，做不了谁的天。天外有天，你永远也不知明天自己会被谁吞了。有时候，趋炎附势不是卑鄙下流，只是自保而已。”

伊春的嘴唇微微动了一下：“……师父，让羊肾去死也是自保？”

师父没有回答，或许他也不知该怎么回答这个问题。

人命在江湖斗争里，和一只蚂蚁也没什么区别。倘若死的是其他无关紧要的人，谁都可以潇洒地说一句“人在江湖身不由得已”，死就死了吧。

可死的是杨慎，他亲自指导练武、教导做人道理的弟子。

所以师父在沉默了很久很久之后，只能轻轻说：“死对他来说，也是解脱。活着被仇恨和空虚折磨，这样放下一切大约会轻松些。”

伊春盯着他：“你怎么能把这话说得如此轻松，随便就给他下个判断，羊肾的努力就被你一句话给否定了。你怎么知道他被仇恨空虚折磨，你怎么知道他不想过快乐的日子？”

师父又一次无话可说。

伊春垂下头：“他比我先知道太师父锦囊的秘密，是师父事先告诉他的。你怕我知道了会不肯下手，所以先透露给他。师父，看我们自相残杀就是你要的结果？现在他已经死了，减兰山庄也被修得这么漂亮气派，你是不是满意了？你们父子俩从此就衣食无忧，等着晏门把减兰山庄发扬光大。我们俩可以随便丢一旁，只要做好看门狗就行？”

“住口！”师父浓眉倒竖，猛然从椅子上站了起来，可是双腿不能着力，又跌坐回去。

伊春这时候才发现他两条小腿呈一个古怪的角度扭曲着，分明是被人用掌力硬生生震断的，又拖延了医治，导致他成了个不能行走的废人。

见伊春死死盯着自己的小腿，师父脸色苍白，沉声道：“你小小年纪，又能懂得什么！”

她确实什么也不懂。

晏门来砸减兰山庄的门，用的不光是万两白银，师父的双腿就是最好的证据。

伊春咬了咬嘴唇，喉咙里好似有什么东西堵着，很疼。

她低声说："我明白师父的苦衷，我也知道世上的事没有什么简单的对错。我只是不想和他们走一样的路罢了。"

对着师父跪下深深磕了三个头，伊春起身便走。

师父在后面叫道："伊春！杨慎已经去世，这世上能继承斩春剑的便只有你！"

她摇头："我不要。"

师父又说："你若不要，斩春剑便会被晏门的人抢走，我减兰山庄上下几十口人，从此再也不能得见天日。"

她顿了一下。师父从椅子下的暗格里取出一把宝剑，剑鞘是春水般的浓绿，细而长。

这是名动天下的斩春剑，亦是减兰山庄的象征，拥有它才算真正拥有了湘西一带的势力，才能让武林中人臣服。

师父把剑直接抛给她："拿好了，只当它是一件利器，日后行走江湖对你亦有帮助。"

伊春被动地接住斩春剑，入手只觉比平常铁剑要轻巧许多。由于一代代传下来，剑柄已经被磨损得很旧了，但那浓绿欲滴的颜色还是那么美丽。

她低头看了一会儿斩春剑，轻问："晏门……若是找师父要剑？"

师父淡淡一笑，沧桑面容到底还是浮现出一丝昔日的傲气："唯独这个不能交给他们。"

伊春细细摩挲着手里的斩春剑，她曾经多么想继承它，连着人生全部的意义都在这里面了。

她也曾得意地妄想过，少年鲜衣怒马，腰挎斩春剑行走江湖的气派，那一定是很显眼很张扬的。

可是这轻巧的宝剑如今握在手上如此沉重，比一个人的生命还要重。

从头到尾，一切不过就是为了这柄斩春剑。

师父说："山庄里的闲杂人我已经清走了，他们并非武林中人，不必卷入这场风波。你父母现在在永州宁裕镇，去看看他们吧。"

伊春把斩春剑系在腰上，离开了减兰山庄。

一路上反复回想发生过的、正在发生的、将要发生的所有事情，她想得有些心力交瘁。偶尔忍不住把斩春剑拿在手上仔细观察，发现在剑柄顶端刻着字，因年代久远，很费力才能辨认出是剑的名字"斩春"。

那个"斩"字铁划银钩，透露出一股阴森血腥的气息来，像是要将"春"字刺穿一般。

这大概真是一柄魔剑，靠近它的人，永远也不会拥有春天。

爹娘在宁裕镇的一个小庄子上过得很悠闲，不用再做下人，凭着半辈子的积蓄倒也不会挨饿受冻。

她娘见到伊春只会流泪，捧着脸一遍一遍地说："大妞怎么瘦得这么厉害，在外面吃了不少苦吧？和老爷好好说说，女孩子家不要再出门吹风淋雨的，让人心里多难受啊！"

她爹左右张望，问她：“上回来的那个小伙子呢？叫什么杨慎的，怎么没跟着来？还想和他下几盘棋呢。”

话未说完，伊春心头像是突然被利器狠狠刺了一下，扎一下，不够，又扎了无数下，像是把前几天积累的情绪统统倾泻出来似的。

过年的时候他还在的，衣服破破烂烂，人却站得笔直，一点也不狼狈。

他明明说过，以后赚钱了要还她三十两银子，说的时候眼睛笑得弯弯，充满了少年的狡黠。

他也说过，世上没有不变的东西，这句话不对，一定有不变的东西存在。如今她知道他是想告诉她，他喜欢她，一辈子也不会变。

他还说过，我们都不要管斩春剑和减兰山庄，天下那么大，我们要去很多地方玩。

他说过很多，每一句她都记得。

可是最重要的那些话，她没告诉他。

她想说的是：哪怕他没有钱，没有背景，一无所有甚至还身负血海深仇。这些都没什么大不了的，喜欢一个人从来都不是看这些东西。只要两个人能在一起，在一起很久很久，没有什么是过不去的，时间一长，回头看看那些苦难，都是过眼云烟，两个人的手能牵着就好。

她以前喜欢过墨云卿，以为那就是真正的喜欢了，被拒绝之后她吓得缩回去，什么杂念都不敢再有。明明已经察觉到杨慎喜欢自己，却还要装作不知情，用弟弟做借口回绝他。

她留给他关于感情回应的最后一句话，竟然是“我一直把你当作弟弟”。

我也喜欢你，我们要永远在一起——她没能让他知道。

“他走了，和他家人团聚去了，以后再不会孤单了。”她说。

迟迟不来的眼泪，此时如雨下。

伊春在家里住了半个月，于一个清晨再次默默离开，留下一封书信说出门散心。

其后又过半年，江湖上一个名叫“减兰山庄”的门派悄然灭亡，关于山庄主人的下落，众说纷纭。有人说他不甘心湘西势力被晏门吞并，带着斩春剑躲了起来；有人说他早已将斩春剑托付给可靠之人，被晏门灭口。

无论说法为何，从此再也没人见过山庄主人。

晏门另寻斩春继承人的计划落空，湘西大小门派颇有不服的趋势，让门主大为头疼。

找到葛伊春——此乃征服湘西第一要务。

殷三叔还在为那天没能看住宁宁，反让她杀了杨慎而自悔。人一死，葛伊春是再难拉拢过来了，能不能找他们报仇暂且不说，恨之入骨是必然的。

抬头看看晏于非，他正倚在窗前看书，神色淡淡的。葛伊春大闹客栈被舒隽救走之后，他以为少爷会大发雷霆，谁知他什么也没说。

这种神情反倒让人看不出深浅喜怒，难免惴惴不安。

“少爷，宁宁那丫头关在地牢里也有半年多了，倘若找到了葛伊春，将宁宁交给她任意处置，解释清楚原委，想来还是有一丝挽回余地的。”

殷三叔试探着开口，先摸清少爷的态度。

晏于非将书翻了一页，没有抬头，低声道：“我晏门还不至于为了一把剑屈从至此。”

“少爷的意思是？”

晏于非转过脸来，目光清冷，声音也是冰冷的：“以拿到斩春为第一要务，人是活是死，意义不大。”

殷三叔垂手走到门口，不由得抬头再看他一眼。

他曾经也是个意气风发的少年，如今却已经变成了老谋深算冷血无情的上位者。

“少爷，小门主那样固然可惜，但……强极则辱，少爷还请谨慎。”

“啪”的一声，书合上了，晏于非面无表情地望过来。

殷三叔告罪一声，匆匆退下了。

那本书晏于非却再也看不进去，随手丢在案上，将窗户推开。

半年过去了，窗外又是一片春光明媚。

春光明媚，他小叔就是死在这个美丽的季节。临死的时候他浑身流着血，但那不算什么，晏门的男儿哪个不流血。

可是小叔眼里还流着泪，那个顶天立地惊才绝艳的男子，临死的时候泪流满面。

他死死攥着门主的手，一个字一个字地说：“我好悔……大哥，我还不想死。”

不，他永远不会变成小叔那样。

该杀的人，一个都不能手软。

第九章

湖上小酌

入秋后下了几场雨，便是一日凉爽过一日。

山中绿叶大多已变色，黄的黄红的红，映着尚未凋谢的绿，倒比春季另有一番繁华景象。

时候尚早，东江湖上晨雾茫茫，五步之外就看不清人脸。小小一叶扁舟在湖里静止不动，像一幅静谧的画。

舒隽坐在船头打了老大一个哈欠，扶着下巴懒洋洋说道：“鱼还在睡觉吗，怎么到现在一条也不上钩？”

小南瓜还在船舱里睡懒觉，咕哝着：“隔八百里远就能闻到主子的杀气，都躲起来了。”

舒隽一手抓着钓竿，一手摸了摸脸：“胡扯吧，我这般纯善的人怎会有杀气？”

小南瓜心情不好，翻个身嘛嘴：“怎么没有，这种时候主子偏要还什么人情，巴巴地跑来这鸟不拉屎的地方替人家看门，搞不好随时要打起来。本来要去洞庭湖吃螃蟹的，结果连螃蟹的边都没摸到。”

舒隽瞥他一眼：“出息，一个螃蟹让你念叨到现在。洞庭是湖，东江就不是湖了？看你家主子给你钓最肥的螃蟹上来，吃死你。”

小南瓜骨碌一下坐起，爬到他脚边，鄙夷地看看他手上的鱼竿，摇头道：“啧啧，主子一看就是五谷不分、十指不沾阳春水的富贵家伙，螃蟹是用鱼竿钓的？”

舒隽钓了半天一条鱼也没上钩，确实不太有面子，索性把鱼竿收了回来。

“那螃蟹要怎么钓？”他不耻下问。

小南瓜把手搭在额头上四处看看：“去靠岸的地方，要用专门的蟹笼或者网才能捞到呢。”

舒隽今天很有兴致，支使着他把船往岸边划，真打算捞螃蟹来下酒。

小南瓜一面摇船一面叹气：“主子可别把我当作馋嘴小孩儿，我是说主子在这里根本是浪费时间，有这空闲，不如赶紧去找葛姑娘。她一个姑娘家，身上还带着晏门觊觎的斩春剑，江湖上多乱啊，你就放得下心？”

舒隽倚在船舱上继续犯懒，淡道：“为什么是我去找她，她为什么不来找我？就给我三两银子，让我动动手指也不够呢。”

男人啊，无论什么时候面子永远第一。小南瓜无奈地摇摇头，明明是大半年四处辗转找她，他还嘴硬。要不是在洪州遇到一个人，他们也不会暂时放弃寻找伊春，跑来郴州东江湖钓鱼。

主子向来最怕麻烦，以前也有许多人慕名而来，出大价钱请他办事，他连面也不愿见就直接回绝。

这次不知为何出现了例外。

小南瓜跟着主子的时间说长不长、说短不短，也有四五年了。他以为主子有钱、悠闲、懒散，谁也不怕，谁也不在乎——但似乎不是这样，他总有一两个在乎的人，隐约折射出自己不了解的——主子的过去。

洪州遇到的那人面容普通，无论从什么角度来看，都是见了就忘的类型。

可是他跟主子说："许多年不见，舒隽长大了不少。"

舒隽愣了一下，神情淡淡的，也看不出悲喜，只说："果然好久不见，这次是要我还债了吧？"

那人递给他一个信封，再没说什么就走了。

后来主子就带着他来到了郴州东江湖，在荒无人烟的地方一住就是好几天。小南瓜闷得都快发霉了，连问好几遍，主子才慢悠悠告诉他："十年前我欠他三千两银子，五成年利，你算算到今天我要还他多少？"

小南瓜算得脸色发绿，什么也说不出来。从来只见主子给人家放高利贷，四成利已经非常狠了，没想到他也会欠钱，还是更狠毒的五成利。

舒隽于是叹一口气："所以，你看——钱我可舍不得还他，只好为他做一件事了。"

小船渐渐往岸边靠拢，此时天色已经大亮，渔民们也开始撒网捕鱼虾，靠岸停了许多条渔船，好不热闹。

小南瓜像模像样地请来一个渔婆，向她讨教捞螃蟹的法子。

渔婆盯着舒隽，黑黝黝满是皱纹的脸上也泛出些红晕来，声音出奇地温柔："两位小少爷要捞螃蟹吗？这等粗活还是让我们效劳，别弄脏了少爷们的衣服。"

舒隽一言不发，从怀里掏出一锭银子，左右看看，大约是觉得太大了，塞回去重新掏，终于掏出一块比指甲大不了多少的碎银子，让小南瓜递给她："不用多说，把捞螃蟹的东西卖给我们就行。"

捞螃蟹的工具还真不是鱼竿，不过是一张破烂古怪的网，上面绑了些米饭之类的吃食，把网拴在长长的竹竿上，靠着浅水将竹竿插进湖里，之后只管等着就好。

舒隽坐在船头，两眼盯着那张网，好像马上里面就会挤满肥美的螃蟹，他简直两眼放光。

周围的渔民渔婆看着这对衣着华贵形容漂亮的主仆，也是双目炯炯有神。大伙儿干脆全挤过来，看他们能捞到多少螃蟹。

没过一会儿，破网有了动静，小南瓜欢呼着把船摇过去，收了网捞起来一看，里面果然爬了许多螃蟹。

“主子主子！你看啊！”他兴奋得满脸通红，把螃蟹举到他面前。

舒隽还没来得及说话，岸上的渔民们便欢呼起来，小南瓜得意忘形地冲他们挥手，自以为捞上的最多，定睛再一看，却见众人根本不是朝自己这个方向赞叹。

“主子，那边好像有人抢咱们风头。”小南瓜顿时有点不服气，“咱们去看看是谁！”

舒隽从网里捞出一只大螃蟹，一边看一边说：“管他们呢，捞到螃蟹就好。这么多足够你吃的了，螃蟹性凉，吃多了拉肚子可别哭。”

“去看看啦！”小南瓜是小孩子脾气，容不得别人风头强过自己，当下也不等舒隽回答，摇了船就往那个方向划去。

果然见旁边岸头也有许多人围着，纷纷惊叹不已。

小南瓜伸长脖子去看，却见岸边坐着一个穿黑衣的人，身形纤瘦，头顶还压着斗笠，不知是男是女，手里抓着一根鱼竿，优哉游哉的，没一会儿就钓上来一条大鱼，直接丢进身边的木桶里。

那木桶里已经堆了十几条鱼，看样子都是他钓上来的。

小南瓜回头说：“主子，人家钓鱼的功夫可比你好多啦！”

舒隽懒洋洋地抬头，正好见到那人收了鱼竿站起来，腰肢纤细窈窕，分明是个女子。她把木桶轻轻松松地一提，有水从里面溅出，桶里居然还装了水。

留下两条大鱼，其余的全被她连水倒回湖里。

虽是入秋，天气还有点热，她把斗笠稍抬高，擦了擦额上的汗。斗笠下是一双星子般晶亮的双眸，挺直的鼻梁下是漂亮的红唇，唇角上扬，笑的时候露出一排整齐白牙。

是个英姿飒爽的少女。

舒隽情不自禁地从船头站了起来，眯着眼像是要再确定一下。

真的是她，没什么变化，依然笑得爽朗透彻，像一朵悠闲的白云。可是隐隐约约还是感觉到了一些改变——她长高了，越发显得身形纤瘦，却没有一点柔弱的味道。

先前那种鲁莽傻小子似的呆气尽数消失，显得沉稳收敛，像一颗打磨出光彩的精致原石，收在匣子里，轻易不泄露光芒。

小南瓜怪叫一声，一只螃蟹从船头跳进了湖里，溅起一圈圈涟漪，有点像舒隽此刻的心情。

她离开的时候是那么黯然，舒隽曾以为她会就此消沉，变得沉默寡言，甚至仇恨刻骨。好吧，他确实没想到她依然能笑，还能一个人提剑走遍天下，逍遥自在。

他有点犹豫，不知道该不该唤她。

小南瓜却早就大喊起来：“姐姐——主子，是葛姑娘！”

可是隔得远了，她没听见，提着木桶和渔民们有说有笑地离开了。

舒隽漂亮的眉毛忽然拧了起来，不知想到了什么。小南瓜抓着他的袖子一顿甩，大叫大嚷：“主子主子！你傻了？还不赶紧追她？”

舒隽想了想，恍然道：“原来那个到处打听郴州巨夏帮的人是她。”

低头发现自己的袖子都快被小南瓜扯烂了，他用一种恨铁不成钢的眼神瞪着他，噘嘴道：“主子你故意发呆的吧？别以为我不知道！这会儿还要什么男人面子，找到人才最要紧！”

他不由得失笑，在他头顶敲个栗暴，悠然道：“不急，先看看她打算做什么事，似乎好玩得紧。”

东江湖中心有一座兜率岛，岛上的兜率灵岩天下闻名，俗称仙人洞。

伊春上岛的时候，天色已晚，太阳快要落山。她从怀里掏出一张破旧羊皮，上面画满了山川水泊，正是兜率岛舆图。

舆图上有字，分明指示了哪里是巨夏帮总堂，哪里是分堂。郴州巨夏帮，就盘踞在岛上。

伊春把舆图横过来竖过去，斜着看倒着看，怎么也看不明白。

她第一次看舆图，只觉山山水水晃得眼花，具体要往哪个方向走，她却完全摸不着头脑。

胡乱走了一阵，忽见前面有一棵大树被剥了大半树皮，露出白花花的树干，上面被人用刀刻了一个箭头，直指正西方。

她抬头四处看看，再低头看看舆图，估摸着往西应该是正确方向，便顺着箭头走下去。

没走一会儿，果然前面又有一棵剥了几块树皮的树，上面还是一个箭头。

这下倒勾起伊春的好奇心了，索性顺着箭头一直往下走，看看最后是怎么个结果。

走了不到半个时辰，眼前豁然开朗，却又回到了湖边。

湖畔一棵老树上拴着麻绳，麻绳系着一条小船。船头放着一个小火炉，火炉上蒸着一锅大螃蟹，应当是快熟了，鲜红鲜红的壳。

久违的小南瓜把一壶温好的黄酒从热水盆里取出，将案上两个小酒杯斟满，然后无比自然地朝她挥手：“姐姐，来吃螃蟹吧！”

伊春傻了。

船舱上的帘子被人从里面掀开，舒隽探出半个身体，乌溜溜的眼珠子在她身上脸上转了半天，最后感慨似的嘘了一口气。

打个招呼吧，他对自己说。就说“好久不见，你上次给的三两银子太寒酸了，分明是瞧不起人，所以我特地找你，就是为了把钱还给你。还有，世上没什么过不去的坎，凡事想开点，你年纪还小日子还长着呢，日后总能遇到更好的人，比如我，你看我就很不错吧”。

不过这些话好像也不太容易说出来，尤其是从他嘴里。

所以他目带凶光地看了她半晌，最后招招手：“过来、过来。”

伊春还有些震惊外加茫然，慢慢走过去，好像不太确信似的，奇道：“舒隽？真的是你？”

他想揪一揪她的脸皮子，看到底是真是假。

大半年没见了，他找了她那么长时间，对她的任何反应都做好了准备。只是没想到她会那么风轻云淡地叫他名字。他一次告白，她一次拒绝，像是从没发生过。

伊春恍然大悟："那箭头是你画的！你早就看到我了？怎么不打招呼？偷偷摸摸地做什么坏事？"说着便爽朗地笑了起来。

舒隽跟着微微一笑，抓住她的袖子把她拉上船，指了指炉子上的螃蟹："没什么，请你吃螃蟹而已。"

黄酒热得刚刚好，螃蟹也蒸得恰到好处，伊春眉头一扬，索性大大方方地坐过去。

"你怎么在这里？来玩吗？"她问。

舒隽向来喜欢游山玩水，反正他有钱有时间，五湖四海随便在什么地方遇上了，都是缘分。暌违了大半年，今天再看到他，倒觉得一点也没变，亲切得很。

他"唔"了一声，意味不明。

小南瓜把姜醋端上来，嘻嘻笑道："姐姐，我们大半年都在找你呢！不信你问主子。他为了找你，急得饭都吃不下，觉也睡不好，梦里都叫你的名字！"

好不容易重逢了，他一定要给主子制造机会！俗话说好女怕缠郎，怎么肉麻怎么来，小南瓜雄心万丈。

伊春但笑不语，舒隽慢慢剥螃蟹壳，好像谁也没听见他这句热情洋溢的话。

小南瓜恨铁不成钢地跑走了。

"这大半年在什么地方玩？"舒隽替她斟满黄酒，随口问道。

话匣子打开了，方才隐隐约约的尴尬也消失不见。伊春连说带笑地比画着路上遇到的有趣的事与人，漂亮的眉毛扬起，神采飞扬。

舒隽倒是听得津津有味，时不时插两句嘴让她说得更欢。

最后说到她手头的舆图，伊春笑道："我本来是打算去邵州看看，那里是羊肾的故乡，谁知道走错了方向跑到隔壁的衡州去了。渡河的时候遇到一个姑娘，身上背着许多画轴，我看她吃力得很，便替她拿包袱，她人很好也很健谈，听说我要找巨夏帮，就说她知道怎么走，于是画了一张舆图给我。可惜我不大会看，浪费了她的一番好心。"

原来她已经能那么坦然地说出"杨慎"这个名字了，脸上也没有哀色，沉稳内敛了不少。舒隽一时心里觉得喜悦，一时又觉得心疼。

想说点温柔的话，却又不知如何开口，他只好喃喃道："你真是走了狗屎运，陈浅那妮子也能被你遇到。多少人抢破头要她画一张舆图也不得，她居然白送给你。"

伊春眼睛一亮："你也认识她？不错她是叫陈浅，真是个好人呢！"

最大的好人是你才对，舒隽心里想，也只有她这种性子走江湖才能这么顺当，大家都忍不住要对怪胎宽容些。

“你找巨夏帮做什么？”舒隽状似无意地问出这个最关键的问题。

伊春一点也没有犹豫，很爽快地告诉他：“替羊肾报他家人的仇。”

原来如此，舒隽直到现在才恍然大悟，把里面的关系给理顺了。晏于非曾说杨慎身负血海深仇，他并未多问，原来他的仇人竟是巨夏帮。

他神色复杂地看看伊春，她眼里并没有任何仇恨的阴影，或许在她心里，找巨夏帮不过是为了帮杨慎完成心愿，目的就这么简单。

“这可不太容易。”舒隽慢悠悠地说着，从锅里挑出一个最大的螃蟹递给伊春，“巨夏帮并非无名小门派，凭你单枪匹马地杀进去，去十个死十个。你还是仔细考虑一下吧。”

伊春点头道：“我知道他们很厉害，所以这次只是来调查，并不打算动手。”

调查，舒隽忍不住要失笑。她的理由永远千奇百怪又正大光明，让怀疑她的人显得那么龌龊。

他又挑了几只大螃蟹给她，忽然说道：“你只是调查，别人未必如此想，还是先别去了。”

伊春连连摇头。

他叹了一口气，扶着下巴盯着她的眼睛看，说：“你如果一定要去，我就只好拦着，不能让你过去。”

伊春微微一惊，黄酒差点洒出来。

舒隽笑弯了唇角：“你好像打不过我吧？”

她慢慢把眉头皱起，神情却并不是暴怒或者被欺骗的惊惶。酒杯稳当地往桌上一放，她声音平静：“为什么？你也是巨夏帮的人？”

她对舒隽的来历其实一无所知，只是她交朋友向来只在乎气味相投，别人如果不说来历，她便不会多嘴问。

他神情略带轻蔑：“怎么可能。只不过欠人一个情分不得不还，暂时留在这里。原以为来找麻烦的是晏门，想不到竟是你。”

伊春略想了想，当即起身道：“既然这事令你为难，那我先告辞，等你人情还完了我再来。”

应当要拦住她，可想不出什么好理由。舒隽的手伸出去，一把抓住她的手腕，正要说话，忽见她捂着肚子把脸皱成一团。

这次他真的有点吃惊：“怎么了？”

她颤声道：“肚……肚子疼！”

舒隽回头看看她面前的螃蟹壳，顿时恍然：“你螃蟹吃多了。”

最后伊春只能无力地躺在船舱里，她上吐下泻足足闹了一整天，铁打的身体也禁不起这种折腾，不用说去找巨夏帮，她现在就连走路都困难。

舒隽衣不解带地在旁边照顾她，一会儿换一块热巾子给她放在额头上。

他慢悠悠地说："这可是你自己倒霉，与我无关。"

伊春脸色发绿："你也吃了螃蟹，为什么好好的？"

"毒药我吃下去都没事，何况两只螃蟹。"

他见她颇有些不服气的模样，眼珠一转，忽然计上心来，索性把身体一俯，撑在她脸旁，低声道："这样吧，小葛，咱们做个交换，两边都不吃亏。这鸟不拉屎的地方住得怪无聊，你不如陪我玩几天，回头我告诉你怎么对付巨夏帮。如何？"

"这个……你好像太吃亏了？"伊春颇为警觉地看着他。此人任性又狡猾，从来不吃亏，指不定后面要提出什么稀奇古怪的要求让她偿还债务。

舒隽"嘻嘻"一笑，从角落里挖出鱼竿："你教会我如何钓鱼，就一点也不吃亏了。"

伊春就这么留下陪他在东江湖游玩，白天没事便教他钓鱼，从土里挖蚯蚓出来做鱼饵，惹得他主仆俩避之不及。

"姐姐！这种东西你怎么能捏手上？还不赶快丢掉！"小南瓜抱着脑袋大叫，好像那几条肥蚯蚓马上就要爬到他脸上似的。

伊春莫名其妙地看着他俩："蚯蚓做鱼饵最好了，不然鱼虫也行。你们以前难道不用这个做饵？"

舒隽厌恶地看着蠕动的蚯蚓，见伊春把其中一条朝自己这里递来，赶紧偏过身体去躲，脸色难看得发绿。

伊春见他那模样倒有点忍俊不禁："这么大人了，还怕蚯蚓吗？"

舒隽一直是天不怕地不怕，四海任我行，可这么个人物却怕小小蚯蚓，真让人哭笑不得。他还装："我不怕，就是怪恶心的，不想摸。"

伊春故意把最肥的一条蚯蚓朝他手里一塞，眼见着他蹦起来，一溜烟跑没影了。她不由得哈哈大笑。

等舒隽再次绿着脸回来的时候，小南瓜已经摇着船去湖对岸拿银子换米油了。

伊春坐在岸边一块青石上，拿着钓竿认认真真地钓鱼。阳光在她周身镀了一层金边，纤细而且柔软，头上几绺凌乱发丝好像也变成了淡金色的，随风摇来晃去，晃得他心里有些发痒。

他轻轻走过去坐下，低声道："喂，你可不是好老师，学生刚刚入门，要有耐心才对。"

伊春笑吟吟地把钓竿交给他，一手扶着钓竿一手握住他的手，心无旁骛地教他："手腕要稳住，别总是晃，不然鱼来了你也感觉不到。钓鱼就在于专心和耐心，你耐性不好可不行。"

真抱歉，她或许是个好老师，学生却不是个好学生。她说的话，他几乎一个字也没听进去。

只看到她下颌的弧度柔美，侧面鼻梁很直，睫毛忽上忽下颤抖着，里面藏着令人心惊胆战的光芒。她身上没有任何熏香，头发有清爽的皂角味，脖子上带着一丝汗味，非但不难闻，反而销魂蚀骨的。

想一口吃了她，连骨头也不剩。

真是喜欢她吗？舒隽问自己。

他其实也不太清楚这究竟是什么感觉，只是有种冲动想靠近她，靠近再靠近。还没到放手的时候，还没到离开的时候，他甚至还很贪婪，总觉得这些还不够。

有时候想到她，会觉得心里微微发疼，明明发疼，却又是愉悦的。

有时候梦见她，会觉得无比舒畅，明明舒畅，却又感到涩然。

不知道这是不是喜欢，但他生平第一次对一个女人有这种冲动。

和身体无关却又紧密联系在一起，是一种异样而且炽烈的冲动。

她在耳边轻轻叫一声："来了！快拉！"

舒隽本能地把钓竿朝上一提，用的力气大了，鱼钩挂着一条肥鱼，使劲扭着尾巴在空中划出一道弧线，水滴落了他们满脸。

伊春两眼发亮，赞道："不错啊！第一次就成功了！你果然厉害！"

她脸上水珠晶莹剔透，像水晶似的，折射出的光辉要把他的眼刺伤。仿佛害怕疼痛，他微微把眼睛闭上，再睁开。

她很危险，可就算明白这点，也没什么用了，没有任何用。

"多谢老师教导得好。"他没什么正经地笑，抬起袖子把她脸上的水一把擦干。

舒隽这个人，很有意思。

明明和他在一起也没什么事可做，普普通通，吃了睡睡了吃，可他就有本事让日子过得不那么平庸无聊。

前几日他迷恋上做鱼竿，每天拉着伊春去山上找合适的细竹，顺便就在兜率灵岩仙人洞逛一圈，两人在洞中寻找神仙未果。

过两天他又突发奇想用木头做围棋，船舱里塞了许多用废的木料，做出来几十颗木围棋，又被伊春磨圆，两人拿去当弹子打，赌输赢。

最近他好像迷上了和伊春一起做饭。

小南瓜家乡在无锡，江南人做菜味道总是偏清淡，还喜欢放糖。伊春是湘人，吃不惯这种口味，便琢磨着自己做点东西来吃。

小南瓜一见她要做饭就苦了脸，嘛嘴道："上回在主子的别院，姐姐做红烧鸡差点把厨房给烧了。如今咱们出门在外，走水路都靠这条船，要再被姐姐烧了，咱们靠游水渡过东江湖吗？"

伊春拿着菜刀飞快地把萝卜切成片，一个劲地向他保证："这次我一定小心，绝对不会烧坏！"

正说着，舒隽一面啃桃子一面走过来，随意瞥一眼伊春切好的菜，不太给面子地说：“你这刀工还要再磨炼磨炼。”

萝卜丝切得长短不一、粗细不齐，猪肉有大有小形状古怪，还有一条鱼连鳞还没刮就打算热油下锅煎。

伊春把菜刀丢给他：“少说大话，你来试试。”

舒隽还真撸起袖子上前，捞起刚洗好的大白萝卜就削皮。等他把皮削完，胳膊粗细的萝卜已经比手指粗不了多少了。

小南瓜又皱眉又龇牙，怎么说他也是自家主子，在伊春面前得给他点面子，只好点头道：“削得……蛮干净。”

没承想这一句夸奖夸出了祸害，两个惹事精就此霸占着小火炉不放，什么稀奇古怪的搭配都能放进去，原本配肉的萝卜如今和鱼放在一起红烧，胡瓜切成块状和肉放在一起炖得烂烂糊糊好像鼻涕，最后找不到东西做汤，舒隽索性从怀里掏出两个桃子，切片后随便丢水里滚一下，权当水果汤。

那顿饭只有好心的伊春尝了一口，跟着就被舒隽直接丢进湖里了。

在等小南瓜重新买菜回来做饭的时候，还好有桃子可以吃。两人盘腿坐在岸边大青石上埋头啃桃子，伊春说：“幸好有小南瓜，你这么讲究的人身边如果没他，指不定要成什么样呢。”

舒隽早早把自己的桃子啃完了，扬手将桃核远远抛出，隔了好久才落入湖里。他不说话，只盯着伊春手里啃了一半的桃子看。

伊春被他看得浑身发毛，慢慢举起手：“……要吃？”

他淡道：“啊，你的桃子好像比我的大，颜色也红。”

说罢低头就着她的手，在她咬了一半的齿印上啃下去。桃子汁液丰富，顺着她的手指淌下来，伊春只觉小指一阵酥麻，却是被他舔了两下。

她浑身猛地一震，桃子从手里滚了下去，被他一把捞住，几口就啃个干净。

“唔，果然很甜。”他扬起睫毛对她微微一笑，神情纯善，一点异样都看不到。

这个笑容比阳光还要刺眼，伊春情不自禁眯了一下眼睛，躲避锋芒。突然想起在太湖上，他说喜欢自己的事。好奇怪，先前在东江湖与他偶遇，一起钓鱼说笑这几天，她都把这事儿丢到脑后去了，只当没发生过。

不知道为什么，今天这回忆突然就钻出来了。

有些不舒服，不适应。

“我去洗手。”她淡淡地说，从石头上跳了下去，完完全全是逃避的姿态。

回来的时候，舒隽正靠在树上低头用小刀刻一块木头。他手指修长而且灵活，没一会儿木头就被雕刻出一个雏形来，像是一尊观音。

很少见他这么专注地做某件事，舒隽做什么都是漫不经心，随随便便应付一下就比别人好数倍。或许是这种聪敏，令他有一种高高在上睥睨万物的气质。在伊春心里，这种气质让他的喜欢也变得高傲，她本能地不肯接受，反感逃避。

还是做朋友就好。

“你信佛？”伊春看那观音雕得细致，觉得新奇，凑过去仔细看。

他摇了摇头：“过几个月送人做礼物。”

观音的面容被他仔仔细细一刀一刀刻出来，端庄又妩媚，虽然十分漂亮，但和庙堂里的观音总有一些不同，似乎……多了一分烟火气，不太像高高在上的神佛。

没有人说话，气氛就会变得古怪。也可能是她自己敏感，以前和舒隽都是说说笑笑的，时间眨眼就溜走，什么烦恼都忘掉。

他不说话，只好她来打破冷场。

伊春笑问：“舒隽，还完人情，打算去什么地方玩？”

他一面仔细雕琢观音的眉毛，一面应道：“先去苏州，扫故人墓。”

她的心像是被什么东西敲了一下，浑身一抖。

苏州，杨慎，他就埋在那里。

原来，他并没有忘记，他还记得那少年葬在苏州。

伊春在心里微微笑了一下，觉得温暖，轻轻说：“我和你一起去……舒隽，谢谢你替羊肾打理后事。”

他笑了笑，不甚在意：“没什么好谢的，总是相识一场，我高兴而已。”

他做事向来随性，不按常理出牌。因为高兴，所以乐于蹚晏门这个浑水。因为高兴，所以和她在东江湖过得有滋有味。

伊春便不再道谢，看他雕了一会儿观音，忽然说：“不对，观音娘娘的发髻不是这样的，你弄错啦。”

那木头观音华服鬟鬓，飘然若仙，美则美矣，但越看越不像观音菩萨。

舒隽很久很久都没搭腔，直到把复杂美丽的鬟鬓雕好，他才低声道：“不是观音，是我母亲。”

雾鬓观音甄颦颦，美艳震八方。

伊春无话可说。她对舒隽，本来就是一丝一毫也不了解的，也可能，是她本能地不愿去多了解。

“舒隽，今年你还要回家过年吗？你家在什么地方？”

到底还是有些好奇，忍不住要问问他。

他“嗯”了一声，忽然抬头看看她，笑道：“想去我家玩吗？那可比较远，在大雪山附近。何况空荡荡的也没什么好玩的，只一座坟墓而已。”

伊春这大半年四处闲逛，多少也听了一些江湖上乱七八糟的传闻，认识的不认识的。偶尔听见别人提起舒隽，大多是“此人是个败类，荒淫无耻”之类的语气。

传闻他是采花贼，专惹良家妇女，荒淫无度。

传闻他家住在黄金山上，里面有一座宝石海。

各类传闻，说的人唾沫横飞，听的人眼花缭乱。

他却说家里空荡荡，只有一座坟墓。这江湖传闻，果然胡扯八道的比较多。

她说：“等我替羊肾家人报完仇，再去你家找你玩。”

舒隽淡淡地看她一眼：“这么快就相信了，不怕我是骗你？”

她摇头：“你没骗我。”

舒隽没再说话，继续专心致志地雕木头。

小南瓜买菜迟迟不回，太阳一节一节爬得高了，有点热，伊春背上出了一层薄汗。

她抬手正要擦额头，忽听身后风声锐利，像是有什么利器破空飞射而来。

出于本能，她飞快让了一步，对面舒隽却一动不动，任由那利器擦过耳边，直直钉入身后的大树，铮然鸣震。

有人偷袭！伊春拔剑便要去追，舒隽扯住她袖子：“没事，一个旧识来送信而已。”

他把雕好了大半的木头观音塞进怀里，反手将钉在树上的小铁箭拔下，上面果然附着一个信封，封口用火漆封死，印着一朵梅花。

“我有事要出去一趟。”看完信，他只丢下这句话，转身便走。

走了一半，他忽然回头道：“你不要乱跑，莫让巨夏帮的人发现你，乖乖等我回来。”说罢再转转眼珠，又道，“你若是乖乖的，回来我便告诉你巨夏帮的事情，不然一个字也不说给你听。”

分明是把她当小孩儿来对待，伊春啼笑皆非地点点头，赶紧问一句：“什么时候能回？”

他想了想：“多则三日，少则半日。”

直到小南瓜划着船悠悠荡荡地买了菜回来，伊春才想起舒隽没船怎么渡江这个问题。

“小南瓜，你主子有事出去了，要过几天才能回来。”伊春坐在船头一面帮他剥毛豆，一面告诉他这个消息。

小南瓜一点也不惊讶：“我知道，方才在湖上遇到主子了。他还交代我要好好照顾姐姐呢！姐姐今天想吃什么只管说，你不爱吃甜的，我多放点盐就是了！”

她却吃惊了：“他是怎么渡江的？游过去？”

小南瓜“嘻嘻”一笑，挤眉弄眼：“姐姐，主子那么聪明的人当然事先做了准备。其实咱们还有一艘船停在那边山崖下，先前没告诉你罢了。怎么样，是不是觉得我家主子聪明又厉害？”

他就爱在伊春面前夸耀舒隽，主子爱面子，不许他说肉麻话，现在主子不在，他一定要说个彻底，不把伊春说动心不罢休！

伊春点了点头，道："狡兔三窟。"

很标准的一句评价，小南瓜气得嘴一直噘着，直到吃饭都没放下来。

"姐姐你和主子住了这么些日子，难道不快活吗？"吃完饭，小南瓜一面帮舒隽洗衣服，一面继续和伊春耍嘴皮子。如果轻易放弃，他就不叫小南瓜。

伊春想了想："不，其实很快活很舒心，舒隽是个很有意思的人。"

小南瓜笑道："这就是了，其实主子人很好。你别听江湖上那些乱七八糟的传闻，都是别人不了解他胡说的。主子从来不和女人勾搭不清，只是他长得好看又亲切，女孩子们总爱靠近他。他要是个荒淫的人，早就大享齐人之福啦，何必还要我扮成女的替他解围。"

伊春又点点头："没错，他心里只有钱。"

小南瓜神色怪异地看着她，叹了一口气："姐姐，主子在你心里那么不堪？他喜欢囤积钱财也不是什么缺点啊，就像有人喜欢收集瓷器，有人喜欢收集字画，主子不过是喜欢收集钱财罢了，为什么就要低人一等？虽然我不太了解，但主子以前应当是过过穷日子的，从小又没爹又没娘，他现在抠门也是习惯嘛。"

伊春笑了起来："你总是帮他说好话。"

小南瓜急了："我说的是实话啊！"

她把剥好的毛豆倒进盆里，站起来伸了个懒腰，望着远处烟水茫茫的东江湖，想到这些日子和舒隽在一起又快活又闲散，便情不自禁地微笑起来，轻道："他是好人，我知道。他是我永远的好朋友。"

好朋友就完蛋了！小南瓜急得抓耳挠腮，绞尽脑汁去想怎么用主子的优点把她打败，想来想去也没想出什么好优点来，不由得埋怨舒隽脾气古怪，难怪总是被甩。

伊春忽然抬手指着远方湖面，轻声道："那边……是不是有很多船？"

小南瓜抬头一看，果然见远处影影绰绰有许多乌篷渔船朝兜率岛这里驶来，隔着薄雾看不太真切，但数量绝对不少。

乌篷渔船朝兜率岛南部驶去，因是顺风，所以速度极快，眨眼间便都靠了岸，船舱里涌出无数黑衣人，无声无息地上了岛。

小南瓜有些慌神，低声道："糟糕，主子不在！肯定是有人来找巨夏帮麻烦了！"

伊春提剑想追上去看个究竟，忽然想到舒隽临走时的告诫，硬生生停住脚步，回头道："小南瓜，咱们把船划去隐蔽点的地方，别叫他们发现。"

第十章 断腕

伊春把小船推进水草中间，猛一看是看不出端倪的。

小南瓜蹲在树丛中低声道：“姐姐你也要躲好，我听主子说过，晏门因为减兰山庄的事情办得不漂亮，湘西这块地方就没站稳脚跟，最近一直思量着从周边地方下手呢。郴州这边就是他们的第一块踏脚石，所以巨夏帮才那么惊慌失措，不惜花大价钱求高人相助，找来主子替他们先顶着。这次来的要是晏门的人，你千万得小心。”

伊春没有说话。

山岩对面已经有火光雄起，叫嚷声络绎不绝，大约是杀了巨夏帮一个措手不及。

小南瓜又说：“这样也好，巨夏帮被灭，杨公子的仇也等于报啦，姐姐也不用一个女孩子辛苦行走江湖，多危险哪。”

他等了半天，还不见伊春吱声，忍不住回头去看，却见她眼睛怔怔地看着远方腾起的火光浓烟，神情奇异，竟好似看得目不转睛。

他有些心惊，低声道：“姐姐？”

伊春喃喃道：“到最后，我还是没能为他做哪怕一件事。”

她说的是杨慎。

小南瓜虽然不服气她心里嘴里总是杨慎杨慎的，杨慎没一点比得上自家主子，可是他已经不在人世，再说什么也没意义。

而且，她眼里有泪光在晃。

他赶紧说个笑话：“杨公子在黄泉路上遇到巨夏帮的人，肯定会把他们从奈何桥上推下去，那场景自然有趣得很。”

伊春淡淡一笑，方才的悲戚之色一扫而空，轻声道：“他现在和家人团聚，不会再想着报仇的事啦。”

“就是就是，杨公子聪明得很，指不定在地府里混个大官做做，回头大家一场相见，还能指望他开个后门……”

小南瓜信口胡说八道。

正说得唾沫横飞，伊春一把将他脑袋按下去：“噤声！”

山岩后面绕出四五个黑衣人，提着明晃晃的刀剑，上面血迹斑斑。他们走得并不快，四处张望，小心地用武器把地上的长草树丛拨开，查看有没有人藏匿其中。

伊春抱住小南瓜，一点一点蹭着后退，无声无息地潜入东江湖，把身体藏在小船后面。

一个黑衣人粗粗过来看了一眼，便回头道："这边是湖了，应当没人。"

又有人在后面说："仔细些！莫叫半个巨夏帮的人跑出去，不然二少和墨公子必然要发怒的。"

那人"呸"了一声："二少发话咱自然听！那姓墨的是什么东西？也敢爬到人头上去！先前仗着有减兰山庄，被少爷养得像条狗，哪里还有人样！如今山庄没啦，又觍着脸上来巴结，平日里在咱们面前作威作福的，谁瞧得起他！照我说，二少心太软，这种人渣早该和他那窝囊老爹一起被砍成两截！"

伊春的手情不自禁一抖，几乎要抓不住小南瓜。

耳边又听得一人大叫："这里有船！"

紧跟着窸窸窣窣的脚步声奔来，她猛吸一口气，整个人都潜进水底去，上面说话的声音便模模糊糊再也听不清了。

船被人敲了两下，又被推开，几个人趴在水面观察了一阵，没看出什么端倪，只当是巨夏帮留着逃生用的船只。黑衣人把里面的锅碗瓢盆砸了个稀巴烂，这才说说笑笑地走远了。

伊春飞快地浮出水面，把小南瓜先往船上一丢，自己也跟着翻身上船，低声道："我们要赶紧离开这里！"

小南瓜拧着袖子上的水，咕哝道："还真是晏门的人！主子怎么会在这种节骨眼突然离开？真是奇也怪哉……"

伊春一言不发地摇着船桨，小船逆风缓缓漂离兜率岛，刚行没多远，忽见一群黑衣人从山岩后奔出，领头那人一身劲装，眉目俊朗，居然是许久未见的墨云卿。

小南瓜见势不好，一骨碌滚进船舱里打死也不出来了。

伊春丢下船桨，也翻身钻进去，抬头只见墨云卿看着她愣了愣，跟着别过脑袋，似是打算装作没看见，一面还对身后的黑衣人淡道："这里有人查过了，没什么可疑人物，去前面看看吧。"

她心中微微一松：此人到底还是有些良心。

奈何黑衣人大约都不太服气他，马上有人指着船大叫："那里有船！巨夏帮的人逃跑了！"

墨云卿说："那不是巨夏帮的，是我安排在湖对岸的部下，替我送东西来了。"

他如此遮掩，伊春只好蒙着脸又把船划回岸边，随便用破布包了个包裹，神色复杂地递给他，装作传递消息的模样。

墨云卿垂头接过包裹，忽然低声道："快离开！"

伊春看他一眼，也不知该说什么，在黑衣人怀疑的目光中缓缓再次把船划远。

小船逆风而行，走得特别慢，绕过山岩，便能见到林中大火弥漫，岸边摆满了尸体，一排排放得整整齐齐，应当就是巨夏帮的人。

晏门扩展势力，大多用迂回隐蔽的法子，像这样明目张胆大开杀戒还是头一次。

小南瓜很少见这么残忍血腥的场面，脸色发白，轻轻说道："幸好主子先走了，真要正面交锋……也不能和这些疯子一起！"

伊春默默点头，江湖利益纷争，身在其中并无自觉，在旁人看来，等于一群疯狗在乱咬。

她也曾想过帮杨慎完成报仇的心愿，可如今见到巨夏帮那些人的尸体一排排堆放着，被黑衣人点火来烧，浓烟冲天，心中难免有点发寒。

那里面总有无辜的人，有一个温暖的家庭，他们的孩子会像杨慎一样，一瞬间失去父母，从此陷入无尽的痛苦里。

小南瓜突然在后面叫了一声："姐姐！那边有一艘大船过来了！"

伊春转过头，便见湖面上远远驶来一艘大船，扬帆顺风而行，像飞箭一样破浪前进。

她急忙把小船让到一旁，奈何一个逆风一个顺风，小船刚掉了个头，大船已经快到眼前。

船头有人朗声叫道："前面的，停下来！亮出令牌才可渡江！"

伊春仿佛没听见，硬是把小船掉头，奋力朝对岸划。小南瓜一边猛力挥动船桨，一面急叫："姐姐！只怕来不及！"

她回头望去，忽见大船上站了一个人，黑色大氅，头顶压着斗笠，身量英武。

殷三叔。

他也一眼就看到了伊春，猛然一愣，跟着立即挥手："拦住那艘渔船！放箭！快放箭！"

小南瓜急得哽咽了："姐姐！想不到是咱俩死在一处！黄泉路上有姐姐做伴虽然也不错，但主子必然要在阳间咒我把你拐跑！"

伊春拔出腰间佩剑，起身站在船尾，低声道："你什么也别管，往前划！"

他要管也管不了哇！

箭矢如雨一般射过来，被伊春挥剑一一斩落在地，小南瓜头也不敢回，只能听见铁箭掉在船板上的声音，掉一下他的心就跟着紧一下，都快从喉咙里蹦出来了。

忽听她轻轻"啊"了一声，小南瓜大叫："姐姐你别死啊！千万别死！一定撑着！"

伊春按住肋间的擦伤，那里火辣辣地疼，鲜血很快就把手掌给染湿了。

她抬头望着殷三叔，他斗笠压得很低，看不见表情。在他身后身前有许多人拉满了弓对准这艘颤巍巍的小渔船，铁箭的寒光令人悚然。

他说："葛伊春，停下来，我看到你了。"

伊春身上满是冷汗，把剑紧紧一握，忽然回头低声道："小南瓜，你会凫水吗？从这里一个人游到对岸成不成？"

小南瓜连连摇头："我不会丢下你不管的！我才不要一个人逃命！"

她吸了一口气，声音更低："你能凫水的话，记着，把这东西带走，除了你主子别让任何人碰它！"

说罢她悄悄解下背后背着的斩春剑，丢到他脚边。

"和舒隽在苏州等我！如果羊肾忌日我还没去，就不必再等，把斩春剑折断在羊肾墓前，送他做礼物吧！"

小南瓜一把抓起斩春剑，来不及向她解释铁剑是没办法折断的。

他也知道，两个人都留下就是死路一条。

他抱着斩春剑无声无息地翻进湖里，抓着船沿忍不住哭了一声。

伊春轻声道："拜托你们了！"

殷三叔见渔船停了下来，伊春站在船尾动也不动，按着肋间伤口，似乎疼痛难忍，便道："总算有些自知之明！"

伊春放下手，抬头朝他古怪地一笑，并不说话。

早有黑衣人把渔船套住架上绳梯，将她手上的铁剑夺下，恭恭敬敬地捧给殷三叔。

他拿着铁剑粗粗一看，眉头顿时皱了起来："斩春剑呢？"

伊春"嘿嘿"笑了一声："晏于非不是聪明绝顶吗，他怎么会猜不到斩春在哪里？"

殷三叔阴沉地看着她，半晌，挥了挥手："把她带走。下通缉令，找方才与她同船的那个小鬼！"

伊春被黑布蒙上了眼睛，一路只感觉颠簸，似乎一会儿是水路，一会儿是马车，偶尔还能听见殷三叔和墨云卿低声说话，只是听不真切。

凭着直觉，她知道是离开了巨夏帮，但具体朝哪个方向，却摸不着头脑。

所幸人虽然被捆着，却没有什么刑罚来对付她，殷三叔甚至找了个女子替她肋下伤口敷药包扎，一日三餐也并没缺少。

又因蒙着眼，看不见天黑天亮，她只能靠猜测来算日子。

大抵在她算到第五天的时候，马车终于停了下来，她被人拽出马车，跌跌撞撞朝前走。

殷三叔在和什么人说话，她隐约听见"少爷暂时未归"之类的话，想必晏于非人还不在这里。

殷三叔说了一句："把她关去地牢，先莫用刑，好生照料，留一条命等少爷回来。"

伊春就这么被送进了地牢。

脸上的黑布被扯掉，突如其来的光线虽然暗淡，却也让她眯起眼睛不太适应。

两个黑衣人把绳子换成了手脚铐，脚铐上还坠着一颗脑袋大的铁球，她有天大的本事也没办法拖着这颗铁球逃跑。

"这……姑娘先住着，短了什么就说。"

因着殷三叔态度暧昧，手下也不知道该用什么态度待她合适，倒是意外地和气起来，还把她那间牢房里的稻草换成了新晒过的，又松又软，上面甚至铺了厚厚的一床被褥。

伊春站在地牢里左看右看，最后坐在褥子上不动了。

地牢里光线暗淡，只有她这间牢房对面墙上点了火把，让她看得清东西，隔壁几个室友就没这么好运气了。

浓郁的黑暗里什么声音都有，哭泣声，喃喃低语声，喘息声，偶尔还会传来几声撕心裂肺的吼叫，令人毛骨悚然。

伊春把手枕在脑袋下面，仰头看墙壁上那个透气的小孔，比拳头也大不了多少，外面却是一片澄澈蓝天。

小南瓜这会儿应当找到舒隽了，依舒隽那么伶俐的性子，必然知道她是被殷三叔带走的。可这里是晏门的地盘，要闯进来救她根本是自寻死路。

所以按照舒隽一贯的作风，他必定不会来救，肯定已经和小南瓜一起前往苏州等她了。

她得想办法出去才行。

正想着逃走的法子，外面的大门又被人打开，有人进来送饭。

那人走到她隔壁的牢房，却不像对待其他人一样把碗碟丢在门口，而是打开牢房门把饭菜送进去。

火光一亮，隔壁牢房的情形顿时被她看了个清楚，伊春的心猛然一跳，一下从褥子上坐了起来。

墙上拴着一个瘦弱见骨的身体，是个女孩子，头发纠结凌乱把脸遮去大半。

有两条铜丝穿过她的琵琶骨，将她钉在墙上，连一根手指也动不了。

送饭的部下抓起她的下巴，胡乱塞了两口白饭去她嘴里，不等她吃完又塞菜，汤汤水水洒了一地，比她吃下去的还多些。

虽然她的脸扭曲不堪，但伊春还是看清了。

是宁宁。

一个食盒丢进她的牢房，那人声音很客气：“吃饭吧，葛姑娘。吃完把盒子放在门口就行。”

宁宁忽然一动，大约是被“葛姑娘”三个字惊住了。

她艰难地把头扭过来，枯瘦的脸上，只有那双眸子还是极亮，像暗夜里的星子。

盯着伊春看了半天，她忽然笑一声，声音粗哑：“你是来替他报仇的？”

伊春没说话，慢慢转过身，不再看她。

宁宁却很高兴，说：“没错，是我杀了他。本来他不该死的，你们俩过神仙眷侣一样的日子，而且他心里只有你一个，比狗还忠诚。怎么样，你是不是恨死我了？我让那巨人把他杀掉的，一斧子差点把他劈成两半。他活着的时候对我那么居高临下，死的时候还不是很狼狈，跪在我脚底！血一直流成……”

话没说完，伊春把勺子用力掷出砸在她脸上，宁宁登时血流满面。

“闭嘴。”伊春只说了两个字。

宁宁还在笑，声音变得轻柔：“我没做错，一点也没错，他死了最好。反正无论如何，最后一无所有的人总是我，叫我眼睁睁看着他活得快活，怎么可能……现在好啦，我已经一无所有了，不用看着他和你在一起那么碍眼，我心里好痛快、好舒服。”

伊春不再搭理她，无论她说什么，伊春都像没有听见。

宁宁终于笑不动了，她喘着气，低声道：“你来替他报仇吧！把我杀了，你就能解恨！来把我杀了吧！”

伊春沉默了好久好久，才淡道：“我不杀你，一是会弄脏我的手，二是你看上去好像比死了还要痛苦些。”

那一天，宁宁的尖叫声足足响了一个多时辰，最后是被人一鞭子抽晕的。

那人还和她解释：“这女的不听话，少爷把她关在地牢要她反省，她却三番五次要逃走，殷三叔就把她琵琶骨穿透了。前两天她爹好像过世了，所以有些疯疯癫癫的，葛姑娘不要理她就行。”

伊春看着她伤痕累累的脸，忽然想起第一次在潭州救她的情形。

那时候杨慎也在的，是他先发现的宁宁，只说了一句：是不是死人？

后来因为发现她有呼吸，所以他便回头看着她，问：救不救？

她回答得很干脆：救！

从那一刻开始，微妙的际遇便无法改变了。

伊春觉得自己不能继续待在这里，一刻也待不下去。

到了傍晚时分，终于有人来替她解开手脚铐，重新用绳子把她的双手捆好，蒙上黑布，将她带出地牢。

一路穿堂过院，夜风带来桂花的香气，还有池塘特有的青涩腥气，将地牢里的血腥一冲而净。

对面响起晏于非低柔的声音：“把她放开，然后退下。”

面前是一个庭院，种着桂花树，桂花树旁有一方活水池塘，直通府外，月色正映在其中，清清溶溶。

晏于非就站在桂花树下，白衣磊落，比月色还要温润三分。

他淡淡看一眼伊春，指指面前的石桌椅：“坐。”

伊春大方地过去坐下，静静看着他的眼睛，并没有任何异样神情。

他斟满一杯清茶，送到她面前：“你比我想象的要冷静。”

伊春没回答。

原以为这鲁莽的姑娘会尖叫着扑上来把他撕成碎片，或者在牢里把宁宁杀死解气。殷三叔故意把她安排在宁宁隔壁的牢房，大抵还是希望杀死杨慎的黑锅不要让晏门来背。

其实殷三叔对葛伊春相当欣赏，虽然他嘴上不说，但从举动上还是能看出，他是想拉拢她的。

原本他不太理解殷三叔的执着，葛伊春虽然天分高武艺好，但并不是聪明人，也没什么性格上的弱点可以被人抓住要害收为己有。这种人是上位者最不喜欢的类型，鲁莽且不好管教。

晏于非一心想拉拢的本是杨慎。

可是杨慎死在他的一个小小失误上，他忽略了一个女人为了感情能疯狂到什么地步。

那天回到客栈，见到满身浴血的葛伊春，他以为又要出现一个疯狂女子，索性杀了干净。没想到舒隽出来搅局，把人给救走了。

之后晏门派人赶到减兰山庄，斩春剑已经被葛伊春带走，大半年不知所终。

晏门在湘西辛辛苦苦建立起的势力开始瓦解，大小帮派认为是晏门逼死了斩春剑继承人，打算私藏斩春剑，动乱一个接着一个。

他不得不暂时放下湘西不管，先从周边入手，将湘地周边地区收入晏门，把湘西孤立出来，最后才好一刀切割。

世上的事往往很巧，譬如晏于非以前只知道杨慎身负血海深仇，仇人是谁他却没仔细调查过。

直到杨慎身死，遗憾之余将他的身世翻了个仔细，才发现他的仇人是郴州巨夏帮。

湘南郴州，再没有比这个更好的突破口了。

“葛姑娘，你会出现在兜率岛，是想替杨少侠报家人之仇。巨夏帮现已全灭，杨少侠背负的血海深仇，也总算有个了结了，他在九泉之下得知，必然欣慰。”

晏于非声音柔和。

伊春定定地看着他，一个字一个字地慢慢说道：“我不认为他会欣慰，因为他的血海深仇被晏门拿来做开拓势力的借口！你不要和我说羊肾是被宁宁杀死与晏门无关这种话，他是被你们逼死的，死了之后身世还要被你们拿来大做文章。是你，你会欣慰吗？”

灭了巨夏帮，在湘西就可以正大光明地利用杨慎的血海深仇来造势，打出晏门光明磊落的招牌——看！其实逼死杨慎的是巨夏帮！他们犯下滔天罪行，所以晏门替天行道斩奸除恶。你葛伊春再不听话把斩春剑交出来，便是不识好歹，暗藏私心。

“无耻！”伊春第一次露出痛恨而且鄙夷的眼神，毫不避讳地与他对望。

晏于非脸色慢慢沉了下来。

错了，他先前对她的评价错了。

她并不是鲁莽且不好管教，她的眼睛太清明，常用的煽动伎俩在她面前一点用也没有，她一眼就能看穿什么是真什么是假。

晏于非突然明白了为什么殷三叔想拉拢她，晏门与这种人处于敌对状态会很麻烦，很麻烦。

她是关不住的鸟，无论走到什么地方都会把别人感染。

无欲则刚。

“葛姑娘，请慎言。”他低声说，可是语调里有掩饰不住的浓厚杀意——得杀了她，不能留。

可是斩春剑还不知下落，此刻就杀了她，湘西一带会更加混乱，门主那里已经发了许多信件，指责他减兰山庄的事没办好。

用重压的手段当然可以，全都杀了，这样就是最好的封口。

但这样就等于向她认输，承认晏门卑鄙无耻。

伊春淡道：“我只是说实话而已，你杀了我，只能证明你心虚，容不得真话。”

晏于非感到莫名的烦躁，月光下她的影子好像和许多年前某个人重叠在一起，都是让人羡慕的直率洒脱性子，不由自主便会被吸引过去。

小叔为了征服这种人，丢掉了自己的命。

他不能走这一步，可她分明挑起了他那强烈的征服欲，竟是抑制不住的，要和她赌一把，要把桀骜不驯的鹰驯服成金丝雀，要她明白自己几斤几两。

杀了她！他的理智这样警告。

晏于非袖子一扬，滚烫的茶壶便朝伊春脸上翻去，热水泼在她衣服上。随着热水飞过去的，还有两枚带毒的银针。

她腰肢细软，硬生生翻倒下去，好险让过了暗器，手头却没有武器反击。她忽然想到舒隽说过，什么东西都可以拿来当武器，只要保命第一。

眼瞅不远处有一根树枝，她一脚把石桌踢翻了，茶杯飞起来又砸碎在地上，把晏于非阻了一瞬。

就这么一瞬间，伊春就地滚过去，抓起树枝反手便刺，脖子上忽然一凉，是他用匕首抵住了。

而他的左手脉门亦被树枝点着，倘若她手里握的是剑，只怕左手会被她齐腕切断。

呼啦啦，一群躲在暗处的黑衣人一拥而上，把伊春团团围住。

晏于非与她对望良久，终于感觉到手腕上的刺痛，只怕还是伤到了骨头。

因着疼痛，心里莫名翻腾的烦躁渐渐平息下来。他深深吸了一口气，自悔今日冲动，眼下的情况杀了她是下下策，先留她一条命才对。

他把匕首收回袖子里，转过身，声音冷淡：“把葛姑娘请去客房安置，好生招待不得怠慢。”

晏于非偶尔会想起殷三叔那天说的话：强极则辱。

任何事过了头都不好。他现在是不是在某件事上纠结过了头？中原很广阔，没必要在湘西这一块地方徘徊不前。斩春剑再有名，也不能统领江湖。

冷静下来想，湘西这块地方就算他放着不管，过个几十年，谁还记得减兰山庄？谁还记得斩春剑?

晏门做事向来以稳求胜，他晏于非更是稳中的高手，连门主也要赞叹的。

可他现在明明像个十几岁的青涩少年，赌气一般地停在这里不肯走。

他不想输，尤其是输给葛伊春。

大抵他潜意识里已经不是把她当作尘埃似的存在，随手可以拂去。他们俩走的路完全不同，背道而驰，可他走得沉重，她却轻松自在。

或许是小叔的事情对他的影响太大，至今晏于非还不愿相信他死在一个无名之辈的手下。

他和小叔都犯了同一个错误，明知道不同不相为谋，却依然固执地相信自己的能力。

小叔死得耻辱，晏于非不能重蹈覆辙。

仿佛打败葛伊春，把她征服，就可以替小叔雪耻报仇似的。

在他心底深处，早已把伊春同杀死小叔的那人合并成了一个。

晏于非很清楚，这种情况继续下去，对晏门没什么好处，他固执在湘地一块，是舍本求末。

要做个了断了。

门被人恭恭敬敬地敲了两下，墨云卿涎着脸笑眯眯地走进来。

这小丑似的男人，连跪礼都比旁人夸张，直挺挺地给他跪下，双手呈上一沓文书，说：“少爷，这是巨夏帮近两月的来往信件，属下见里面说的事情挺古怪，不敢擅自做主，还请少爷过目。”

晏于非拿过来一翻，信件内容不过是寻常公务往来，共同点就是都提到了七个西域美女作为礼物送给巨夏帮。

他笑了笑，随手把信放在案上，淡道：“殷三叔已将那几个女子带走安置好，这会儿应该已经在你院子里了吧？”

墨云卿大喜若狂，连着说了四五遍“少爷英明”，那讨好谄媚的神态，让人不忍直视。

世上每个人走的路都不同，譬如这男人为了活命，不惜做丑角逗人发笑，明知这种行为夸张无聊，他也要不得脸面。

从某方面来说，晏于非甚至很欣赏他贬低自己的忍耐性。

“前几日有部下去了潭州别院，听闻墨夫人已生了位小公子，可喜可贺。墨公子这次剿杀巨夏帮有功，何不趁此机会去看看夫人孩子，一家团聚？”

晏于非神情温和，唇角挂着体恤的笑。

墨云卿“哼”了一声，把脑袋一别：“鬼知道那是谁的野种！我可从未碰过她一下，女人没脸没皮缠上来，还真讨厌得很。”

晏于非笑两声，随意说些他风流花心之类的话，忽然又道：“葛姑娘如今一人待在后院想必无聊得紧，她与墨公子曾是同门，公子有空也可陪她说说话，莫让她无聊中做出什么蠢事来。”

墨云卿神情不耐，絮絮叨叨地下去了。

殷三叔从屏风后走出，一言不发地替晏于非把茶倒满。

“殷三叔，你看他如何？”晏于非忽然问道。

他低声道：“矫揉造作，居心不良，才智中庸。早有部下报了，在兜率岛他刻意放走葛伊春，用心恶劣至极。此人口口声声说忠于少爷，实则口蜜腹剑，少爷不该留他。”

晏于非淡淡笑道：“本想留着当个笑话放在身边，可惜留不住了。他既有心向外，便交给殷三叔处置吧。”

伊春这两日被“安置”在后院客房——或者说软禁在牢房里比较合适。

门窗都钉着拇指粗的铁条，中间的缝隙大约能让小猫小狗艰难地进出，她这么大个人是不用指望了。

每天有四到六个人守在屋前，她插上翅膀也逃不掉。

好在客房很舒适，一日三餐也花样繁多，伊春索性过起吃了睡、睡了吃的米虫生活，偶尔送来的饭菜是她不喜欢吃的，还很拽地要求更换。

反正烦恼也没什么用，舒隽说过，烦心事太多会掉头发，老了便要秃顶，为了不秃顶，做人还是逍遥快活点好，要随时随地取悦自己。

虽说他为人古里古怪的，但这句话甚有深意，伊春颇为赞同。

这日送来的菜很合伊春胃口，她破例吃了三大碗饭，摸着滚圆滚圆的肚皮上床打哈欠，听见外面那些黑衣人惊叹：“她比猪都能吃！再养着她，少爷不被烦死也要被她吃穷。”

另一个人说：“少爷还吩咐不能亏待她，她爱吃什么就让厨房多做些。”

话没说完伊春就提高嗓子叫道：“我喜欢红烧鸡，明天多做点。”

外面顿时没了声响。

伊春翻身抱着枕头睡着了。

不知过了多久，忽觉有什么东西打在脸上，很疼。伊春一下睁开眼睛，只觉天暗了下来，有人趴在窗户外，朝她身上砸小石子。

“葛伊春！你是猪？快醒醒！”那人压低嗓子气急败坏地叫她。

她一骨碌从床上跳下冲过去，却见墨云卿神色焦急地看着她，一面还回头四处张望，像是怕突然有人经过一样。

“你……”伊春一时倒不知该说什么。

墨云卿低声道：“趁着他们换班，你快走！我弄到了钥匙。”

伊春又是一阵意外：“你把我放走？你现在……不是为他做事吗？”

他紧张地用钥匙开铁窗的锁，奈何铁锁多年不用，上面布满红锈，钥匙一时还插不进去，急得他浑身是汗。

“我起初是想做些大事让爹刮目相看，他心里从来只有你们俩，我分明是他的独子，他却并不看重我。”墨云卿一面努力开锁一面说，“下山后遇到晏于非，他有意与我结识，赞助减兰山庄，我自然不会拒绝。直到爹双腿被他们打断，我才明白，是晏门想吞并减兰山庄的势力。爹成了那个样子，我也只好假意顺从。”

“咔”的一声，铁窗终于被打开了，伊春纵身跃出窗外，只听他声音凄凉，又道：“爹说做人要争口气，可他被晏于非杀了，我若是也死了，文静和孩子怎么办？”

他解下腰上的佩剑递给伊春：“剑你拿着，若是能顺利逃出去，便替我把文静和孩子救出来，替我……好好照顾他们，拜托！”

伊春心中也不知什么滋味，只得默然点头。

墨云卿低声道：“替我告诉文静，没能做个好丈夫好父亲，是我负了她。伊春，杨慎虽然死了，可你要活下去，斩春剑就拜托你了，那是减兰山庄最后一点希望，至少证明我们这些人真正在世上存在过。”

话说到这里，伤感起来。

伊春咬了咬嘴唇：“你把我放走，晏于非不会放过你吧？”

他摇头：“我在他们面前插科打诨，谁都看不起我，知道我没那个胆子，你只管离开不用担心。”

话音刚落，却听院中暗处一人沉声道：“哦？只怕未必吧，墨公子。”

墨云卿浑身都僵住了，眼怔怔望着殷三叔从阴影中缓缓走出，身后跟着原本去换班的那些黑衣部下。

“你胆子大得很，我如今是知道了。”殷三叔冷笑。

伊春不等他说完，拔剑闪电般冲过去，先刺倒那些一拥而上的黑衣人，急道：“你愣什么？快逃啊！”

墨云卿动了一下，他为了降低晏门对自己的警惕心，一年多来一直沉迷酒色，身体状况大不如前，刚跑到院门口便被殷三叔拦下。

伊春只得放弃与黑衣人缠斗，转身狂奔而来。

一剑寒光，刺向殷三叔的眉间。他侧身让过，与伊春拆了几招，赞一声：“好剑法！进步了许多！”

伊春皱眉不语，手上的剑挥得越来越快，身影在月色下犹如鬼魅一般，轻而且狠。

光论招式和速度，殷三叔竟有些自愧不如，谁能想到一年的时间能让小女娃进步如此神速，现在还能将她轻松擒拿，再过两年等她大些，只怕便困难了。

他见墨云卿要趁机逃跑，当即扯下袖子包在手上，“噗”的一声，伊春的剑竟被他一把抓住，动弹不得。

他另一只手拍向墨云卿胸口，若拍实了，墨云卿只怕当即便要胸骨碎裂而死。

这电光石火的一瞬，伊春当机立断放弃了铁剑，袖中弹出匕首，划向他面门。

殷三叔左耳感到一阵冰凉，紧跟着便是剧痛——那丫头的匕首居然将他半个左耳削去了。

他心中不由得暴怒，抬手想把她撕个粉碎，奈何晏于非的吩咐犹在耳旁，只得强行忍耐，拳头几乎要捏出血来。

伊春叫了一声“师兄”，将墨云卿一把捞起，拔腿便跑。

一路狂奔，身后却并没有人追，殷三叔和那些黑衣人像是突然消失了一样。

倏地，伊春停下脚步。

面前是一个小院落，种满了桂花树，树下有活水池塘直通府外，水面月色溶溶。

晏于非正站在水边定定地看着她。

墨云卿默然退到一旁，这种情况他一点忙也帮不上。

谁也没有说话。

并不需要说话。

匕首与暗器的寒光几乎在同一瞬间发动，细小的银针狠狠扎入伊春身体里，她却没有停，不能停。

她的身体压低，像是随时可能栽倒那样的低，脖子上又是一凉，他的短剑划过，这次货真价实地划出一道血口，鲜血几乎是飞溅出来的。

匕首尖也压低，在快要贴近地面的时候猛然抬起。

回燕剑法第十九招，燕回旋。

晏于非的右手齐腕断开，连带着短剑在半空飞了一段，砸在地上，他流的血不比她少。

伊春哼笑了一声，心中快意无限，抬手狠狠按住脖子上的伤，抓住墨云卿翻身一倒落入池塘，眨眼便没了踪影。

晏于非握住断腕，脸色苍白，动也不动。

殷三叔遵循吩咐，过了一刻才匆匆赶来，一见草地上的断腕，他惊得脸色发青，一个箭步冲过去急道：“少爷！”

晏于非睫毛微微一颤，低声道：“愣着做什么？交代你的事呢？”

殷三叔咬牙称个“是”，掉头便走。

第十一章

我要你回头，看着我

清晨雾蒙蒙的，小南瓜怀里抱着包袱跟在舒隽后面一面小跑，一面不太甘愿地轻叫：“主子！葛姑娘都说啦，让咱们在苏州等！你又不晓得她被关在什么地方，晏于非又那么凶狠，咱们还是赶紧去苏州吧！万一她逃出来在苏州没见着咱们，还当咱们骗了她，可不是糟糕透顶？”

舒隽浅紫色的长袍在雾气中若隐若现，他漫不经心地答应着：“嗯，再找找，马上就去苏州。”

再找找、再找找，一连好几天主子都用这三个字来敷衍他，小南瓜无可奈何，只能继续跟他四处乱跑。

布满雾气的护城河里突然水声噼啪，像是有什么巨大的东西正努力往岸上爬。

小南瓜吓得一骨碌钻到舒隽背后，低声道：“主子！有水妖！”

舒隽皱眉看了他一眼，跟着抬头朝护城河望去，果然见到岸边一团阴影，正努力朝前蠕动，姿势很不雅观。

他越看眉头拧得越深，忽然大踏步走过去，吓得小南瓜在原地一个劲叫主子。

伊春努力背着因不习水性而晕过去的墨云卿朝岸上爬，他可真沉，比老母猪还重，压得她身上伤口痛得像要裂开似的。

前面忽然传来一阵脚步声，有一人破雾而来，穿着浅紫色的风骚长袍，眉目如画，拧着眉头神色怪异地看着自己。

伊春有些惊讶，大约想不通舒隽他们为什么会出现在这里。她微松了一口气，抬手苦笑着朝他打招呼：“舒隽，万幸我还没死，又见面了。”

她脖子上的伤口还在流血，身上大大小小无数的伤口都在流血，加上衣裳湿透了，看上去像是整个人被血水浸透似的，分外恐怖。

小南瓜跑过来惊叫：“姐姐！你怎么成这样了？”

她又苦笑一声：“说来话长，你们谁帮忙扶一下他，我的腰都快被压断了。”

小南瓜一面伸手准备扶，一面说：“这人是……”

话未说完，却见他家主子动作比闪电还快，一把将伊春捞起来，像提猪仔似的提着她的后领子，面对面直截了当地问：“这男人是谁？”

伊春老老实实地告诉他："是我师兄。"

哼，师兄……舒隽抬手在她额上一摸："中毒了。"

"是吗？我……"伊春刚说了三个字，便被他打横抱起转身就走，后面的话好像也没办法再说，因为他走得特别快。

可怜的小南瓜孤零零地被甩在后面，吃力地拖动昏迷不醒的墨云卿，心里一遍一遍念叨着：见色忘义、见色忘义。

晏于非的银针相当狠辣，每一根上下的毒都不同。伊春右边胸骨上中了一根，左侧肋下也中了一根，紫红色的斑很快就蔓延到了脖子上。

渐渐地，她有些呼吸不畅，在船舱里辗转反侧，痛楚不堪。

"斩春……斩春剑……"她喃喃说着，"羊肾……把剑……在他墓前……"

舒隽没有回答，将船舱帘子一把拉下，飞快扯开了她的衣服，再没听见她说话，低头一看，原来是晕过去了。

他确实没见过这么乱来的女孩子，身上那么多伤口还敢跳进水塘里，中了毒还能背人凫水，根本是拿自己的命不当一回事。

彼时收到那人来信，要他到郴州灵燕客栈一聚，就此账务两清，这等好事舒隽怎能错过。

去了一趟郴州城，却被告知这次是晏门来找麻烦，给他们让个道，不可阻拦。

舒隽当时就知道大事不好。

一来没想到晏门连这位前辈都能买动，临阵倒戈；二来伊春若是撞上晏门，只怕逃不出晏二少手掌心。

匆匆往回赶的时候，舒隽遇到了男扮女装的小南瓜，只因晏门下了武林通缉令来捉他。

他哭哭啼啼地递上斩春剑，舒隽那颗早八百年就没颤抖过的心脏竟难得抖了三抖。

小南瓜惶恐地问他："主子，葛姑娘会不会死掉？"

他也不知怎么回答，只觉有怒气从身体深处奔腾而出。

想动舒隽的人，岂会那么容易！

通缉小南瓜的武林告示一夜之间就撤了，谁也不知是怎么撤掉的，谁也没问为什么撤掉。

舒隽带着小南瓜赶到衡州，到底没赶上把她救出，她有本事，自己逃出来了，虽然逃得比较狼狈。

舒隽一根手指勾住她脖子上那根半旧的抹胸带子，暧昧地晃了晃，叹道："为你，我损失了近万两。丫头怎么赔我才好？"

伊春晕过去了，当然是不能回答的。

于是舒隽很好心地替她找答案，慢慢脱下了那片淡红抹胸。

瘦，却见不到嶙峋的骨头。其实嘛，她真的不小了。

舒隽觉得自己的呼吸好像也有点不畅快，船舱里突然变热，慢慢蒸煮着他，很是难耐。

这当然并不是最美丽的胴体，稍逊了些丰腴，也不够细致，到处可见旧日疤痕，她根本不拿自己当个女人。但舒隽不这么想，他可以把最美丽的女人当成男人来对待，却唯独不能把她也当作男人。

这具年轻充满活力的身体，令他骚动。

“唔，你是长这样的……”他喃喃说着，全然不觉得自己是趁机占便宜，握住她一边隆起的胸脯。

胸脯上面有一个小小针眼，紫红色斑点从这里开始蔓延，已经爬上了脖子。

取小刀，小心翼翼地在上面划个口子，挤出一点血放在嘴里尝了尝——这毒简单，随时可解。

左边肋下还有个针眼，没有斑点蔓延，针眼周围却微微发青。

同样取一点血尝一口——也不是什么复杂的毒，不必担心。

手有点舍不得移开，那就放着吧，她皮肤挺滑腻的，手感很好。

舒隽疾点她的几处穴道，跟着取出笔墨写上药方，唤道：“小南瓜，去抓药。”

帘子被人一把揭开，舒隽飞快抓过被子盖在她赤裸的身体上，一面反手把帘子拽下：“谁让你进来的？”

小南瓜的声音特别委屈：“主子，是那个人……他醒了。”

舒隽把脑袋探出舱外，果然见到墨云卿一脸茫然地坐在船头，连声问这里是什么地方，伊春在何处。

“你最好安静点。”他淡淡说着。

墨云卿扭头便见到他漂亮纯善的一张脸，愣了愣：“你……”

舒隽又说：“你要是再吵，我就把你扔水里，一辈子也不用上来了。”

墨云卿果然把嘴闭得死死，再也不说一个字。

葛伊春，你下山这段时间到底结识了什么稀奇古怪的人？

小南瓜拿着药方去城里买药了，墨云卿半睡在船头装死。

没人打扰，这样多好。

舒隽揭开伊春身上的被子，继续解她裤腰带。忽然停了一下，凑到她脸旁，把碎发替她拨到后面，静静看着她泛白的脸，低低问她：“我这么做，是不是不太好？”

还是没人回答他，舒隽心安理得地把她脱个精光，蘸着清水替她清洗身上大大小小的伤口。

偶尔叹息：“这里也有疤。”

偶尔赞赏：“很漂亮。”

更长的时间他是沉默着的，压抑不住的呼吸声。

上药包扎，最后的最后，舒隽撑在上面，搂住她的脖子替她翻身穿衣，伊春忽然“唔”了一声，两只眼睛就这么睁开，定定地对上他的。

他一点也不心虚，安安静静地与她对望，鼻尖离得那么近，两张脸像是马上便要贴在一起了。

伊春怔怔看了他很久很久，低声道：“羊肾，我也是上上签……”

舒隽一把扣住她的脑袋，额头贴上去：“你叫谁？我是谁？”

她睫毛颤了两下，像是突然看清对面这个人，露出一丝安心的神情：“我好冷啊，舒隽。”

把你冷死就一切太平了。

舒隽看着她又昏睡过去的脸，心头很不爽，那不爽里到底有点安慰：她总算是认得他了。

帮她换上干净衣服，用被子紧紧裹起来，她的创口沾了水，肯定要发烧，得注意保暖。

忍不住，又紧紧抱住她，在她紧闭而苍白的唇上来回轻轻地吻。

是他的错，他不该突然离开。倘若她真的死在晏于非手上，他要怎么办？

他再也说不出“你小心点，死了我会难过”这样的话。

她若真死了，又岂止是“难过”两个字能形容。

在护城河见到她爬上岸的那一个瞬间，他的心跳都要停止了，只觉身体要被狂潮吞噬下去，直到现在都不能准确分析那种复杂感情究竟是什么。

不想她死，想看她活得开心自在，想和她……永远在一起。

“对不起，”舒隽把她的额发拨到后面，在她饱满的额上印下一吻，“以后再也不把你一人丢下。”

他把她轻轻放回去，被角掖好，这才揭开帘子缓缓走出去。

墨云卿从船头猛然坐起，神色复杂地看着他：“她……怎么样了？”

舒隽“嗯哼”一声，有点不耐烦：“死不了。”

墨云卿讪讪地点个头，也不知该和这脾气古怪的人说什么。

舒隽跳下船，在岸边走了两步，淡道：“你们惹了不小的麻烦，居然找到这里来了。”

什么意思？墨云卿不解地回头看他，忽见薄雾后有人影晃动，朝这里慢慢走来。

那是一个可怕的巨人，手里提着一把巨斧，头发虬结，白眼上翻，白沫从口角流下，面容狰狞至极。

他赤裸着精壮可怕的上身，肌肉虬结，似铁块一般。

最诡异的是他脖子上居然拴着铁链，链子另一头握在一人手里——殷三叔。他半边脸上还有未擦干的血迹，左耳上包着纱布，神色冷厉。

墨云卿觉得如坠冰窟。

舒隽背着手，没有说话。

倒是殷三叔将他上下打量一番，道：“少爷说得没错，果然是你在后面捣鬼，舒隽。”

因着葛伊春身上没有斩春剑，不管是杀是留，剑都不可能自己跑到晏门手上。晏于非为了减兰山庄的事已经耗费太多精力时间，不打算再纠缠下去，索性将计就计把伊春他们放走，等他们与接头人会合再杀个措手不及。

殷三叔只是没算到少爷会动真格，与葛伊春交手。想来小门主的事情他一直是没放下，对着这女子便冷静不下来。

断了右手，那女人死一千次也偿还不起。

殷三叔说："斩春剑如今在你手，把它给我，另外——葛伊春也交给我，饶你不死。"

雾，渐渐散开。

墨云卿双手绞得死紧，像是僵住一样，里面全是冷汗。

还要再做懦夫吗？他一遍一遍问自己，莫名其妙的。以前是躲在父亲身后，现在是躲在葛伊春身后，以后还要躲在谁身后？

答案无解，他为自己感到深深的耻辱。

他忽然从船头站起，捏紧了腰上另一把备用铁剑。

"这位公子，你带着我师妹快走吧！我来挡住他们！"他低声说。

舒隽眼神怪异地看着他，大约是有些鄙夷的，笑话他不自量力。

墨云卿急道："快走啊！"

舒隽慢慢说道："你要送死就一边去抹脖子，不想死便把剑借我一用，少废话。"

墨云卿只好把铁剑递给他，这时候后悔自己的无用也没什么意义，他黯然地蹲了下去。

舒隽抬手捏住剑尖，稍稍用力一弯一弹，铁剑便发出铮然的嗡鸣声，晃动不休。

鸣声不止，巨人已经扑了上来，像完全失去神智的疯子，巨斧夹杂着雷霆万钧之力劈下，毫无章法。

"咚"一声巨响，却是斧头劈进了岸边的一棵柳树，碗口粗的柳树从中间裂开，狠狠砸在地上，墨云卿的惊叫卡在喉咙里几乎要奔腾而出。

杨慎就是死在这种可怕的力量和速度上。

巨人生得粗壮笨重，动作却出奇地灵巧，抽斧反手再削，正中那道浅紫色身影，从中间劈成了两半。

得手了？殷三叔与墨云卿都忍不住屏住呼吸。

被砍成两片的漂亮长袍缓缓落在地上，像一只轻盈的大蝴蝶。巨人眼前人影一花，斧子上不知何时立着一个人，长袍下面却是一身深紫色劲装，足尖轻轻点在斧柄上，笑靥闲散，正是舒隽。

"啊，原来是这么回事。"他瞥见巨人后脑乃至脖子要穴上的银针，恍然大悟。

用带毒银针刺激头顶要穴，令人当场失去神智，成为只会打斗的野兽，就算拔下银针人也已经废了，以后一辈子只能像个石头躺在床上，除了呼吸什么也不会。

晏于非，好狠毒的手段。

脚下斧子一晃，显是巨人打算把他甩下去。舒隽纵身而起，他身量修长，却轻盈得仿佛没有重量一般，与伊春的轻巧完全不同，更加简洁，更加隐蔽，直切要害。

穿着长靴的脚踩在了巨人头顶，舒隽索性蹲在他头上，像与一只巨兽玩耍。忽然举剑一挥——没有血光飞溅，也没有被斩断的肢体头颅，只是刺在巨人脑后的四根银针轻轻掉落在地。

巨人哼也没哼一声，沉重的身体扑倒在地，四肢微微抽搐了两下便再不动了。

舒隽走过去抬脚踢了两下，他还是不动，舒隽便笑道："这人也是命苦，活着和死了没什么区别。"

墨云卿急道："别松懈！还有个更厉害的！"

舒隽懒得搭理他，回头看一眼殷三叔。他脸色忽青忽白，难看得很。

舒隽说"把你家一个人形武器打趴了，抱歉，就算再刺四十根银针，他也不能动了吧？"

见殷三叔不说话，他又道："其实你们俩要是一起攻上来，现在倒下去的可能就是我。但如果我没猜错的话，这怪物只会攻击眼前会动的东西吧？敌友不分，也是个麻烦。"

殷三叔脸色阴沉，忽然把斗笠摘下丢在一旁，冷道："你果然有些本事！再让我多见识见识如何？"

他自腰间抽出两把铁剑，在身前架个十字。

舒隽静静看着他的架势，面上闲散的神色终于褪去大半，现出认真的神情来。

殷三叔并非师承晏门，在被门主收服之前，曾是笑傲漠北的双剑客，惨死在他双剑下的高手数不胜数。

曾经狂放冷酷的剑客，如今嘛……可怜做了二少爷的奶爸。

舒隽忽然握住剑身中段，横剑于胸。

这是个古怪绝伦的姿势，俗话说"一寸短，一寸险"，对大多数武学者来说，长兵器最好，可攻可守，把敌人限定在武器范围之外。

短兵器对练武者的近身功夫要求极高，没有人会在明明拥有长剑的时候，偏要把它当作短剑来用。

而且空手握住剑刃，是自寻死路。

他的手掌立即就见红了，鲜血顺着剑身往下流淌。

"喂。"舒隽忽然开口，"那边的蠢货，把你的眼睛闭上，不许偷看。"

蠢货……是说他？墨云卿惊愕万分，但如今对这个人是又敬又怕，竟不敢忤逆，乖乖闭上了眼睛。

"我从不曾在任何人面前透露师承何门，殷三，你运气不错。"

说罢，舒隽微微一笑，浓烈风流的眉眼，一副"你该倒霉了"的模样。

断了的右手被人小心捡起，洗净鲜血，放在一个水晶匣子里。

晏于非一手抚着右腕上包扎好的纱布，碰一下，便是一次剧烈疼痛，纱布里隐约有血迹透出来，在外面干涸成一块。

他对着自己的断手枯坐一整夜，偶尔会忽然忘记前事，想要提笔写字，才想起自己已经永远失去了右手。

后悔吗？他心中不知什么滋味。

其实他大可不必意气用事，阻拦葛伊春的任务交给殷三叔来做，他必然做得更好。

他后悔，却又不悔。

后悔自己冲动，为死去的小叔赌上一口气，要与她决斗，后悔自己又输在同一招上。

不悔，这种事他无法交给别人，只有自己上阵。

这种……涉及尊严的事情，他的，和小叔的尊严。

无论如何，现在想什么都没用了，断手再也接不回去。

葛伊春，断腕存在一天，他就忘不掉她那利落一剑。于她来说，那一剑必然是畅快至极了。

葛伊春，葛伊春，葛伊春……

他一遍一遍在心里念这个名字，像是第一次听见，从陌生到熟悉。

什么是对，什么是错？

如果她是对，他便是错；如果她是白，他就是黑。反之亦然。

谁也不会承认自己是错的。

天色大亮了，照亮他眼底死灰般的颜色。

那个瞬间，他好像看到了自己的小叔，浑身是血地流泪，告诉他：我好悔，你莫要走我这条路。

晏于非猛然合上发涩的双眼。

再睁开的时候，见到殷三叔站在门外，他身上也全是血，脸色苍白。

晏于非微微一惊，低声道：“怎么？”

殷三叔面上还挂着震惊的神情，忽然怔怔看着他，喃喃道：“是舒畅……他是舒畅的儿子……”

晏于非胸腔里那颗心瞬间沉到了深渊里。

舒畅，这个名字在晏门是个禁忌。多少年了，他们倾尽人力物力去找他、通缉他，却一无所得。

放眼整个江湖，舒畅毫无名气，听说过他名字的门派不会超过五个。

可这个默默无名的人，却能够一剑杀了晏门小门主，高歌而去，谁也抓不住他。

舒畅，舒隽……分明是一样的姓氏，却没人怀疑过，只因舒隽极少显露自己的身手，谁也看不出他师承何派。

殷三叔解开自己的衣服，胸前有五个血点，呈梅花形，每个刺得都不深，可见对方是手下留情了，否则早已立毙当场。

当年晏清川被一剑穿心，围绕着心口，也有五个梅花血点。

好熟悉的伤口，好惊人的事实。

晏于非猛然从椅子上站了起来。

殷三叔急道："少爷！"

晏于非脸色似冰雪一样白，过了很久，他才缓缓坐回去，低声道："殷三叔，晏门……有错吗？"

殷三叔断然道："男子生于世间，做一番大事业乃是天经地义，何来对错之说！"

晏于非慢慢点了点头，转过头去，隔一会儿，又道："通知下去——明天撤离湘地，减兰山庄一事，先不要再管。"

殷三叔得令，捂住伤口正要退下，却听他继续说："舒隽的事……封了书信告知门主，他有回复之前，谁也不许轻举妄动。"

殷三叔默然颔首："少爷，你还是休息几日吧。"

断手不是轻伤，他早已面无血色了。

晏于非怔怔看着面前的断手，低声道："我知道。殷三叔，总是让你为我操心，实在抱歉。伤……要尽快包扎。"

最后看一眼自己的右手，他终是决然别过脑袋，再也不看。

另一边，墨云卿还紧紧闭着眼睛，他刚才只听见几声兵刃交错的声响，跟着殷三叔震惊地叫了一声，便再没声音了。

可怕的寂静令他寒毛倒竖，等了好一会儿，终于忍不住颤声道："公子，公子你没事吧？"

脑后很快响起舒隽低柔的嗓音："剑还你，不顺手至极。"

"噗"一下，剑倒插在他脚边，墨云卿惊疑不定地睁开眼，对面除了那死人似的巨汉，再也没半个人。

回头看看舒隽，他和没事人一样动动脖子动动腿，跟着把帘子一掀就要进舱。

墨云卿喃喃道："公子……你没事？"

舒隽回头看看他，说的话却驴唇不对马嘴："你是减兰山庄少主，马上要去哪里？不会跟着我们吧？"

墨云卿神色一黯："我……去……去潭州，救我的妻儿。"

舒隽"嗯哼"一声，很是不情愿，上下再看看他，想起这人是伊春的师兄，又是什么劳什子少主，伊春肯定不会放着他不管，必然陪着一起去救人的。

啧啧，真是麻烦死了。

他面上忽然露出个纯善的笑容，说：“这位少主，身上没钱尽管和我说，我这里只收五成年利，公平公道。”

他直接把四成提高到了五成，赔不死他。

墨云卿又傻了。

葛伊春，你下山遇到的这些人，果然古怪得很！

出乎意料，伊春一行四人刚到潭州客栈便收到一封信，连着信送来的，还有满脸泪痕的文静。

墨云卿一见到她便什么也顾不得，冲过去紧紧握住她的手，未言泪先流。

文静哽咽道：“云卿终是来接我母子二人了，昔日何以忍心做了好大一出戏，教我生不如死！”

他只会叹息流泪，隔了半晌，忽问：“孩子呢？”

众人回头望去，只见一双俏丽女子立在门边，长得一模一样，一个蓝裙子一个绿裙子，正是许久不见的别院婢女奈奈和木木。

木木手里抱着个襁褓，正柔声细语地低头逗弄孩子，见墨云卿走过来，便将孩子递给他，轻声道：“小心些，不要弄疼他。”

襁褓里的小孩儿大约刚睡足了觉，乌溜溜的眼睛盯着墨云卿，又好奇又严肃。

墨云卿笨拙地抱着他，忽然满心感慨：“可惜爹已经不在，否则必然开心。”

他提到师父，伊春神色便有些黯然，回头问文静：“晏门有为难你吗？”

她摇了摇头，正要说话，后面的火暴脾气奈奈便叫道：“什么为难？你当晏门是卑鄙无耻的地方吗？人在这里给你好好地送过来，一根头发也没少！真后悔我们没将他母子俩活剐了下酒吃！”

木木拽拽她的袖子，示意她冷静点，奈奈脸色很不好看，又嘀嘀咕咕说：“枉费我用心做了那么多好药，都用在狗身上了！本来还当她是个爽利的人！”

伊春默然不语，小南瓜在旁边不服气地插嘴：“无缘无故软禁别人妻儿总是事实！晏于非怎么突然又那么好心了？肯定有鬼！”

奈奈气得满脸通红，还要和他理论，木木赶紧将她扯着走了，道：“公子要说的话都在信里，我二人不过小小婢女，岂能过问这等大事。人已送到，告辞。”

墨云卿将信纸展开，却见上面写着一行字：天伦送还，二十年后再论分晓。

字迹很是潦草凌乱，想来他右手被断，还没习惯左手写字。

“二十年……什么意思？”墨云卿脸色变了，难不成晏门二十年后再来赶尽杀绝？

舒隽瞥了两眼，笑容里有那么点不耐烦：“晏门势力已经从湘地撤走，信中的意思不过是给你二十年时间，看你能不能重振减兰山庄。这世道本就弱肉强食，你不行自有别人替你，不是晏门也是别人。”

说罢眼神又变得鄙夷，就凭这位草包少庄主，减兰山庄只怕危险得很。

墨云卿把信收好，如今他妻儿团聚，神色终于轻松许多，当夜住在客栈与文静久别叙话，自是悲喜交加不必多言。

隔日夫妻俩便商量着回减兰山庄，经历这场大事，两人大抵是比以前成熟了不少。

文静拉着伊春的手，很是不舍："师姐与我们同回山庄吧？云卿身边没有能干的人，叫人放心不下。"

墨云卿也点头道："不错，师妹与我们走吧，把你父母接来，我们也好侍奉二老颐养天年。"

喂喂，那破山庄都成废墟了，还要拽别人给自己做牛做马？舒隽眉头一皱，很想把这位草包庄主直接踢回减兰山庄永不再见。

伊春摇了摇头："我不去了，爹娘现在在永州过得也很好，不劳烦师兄照顾。"

说着她把斩春剑递过去："剑还给师兄，这是属于减兰山庄的，我不要。"

墨云卿神色复杂又感慨地看了看斩春剑，接过来轻轻一拔——剑鞘口却是锈的，卡住没拔出来，再用一些力，只听"喀"的一声，总算是把斩春拔出来了，结果却叫众人眼珠子都要掉出来。

小南瓜突然想起在东江湖的事情，伊春让他把斩春折断在杨慎墓前，他那时还在想铁剑要怎么折，到如今才知道是怎么回事。

"这……斩春剑？"墨云卿再次傻了，他手里握着的确实是名震天下的斩春剑，春水般浓绿的剑鞘剑柄，但剑身锈迹斑斑，早已成了废铜烂铁。

伊春淡道："年代太久远，师祖们用的时候想必也没精心爱护，已经锈得不能用了。"

斩春真的只是个象征，曾经的锋利无匹早已被时间磨损成了铁锈。

墨云卿这才明白为什么爹从来不许自己触碰斩春剑，为什么他平时里把斩春剑挂在腰上，却一次也没用过。

他恍然大悟，一瞬间悟到的，并不仅仅是斩春的秘密。

他释然一笑，把斩春塞回剑鞘递还给伊春："你拿去吧，减兰山庄以后也不需要斩春剑了，再也不需要。"

目送墨云卿和文静的马车消失在路尽头，伊春很久很久都没说话。

肩上忽然被人一拍，舒隽低头看着她："小葛接下来去什么地方？"

伊春毫不犹豫："去苏州，看羊肾。"

说罢突然想起什么，微微一笑，看着他低声问："有个问题一直忘了问你，我让小南瓜给你传话了，让你带着斩春赶回苏州，为什么后来又去找我？"

舒隽脸色有点发黑，还有点发红，别过脑袋故作自然道："你真烦，这种事还要问？难不成眼睁睁看着你去死？"

不能眼睁睁看着她去死。伊春突然想起刚认识他的时候，他也总说一句话：你死了我会难过的。为了所谓的不难过，便披霜戴露、没日没夜地四处寻找自己？

她笑了："你是个怪人。"

舒隽眉头一跳："哪里怪？"

哪里都很怪，脾气忽冷忽热，心情忽阴忽晴，像一只养不熟的猫，高兴了便凑过来，不高兴就自己跑得远远的。你永远摸不透能令他愉快的事情是什么，离得近一些，他的爪子便会不经意间挠伤你；若离得远了，他又双眼亮晶晶地看着你，大有埋怨的意思。

以为他冷酷无情，他偏偏舍命相救；以为他侠义肝胆，他偏偏反复无常。

就是这样一个变化多端的人，曾在她最绝望的时候毫不保留地说喜欢她，不求任何回报，单纯因为自己喜欢，所以一路跟着她，照顾她。

伊春转身朝前走，没有回头，问他："舒隽，你喜欢我什么？"

还是个不懂得害臊的姑娘，青天白日，人来人往，她就这么毫不顾忌地问这种问题。

小南瓜抓抓发红的耳朵，赶紧躲到后面去，省得被主子瞪。

舒隽几步就追了上去，也不看她，只跟着她的步伐，一步一步往前走。太阳升了老高，两人的影子比人离得要近些，像是快靠在一起。

若是真能靠在一起，那该多好。

舒隽一直是伶牙俐齿什么都敢说的人，此刻却什么也说不出来。说重了，怕她会逃走；说轻了，只怕她不明白。

或许连他自己也不明白喜欢她什么。

风里雨里，一个少女孤身背剑行走，背影总会让人感到萧索。他只是想陪着她一起走，两个人的背影会显得不太寂寞。

可是这些话要怎么才能让她明白？

聪明伶俐的舒隽第一次口拙了。

隔了很久，他才轻声道："你不用……"

不用什么？不用把他的喜欢放在心上？不用考虑他的感受？

没有说完的话，她却忽然明白了，忍不住停下脚步，抬头仔细看他。

他有一副风流俊逸好容貌，不知迷倒过多少轻红薄绿俏佳人，此刻那双黑宝石般的眼睛却只定定地看着自己，欲言又止，斟酌再斟酌，犹豫而且痴迷。

伊春垂下睫毛，很久很久没有动过的心，仿佛突然跳了两下，撞得胸口疼。

她说："舒隽，你家在哪里，可以去玩玩吗？"

舒隽心中一阵狂喜，偏偏又不好叫她看出来，所以故意抱着胳膊斜睨她，声音很有点不怀好意："既然你非拉着我同行，那我也总得给你个面子。小南瓜，我们出发。"

小南瓜这次回答得欢天喜地，葛姑娘终于开窍了！主子的春天来了！

他几乎热泪盈眶。

秋尽冬来，他们到达苏州的时候，刚好是杨慎死去满一年。

一年不见，杨慎的墓被人打理得十分干净，铜盆子里还放着纸钱的灰烬，暗火未熄。

伊春看着舒隽，他双手笼在袖子里，状似漫不经心地说：“拜托了一位好心老人打理坟墓，所幸他没偷懒。”

她笑了笑，再没有说什么感谢的话，只是低头静静地看着那座小小坟墓。

今年苏州没有雪，天空阴沉，蒙蒙细雨弥漫，很快就打湿了三人的头发。

“主子……”小南瓜拉拉舒隽的袖子，要他说话缓和气氛，他却摇摇头，把他耳朵一揪，提着走远了。

伊春抬手摸着湿漉漉的墓碑，他活着的时候也没什么大名，死了之后墓碑上只能刻着“杨慎之墓”四个简单的字。

在旁人眼里，这只是个顶普通的墓，人死一切都成空。他们谁也不知道，墓里睡着的少年曾经活得多么辛苦、多么渴望幸福。

“羊肾，我来看你了。”她低声说，“还给你带了礼物。”

好像听见他在对面恼火地叹气，皱着眉头说：是杨慎，杨慎！把别人的名字念成这样，你好得意啊！

伊春咧嘴笑了，把背在背上的斩春剑缓缓取下，对着墓碑微微拱手：“我们再练一次回燕剑法吧。”

斩春剑出鞘，剑身布满棕褐色的铁锈，半点气势也没有。

她挽个剑诀，忽然一剑平平刺出，晶莹的雨水顺着剑身滚下来，落在碑面上“啪”一声轻响。

回旋、斜刺、飞身竖劈。回燕剑法共有二十一招，招招连环，行云流水毫无凝滞。

冰冷的雨水从她脸颊上滑落，汇聚在下巴上，像曾经辛勤练剑的满脸汗水。

回去了，回到了开满茶花的一寸金台，风里带着松脂的清香，铁剑相互碰撞，发出清脆的鸣声。

杨慎正站在对面，一张坏蛋脸，目光明澈。

他肩膀上还有个大补丁，缝得乱七八糟，是她的杰作，还没有来得及换上新衣。

“一局定胜负，输的人赔二十文钱。”他说得那么坦然，叫师父听见的话肯定一顿好骂。

伊春低声道：“你还欠我三十两银子呢，什么时候还我？”

没有人回答她。

回燕剑法第二十一招，燕不回，斩春剑直直从她手中飞出，钉入墓后的一棵冬青树。

永远也没人还她三十两了，这笔账彻底被耍赖到家。

伊春大口喘息，在墓前直直站定。

“我把斩春送你。”她低声说，一掌拍在剑柄上。

名震天下的斩春剑，瞬间断成了三四截，落在泥水里看不出形状。

再也见不到他了，从此以后，真的再也见不到。

再也没人会骂她是一头驴，骂完却心疼又后悔，抱着她道歉。也再不会有人嘴里说着难听话，却又一遍一遍照顾她，不容任何人来欺负她。

他就安安静静地睡在这方寸之地，他的魂灵可否会偶尔眷顾着她？

现在想这些其实已经没有意义了，他已不会再痛楚犹豫，他已和家人团聚。

要在那边和家人好好生活，杨慎。

“……再见。”

她转身，把脸上纵横交错的水迹抹去。

舒隽带着小南瓜远远地站在屋檐下避雨，见她走过来，小南瓜忙不迭地招手：“姐姐、姐姐！快过来！”

伊春走过去便打了个大喷嚏，揉揉鼻子咕哝：“好冷！”

舒隽抓着袖子似是想替她擦脸，她神色自然地退了一步，笑问：“什么时候去你家？要准备礼物吗？”

他淡然地放下袖子：“什么时候都可以，礼物就不劳费心。不过去之前你自己得准备冬衣，雪山上奇冷无比。”

伊春窘然掏出荷包，胡乱翻了几下。

这次出门，爹娘给了她五两银子，她向来不是大手大脚的人，但这一年过去，五两银子也花得只剩不到一两了。

冬衣一买，那她整个冬天就指望喝西北风度日吧。

正是尴尬的时候，对面忽然扔来一个旧荷包，伊春急忙抓住，定睛一看却是自己以前用的，里面的三两银子连着几个铜板一个子儿都没少。

舒隽笼着袖子，眉头一挑：“物归原主，看在人情上没收你保管费加利息，拿走吧。”

伊春先是释然一笑，跟着又皱起眉头：“这点钱……还是不够，以后还得过日子……”

舒隽咳一声，别过脑袋：“有我呢。”

她吓了一跳：“你……要收四成年利？”

舒隽好像生气了，转着眼珠子把她上上下下打量一番，说：“给你面子，只收两成年利好了，赔本出血价。”

最后伊春荷包里多了十两新鲜白银，脸色也亮堂不少。

眼看着雨停了，她第一个走在前面，笑吟吟地对他俩挥手：“快走啦！趁天还没黑！”

小南瓜在后头和他主子咬耳朵：“主子，铁公鸡也不能这样！十两银子你还收什么年利？”

舒隽没说话。

要她欠着他才好，欠得越多，越还不起才好。这样她才不会飞远，再也不回头。

我要你回头，看着我。

舒隽第一次觉得，借出收不回的银子这事儿还挺畅快的。

滇西北有雪山，高逾千丈，人迹罕至。

舒隽的家，就在那遥远的闪烁银光的山顶上。伊春很怀疑那地方能否住人，她自幼生活在温暖的湘地，对寒冷气候实在不适应，把冬衣紧了又紧，还是觉得风从衣缝里钻进来，冻得她瑟瑟发抖。

回头看看舒隽，他披着貂皮大氅，正指挥小南瓜从包袱里取衣服。

"冬衣不光是里面带棉花的。"他把一件狐皮大氅罩在她身上，顺便套上一顶狐皮帽，"在雪山只有穿着皮毛才暖和。"

"……你不早说。"伊春把帽子扶正，打了个哆嗦。

他就是早说也没用，她身上那点可怜的银子，不要说貂皮、狐皮，狗皮的只怕她也买不起。

雪山中万籁俱静，只有毡靴踩在雪地里发出"咯吱咯吱"的声响，偶尔有大片积雪从枯枝上滑落，听起来都显得分外惊心动魄。

舒隽在前面带路，时不时回头照看伊春，她显然不擅长在雪地里行走，一脚深一脚浅，气喘吁吁，白雾把脸笼罩住。

她生得瘦削，偌大一件狐皮披风在她身上硬是多出一截拖在雪地里，一张脸几乎被狐皮帽子全遮去，看上去倒有一种别致的可爱。

"冷吗？"他停下来扶了她一把，顺势握住她冰凉的手，不容抗拒。

伊春上了一个斜坡，终于长长吐出一口气，放眼望去四周白茫茫一片，他们三人只是悠悠天地间最小的三个小黑点。

她笑道："这里景色真不错，就是太冷。"

他索性将她两只手都包在掌中。掌心这双手实在称不上柔荑，手指是挺长，但并不纤细，手心里满是老茧，手背上粗粗一看不下五道疤。

他把这双手放在眼前反复看、仔细看，看得伊春莫名其妙："我的手有什么问题？"

"没。"他淡淡回一句，牵着她的手继续往上走。

山顶有一座被积雪完全掩埋的院落，小南瓜掏出钥匙开门，拧了半天才把冻死的铜锁拧开，"吱呀"一声推门，门檐上的雪掉了伊春满身。

她扶住帽子顾不得掸雪，充满好奇地朝门里看——没有黄金屋，也没有宝石海，前院空荡荡的，只种了几株雪松，后面一排厢房，朱红色的廊杆也被雪覆盖，看不出什么富丽堂皇的景象。

最离奇的是雪松下居然有一座坟墓，原本把墓建在屋前树下是非常令人忌讳的事情，但舒隽好像完全不在乎。

他迈开步子走过去，抬手将墓碑上的积雪推开，碑上也只有四个字“舒畅之墓”。

“爹，我回来看你了。”舒隽没什么诚意地说着，在碑上拍拍，像是打招呼，“天很冷，我先进去烤烤火再陪你喝酒。”

伊春跟在他身边进屋，小声问：“那是你爹的墓？怎么……放在这里？”

舒隽“嗯哼”一声，似乎不大想回答这个问题。

正厅门被打开，出乎意料，一股暖气夹杂着幽雅的熏香味道扑面而来，伊春定睛一看，却见屋内景象与外面的萧索截然不同，壁上挂着黄庭仙人图，除了门边是光溜溜的青石地板，其他地方都铺着柔软的白色地毯。

有丁香色流纱垂幔挂下，玉螭香炉里青烟袅袅，甜美爽利，应当是青木香。

而他年前弄到手的宝贝太湖石就放在一个角落里的架子上，干干净净，一点灰尘也看不到。

伊春左看看右看看，难免有些惊讶。

小南瓜捧了两双柔软厚实的毛拖鞋给他俩换上，跟着一迭声问她：“姐姐喜欢什么茶？铁观音？老君眉？君山银针？还是六安瓜片？”

伊春有点晕：“我……随便什么都可以……”

小南瓜耸着鼻子笑：“如今咱们是回家啦，自然和外面不同，姐姐要吃啥喝啥这里都有，你别客气尽管说。”

舒隽见她一脸纳闷儿的神情，便问：“这儿就是我家了，有什么感想？”

伊春回答得很认真：“嗯，很有钱。就是有点奇怪……”

“哪里？”

“没人在家啊，怎么那么干净。”而且香炉也点上了，屋角还放着火盆子，烧得正旺。

舒隽但笑不语，只拉着她去椅子上坐下，没一会儿小南瓜就送茶上来，噘嘴抱怨：“主子，那帮矮子偷懒，厨房灶台里还有余灰没弄干净呢！”

“矮子？”伊春又茫然了。

小南瓜笑道：“姐姐你不晓得，雪山这边还住着许多人呢，山对面那块有几个矮子，江湖上还挺有名的，每年都来找主子切磋武艺，今年还是他们输，所以每个月要过来替主子打扫屋子，备好柴火物资。”

伊春也笑了，歪头去看舒隽：“那你要是输了，是不是就得反过来替他们打扫屋子？”

舒隽扶着下巴，懒洋洋的：“我当然不会输，他们有五个人，五间屋子，怎么看都是我吃亏。”

屋里很温暖，伊春把狐皮大氅和帽子脱了，掸掸耳边湿漉漉的垂发。一冷一热交替，手就有点发痒，她抓了两下，也不在意。

舒隽把茶放下，起身对小南瓜低声吩咐几句。小南瓜点点头，立刻走了，舒隽也跟着便走进内室。

“我马上回来，小葛就待着别动。”

很快小南瓜就捧着一堆东西过来了，嚷嚷：“主子怎么还不出来！把姐姐一个人晾在这里多不好！”

她笑了笑，并不在意。

小南瓜塞给她一个栗鼠皮手筒，里面有个夹层放了小手炉，大约还加了梅花香饼，一股清香扑鼻而来。

“这个是主子让给你的，以后去外面可以戴着手筒，不然外面太冷屋里太热，姐姐手上会生冻疮。”

伊春把手塞进去，果然温暖柔软，很是舒服，想到方才舒隽抓着她的手左看右看，她一下子就明白了他的意思。

“谢谢。”伊春垂下头，摸着栗鼠皮柔软光滑的毛，不知该再说什么。

他总会在出乎意料的地方那么细致温柔。

“谢什么，主子乐意着呢，你就算开口要他全部家当，他肯定眉头也不皱一下便送你！”

小南瓜说得可夸张了。

话音刚落内室门就被打开了。舒隽换上一身牙白长袍，他向来爱美，又爱干净，估计这会儿工夫连手脸都洗干净了，一身清爽地走过来。

“全部家当我还是会皱眉头的。”他说得似真似假，“一半的话或许会考虑考虑。”

小南瓜对他做个鬼脸，冲到厨房做晚饭了。

雪山这里天黑得很早，小南瓜把晚饭做好的时候，外面已经完全暗了下来。

舒隽提了一壶酒走到树下坟边，将酒一股脑倒在墓碑前，低声道：“你喜欢的烧刀子，今天喝个够吧。”

他脖子上系着墨黑貂皮围巾，映着满地的雪光，竟让伊春无端看出些萧索的味道来。

她慢慢走过去，不知该说什么。

舒隽又从怀里取出一个小布袋，里面别无他物，正是上次在东江湖边用小刀雕刻的木头观音，如今已雕刻完整。那观音鬟鬓雾髻，华服长帛，虽然只是个木头雕刻，却栩栩如生，美艳异常。

他蹲下身子，把墓前的积雪用手缓缓拨开，积雪下足有十几个木头观音，形态各异，或笑或嗔，或长裙或劲装，倘若放大数倍，真会让人疑心是天仙下凡。

“我把娘也带来看你了。”

舒隽淡淡说着，将新雕的小人塞进雪里重新埋好，跟着跪下磕了三个头。

伊春赶紧跟着弯腰作揖，不好傻乎乎地干站在那里。

眼见舒隽磕完头起身便走，她奇道："你……不烧点纸钱香烛吗？"

他的笑略带嘲讽："此人向来清高，视钱财名利如粪土，想必在地下也不肯要钱的。"

伊春完全不了解他的身世，只好呆呆地站在那里。

或许这个时候只陪在他身后就很好，不用说话，不用询问。

舒隽长长吐出一口气，白雾一下子便随着风飞走了。

"进去，咱们喝酒。"

酒是辣到灵魂深处的烧刀子，伊春偶尔能喝点黄酒或梨花酿之类的清淡酒水，对烧刀子却无所适从，端着杯子很是下不了口。

舒隽淡道："你也知道，晏门曾经有个小门主，是现今门主的弟弟，晏于非的小叔。那是个相当厉害的人物，可惜未能完成他的宏图大业就死了，死得还挺惨。"

她默默点头，浅啜一口烧刀子。

"他死在舒畅手里，舒畅就是我爹。"

说到这里，他微微一笑，目光流转："他是个很古怪的人。"

那是一个——至少曾经是一个两袖清风，只求快意恩仇的江湖侠客。

虽然他到死在江湖上也没什么名气，但他做过的事情都很了不得。譬如杀了晏门的小门主，再譬如生活困顿到了极致的时候，为了敛财把平江府首富邵氏一族杀个精光，至今官府仍没调查出凶手是谁。

他可以从嘴里说出"少年弟子江湖老，但求快意刀光剑影之间"这样的话，说的时候神态潇洒，双眼明亮。

也可以萎靡不振地蜷缩在垃圾里，臭气熏天地喃喃自语"快意恩仇总是空，唯有名利钱财是道理"。

他少年英雄的时候，多么意气风发，美艳震八方的雾鬓观音甄鞶鞶与他生死相许，荆钗布裙也不在意。

他们生了一个儿子。

儿子十岁的时候，他还是穷困潦倒，成日只知提剑四海漂泊，过他神仙侠客的日子，甚至拒绝了晏门的邀请，还杀了人家的小门主，连累一家人到处颠簸，躲避追杀。

他有一身绝世武艺，却拒绝进入红尘打拼，拒绝世俗而平凡的生活。

甄鞶鞶抛夫弃子走了，就此失踪，茫茫人海里再也找不到雾鬓观音的艳影。

大抵对女子而言，能安稳地吃饭睡觉，比四海漂泊来得靠谱些。

家里没有米粮，孩子饿得只会哭。家里没有钱财，孩子病了只能缩在被子里发抖。

孩子到了十三岁，饿得发昏，从山下偷了两个馒头，分给他一个。

舒畅那天晚上便哭了一夜。

第二天下山去，过了一个月回来，身上满是干涸的鲜血，目光呆滞，在他身后放了四五个大箱子，里面满满的，全是金银珠宝。

终于不用偷馒头吃了，终于不用下山捡烂菜叶子炖清粥。

孩子十四岁的时候，长高了，快要和他一样高，眉目长得与他娘真像，又纯善，又美丽。

舒畅对着自己的剑一直叹气，叹完了便抬头看他，轻声说：韀韀，我做了错事，乱杀不会武之人，我活不下去了。

孩子十五岁的时候，舒畅拔剑自刎，只留一封书信，要埋在家门口，让韀韀一回来便能看到他。

酒喝完了，舒隽放下酒杯抬头看伊春，她大约有点醉，喝多了，脸上红红的，但是她很安静，一个字也没说。

他接着刚才的话继续说："他是个古怪的人——其他也没什么好说的，不管做丈夫还是做父亲，他都很失败。"

他对自己的父亲就这么个评价，其余一概不说，伊春更不知道要怎么接口了。

隔了一会儿，她才低声道："至少……他有个好儿子。"

舒隽笑了起来，他面上露出桃花般的艳色，估计也是喝多了，两只眼睛亮得十分诡异。

"我不是个怪人吗？"他有些调笑地问。

伊春认真地摇头："不，你是个好人。"

舒隽"啧啧"两声，面上的笑容忽然消失了。他扶着下巴定定地看着她，轻道："我喜欢你说我是坏蛋。"

为什么？他分明不是坏人。

伊春疑惑的神情在灯下只有一瞬间晃动，烛火忽然灭了，屋里陷入一片黑暗。

他用胳膊将她紧紧抱住，让她的整个身体陷入某个炽热宽阔的怀抱。

"别动，你这个傻孩子。"

带着酒味的唇柔软而滚烫，他刹那间觉得什么都无法阻止他，双臂收紧，要把她揉碎弄软，熨帖在身体上。

要她心甘情愿跳下来，落进他网里，就此放进袖子里妥帖收好。

他炽热的手指无意识地插进她浓密的头发里，吻不够，这样热烈带着醉意的亲吻还是不够。

真想一口把她吃下去，骨头也不剩。

他一定是醉了，醉得不轻。

第十二章 晏门

小南瓜早已跑得不见踪影了。屋里很黑，异乎寻常地黑，明明窗外雪光是莹白的。

可能是因为伊春也喝多了，所以被这浓密的黑暗纠缠住，无法脱身，连手指尖都是酥软无力，它们应该很灵活很强健，一剑挥下去的力量足以斩断男子的手腕。

柔弱、找不到自己的力气——这些情况本来绝不会发生在她身上。

这样非常不好,绝对不能继续让他放肆下去。她严厉地在心里警告自己,立即开始挣扎。

一定是喝多了酒，她的身体居然依赖地靠着他，像是菟丝花寻求一株乔木来攀。她有些累了，这样靠着他真的不行吗？被他疼爱不可以吗？还是……她若喜欢他，是不被允许的？

她醉得一塌糊涂，脑子里只有许多无法连贯的莫名其妙的问题不停闪现，一方面贪恋着他的火热，一方面又自我矛盾着。

手抵在他胸前，她只能发觉自己身形的瘦削娇小。唇上是滚烫的，手心却渐渐泛凉，这种陌生的令人意乱情迷的感觉让她心惊肉跳。

他令她完全窒息，无法自拔。

像是知道她身上所有的弱点，甚至不用言语询问，纠缠的发丝被他一绺一绺拨到另一边，那两片柔软炽热的唇从脸颊蔓延过去，依稀还带了一丝狡黠的试探，在她脖子上轻轻一触，旋即离开。

立即能感觉到她猛然一颤，很有点不知所措，舒隽张嘴在她脖子上咬一口，舌尖细密舔舐，她的肌肤温热滑腻，或许是因为陌生，也或许是因为紧张和醉意，肌肤上起了一颗颗鸡皮疙瘩。

伊春晃着脑袋要离开，手脚陷在他怀里，像陷入一整片汪洋大海，有一种挣扎不出的绝望。

勉强说一句：“我们都喝多了……”

话音又一下子断开，他毫不保留，像是真要把她吃掉似的吻她，烧刀子的余味在口中泛滥，苦而且涩，他的气息却又醇厚香甜令人陶醉。

人与人之间的战斗大多腥风血雨，刀劈斧砍，毒药蒙汗，方法花样千奇百怪。

伊春分明觉得自己现在也是在战斗，没有腥风血雨刀剑无情，他用唇舌令她软弱，用指尖使她疲惫，用怀抱教她沉沦。

唇与唇黏腻在一起，舌尖犹如蠕动不安的蛇百般纠缠，绞在一起竟是不能分开。

迷乱中她系头发的绳子被弄掉了，满头青丝被他捧在手中，从上到下顺抚。那双手从头发上流连往下，忽然用力抱住她的腰身，几乎要嵌进身体里。

想留住她，那双黑白分明的眼睛倘若专注地盯着他，会是什么模样？不要飞那么高，不要什么都不在意，不要与他——渐行渐远。

他不会是落在后面的包袱，阻碍她前进的绊脚石，也不会孤僻地一个人走开，居高临下地看着她。正如她那天说的，在她心里，两个人是平视，没有谁高谁低，像两只鸟儿，并肩飞翔难道不行吗？

如果爱情一定要有先来后到，杨慎可以给她的，他全部都可以给，杨慎不能给的，他也会给。

他曾对逍遥门女公子说过，谁要是喜欢他，就只能喜欢他一个，不然他就再也不理对方。那时候他多么冷血无情，牛皮吹得比天高。直到自己爱上一个人，才明白那是什么滋味。

美也好丑也好，穷也好富也好，这些东西完全暗淡成了无光的灰尘。

好像整个世界都是黑白的，只有她在的地方才会斑斓多彩，情不自禁地想要一直看着她、追随着她，要她过得最最幸福。

是的，这一次他不再逃避，也不会模棱两可地无视心底感情。

他喜欢她，就是这样。

“……伊春，和我一起。”舒隽说。

她没有后退的路，不会有，舒隽喜欢谁，一辈子也不会松手。

一片混乱，伊春像是被一阵风抱了起来，旋转、目眩神迷。黑暗里有重重纱帐，暗香浮动，将他们缠绕。

轻微的撕裂声在头顶响起，大约是拽断了一片轻纱，它们轻飘飘地落在伊春脸上，阻断了呼吸的可能。

随着轻纱落在地上的还有她的外衣。

衣服没了应该觉得冷，可是她却越来越热，烧刀子上了头，晕晕沉沉。

床应该很大，可是翻来覆去，她觉得自己又快掉下去，悬在那里很不安。偶尔隔着轻纱望向外面，只能见到他身体的模糊轮廓，精瘦、有力，双臂抱紧她，长发似黑色瀑布披散在她身体上。

伊春感到一种突如其来的陌生，对这个人，对这件事。

她在做什么？到底做了什么？她竟完全不能理解自己现在做着什么，喜欢他，还是不喜欢？为什么会让他这样肆无忌惮？她心里最深处的某个地方，甚至感到解脱，甚至想伸手紧紧抱住他，最好他不要离开。

他喘息着忽然把脑袋钻进轻纱里，与她额头抵着额头，眼里有整片海洋的火焰在燃烧。

“我这么做，是不是不太好？”舒隽声音有些沙哑，低声问她。

她也在喘息，两人的四肢还纠缠在一起，完全无法分离。他的身体比烙铁还要烫，某个危险征兆抵在她身体上，那里令她感到天性里的恐惧。

过了很久，她才开口，很轻很轻：“……为什么……这样？”

问得古怪，他却一下子明白了她的意思，伸手将她的头发全部拨到后面，露出整个额头。

他说：“因为我喜欢，你呢？”

她还是很久很久都没有回答，最后忽然握住他的手，低声道：“我不知道，给我点时间。”

他笑了一声，像叹息似的，身体微微颤抖了两下，声音也跟着颤抖：“那现在这样……怎么办？可以继续吗？”

她没有说话，只静静地看着他，方才迷离的眼神渐渐变得清明。

舒隽深呼吸了几下，抬手把轻纱丢下床，跟着翻身躺在她身边，隔了好一会儿呼吸才渐渐平稳。

“你不愿意，我就不。”他用脚把被子勾上来，盖住她光裸的身体，把头整个扭到一边，再也不看她。

屋子里忽然变得极其安静，静得有些诡异，她还是一个字都不说。

舒隽忽然翻身转过来，问她：“在想什么？”

伊春回答得很老实：“想你。”

他又笑了，摩挲着她的额头：“想我什么？说说看。”

伊春掉过脸定定地看着他的眼睛，一个字一个字地说：“在想我欠了你许多账，银子、人情，是因为要我还债吗？”

他的手忽然就变冷了，飞快从她额头上撤离。

“原来如此。”他说，说完跳下床，再也没回头，径自走了。

他走了很久之后，伊春忽然觉得屋子里变得寒冷彻骨，好奇怪，火盆子明明烧着，刚才明明热得要流汗。

她把身体蜷缩在被子里，却还是不能缓解半点寒意。

那是从身体深处蔓延出的一股刻骨滋味，无端端，让她感到伤心欲绝，像是失去了某个宝贵的东西。

杨慎的脸几乎是一瞬间突然在脑海里闪现，她不由自主地打个哆嗦，遇到鬼似的猛然坐起。

火盆子的暖气渗进纱帐，身体很热，热得在流汗，她心头却很冷，如冰似雪的冷。

你可以忘记他吗？

仿佛有一个声音这样冷冷地问自己。

问她最不想回答、最想逃避的问题。

风雪在外面肆虐呼啸，伊春忽然有一种被遗弃在遥远静谧世界的错觉。想找舒隽，他却生气走掉了。

她手心里有一些冷汗，心神不宁，在床头案上摸到了自己的剑。

像是下定了什么决心似的，她的手猛然握紧，飞快地把散落床角的衣服一件件穿好，推门跑了出去。

偌大的风雪击打在她脸上，冷得她一个哆嗦，差点倒退数步。

伊春喘了几口气，回头对着门口那个坟墓拜了三拜。

她该离开了，实在没办法再继续待在这里。她甚至不能肯定是不是酒后一场乱梦，酒醒后变得混乱无比，不知道怎么面对一切。

“对不起……舒隽，我走了。”

她把剑系好，转身飞快地走出院落，连夜离开了雪山。

当带着冲天怒气击退趁夜暗袭的雪山五矮子之后，舒隽的火气还没消。

到底是冷静一夜，还是现在回去找她好好理论一番，他也不知道。究竟老天是怎么把她做成这种样子的？真不能喜欢上她，否则只会被气得吐血。

舒隽推开房门，还是决定回去看她，可惜迎接他的只有空荡荡的床，断裂的轻纱还卷在地上，人却消失无踪。

很好，她干脆先跑了。

小南瓜还鬼头鬼脑地把脑袋伸进来，像是怕打扰似的压低声音叫他：“主子，这五个矮子要怎么办？照你方才说的，让他们重新打扫厨房？”

舒隽动了一下，回头飞快走出屋子。那五个矮子被绳子拴成一条，傻兮兮地蹲在雪地里仰头看他。

他冷冷一笑，第一次感到暴怒是什么样的滋味。

“把他们的肉切下来炖汤，给狗吃！”说完，他猛地甩上门，差点把门框砸裂。

小南瓜吓了一跳：“炖……炖汤？主子！这不是真的吧？主子？”

这次不管他怎么叫嚷，舒隽再也不出来了，好像死在屋子里似的。

隔了一会儿，他忽然又冲出屋子，大氅和帽子都已穿好，一句话也没说，绷着脸朝山下追去。

小南瓜这才发觉不对劲，悄悄探头往屋子里看，伊春果然不在里面。估计是主子想趁着酒醉霸王硬上弓来着，结果把人家姑娘惹毛了趁夜下山，主子欲火中烧地去追。

嗯，没错，一定是这样！小南瓜啧啧叹息摇头，恨铁不成钢。

他在门口枯坐了一夜，直到天色微明，手脚都冻得冰凉，那五个蹲在雪地里的矮子更是脸色发青，因着被舒隽点了哑穴，发不出半点声音，只能在地上滚来滚去表达不满。

小南瓜怒道："再滚我就真把你们的肥肉切下来熬油！都怪你们这帮矮子，主子要是追不到姑娘，你们看着办！"

话音刚落，便见舒隽一个人慢慢走回来了。

他一骨碌爬起来，跺着冻僵的脚，贴过去偷偷左看右看，硬是没见到伊春的身影。

"那个，主子啊……"小南瓜试探着想说话，舒隽却低声道："怎么还没把这些混账劈了炖汤？"

他结结巴巴："这个……真的要炖汤？"

舒隽没回答，他的心思根本不在这上面，隔了好久，他才说："收拾一下，准备走了。那丫头……暂且让她自己闯两年吧。"

肯定是没找到人，所以他这么萧索。

小南瓜扁嘴摇摇头，恨铁不成钢地叹气："主子，你看着古灵精怪的，怎么遇到这种事那么蠢？不是我说你呀，人跑了还能追回来，心要是走了，你上哪儿追去？"

舒隽原本魂不守舍地要走人，听他这句却顿了一下，转过头来："人小鬼大，对我越发不尊重了，你又有什么聪明的法子？"

小南瓜难得扬眉吐气教训主子一次，鼻孔差点翘天上去，赶紧清清嗓子，举起三根手指："主子，你别看我小，我对姑娘懂得可比你多多了。姑娘嘛，都是嘴硬心软脸皮薄，并不难对付。我就教你三招追女宝典，如果不管用，主子就把我当真南瓜劈了炖汤吧！"

舒隽本来一肚子邪火，这会儿被他闹得反而哭笑不得，索性把胳膊一抱，淡道："那你说说看，说得不好，我今天就拿你炖汤。"

小南瓜凑过去，在他耳边静悄悄地挤眉弄眼："一个字：缠。烈女怕缠郎，不管姑娘做什么事见什么人说什么话，都得让她捎带着你的名字。这样人虽然走了，心可绝对走不远。"

好像是有那么点无赖道理，舒隽眉头一蹙："你就会这些市井无赖的泼皮东西。"

小南瓜急道："哪里泼皮了？现在是人家看不上你，你要追人家，不无赖点能追上吗？你听我说三招宝典，绝对管用！这第一呢，就是……"

当下他叽里咕噜说了一通，也不知舒隽后来是否付诸行动，暂且有待观望。

时光如白驹过隙，一晃眼就过去了大半年。有诗云：青林暗换叶，红蕊续开花。此时正值春夏交替之际，扬州气候温暖潮湿，在船头站久了，便觉后背被一层薄汗浸透。

船夫在前面缓缓摇橹，小船在碧波中荡漾，岸边杨柳依依，犹如芳华少女含羞带怯，方是江南旖旎景致。

他一面摇船一面笑道："诸位抬头看，扬州二十四桥可是别处看不到的。历来许多大诗人大词人为二十四桥作诗，'青山隐隐水迢迢，秋尽江南草未凋。二十四桥明月夜，玉人何处教吹箫’，这首诗诸位一定听过吧？”

伊春闻言便把斗笠拉高，露出一张蜜色脸蛋来，盯着那霓虹卧波似的长桥看了半天，点点头：“是很好看。”

船夫笑道：“今日运气不佳，没遇着画师出门，有时候天气好，那些擅长作画的画师也会聚集在此作画，便宜的几文钱，贵的几两银子，诸位便能和二十四桥一同留在画上啦。”

同船还有几个人过水路，都问他有什么著名画师，七嘴八舌说得好不热闹。

伊春默然看着越来越远的二十四桥，脚下小船在微微摇晃，不知为何令她想起与舒隽在东江湖的那段日子。

二十四桥明月夜，景致旖旎秀丽，清波漫漫，倘若是舒隽在这里，会说什么？不过他向来雅得很，估计根本不会给她解释这个景那个景，只会抱着三弦慢慢唱歌。

他有很多时候都显得孤僻冷漠，脸上虽然是漫不经心的笑，其实是拒绝任何人靠近他自己的世界，总是一个人孤孤单单行走，把自己的门关得好紧，一丝缝都不露出来。

可是那天他分明是打开了门，她却把他弄生气了。

他就有这种本事，明明对她轻薄是他的错，到头来感到愧疚的人反而是她。

这是什么道理？伊春也不明白。

想起那一个荒谬的雪夜，至今想起她还会苦笑，脸上难得感到火辣。

她最近想着他的时候越来越多，看水会想起与他在雾气迷蒙的东江湖一起钓鱼的情形，那么逍遥自在、无忧无虑。看山会想起他在雪山顶的那座庄院，还有树下那个孤零零的坟墓。

每次想起那一抔被冻硬的黄土，她心中滋味就极复杂。有很多次了，舒隽虽然是在笑着，可给她的感觉却是孤零零的，与那坟墓很像，令人心酸的孤单。

为了什么，她竟想对他多了解一些，自己也找不到合理的原因，只觉得对他还陌生，还不够熟悉。

妹妹二妞以前和她半开玩笑，曾说过：如果一个男人对女人吐露自己不为人知的秘密，那八成是男人爱上女人了；如果一个女人总想着去了解男人的事情，那八成是女人动了春心。

动了春心吗？

伊春笑了笑，她向来不爱自找麻烦，想不明白的事就干脆不想，回头笑吟吟地听船夫高唱扬州小调，和船里其他人一样喝彩叫好。

水路行了一段，忽听前方传来哭喊和落水之声，船夫的歌声一下停了，把船一撑，停在水当中。

一船的人都惊疑不定地探头去望，却见前面不远处同样一艘送客渔船被另几艘乌篷渔船包围住，上面的客人们哭的哭、喊的喊，被一群彪形大汉拦住索要财物，不给的便丢进水里。

“运气还真不好，遇到这些水鬼！”船夫打了个哆嗦，赶紧把船往回摇。

伊春低声问：“老丈，他们是什么人？光天化日之下抢劫财物，官府不管吗？”

船夫叹道：“官府怎么会管这等闲事，这帮水鬼头头每个月供奉捕快们吃香的喝辣的，谁会管咱们死活！报上去多少次，都说没有强盗，反而把报官的那些人打一顿板子，说他们妖言惑众。这些家伙不是扬州人，看那个体型，估计是北方来的，简直穷凶极恶。”

说话间，那些乌篷渔船大约发现了这里还有一条肥鱼，立即从后面追了上来。

船上的人惊慌失措，没命地叫着快摇快摇，奈何那几条乌篷渔船有十几个大汉催动追来，在水里竟快若流星，几乎是眨眼工夫就围住了小船。

当头一个大汉抱着胳膊站在船头看他们，裸着胳膊，上面刺着一只猛虎，看上去极其凶恶。

“要命的把钱交出来，不要命的便跳下去！”他居高临下地发令，说得十分简洁。

船上那些人纷纷掏出荷包，一个字也不敢说。又有两个大汉上船来，一个拿钱一个搜身，眼看着一个中年大婶藏在肚兜里的几块银子也被掏出来，她脸色青白交错，要哭又不敢哭，看着十分可怜。

“荷包！”一人走到伊春面前，抬手将她的斗笠打飞，忽见是个年轻姑娘，长得也不赖，不由得笑道：“是个小娘儿们！还挺嫩！”

说着便来搜身，手指刚摸到她的腰身，只觉脖子上一凉，竟是被一柄铁剑抵住了。

“应当反过来，把你们的荷包都交给我。”伊春“嘿嘿”一笑，露出一排白牙。

那大汉抬手来推她，却被她闪身让过，一把抢过他手里的几个荷包，抬脚一绊，他便直挺挺地掉进了水里。

“反了不成？”乌篷渔船上的水鬼们因见同伴落水，纷纷跳上船来抓她。

伊春先抢荷包，再把人推水里，一连串动作熟练无比，想来这半年不到的工夫也积累了不少抢钱经验，连人家手上戴的玉石链子也不放过，统统抓过来。

那帮水鬼见她如此身手，索性潜到水底在下面使劲摇晃渔船，试图把小船弄翻，只要她落到水里，就奈何不了他们了。

伊春纵身一跳，稳稳落在水鬼老大身边，与他大眼瞪小眼。

水鬼头子倒也稳重，直接问她：“你要如何？”

伊春最喜欢和爽快人打交道，笑道：“把钱还给他们，再把你们身上的钱给我，就此两不相欠。”

水鬼头子并不多话，一挥手让水鬼们把抢来的荷包统统还给那一船客人，跟着把自己的荷包朝她怀里一掷——沉甸甸的，里面有不少银子。

“只能给你我的。”他说。

伊春点点头，把银子往怀里一塞，又跳回渔船，船夫赶紧把船摇了起来，力求赶紧逃离这帮水鬼夜叉。

那头目忽然冷道："我等是扬州中兴帮人，报上名来。"

"我叫葛伊春。"她答得非常爽快，"谁要不服，随时来找我。"

在江湖上以技服人后放下狠话乃是常事，伊春起先并没放在心上。

但在一连四天被人明挑暗袭、连吃饭睡觉上厕所这等私密时间都不得安宁时，她终于发觉自己好像惹了个大麻烦。

客栈的窗户年代久远了，没办法闩死，伊春睡觉的时候便拿椅子抵住，到了夜深人静的时候，果然又一次听见椅子被人轻轻移开的细微声响。

那人轻手轻脚地从窗户翻进来，似是犹豫了一下，慢慢朝床边走来。

伊春握住铁剑，连眼睛都懒得睁了，直接用剑抵在那人喉前，低声道："算来算去我不过拿了你们十三两银子，有点志气好不好？十三两银子还要穷追不舍？"

那人声音里带着怒气，以及输给一个小女子的怨气："事关中兴帮体面，何止十三两银子！"

伊春把眼睛睁开，叹道："那你们到底要怎么样？想尽办法来追杀我？"

那人怒道："输给你只怪我等学艺不精！你有本事今晚便与我前去中兴帮总堂，头目在那里等着你，有没胆子和他单挑？"

"单挑之后是不是就不找我麻烦了？"

"没错！就看你有没有这个胆量！"

伊春翻身而起，收剑回鞘："走吧。"

回答得太爽快，结果对方反而变得不爽快了："你……当真要去？"

"这还有什么真假？"伊春笑了笑，"不过我不认得中兴帮，你得给我带路。"

那人顿了顿，率先从窗台上跳了下去。

水路纵横交错，行了约有半个时辰，便见前方岸边有火光闪烁，沿岸长约数丈，每隔三步便放着一座石台，台上点火把，映在水中一条龙似的光点。

岸边有人等候，见到伊春难免神色怪异，倒也没什么敌意，只道："居然真把她带来了。"

后头跟着那人低声说："头目还在？"

对方点头，一言不发地领着伊春进了总堂，里面亦是一片灯火辉煌，正门后是大片空地，周围也围着一圈石台火把，先前在水上见到的那个头目正抱着胳膊等在当中，肩上刺着一只猛虎头，灯火明灭中煞是狰狞。

"你胆子很大。"头目声音低沉，倒有些欣赏的意思。

伊春懒得和他废话，直接亮剑出鞘："怎么打？"

头目略有些动容，看了她一会儿，便说："点到即止，不伤性命。念你年幼，又是个女娃娃，我让你五招，你若赢了，中兴帮非但不会为难你，在扬州这块谁若是来找你麻烦，我等也会倾力相助。你若输了，便自折铁剑，给我磕三个响头吧！”

伊春把剑鞘抛在地上，低笑：“我十八岁，已经不年幼了，不要你让！”

话音一落，剑光便刺到了他眼前。

快、狠、准。舒隽曾经说过，她的动作轻巧是有了，狠辣却不够，如今两年过去，她的剑术早已脱胎换骨，只怕舒隽看到，再也不会说这些话。

要挡，来不及挡。想躲，身体却被剑光笼罩，躲到哪里都是伤。

她简直像一只鬼魅，别人完全摸不透她下一步会做什么，眼看着剑光刺到左边肩膀上，那头目侧身让过，捏紧拳头打算用蛮力将她打飞出去。

拳头一击而中，头目心中大喜，不料定睛细看，才发现她一只脚正抵在他拳头上，借着他一股蛮力直冲上天。

一直犹如银龙穿梭般的剑光在刹那间静止了，定定停在他眉前四寸的地方，剑尖微颤。

伊春喘着气，低声说：“是我赢了。”

头目怔了半晌，满是疤痕的脸上终于露出一丝笑意。

“不错，是你赢了。”他声音很温和，“要不要进去喝一杯？”

见伊春有点犹豫，他便道：“若有要事在身不便久留，姑娘请自便。”

伊春露齿一笑：“不，所谓的酒，不会是烧刀子吧？那个……我不爱喝。”

头目爽朗大笑起来：“不是烧刀子，广陵名酒琼花露，姑娘可否赏脸？”

伊春初离开减兰山庄的时候是不会喝酒的，然而人在江湖走了两三年，渐渐地也学会饮酒逍遥，勉强喝个四五杯还是没问题的。

她很少会让自己醉醺醺完全失态，所以在喝了三杯酒后，头目还要给她斟酒，她便掩住婉拒：“我量浅，并非拒绝好意，实在是不能为。”

头目并不勉强，看着她难免有些感慨：“我曾有个儿子，倘若如今还活着，应当也和葛姑娘一般大了。可惜小崽子是草包一个，到处惹是生非，结果犯了命案被官府抓去砍了脑袋。我原是兴元府人，留在那里也是触景伤情，索性只身来到扬州，倒也结交了一帮好兄弟。在姑娘眼里，我们自然不是什么好东西，抢劫的水鬼而已，然而天下生存之道万千，我等亦是为了温饱奔波罢了。”

因见伊春不说话，神情似乎不大赞同，他便又道：“姑娘不必多心，今日不过是有感而发。我兄弟们也捞够了钱财，过几日便要离开扬州，寻个安稳的庄子种田娶妻生子。打家劫舍之类的事，再也不会做。奉劝姑娘一句，近日扬州只怕不太平，姑娘那么好的身手，木秀于林风必摧之，招来是非就不好了，还是尽早离开为妙。”

伊春奇道：“是有什么事？”

头目压低了声音，像是怕被人听见似的：“姑娘听说过晏门吧？”

当然听过，这两个字真是如雷贯耳了。她低下头，没说话，大抵也明白他说的是什么。

“去年他们在湘地受了挫折，索性把注意力放到了江南这块。江南是块宝地啊，帮派虽然众多，却杂乱得很，也没出过什么厉害的大派，如我等鱼龙混杂的小帮派倒是成堆扎。帮派既多，人心便也杂，倘若能集合一处和他们来场硬仗倒也痛快，奈何出头者甚少，都指望别人替自己卖命呢！我看这里迟早要被晏门抓住，他日再出点银两贿赂官府，我等江湖草莽哪里还有容身之处？姑娘你年纪尚小便有这般好身手，正对了晏门的胃口。他们那个什么三少爷，近年喜好培养个什么秋风班，专门收集年少有为的侠客，你要是被他们看中了，答应了便是卖命一辈子的事，死也不知怎么死的。若不答应吧，下场还是个死。姑娘谨慎些最好。”

“三少爷？”伊春愣了一会儿，才想起晏门那个门主共有四个儿子，晏于非不过排行老二，上头有个腿被人砍断的大哥，下面应当还有两个弟弟。

她撇了撇嘴：“……多谢提醒，我会注意的。”

来扬州散个心也能遇到晏门，简直是阴魂不散。

伊春离开中兴帮之后，回客栈取了包袱，当夜就雇了船只打算离开扬州。她并不是个喜欢自找麻烦的人，和晏门毕竟有那么一段不愉快的过往，晏于非的右手还是被她斩断的，再遇到肯定又要起风浪，索性离开才是上策。

因是夜深，船夫们都不肯替她摇橹，伊春只得花钱租了一条船，自己渡河。

她不太擅长划船，费了九牛二虎之力才勉强让小船行在水路当中。彼时月上中天，水声潺潺，伊春索性放下船橹，立在船头任由小船随着暗流往下游漂去。

凉爽的夜风拂面而来，隐约还带来远方烟花之地的歌唱嬉笑声，有钱的达官贵人们往往一掷千金，流连烟花之地，彻夜不归，并引以为雅。

忽然想起小南瓜说过，扬州烟花之地里有几个很著名的姑娘相当迷恋他家主子，但他家主子守身如玉，丝毫不妥协，所以姑娘们芳心寸裂、恨他入骨。

小南瓜总喜欢在她面前把舒隽夸得天上有地下无，想到有趣的地方，她不由得笑了起来。

回头去望，只能看到倒映在水面上点点模糊灯火，小船打个弯，除了月色便什么也见不到了。

行了约有半里，忽见前面又有几艘船停在河正中，情况相当诡异。

被几艘尖头渔船围在正中的，是一艘画舫，规模并不大，然而雕栏玉砌，灯火通明，甚是显眼奢华。

如今画舫被几艘渔船围在当中，动弹不得，只因渔船尾上皆有铁链拉出，拽住两岸的柳树，这样一来等于是封死了河面，不光画舫过不去，她这艘小船也过不去。

伊春将船橹撑在水底淤泥里，皱眉去看，只见画舫里端坐着三人，一名老者外加两个年轻人。画舫被困，他们看上去似乎并不惊慌，反而十分沉稳。

另有几个穿着紫红衣裳的人提着刀剑与他们大声说话，神情狰狞，那三人依然连眉毛也不动一下，仿佛全然没有听见。

最后为首那人似乎恼了，一掌将其中一个年轻人扇倒在地，旁边那老者急忙起身似是打算搀扶，却也被人踢中胸口扑倒下去不知生死。

伊春再也看不下去，将船飞快摇动，紧跟着纵身跳上画舫，不等众人反应过来，“铿”的一声抽出铁剑。

守在船边的另几个紫红衣裳立即上前阻拦，却被她一脚一个全部踢进水里，剩下那几人神情诡异地看了她一眼，飞快地低声交谈几句，伊春只隐约听见他们说什么“有人捣乱，不知虚实，先撤为上”。

其中一人提剑作势要往老者身上砍，伊春急忙上前阻拦，那人却飞快撤剑，与其他人一样转身跳下画舫，铁链“哗啦啦”一阵响动，从岸边杨柳上收回，那几艘尖头渔船走得极快，眨眼便顺流而下，再也看不见踪影。

伊春收了剑，过去先将老者扶起，低声道：“没事吧？”

老者摇了摇头，忽然抬起脸来，目光内敛温和，在她身上转了一圈，并无任何惊惶的神情。

“多谢姑娘仗义相救。”他声音低沉，极为稳重。

伊春大抵是没想到他们镇定如斯，搞得自己救人看起来倒有点多管闲事的味道。忽见方才被扇倒在地的年轻人艰难地挣扎着要起身，另一个年轻人伸手将他扶起，盖在腿上的毯子不小心掉在地上，下摆是空荡荡的——此人竟是个残疾。

待那两个年轻人也道过谢，伊春仔细打量一番，才觉他三人气度不凡，似是在什么地方见过。

老者年约六旬，须发花白，却并无半点老态龙钟，看上去精神矍铄，有一股不怒自威的气势，尤其是那双眼，似是把所有锐气与光华都完美地收敛其中，看上去别有一种温和。

那残疾的青年人三十岁上下，与老者面容十分相似，只是略显阴沉，道过谢便不再看她，兀自转头望向漆黑的水面，不知在等什么。

另一个年轻人则小一些，二十出头的模样，身材微胖，一张圆圆的脸，面容甚是可亲。

他饶有趣味地看着伊春，赞道：“姑娘真是好身手，谁是你师父？”

伊春正要说话，老者却低声道：“于道，怎能如此无礼！”

他朝伊春作揖，温言道：“犬子无礼，姑娘莫要放在心上。老夫姓晏，敢问姑娘芳名？”

伊春没多想，笑道：“老丈不必多礼，我叫葛伊春，偶尔路过罢了。既然诸位已无恙，我便告辞了。”

她转身要走，忽听那圆脸年轻人惊道：“葛伊春？你就是那个葛伊春？”

她愣了一下，那老者又喝道："于道！"

伊春回头去看，却见三人的眼神都变了，就连方才那个一直看着水面的残疾青年此刻也目光灼灼地盯着她。那眼神，很难说明是什么意味，伊春被看得有些发毛，勉强一笑："有什么不对？"

老者看了她一会儿，温言道："葛姑娘侠义心肠，令老夫十分佩服。今日你救了老夫父子三人三条命，他日老夫必然偿还此恩情。"

伊春连连摆手："没什么，小事而已！"

老者取了桌上的茶壶，斟了一杯清茶，双手端着送到她面前，含笑道："舫内简陋，无酒可赠，唯有敬上香茗一盏聊表谢意。"

伊春因他们态度古怪，心里难免起疑，只盼赶快离开此地。但老者十分热情，她也不好推辞，只得接过茶杯，忽听身后又有水声潺潺，十几艘乌篷渔船几乎是眨眼工夫就围了过来，为首的两个中年人跳上画舫奔至老者面前，直挺挺地跪下，面带惶恐颤声道："属下来迟！请门主责罚！"

那老者居然还是什么门主？不是普通的富家老爷带孩子出来游山玩水吗？

伊春默默退了两步，打算趁他们不注意的时候就开溜。

老者声音温和："老徐、老林，快站起来！这事是老夫任性了，昔日曾闻扬州二十四桥奇景动人，便想着趁夜独自欣赏，谁想遇到贼子下药，否则岂会那般轻易令他们近身。"

众人听说他们还被下了药，急忙推出一个青衫大夫来。伊春越看那大夫越眼熟，依稀是在什么地方见过，却怎么也想不起。

大夫替三人把了脉，又取小刀破开手臂尝了尝鲜血，便笑道："不要紧，只是普通的蒙汗药罢了，想来下药的那帮贼子只是寻常江湖草莽。"

老徐急道："邱大夫，你可看仔细了！真是普通蒙汗药？"

邱大夫还是笑："放心就是。"

伊春见他那个笑容，忽然浑身打个激灵，恍然大悟。

邱大夫！不正是当年在贤德镇替晏于非拔毒暗器的那个大夫吗？他是晏门的人！如此说来，这老头儿就是晏门门主！晏于非说过，他有个大哥在巴蜀万华派遭了殃，腿被人砍断从此只能做个残疾，当真是一分一毫也不差！

难怪他们听到她的名字反应那么古怪，难怪他们那种气度看着十分眼熟，晏于非正是这种气质。

伊春掉过脸就要跳下去，忽听老者在后面说："多亏了这位葛姑娘仗义相助，否则我父子三人便要命丧贼子之手了。"

一时间所有人都朝她这里看过来，伊春神色尴尬，一个字也说不出。

那圆脸的年轻人——如今是知道他的名字了，晏于道，只不清楚是老三还是老四——

笑嘻嘻地说道："哟，看样子是反应过来了！咱们可是老冤家了，葛姑娘。"

伊春见他把话全部挑明，反而冷静下来，低声道："不错，你们要怎么办？"

晏于道笑吟吟的，看上去和气憨厚，只有一双眼精光四射，分明是典型的晏门中人，他柔声道："那是你和我二哥之间的恩怨，我们晏门向来分得清楚明白，他的仇他自己报，和咱们可没关系。我听说最厉害的二哥手腕子被人砍断，还当是个什么厉害女侠，真没想到是你这样的丫头。怎样？我看你大有潜质，加入我秋风班吧，保证不会亏待了你。"

伊春没说话，像是没听见似的。

晏于道还想再劝，门主忽然说："葛姑娘，老夫猜你留在这里也不会痛快。无论如何，我父子三人总欠你几分人情，日后有难，还请不要见外。另外……还有件事想请教姑娘。"

伊春默默颔首，便听他问道："舒隽人现在何方？"

她心里猛然一坠，想起晏门和舒隽的父亲之间有深仇，他今日一问，肯定是打算找舒隽的麻烦。

"……我不知道。"伊春回答得极为冷淡。

晏于道啧啧摇头："外面都说舒隽和你效仿鸳鸯神仙，早已是一对情深爱笃的眷侣，他在哪里你怎会不知？"

……这种莫名其妙乱七八糟的流言到底是怎么传出来的？她竟不知自己一介小小江湖菜鸟，已经如此出名了。

伊春眉毛一竖："我说了，不知道！"

说罢再也不愿与他们纠缠，翻身跳下画舫，稳稳落在自己的小船上，把橹一撑，笨拙地将船划远了。

第十三章

抢钱夫妻

一路上，伊春也曾想过回雪山找舒隽，告诉他晏门的事情，毕竟父债子偿这种事在江湖上太普遍了，舒畅杀了小门主，这笔账总会算到他儿子头上。

可是一来怕晏门派人偷偷跟踪自己，反而暴露了舒隽的住处，会给他带来麻烦。二来，她也不能确定舒隽会不会还留在雪山，此人向来行踪不定，眼下会不会又在某个地方逍遥快活？

眼看春尽夏来，伊春到建康城的时候，已经六月中了。

她这一路行来，不过是闲逛，顺便找那些专门打劫路人的山贼水鬼们讨点盘缠，这段时日也积存了十几两，足够大手大脚上那么些日子。

又因从小穷惯了，所谓的大手大脚不过是在路边摊子买两张鸡蛋饼，两文钱，用油纸包好了抓在手里滚烫的，油汪汪香喷喷。

这玩意是伊春小时候对美食的终极梦想，肚子饿的时候曾经发誓，以后有钱了每天都吃十张鸡蛋饼，吃到撑死。

幸好，到今日许多梦想都被抛弃了，唯独这个还留着。

伊春捧着鸡蛋饼，像捧着个宝贝，嘴唇在上面轻轻抿一下，太烫了，还不敢吃，又忍不住那香气，便小小咬一口，含在嘴里烫得眉头直皱。

前面路口拐个弯还有个大集市，是客栈伙计告诉她的，在那里可以买到便宜又耐穿的布鞋外衣。她现在怀里揣着银子，底气很足，打算大肆采购一番。

刚转弯，便听见旁边巷子里传来一阵争执之声，有个女子清脆的声音带着怒气说："你们要找舒隽，自去找便是！何必一而再再而三地缠着我？难道我是他什么人吗？"

伊春一听"舒隽"两个字，不由得停下了脚步。

隐约又有个男子的声音，压得很低，断断续续地说着什么"苏州调香老板""不做生意跑来建康城必有古怪""不要以为人情还了晏二少，便可以为所欲为"之类的话。

那女子怒道："我做不做生意晏门也要插手？管得未免太宽，我倒不记得自己是卖给晏门了。"

伊春走过去探头望，刚好对上那女子的目光，两人都是一愣。

那是个穿着紫衣的美人，美得像一朵兰花，简直令人移不开眼睛。她见到伊春眼睛马上就亮了，回头大声道："我等的人到了，诸位请便吧，休得再扰我！"

说罢径自走到伊春身边，一把搀住她的胳膊，低声说："葛姑娘，帮我这个小忙，我给你二十两银子。"

二十两银子！伊春退却的动作立即变成了迎合，抬头看看巷子里几个年轻男子，他们也望过来，神情有些警觉。站在最后的那个男人轻道："先撤。"

几个人悻悻地走远了，时不时还回头看看伊春，目光很是不善。

紫衣女子嘘了一口气，握住伊春油汪汪的手，柔声道："谢谢你，葛姑娘。"

伊春奇道："你……怎么认得我？我们以前有见过？"

那女子神情尴尬，大约是没想到有人见过自己还会忘掉，她勉强笑了一声，声音细细的，带着一丝愧疚："那不是什么好回忆，姑娘不记得也正常。苏州香香斋姑娘总还有印象吧？"

伊春皱眉看了她片刻，恍然大悟："啊！是你！那个……老板！"她想不起名字有点尴尬。

"叫我醉雪就行了。"醉雪又是一笑，"姑娘不念旧怨，令我好生敬佩。昔日我亦是为了还人情，并非有意刁难，还望姑娘莫要放在心上。"

她望着伊春的眼神很奇异，像是想把伊春整个人看透、看穿，双眼亮得令人十分不舒服。

伊春心中起疑，只说："我还有事，要走了，你不用这么客气，二十两银子呢？"

醉雪忍俊不禁："姑娘果然是个直爽人，醉雪有心相邀，不知姑娘可否给个面子？"

伊春本想拒绝，但念着二十两银子她还没给自己，又不好催她，只得点头答应了。

一路西行，路上景致繁华，与别处大是不同。

眼见一线清川自桥下流淌而过，岸边俱是绿瓦白墙琉璃屋，檐下挂着粉色灯笼，随风摇来荡去，偶有小丫头从楼里出来洗刷马桶，大多睡眼惺忪，衣冠不整。

大白天的，路上居然没什么人。岸边停着许多精致画舫，帐幔低垂，看不清里面景象。

伊春轻道："这里是……"

醉雪笑得很是高深莫测："姑娘只管随我来，不用担心。"

最后来到一家茶馆，里面几乎是半个人也没有。

临窗靠着一艘大船，醉雪柔声细语地轻轻叫："杜家哥哥，来客人啦。"

话音一落，里面便跳出一个身材修长的男子，穿着粗布短打，头上还扎着泛黄的汗巾子，看上去甚是粗鲁不羁。最可怕的是他的脸，纵横交错无数刀疤，根本看不出他长什么样。

他见到醉雪似是有些激动，声音发颤："醉雪，你真来了……我……我还在收拾……"

醉雪笑吟吟地过去，温柔地取出自己怀里的手帕替他擦汗，柔声说："我是什么人？说了要来，就算刀山火海我也会来。就是路上遇到一些小麻烦，多亏这位葛姑娘相助，否则还不知要拖多久。”

杜姓男子朝伊春点头表示感谢，眼睛却片刻也不离醉雪的脸，轻道：“那……随时都可以走……”

醉雪摇摇头：“等等，我先请葛姑娘喝杯茶。有什么好茶不要吝啬，赶紧上吧。”

茶很快就端上来了，是今年新产的龙井。

醉雪从包袱里取出一个小布包，推到伊春面前：“一个女孩子家单独行走江湖甚是不易，这些是小小心意，亦是醉雪为曾经所做之事的赔偿，姑娘若是肯宽宥，便莫要推辞。”

布包里的银子绝对不止二十两，粗粗一掂，得有五十多两了。伊春第一次拿这么一笔巨款，难免气短手抖，小心翼翼地拆开包袱，从里面挑出约莫二十两白银，再把布包推回去：“无功不受禄，说好了二十两。以前的事也不用再说。”

醉雪笑了笑，亦不勉强她。

伊春问她：“晏门的人是来找你问舒隽的事吗？你……不在苏州做生意了？要离开？”

醉雪点点头：“晏门如今来了，我自然要走，不然被他们耍着玩吗？他们来问我舒隽，我怎么会知道。呵呵，我早已不是以前那个成天念着舒隽的傻姑娘了。”

她回头看一眼姓杜的男子，目光里倒有一种骄傲：“天下间除了他就没好男人了吗？自是有人对我死心塌地，神魂颠倒。”

话说得难免矫情，带着赌气的成分，依稀是你不要我，总有别人爱我爱得死去活来，我必要过得快活，令你后悔。

伊春“呵呵”笑了两下，不知道怎么接话。

醉雪静静看了她一会儿，忽然轻道：“你……和舒隽在一起吧？”

伊春顿时愣住。

怎么又是这个谣言？难不成满江湖都晓得她和舒隽是什么关系？为什么认识的不认识的开口闭口都是舒隽啊？

醉雪咬了咬嘴唇：“我……也听说了，他一直和你一起，爱你若珍宝……我知道，他要找的绝不会是我这样的人，这些年不过是我的痴心妄想罢了。其实何止是我，遇过他的许多女子都曾痴心妄想过，他看上去太好了。”

她像是陷入回忆里，神色缠绵，最后却轻轻叹了一口气。

“我第一次见到他，是在五年前，临安府安秀坊办了个品香宴，我素来擅长调香，便被邀请过去。然后……我就看到他了。”

那天，许多人第一眼看到的应该都是他。

他穿着浅绿色的长袍，疏懒却优雅，手中捧着一个小小试香盒放在鼻前轻嗅，最后微微一皱眉：“加了丁香，我不喜欢这个味道。”

安秀坊主人对他极是客气，忙不迭地又推荐许多新调香给他，似是他能挑中一两种便是极大的荣幸一般。当然，醉雪后来才知道，那是因为安秀坊主人欠了他五千两银子，又有高利贷在身，一时还不出钱来，只能对他毕恭毕敬的。

醉雪忍不住过去，取出自己新调的香递给他，轻声道："这个味道你试试。"

他抬头上下将她打量一番，眼里略带调侃暧昧的笑意，醉雪第一次觉得面上烧灼似霞，情不自禁垂下头，膝盖微微发抖。

他将香放在鼻子下面嗅了几下，展颜笑道："哦，加了苏合香油，应当还有零陵香。不错，这味道我喜欢，你有一双巧手。"

和许多少女一样，醉雪以为他是王公贵族，身份神秘，面容俊俏，言谈和雅，多金又多情。

品香宴结束后，她大胆地向他表达心中爱慕，甚至不求长相厮守，若能施舍给她一夜也是好的。对江湖里热情奔放的少女来说，这些足够了。

舒隽在月下笑得略带讥诮，背着双手问她："你觉得我是谁？闲来无事四处溜达的皇族，还是富家多情少爷？我问你，我要是没钱又浑身脏兮兮的，你今天会站在这里和我说话吗？"

醉雪急道："我从来没想过这些……"

"你的眼睛看着我的时候，我就知道你心里想什么了。"

他温暖的手指忽然轻轻抚上她的眼皮，醉雪被迫闭上眼，心底如痴如醉。

"我受够这种眼神了，离我远点，别惹我讨厌，明白吗？"

他低喃。

眼皮上的温暖消失了，醉雪不敢相信地睁开眼，只能见到一地清冷月光，他却早已消失。

"过了两三年，我厌倦了一个人闯荡江湖，对女子来说，独身和那些男人争权夺利并不是快活的事。所以我打算筹钱办个调香的店，然后我又遇到了他。"

醉雪笑了笑，有些不甘心："我知道他不是什么王公贵族，只是个身世神秘的有钱人，而且做的行当相当下流，专门给人放高利贷。我向他借了两千两银子来办香香斋，也是想告诉他，不管他是什么人，我都不在乎，我更不在乎是不是能永远和他在一起，只要一个晚上就行了，圆我一个美梦。"

醉雪那时候亦是自信满满，这两三年间她刻意关注舒隽的消息，知道像她一样飞蛾扑火的女子不在少数，但毫无例外都被无情地回绝了。

这一点让她感到莫名的庆幸，大抵因为被甩的不止自己，总算能捞回些面子。

见到他，她说："你可以给我五成年利，六成、七成，都没关系。你知道我想要的是什么。"

舒隽终于有些动容，微微叹一口气，别过脑袋淡道："我不是什么好东西，不必如此。"

“我不在乎。”她还是那么固执。

他好像突然生气了，眉头拧起来，声音很冷漠：“把你的固执用到该用的地方，不要再烦我！”

说罢起身要走，醉雪到底是不甘心，追上去又问：“到底什么样的天仙才会入你法眼？”

他当真努力想了一会儿，最后又露出个讥诮又疏懒的笑容。

“不知道。”他耸耸肩膀，“大约真是个仙女才行吧。要天下第一美，还要有很多钱，我讨厌穷光蛋。”

显然她一条也不符合，只有黯然退场。

她也以为舒隽一辈子都会这么过下去了，和不同的女子暧昧，抱着他的黄金山腐烂而死。

但他到底还是没有，真有人入了他的法眼，却不是仙女，只怕“美女”两个字和她也搭不着边，而且……她很穷，毫不在乎地吃鸡蛋饼，吃得满手都是油，相当粗鲁。

醉雪吸了一口气，心里还是酸涩占了多数。

女人的可悲大抵在此，终免不了感情用事，明明晏门三少在到处追赶所有和舒隽有过联系的人，她应当快点离开建康，找个安全的地方过日子。

可她分明听见自己的嘴在说：“……葛姑娘，在你眼里，舒隽是个什么样的人？”

伊春抓着湿巾子使劲擦手，神态自然，没有任何如梦似幻的神情，像是提到一个老朋友似的亲切，笑道：“他啊，是个怪人，但人很好。”

就这些？

醉雪不信。

“他……容貌英俊，有钱……”忍不住提醒她一下。

伊春点点头：“嗯，长得不错，也挺有钱，就是太抠门了。”

醉雪再也无话可说。

舒隽护着她、陪着她，难道仅仅是因为她异于常人的迟钝？

不，不是这样。

有很多女子，提到舒隽第一句话总是他俏皮，或者他美貌，又或者他是个摧心的小坏蛋。

从来没有人说他是个好人。

因为从他所有行为来看，根本找不到半点好的地方，说他坏得流油还差不多。

舒隽也因别人说自己坏而自豪。

醉雪遗憾自己没有生一双好眼睛，像她一样，看穿所有外表的迷雾，直达内心。

她一瞬间就明白了，为什么舒隽看上的人是葛伊春。

“要好好活下去……你和他。”

醉雪忽然起身，在窗边纵身一跃，像一只紫色大蝴蝶，轻飘飘落在杜姓男子身边。

拴着大船的绳子被斧子劈断，船很快便随水漂远了。伊春立在窗边向她挥手道别，忽见醉雪把双手拢在嘴边朝她轻叫："快去找舒隽吧！迟了他被别的女人抢走，你可别哭！"

什么意思？伊春傻了。

眼看她神情狡诈，朝岸边那些华美的楼宇指了指，用眼神告诉她：舒隽此刻正在温柔乡徘徊呢。

她分明知道舒隽人在何方，被她骗了！

伊春差点一冲动跳出窗台，追上去问她舒隽究竟在哪里，可身后忽然传来一阵脚步声，似是有许多人冲进茶馆将她团团包围。

她立即手扶铁剑，转过头，只见身后是一群陌生年轻男子，个个腰挂长剑，站姿英挺，分明都是练家子，而且身手相当不错。

少年们簇拥着一个青年人走过来，他身材微胖，一张脸圆圆的，笑容十分可亲。

"好巧，我们又见面了，葛姑娘。"他笑嘻嘻地说着，"方才是与老朋友聊天喝茶？"

伊春厌恶地皱起眉头，一个字也不想和他说。她猛然回头，瞪着渐行渐远的醉雪，她笑得像只狐狸：白痴，我怎么会那么容易让你和舒隽那混账双宿双飞，自己解决麻烦吧！

她冷道："她走了，你怎么不去追她？"

晏于道笑得像个弥勒佛："有你在也是一样。我素来知道姑娘是个大方人，不会为难我，必然会将舒隽藏身之处告诉我，对不对？"

她转身便走："我说了，不知道！"

少年们立即将她堵住，包围圈好似铁桶，她一步也挪不了。

晏于道还笑："姑娘是知道，却不愿告诉我，因我和姑娘没什么交情。醉雪花了二十两银子便能化解一段恩怨，我愿出二百两，只求姑娘帮我这个忙。"

伊春吸了一口气，回头不可思议地看着他，隔一会儿，忽然问道："你为什么要找舒隽？"

晏于道笑得眼睛都眯成一条线："并非我在找他，而是整个晏门都在找他。姑娘只当卖我个人情，何乐而不为呢？"

她"铿"一声抽出铁剑，厉声道："我说过我不知道舒隽在哪里，如今我就算知道也不会告诉你们！让我走，否则休怪刀剑无情！"

晏于道脸色变了一瞬，最后又换成那张可亲笑脸，退了两步柔声道："姑娘何苦如此固执。"

话音一落，少年们拔剑一拥而上，与她"乒乒乓乓"斗在一起，茶馆里的桌椅板凳连着陶瓷茶具被"噼里啪啦"砸了个乱七八糟。

伊春丝毫不惧，一人面对众多用剑好手，竟然也没落半点下风。

晏于道眯眼看着她左右反击，动作快得像一只鬼，心中难免要赞叹一下。

那么多人，那么多剑，却完全劈不到她身上，反倒是秋风班的那些少年，被她逼得步步后退，包围圈快要被突破，她很快就能逃走了。

他素来喜爱少年英才，忍不住又开口："姑娘身手真好，还是考虑一下加入我秋风班吧？我让你做班长，绝不亏待。"

她只"哼"了一声，不屑一顾，横剑一划，破了少年们的圈子，一个箭步便要冲出去。

晏于道急急叫了一声什么，立即有数人放出暗器。

伊春将剑挥舞成一条银龙，轻轻松松打掉那些暗器，谁知有一把小刀上系着水晶小瓶，里面装满了毒液，一挥之下水晶瓶碎裂，那毒液溅了几滴在她脖子上，顿觉一阵又痛又麻的痒。

她又惊又怒，将铁剑用力朝晏于道掷出，打算利用众人赶去救助的空当逃离。

谁知晏于道神情惊慌，躲也不躲，傻傻地站在原地，任由那铁剑戳进肋下，痛得大声惨叫。

晏门三少居然不会任何功夫！

伊春不敢久留，从窗口一跃而出，跳上屋顶，眼见对面停着一艘画舫，她纵身跃上去，跟着再跳，终于落在岸边一栋楼宇的琉璃瓦上。

远远地听见少年们追了上来，她一刻也不敢停，在屋顶上狂奔逃窜。

琉璃瓶里的毒液大约很厉害，只溅在皮肤上居然很快就有了效果，伊春渐渐觉得喉咙犹如火烧一般疼痛，眼前金星乱蹦。

身后少年们追赶的脚步声越来越近，她只能勉力跃上另一个屋顶，四处观察可以躲避的地方。

不远的地方，忽然听见一声口哨，有人问她："小姑娘，要帮忙吗？"

那声音是如此熟悉，出现的时机与场合是如此诡异，伊春大吃一惊，立即回头，只见一个人影像大雁一般，背着光纵身而起，宽大的衣袖拂过她头顶，轻巧又无比帅气地落在她身前一丈远的地方。

阳光璀璨，他一身白衣，好似天山晶莹雪；乌发如云，用一根白玉簪子绾上去，有几绺长发在额前背后摇曳，衣袂亦是随风翻飞，简直飘飘然犹如谪仙下凡。

伊春完全傻了，呆呆地看着他将垂在额前的长发细细一拨，白云似的飘着，迎上那些不知死活的秋风班少年——打从认识他开始，虽说他向来是衣冠楚楚，相当在乎形象的一个人，但这次也未免太"楚楚"了，她还是第一次见到男人铆足了劲要帅是什么模样。

白衣随风猎猎作响，时不时来个翻身，让衣摆被风吹得鼓起来。与其说这是在打架，不如说是在摆造型。

没两下那些秋风班的少年都被打下屋檐，互相交头接耳一番，不知是谁确定了他的身份，个个脸色大变，即刻转身逃走了。

伊春捂着火辣辣的喉咙，双腿无力，只能瘫坐在屋顶。

太阳晒得她头晕，也可能是毒药的缘故，那一身白衣晃得她眼花。她仰头怔怔地看着他将衣摆一甩，潇洒地转身，大步朝自己走过来，瓦片被他踩得咯吱咯吱响。

“没事吧？”他露齿一笑，雪白整齐的牙，多么炫目。

伊春呆了好久好久，最后小声又小心翼翼地问他：“舒隽，你怎么一身孝衣？哪个长辈又去世了？”

他灿烂豪爽的笑顿时垮了，摸摸鼻子，耳朵红得像染了血，只丢下一句：“当没看见我好了。”急忙转身跑了。

伊春“哎”了一声，忙不迭地跳起来要追，眼前突然一花，双脚再也无力支撑，倒头就从屋檐上栽了下去。

恍惚中，她觉得有个人慌忙抱住自己，熟悉的味道，熟悉的声音。

他在急急说什么，她只是听不真切，却突然觉得无比安心，合上眼睛陷入黑甜梦乡。

再次睁开眼的时候，天空微亮，伊春一时分不清此刻究竟是黄昏还是黎明。

她好像是躺在一张硬邦邦的床上，纱帐合闭，朦朦胧胧的。她试着动动手脚，已经不像中毒时那么麻木了，只还有些虚软无力。

掀开被子起身，隔着绣满花纹的帐子，能隐约看见木质的窗棂，窗户推开半扇，微风把睡在窗下一人的衣袖吹得簌簌轻响。

伊春小心揭开帐子，带着一些谨慎四处打量。

这里应当是普通客栈，构造简陋。窗下放了一张长椅，舒隽正睡在上面。他身材修长，却被迫躺在长椅上，那姿势拘谨得很，他居然能睡着，还睡得挺香，鼻息深邃绵长。

伊春蹑手蹑脚下床，不想惊动他。走到窗边将窗户关上，虽然是夏天，但睡着了吹风对身体总是不好的。

天边有大朵大朵彩霞，隔着窗纸也将那鲜艳的橙红色渗透进来，落在他熟睡的面上。

伊春屏住呼吸静静望着他，这张脸睡着的模样纯善又无害，叫一万个女人来看，九千九百九十九个都会心生爱怜，剩下那个不是盲人就是呆子。

可是当他睁开眼就完全不同了。他脾气其实很坏，任性而且孤僻，说他是个怪人绝对不夸张。

他为什么会在这里？为什么会那么巧地赶来救她？难道说，这大半年他一直都偷偷跟着自己？

想到或许自己东游西荡的时候，身后还潜伏着一个影子，无声无息地保护自己，伊春心中不由得微微一动，一种久违的温暖袭上心头。

说实话，猛然见到他的时候，她以为是中毒产生的幻觉，那些被她刻意掩盖的复杂情感与心事，一瞬间浮出水面。

她总是时不时想着他，不对吗？

其实隔了并不久，一个冬天到夏天的时间而已。没见到他也不觉得久远，可是此时他睡在她面前，睡得像个孩子，晚霞把他额前几根细细的头发染成了半透明的橙红，绵软地摇晃着，小扇子似的睫毛微微颤抖，不知正做什么梦，梦里会不会有一个无情又鲁莽的少女来伤他的心？

其实……大半年太久了，真的太久。

伊春慢慢蹲下去，鬼使神差，伸手想要抚摸他的脸颊，又怕把他吵醒，悄悄地再缩回去。

他没变，没胖也没瘦，没变黑，也没长许多颓废的胡须来证明他是多么受打击。

他还穿着那身飘逸不凡的白衣，只是头顶的白玉簪子歪了，大半乌亮的长发被压在脑袋下面，还有小半因为翻身落在了他脸颊上。

伊春用口型无声地念着他的名字："舒隽，舒隽。"

此时无比的宁静与安详，晚霞染红整个天际，归鸟还巢，炊烟升起。他这样静悄悄地睡着，仿佛这一刻可以存在很久很久，久到她认为的那个永远。

她静静起身，取了一条毯子，轻轻盖在他身上。毯子边刚触到他身体，他立即睁开了眼睛，还有些睡意蒙眬，不似平日里神采飞扬。

"小南瓜，什么时辰了？"他懒洋洋地问一声，还有点赖着不想起。

这大半年他确实没怎么好好休息过，一睡下就不容易起来。

"应该快天黑了。"伊春低声回答。

他"哦"了一下，两眼眨眨，捂着额头，翻身打算再睡一觉，睡到明天早上再说。忽然一惊，整个人从长椅上跳了起来，白玉簪子自发间滑下，落在他掌心。

"你觉得怎么样了？"舒隽终于发现对面站着的不是小南瓜，因见身上还披着毯子，立即取下替她搭在肩上，"刚解毒，不能受凉。"

伊春点点头，坐回床上，眼看他倒了一杯冷茶，用舌尖一尝，皱了皱眉头，立即泼到窗外去，跟着打开门吩咐："伙计，送一壶热茶。"

说完自己用手把长发扒拉扒拉，从怀里找根银色丝带松松系上，这才吸一口气，下定决心似的回头看着她。

可是他又不知道该说什么，客套的话在他们之间实在没有必要，亲密的话也不是那么容易说出口。他们的关系，处在一个非常尴尬的地方，近不得，远不得。

伙计很快送了热茶上来，舒隽倒了一杯，放在鼻前嗅了一下，这才送到她手边："喝茶吧。"

伊春也难得尴尬，找不到话说，只好低头去喝茶，结果烫了舌头，偷偷咂嘴。

"你……"

“你……”

像是受不了诡异的沉默，两人同时开口了。

伊春赶紧做个手势：“你先你先。”

舒隽摇头：“不，你先说吧。”

又是一片令人无语的寂静。那个雪夜余留下的尴尬，仿佛再次回来，笼罩在两人之间。

谁也不说话，说什么仿佛都不好。

过了好久，舒隽终于先打破了僵局，换了个话题：“那些是什么人？为什么追杀你？”

伊春这才想起最重要的事没和他说，赶紧放下茶杯抓住他的袖子：“对了，我有要紧事要告诉你！晏门那边知道你的身份了，正在四处通缉你呢！追我的那些人，是晏家三少手底下的秋风班。他闹的动静很大，你一定要小心！”

舒隽全然不放在心上，傲然撇了撇嘴角，冷冷一笑：“这些没意思的事说来做什么……你觉得如何？还有哪里不舒服吗？”

伊春摇摇头，一时间两人又没话可说，这情况实在令人苦恼。

她抓抓脑袋，四处看，绞尽脑汁寻找可以说的话题，忽然见到帐子上的绣花，便指着干笑道：“那……帐子上绣的葱花挺别致的。”

“那是兰花。”舒隽只是告诉她事实。

伊春尴尬万分：“哦，兰花……对了，我还没谢谢你帮我解毒。那个……舒隽，你怎么突然出现？这大半年……去了什么地方？”

他收起笑容，凝视她，过了很久，才低声说：“伊春，我做的所有事并不需要你感谢，我去了什么地方，你真的不知道？”

她沉默了，垂下头只把手指玩来玩去，心脏跳得很快，手心也全是汗。

肚子里有好多好多话想问他，想和他说。比如他大半年一直跟着她，为什么不出现？为什么……不与她一同游山玩水？她做的所有事，聪明的，愚蠢的，他是不是都看到了？那样她岂不是像个傻瓜……

可这些她怎么才能说出口？

她第一次这么谨慎又小心，还带着不确定与逃避。

有些事情，并不会那么容易就接受和放下。

隔了一会儿，听见他起身开门：“我住在隔壁，你刚解毒，还很虚弱，早点休息。有事敲敲东面的墙我便知道了。”

伊春心里一个冲动，突然张口唤道：“等……等一下！舒隽……那个……”

他停在门口，回头定定地看着她，双眸似水。

她卡了半天，终于指着他身上的飘飘白衣夸奖：“你衣服蛮好看的，今天突然出现，也很……漂亮。”

舒隽微微一笑，像是春花突然开了满城，天边晚霞又齐齐归来，一屋子的艳光。

“你觉得好看便足够了。”

早上伙计送了几颗烧卖上来，伊春一边咬烧卖一边推开窗子看外面熙熙攘攘的人群，她喜欢这样的早晨，朝阳初升，每个人都忙着自己的事情，一切都富有生气，充满希望。

街头走来一个头戴黑色斗笠的人，上面还蒙了厚厚一层黑纱，看不清面容身段。

这打扮实在太特殊了，惹得人人避之不及，伊春好奇地多看了几眼，眼见这人走近自己住的客栈，没一会儿，轻巧的上楼声便自木质楼梯上传来。

舒隽的房门被轻轻敲了两下，伊春按捺不住好奇，凑到门边打开一条缝，果然见到那蒙黑纱的人站在隔壁敲门。

舒隽很快就开门了，他好像还在睡觉，头发披着衣服敞着，并不庄重。

那人退了一步，大约没想到他是这副模样，顿了一下才低声说：“舒公子，昨日你忽然离开，莫非是怪素姑招待不周？”

说着就揭开了斗笠，细长的身段，容光艳丽，是个一流的美人，只是眼角有遮掩不住的细碎皱纹，想来年岁不小了。

舒隽懒洋洋地看她老半天，睡意还浓，想了好久才想起素姑是谁，淡道：“没什么，只是去接我老婆而已。”

老婆？伊春和素姑都大吃一惊。

素姑掩嘴笑道：“不知是哪家的小姐有这份天大的福气，真教人羡慕。”

舒隽打个哈欠，懒懒地说：“你来找我是为了还债的事？昨天没说完的？”

她黯然点头：“多亏公子相助的四千两白银，软玉楼才能建在秦淮之上，只是今年朝廷出了圣旨，三品以上的官员都不许来这等风月之地，我等经营不善，今年的欠债实在是……”

伊春听她说话声越来越小，根本听不清，不由得再凑过去一些，不料门“吱呀”一声开了，她就这么嘴里咬着烧卖出现在走廊。

素姑乍一见一个陌生女子跌跌撞撞走出来，立即闭嘴不说，略带警惕地看着她。

伊春抓抓头发，只说了一句：“早，我下去买点热汤。”

舒隽却笑了，柔声唤她：“伊春，过来。”

她犹豫了一下，还是选择转身回去，走到他身边，还没来得及说话，就被他揽住了肩膀，然后一根手指搭在她的脉搏上，隔一会儿，他又道：“不错，你身体好，已恢复了许多，再静养两日便无碍了。”

伊春点点头，眼珠子偷偷在素姑脸上打量了一圈，对方也在打量她，显然不可思议至极。

舒隽因见伊春偷听失败跑出来，心情变得大好，揽着她往屋里带，素姑急忙在后面轻叫：“舒公子，那债务……”

他摆摆手："今年就免了你的欠款，明年再说。"

素姑千恩万谢地走了，临走还不忘再将伊春仔细打量一番，惊愕交错地下楼了，像是不敢相信舒隽嘴里的"老婆"是指这个姿容并不出众的少女。

伊春咬着烧卖被他带着进了房间，按坐在椅子上。

舒隽倒了一壶热茶放在她面前，低声道："素姑是软玉楼的老鸨，软玉楼是她向我借了四千两白银建的。"

他的语气极其自然，看不出半点解释的痕迹。

伊春点点头，她想也是。醉雪说舒隽沉醉温柔乡，她用鼻子想也知道不会，此人生平唯独爱财，花花肠子都投注在钱财上了，估计没那个精力搞温柔乡。

"对了，我一直忘了问，小南瓜呢，他没跟着你？"伊春四处打量，他的客房与自己的一样，空荡荡的。这对主仆从来都是"成双成对"地出现，很难得小南瓜会不在他身边，那这些日子谁照顾他？

"他如今也有十五岁，到了自己出去闯荡的时候了，不能一辈子跟在我身后做下人。"

十五岁，她也是十五岁下山历练的，这是个特殊的年纪，从此告别天真无邪的少年时代，经过历练慢慢成为可以独当一面的青年。

伊春想起往日与杨慎一同离开减兰山庄的情景，那时她是多么意气风发，何曾想到以后的遭遇？

世事无常，就好像眼前坐着的这个男子，初见的时候她也不会想到以后与他的纠缠。

舒隽上了床，揭开被子对她微微笑，纯洁得要命："我还想睡一会儿，伊春要不要和我一起睡回笼觉？"

她连连摆手，跳起来推门就跑了出去。

哎呀，这个人真是……

结果他这一睡，居然睡到下午。伊春正在用干净的布擦拭剑身，忽然听见他在外面敲门，急忙过去开了房门，却见他换上了一件崭新的丁香色纱袍，笑若春风，手里还拿着一把紫竹骨的折扇，在胸前轻轻摇晃，甚是风流倜傥。

虽说此人向来风流爱美，但今天看上去似乎格外不同，眼睛亮得惊人，像藏了两朵火苗进去。

伊春愣了一下："你要出去吗？"

舒隽笑着点点头，"啪"一声把折扇合上，扇尖在她肩上暧昧一点："伊春，我带你去一个好地方，跟我走吧。"

其实她很早就想说了，这次与他不期而遇，他越发古怪了。先是在救她的时候装腔作势，现在又神经兮兮地约她去什么"好地方"。

古怪，绝对古怪。

伊春开始推辞："不用了吧，我的伤还没好，不太想……"

"越是受伤越要多走动，这样伤才好得快。"舒隽不由得分说，直接把她拽出去，"那地方很好玩的，跟我走啦！"

伊春无力挣扎，只好带着一肚子疑问跟着他下楼上马，眼看他牵出一匹雪白的骏马，辔头上居然还扎了好几朵粉红色的花，花枝招展的。

"上去吧。"舒隽笑眯眯地把她拦腰一抱，轻轻放在马背上，自己跟着纵身上马，坐在她身后，抓住了缰绳。

好丢人啊，跟这样一个人，骑这样一匹马，在众目睽睽之下——辔头上的花朵还在摇晃，路过的人个个都用惊异的眼神看着他们，好像在看两个不正常的人。

伊春用袖子把脸遮住，尴尬得只想跳下去赶紧躲回客栈。

马背上有轻微的颠簸，渐渐地开始加快速度，伊春稍晃了一下，立即有一只手从后面伸出来环住了她的腰。

"难受吗？"舒隽低头贴着她耳朵，声音很轻，热气喷在皮肤上令她悚然一惊。

然而不止这些，他的手环得很紧，掌心的热度令她十分不适。

伊春只觉得古怪，但马背就这么大的地方，她也不好躲。忍不住回头看看他，他笑得一本正经，半点邪念也没有。她只好试探着开口："那个……舒隽啊，你是不是……"

他很快打断，笑吟吟地说："放心，很快就到了。"

伊春抿着唇，抓抓头发，莫名其妙地随他同乘一骑出了城门。

前两天刚下过雨，风里带着一股清新的泥土味道，两旁绿树如织，青山隐隐。两人谁也不说话，伊春是不晓得说什么，舒隽是刻意闭嘴不言。前面拐个弯，上了山道，曲曲折折，偶有低垂的枝叶敲在额头上，痒痒的。

伊春索性抬手摘了一片绿叶，折了放在嘴边开始吹。

那是不知名的山野小曲，悠扬婉转，鲜灵灵仿佛还沾着露水，随风飘扬而去，惊起大片飞鸟。

白马攀上山坡，忽然停下了，哨声也断开。

伊春有些震惊地看着眼前无边无际的花海，斑斓五彩，像是铺了一层花的地毯，一直铺到天尽头。风里带着各类鲜花清甜的香气，这片花海是如此开阔，恍若仙境。

舒隽把她的头发拨到耳后，轻声说："如何，确实是个好地方吧？"

她还带着震惊，连忙点头，跳下马背一直走到悬崖边上，极目望去，还是望不到花海的尽头。风吹过时，花枝跟着摇曳，仿佛七彩的波浪涟漪。

"……很漂亮。不过现在不是六月吗？还有花在开？"

"山里的花开得晚，谢得也晚。前些日子我才发现这么个好地方，猜你必然喜欢。"

舒隽走过去，用袖子将地上的灰尘掸干净，铺上帕子，把她拽着坐下来，两人肩并肩坐在悬崖边上，双脚凌空，像是要被风托起来似的，脚下就是广袤的花的海洋。

隔了一会儿，他忽然从袖子里掏出一根青竹箫，放在唇边开始吹，调子正是她方才吹的民间小调。

竹箫音色凄婉缠绵，与先前的明快大不相同。

伊春怔怔看着脚下的五彩斑斓，低声说："以前在山庄……后山有一片桃林，一到春天，就像漫山遍野都被染了色，很漂亮……和这里一样漂亮。"

舒隽将那一阕小调吹完，轻轻叹一口气，声音也变得伤感："爹以前说，我娘最喜欢花啊草啊，他却总没时间带她出去好好玩。他临死的时候告诉我，以后千万记得，若有了喜欢的姑娘，不要委屈她，要对她好。"

伊春"哧"一声笑了，一边笑一边摇头："舒隽啊舒隽，你真是……"

他用手撑着额头，万般伤感，千分感性，声音好低："我虽然不想变成爹那样，不过眼看现在也和他差不多了。我有个喜欢的姑娘，她的心很大，却装不下我……"

伊春还在笑，忽然仰着躺下去，胳膊枕在脑袋下，问他："你和谁学的这套？好恶心。"

他"啧啧"两声，揉了揉脸，再也摆不出感性的表情，懊恼得不行。

小南瓜，他死定了。回头等小南瓜历练回来，看他怎么收拾这小子。别的本事没有，出馊主意的本事倒是很强！

伊春一直在笑，厚脸皮如舒隽，也有点挂不住了，索性起身拍拍灰："我去取点水。"

她翻个身，忽见地上不知何时多了张纸条，揉得乱七八糟，上面好像还有字。展开来仔细一看，她顿时笑得更厉害了。

字体歪歪扭扭，显然是小南瓜的手笔，那里面的内容荒诞无稽，却也可爱得很。

开头"追女秘籍"四字，第一条便是在江湖上制造谣言。试想没有交集的一男一女，两人的名字被谣言连在一起，那么就算隔着天涯海角，心也总连在一起。无论愿不愿意，心里总有对方一个位置，是爱是恨是羞是恼，那就暂且不计了。

伊春歪头想了半天，这会儿才明白为什么大半年遇到的人，个个都说自己和舒隽是神仙眷侣，原来罪魁祸首在这边——小南瓜的丰功伟绩，果然厉害。

第二条更荒谬，英雄救美。

舒隽半年来时刻暗暗追随在她身边，在最危急的时候出手相助。试想一个女孩子，名字和一个男人联系在一起那么久，在危险的时候突然得到他的救助，心里肯定别有一番滋味。所以英雄是次要的，关键在于英雄要年少英俊、气度不凡，从出场到拔刀相助都要完美无缺，从视觉上打动对方。

难怪舒隽突然出现救她的时候，表现得那么古怪，白衣磊落，乌发如云。她就说了，那根本不是打架，架绝对不是那样打的。

前面又是造谣言，又是英雄救美，铺垫完成，第三条就是攻陷芳心了。

女人是水做的，不管她外表如何冷酷凶残，内心总有母性温柔的一面。找一个晴朗的好天气，带她去一个风景绝佳的地方，要穿上最好的衣服，还要带上最佳工具——竹箫——花前月下怎能没有美曲相助。

趁着姑娘被这浪漫的气氛击倒的时候，赶紧表露自己伤感无助的一面，还要配上凄然的笑容，显示自己爱她爱得没有办法了，可只要她不愿意，自己就绝对不勉强。

有花、有曲、有美男凄然而笑，这姑娘就是铁石心肠也会被软化，乖乖顺从。

伊春看完了通篇追女秘籍，笑得抱着肚子在地上打滚，眼前却一片模糊，不知是不是笑出来的眼泪。

眼看舒隽从后面过来了，她赶紧把纸条藏起来，揉揉脸，坐直了身子。

“喝水。”舒隽丢给她一个水囊，自己蹲在旁边用另一个水囊灌水，喝得急了，从嘴边流下来两道，不过用袖子随意擦擦。反正追女秘籍屁用没有，他索性自暴自弃，懒得在乎什么形象了。

伊春看了他一会儿，忽然捏住水囊歪头问他：“你的箫呢？如今虽然没有月下，好歹也是花前，怎么没有美曲相伴？”

舒隽愣了一下，偷偷在袖子里一摸，跟着脸色大变，瞪圆了眼睛看她半天，尴尬得脸色一会儿白一会儿红。

最后，他却忽然展眉笑了，方才那点尴尬变得风轻云淡，盘腿往地上一坐，懒洋洋地说：“何必？反正没什么用，怪恶心的。”

伊春咳了两声：“你们主仆俩把人当猴子耍，玩了大半年，挺开心的？”

他叹了一口气，两手一摊：“好吧，是我的错，你要我赔什么？”

伊春笑笑，没说话，回头看着那无边无际的花海。

心里有一种温暖，还带着笑，像是开花结果似的，完全无法压抑，自嘴角钻出来，勾着她不停乐。身边的这个男人，古怪又懒惰，还贪财如命，细细说来，好处没什么，坏处一大堆。

可是他很好，真的很好。

和他在一起，总那么舒心快乐，像是世上本就没有那些烦恼的事，天塌下来，他们都可以活得开心自在，永远拥有那点小小的快乐。

她忽然抬手，指着那片花海，低声说：“罚你背着我下去，我累了，走不动。”

舒隽拍拍手，二话不说站起来：“上来吧，我的姑娘。”

伊春走过去，见他十根手指不安分地扭来扭去，大有要占便宜的意思，便说：“你要背人就专心地背，别搞乱七八糟的，让人不放心。”

舒隽一把将她背在身后，双手把她的手按在胸前，笑道：“好，你抓紧了我的手，看好了，别叫它们乱动。”

伊春又忍不住笑起来，规规矩矩地靠在他背上。

背上背个人，他走得很慢，抓着石头一点一点攀下悬崖，落在地上的时候，刻意避开那些花朵，省得把它们踩碎了。

他不说话，一个字也不说，安安静静的，好像连喘气声都听不见。

伊春心里奇怪："你怎么不说话？我重吗？是不是累了？"

舒隽叹了一口气："是啊，某人比猪还重，我腰都快断了，偏偏还压着我的手不给动，好生命苦。"

伊春笑道："你就会说谎，其实又打什么鬼主意吧？"

"手都按着了，我还能做什么？再说你伤还没好，你也把我想得太禽兽了。"他赶紧为自己辩白，彰显自己坐怀不乱的高尚情操。

伊春使劲攥着他的手，用脑门子抵在他后脑勺上蹭了两下："不许乱说，快跑！"

他学马匹叫了一声，当真迈开步子就朝前飞奔，柔软的风扑打在脸上，还有娇嫩的花瓣擦着脸颊飘落，身前身后是望不到尽头的花海，他们像一艘漂浮在海上的小小渔船。

只是这渔船好像不太稳，颠来颠去，像是随时要翻过去。

伊春被颠得哈哈直笑，继续用脑袋顶他："停停停！"

说停就停，他定在路边动也不动。

伊春一时没防备，鼻梁撞在他脑袋上，疼得"哎哟"一声，头上的簪子也掉了，满头长发披下来，擦过他的脸颊。

像是一阵风擦过去，带着一点皂角的清香，还有一星熟悉的汗味。与肆虐的花香比起来，她的味道微弱得几乎不存在，却令人感到惊心动魄。

风起，从后面吹过来，将她身上的味道一一送进鼻子里。舒隽停了一会儿，忽然开始慢慢往前走，又不说话了。

伊春揉了一会儿鼻子，才发现自己没按着他的手，他居然没动，规规矩矩的。

"你在想什么？"她凑过去，快要贴上他的脸颊，轻声问。

舒隽只是笑，隔了很久，才轻声说："我听得见你的心跳。"

他们靠得这样近，心脏也因此而互相贴近。伊春伏在他背上，细细去听，果然感到胸前有震动，是他的心跳。

跳得很快，又急又猛，像是被人追了三千里一般。

可是他明明没有被人追。

伊春收紧胳膊，抱住他的脖子，将脸贴在他头发上，慢慢地把眼睛闭上。

耳边似乎只剩下他又急又快的心跳，一直回旋，像一首唱不完的歌。

这样有什么不好？她问自己。

这样多好，这样真好。

“舒隽，你接下来要去什么地方？”她依在背上问。

他把她往上托了一下，说：“去花海尽头，看有没有仙人住着。”

她又开始想笑了：“我不是问这个，你以后有什么打算？”

“要债，放高利贷，游山玩水。”

从认识他以来，他好像一直就过着这种生活，一成不变，却又新鲜有趣。

“……你呢？”他反问。

她想了想：“我赚钱吧，还欠你十两银子，连本带利年底要还你二十两，不努力赚钱不行呀。”

“你笨得要命，怎么赚钱？”

她哭笑不得：“好像你很聪明似的。我自然有赚钱的法子，现在山贼水鬼那么多，我去打劫他们，一面赚钱一面除暴安良。”

舒隽忽然又停了下来，抬头看着前面，隔了很久，说：“有钱大家一起赚，不许独吞。”

伊春低声回答：“好啊，我们一起去打劫坏蛋。”

他好像震了一下，也可能是她的错觉。于是又开始迈开脚步往前走，这次轻快很多，像是脚下有云，托着她和他，稳稳地往前飞。

“说好了，一起抢钱，你若是不遵守诺言私自逃脱，那我以后抢来的钱一个子儿也不分给你。”

伊春笑了：“你真是铁公鸡。”

他“嗯哼”一声，直接当作夸奖了。

天快要黑了，远方天顶淡红墨蓝渲染开来，像是一幅水墨画。

舒隽静静看着晚霞，突然问她：“伊春，真的不走？”

“嗯，不走。”斩钉截铁。

他长长吐出一口气，反手箍紧她，突然发足狂奔，周围景致如梭，从脸旁奔驰而去。伊春紧紧抱住他，再也没有松手。

那天晚上，她做了一个梦。

梦里桃花还没开，后山桃林是光秃秃的枝丫，雨水从上面滚落，晶莹剔透。

杨慎坐在桃树下望着她微微笑。他长大了，头发全部束在后面，露出光洁饱满的额头。还是笑得像个坏蛋，邪里邪气的。

伊春走过去坐在他身边，拍拍身边的石头，轻声说：“坐。好久不见，你好吗？”

他就坐在她身边，衣服整洁干净，再没有乱七八糟的补丁，笑得容光焕发。

她低声道：“你家人将你照顾得很好，我放心多了。”

杨慎握住她的手，掌心温暖，他声音低沉：“你也是，比以前好许多。”

一时忽然又无话可说，伊春静静看着他，他也无声地看过来，过了半晌，都笑了。

桃林里似乎有人在轻轻喊他的名字，杨慎起身道：“我要走了，家人在叫。”

伊春急道：“等一下，羊肾！多留一会儿不行吗？”

他在她头顶摸了摸：“别再像头驴了，一辈子很长，很多地方你还没去呢，不是要做大侠吗？”

伊春默然地看着他的身影消失在桃林里，内心一时百感交集。

桃树枝上的雨水忽然落在她脸上，缓缓顺着脸颊爬下来，痒丝丝的。伊春猛然惊醒，抬手一揉，才发现只是汗水而已。

是个梦，好真实的梦。

杨慎，杨慎……她在心底一遍一遍念着这个名字，心里有一种久违的感觉，怔怔地坐在床上，一时间有些痴了。

第十四章 萤火

江城九月有品香大会，无论是真正的风雅之士，还是附庸风雅的草包，这种可以体现身份与情趣的大会总是令他们趋之若鹜。各调香店老板亦是翘首期盼，因听说品香大会常有贵人秘密参加，一旦所制的香被金主看中买下，便有大笔进账。当年苏州香香斋老板便是因为制香出色，几个月工夫便进账数千两，令人艳羡。

大会主人特地选了一处新买的别院，东临湖水。自湖中心开始建了数个巨大白石台，中间以画舫接送。

湖水碧绿，石台玉似的白，上面有美人穿着薄纱在盈盈跳舞，琴筝琵琶的声音在水面缓缓涟漪开去，让这个略带闷热的初秋显得分外旖旎。

众美人舞罢，便款款迎上来，像一群小鸽子排成一队，每人手里都捧着一只试香盒，轻轻放在长桌上。桌上早已有人写好字条：谁家制香，材料为何，名称为何。众人只需挑选便可。

这边白石台选香品香人热闹非凡，那边大会主人却倚在别院小楼上眺望。

身后忽然有人推门低声道："那人还没来。"

那主人淡道："不是今天也是明天，他向来逍遥自在得很，有享乐的机会又怎会放过。只管守在门前便是。"

说罢他便转头望着波光粼粼的湖水，天气晴朗，湖面金光璀璨刺人眼。他微微眯起了眼睛，怀里有个东西硬邦邦，硌着胸口，他缓缓取出来拿在手上摩挲。

那是一封信，里面或许还装了什么重物，很硬。火漆印上是一只展翅的燕子，稍有江湖经验的人一眼便能看出这是什么印记，然后大多数人会选择沉默避让。

晏门主的信，里面会写点什么呢？他已知道舒隽的身份，这次来，是祸是福？

指尖在硬物上来回摩挲，猜测着信里的秘密。他有些后悔，不该答应晏门这桩事，也不该请舒隽来参加江城品香大会，但事情既然已经做出，那也没有反悔的余地。

他曾是个侠客，如今是个商人，商人没有不爱银子的。千好万好，银子最好。

他长长吐出一口气，下意识地用手撑在椅子上想站起来，微微一动，才想起自己早已没有了双腿。许多年，居然就这么过来了。

江面上隐约传来三弦声，放肆又悠闲，典型的舒隽风格，他总爱卖弄这些虚荣的。

白石台上许多人都回头看去，眼见一艘小小渔船荡着碧波摇摇晃晃地近了，船头坐着一个身材瘦削头戴斗笠的人，因那斗笠压得低，看不出男女，只有几绺长长的头发随风在背后柔柔舞动。

隔了一会儿，三弦声停了，跟着船舱的帘子被人一揭，舒隽从里面钻了出来。他今天穿了一身绛纱，长身玉立，站在船头映着江水，像个端丽的神仙。

参加品香大会的人对他已是相当熟悉了，纷纷点头微笑，心里暗暗纳闷儿那戴着斗笠的人是谁。舒隽虽有个小跟班，但来品香大会他从来都是只身前往不带下人的，因见舒隽对那人神态亲密，一手握住了对方的手，贴在那人耳边说话，这情形实在稀罕得紧。

再靠得近些，那人忽然把斗笠摘了当扇子扇风，回头对舒隽说了一句什么，他笑着点头，从她手上取下斗笠，替她扇风。

她展眉朝他一笑，蜜色的皮肤，弯弯的眉毛，轮廓大抵还是娇柔的，是个年轻女子，既没有倾国倾城的容貌，看着也不像什么绝顶的有钱人，在路边随便捞个人也就是这模样了。

难得的是她看上去甚是爽透利落，一颦一笑都令人觉得舒坦，毫不做作。她腰上还挂着剑，想来应当是行走江湖的侠女。如今这世道，侠女有这种气质的也不多了。

伊春见白石台上许多人不试香，只管瞪圆了眼睛朝这里看，不由得笑道："他们都认识你吧？你一来大家都看着呢。"

舒隽懒得抬头，只管盯着她看，一面继续扇风，轻声说："管他们做什么，咱们玩咱们的。回头我替你选几个香，提神醒脑相当有效。"

伊春故意低头在他身上闻了闻，撇嘴轻笑："一个男人身上香喷喷的，好讨厌。"

"一个女人臭烘烘的才可怕。"他摸摸她的头发，"但你不臭，我就爱你的味儿。"

她翻个白眼，显然对他的肉麻话毫无感觉。舒隽不甘不愿地坐直身体，眼见白石台近在眼前，便将她腰身一揽，纵身跳上了台子。

有几个人想过来打招呼，但见舒隽搂着伊春，相当旁若无人，浑身上下更散发出一种"别惹我"的气息，众人只得看了一会儿，便各自去试香了。

"没人来打招呼，你名声果然大大地坏。"伊春笑眯眯地走过去，拿起一个试香盒放在鼻子前嗅两下，结果却打了好几个大喷嚏，"好怪的味道！"她赶紧把盒子丢了。

舒隽将盒子捧起，在鼻前轻轻晃了两下，闭目如数家珍："麝香，龙脑……提神得很，是好香，只缺了点什么……"

他正要换另一只试香盒，忽听丝竹声又起，裹着轻纱的美人们款款舞来，正中一个美人一身皎白，长袖蜿蜒，腰身似蛇一般柔软，旋转间裙摆梅花似的绽开，淡淡的幽香顿时充斥在每个人的鼻间。

伊春甚少见到这种旖旎景象，看得入迷，用力吸了好几口，赞道："好香啊。"

美人长眉入鬓，目光流转，不知倾倒多少在场男子。她却只看着舒隽，唇角微微一扬，露出个妩媚温柔的笑来。

舒隽低头凑在伊春耳边：“喜欢她身上的香？”

伊春点点头，然后又摇了摇头：“很香，但只有她这样的美人才配得上。”

舒隽哼了一声：“她算什么美人……”

美人越舞越近，她手里不知何时多了一只试香盒，身体微微前倾，像刚刚收起翅膀的仙鹤，将那试香盒送到舒隽面前，跟着嫣然一笑，柔声道：“舒隽，别来无恙。”

他捞起试香盒，并不搭腔，只放在鼻前微微一嗅，说：“这香不错，什么名儿？谁配的？”

“玉髓香。”美人嘻嘻笑了一下，“是我配的，你信吗？”

舒隽淡道：“你真能配出这种香，就不会在这里跳舞了。前年欠我的五百两银子，今年你到底怎么说？”

美人把嘴一噘，哀怨得很：“每次见面你第一句话都是钱，好没情趣。”

舒隽把试香盒往她手里一放，点头道：“我知道了，今年还不起，利滚利，明年我会找你的。”

他揽着伊春转身要走，美人赶紧追上去，委委屈屈地说：“好无情的男子，与我多说两句会死吗？这香不是我配的，是大会主人的秘制，今年的压轴香。你若买下它，里面有一半的钱便算我的债务……你别皱眉头，是大会主人说的，可不关我的事。”

说到这里，她笑了起来，眉眼灵黠，在伊春身上转了两圈，立即又露出亲近的笑容，一把挽住她的胳膊，柔声道：“这位妹妹好模样，和舒公子在一起真是天生一对。我这里还有别的香，妹妹看中了什么，只管和我说，就当我的见面礼。”

舒隽把正要说话的伊春挡在身后，摇头道：“少来，钱是钱，香是香，你糊弄我老婆可不行。”

美人噘着嘴走了。

伊春轻声说：“你对她好凶，为什么？”

莫非有所谓的“老婆大人”坐镇，所以他故意把别人当作“路人甲”？

“你以为她是个好东西？”舒隽斜睨她，“坑蒙拐骗她样样都做，把你卖了你还得感激她一辈子。”

伊春笑了笑：“她是不是骗人，我知道的，你不用总担心我会出事。”

舒隽忍不住，很想在她脸上拧一把，偏又不太敢，只好说：“你偶尔依靠一下我会死啊？真没情趣。”

说话间，却见一个蓝衣仆人匆匆走过来，垂头道：“舒公子，我家主人恭候多时，请随小人来。”

舒隽点了点头，握住伊春的手，笑着说：“走吧，这次的大会主人是我一个长辈，我带你去拜见他。”

别院中树木森森，甚是阴凉，主人就坐在一栋小楼里，布衣铜簪，红木桌上放着一壶茶，三只青玉茶杯。

见到舒隽二人过来，他并不站起，只露出一丝笑容，颔首示意他们坐下。

“你到底是带着媳妇来看我了。”主人微微含笑，眼角皱纹密密麻麻，头发也已花白，神态中不知为何总带着一丝疲惫，令人不由自主地替他操心身体。如果顺着胸膛往下看，能很清楚地看到他空荡荡的裤管和身下的铁轮椅，原来，他是个残疾。

伊春犹豫着给他行礼，却不知如何称呼，舒隽低声道：“叫汪叔，昔日助我钱财的也是他。”

伊春恭恭敬敬叫了一声：“汪叔。”

汪叔便笑着从怀里取出一个锦盒递给她：“匆匆出门来别院，没带什么好东西，这小东西便拿去玩吧。”

锦盒里是一双浓绿如春水的碧玉镯，纵然伊春不懂玉器，也能看出那是上好碧玉，价值不菲。伊春微一犹豫，本能地想拒绝这份重礼。

舒隽却早已不客气地取出镯子替她戴在手腕上，左右打量一番，低笑：“漂亮得很，多谢汪叔了。”

三人喝了一会儿茶，聊了些家常，伊春憋住了好几个哈欠——这里凉快得很，香炉里也不知烧的什么香，让人浑身软绵绵，很想马上睡一觉。

忽听汪叔话锋一转，低声道：“你向来聪明，比你爹娘强了何止千倍。既然聪明，便知道自己暴露了身份会有什么后果，一直躲避下去自然不是办法。”

这话说得非常突然，而且没头没脑，伊春一时倒愣住了。

舒隽神色讥诮，淡道：“汪叔，当日东江湖的事令我好生惊讶，你这样的前辈，何时做了晏门的走狗？”

汪叔缓缓摇头，声音很低：“世上有谁和钱过不去？”

舒隽无奈地看着他，却听他笑了笑，带着些慧黠，又说：“你放心，给我再多银子，我也不至于把你家透露给他们。”

“财迷心窍的老鬼！”

世上如果有人比舒隽还爱钱，那人肯定是他。

汪叔“哈哈”笑了几声，终于从怀里取出那封信，随手抛给他：“晏门主给你的信。”

舒隽并不避讳他，飞快拆了信，里面包了一张信纸，两张千两银票，还有一块裂成两半的玉。他第一件事就是用两根手指捏着银票放在眼前仔细看，笑得眯了眼睛：“晏门主倒是会做事，大方得很。”

跟着看了两眼碎玉，他的嘴唇略带孩子气地抿了抿，若有所思地将两块玉捏了捏，飞快放进怀里。

最后才展开那封信。

信很短，上面写了两行字，都是时间地点，想是晏门主约好他在何处见面。信纸最下行还写了一行细细小字：“一别十余年，故人是否无恙？旧物奉还，沐香恭候少侠大驾。”

他随手将信撕了丢在脑后，默然无语地牵着伊春起身。

汪叔说：“马车在后院，老徐等了你一个上午。”

舒隽叹了一口气，回头看着他：“你将我卖了还这么理直气壮，这等本事我实在佩服。”

汪叔笑了笑，眼神渐渐变得锐利。

“舒隽，”他说，“你一直躲下去不是办法，我们都明白这事是你老爹做的，与你无关，但谁让你倒霉，有这么个老爹。以前你一个人行走江湖，洒脱得很，自然什么也不在乎。但如今你有了媳妇，将来成家生娃娃，也要像你爹一样带着全家人到处躲避吗？”

他吸了一口气，又道：“事情总要解决，你有本事，不应该到处躲，而是迎上去和他们把话说清楚！”

舒隽神色怪异地看着他：“您老还是那么会说话，但你搞错了一点，我从来也没必要躲着晏门。”

他低头看看伊春，她也仰头看他，两个人的眼里都有同一种东西：傲气。

“他们要见我，首先得有本事找到我、请到我。若连这点也做不到，凭什么叫我舒隽送上门？”

汪叔顿时无语。

后院里果然停着一辆马车，驾车的人是一位姓徐的中年男子，伊春曾在扬州见过他一次。

他很圆滑谦卑，在两个小辈面前点头哈腰，连声说：“门主还未赶到江城，约莫着还有一天半天的工夫，公子和姑娘可有想去玩的地方？若有，不用客气，只管告诉我。”

舒隽笑道：“听闻江城黄鹤楼赫赫有名，既然来了，不去观赏一番岂不可惜？”

老徐笑呵呵地去赶马车了，好像一点也不生气。

汪叔一直将他二人送上车，忽然想到什么，说：“那玉髓香，你要吗？”

舒隽本能地想拒绝，忽然想起伊春说那个很香，脸上有向往的神色，心中不由得一柔，点头道：“也好，我要了。”

汪叔笑得狡黠：“既然如此，一千两拿来吧。那香我做了足足五年才做得如此精妙，安神舒缓是最好的。原本要卖两千两，但言丫头那笔债务算在我头上，便宜你一半，剩下的一千两，只当她还了你的钱。”

敲诈，绝对是敲诈。他舒隽走遍大江南北，从没遇到过要价两千两的香。

他立即放下帘子：“不要了。老徐走吧。”

汪叔抓住窗檐："一千五百两。"

"老徐快走！"

"一千两！"

舒隽回头看着他，露齿一笑："要我说，撑死十两，卖不卖？"

汪叔扔给他一个香盒："成交！"

伊春顿时对舒隽的砍价本事佩服得五体投地。

马车终于慢慢走远了，伊春把脑袋探出去半个，见汪叔坐在铁轮椅上，目光拳拳地看着这里，似是有些不舍。

舒隽拍拍她的肩膀，轻声说："丫头，你别担心。"

她慢慢点头，转身笑了笑："我不担心，我们一起。"

他将她的手捏了捏，没有说话。

马车里宽敞舒适，糕点热茶一应俱全，角落里甚至还放了一坛好酒。伊春拆了封口，抱着轻轻一嗅："咦？是广陵琼花露！"

舒隽在她额头上一点，似笑非笑："你这丫头，独自在外面闯荡些日子，总算有点见识了。这么放心晏门，不怕他们在食物里面下毒？"

"有你在。"她答得毫不含糊。天下好像还没有能难倒舒隽的毒药，所以她一点都不担心。

两人一顿大吃大喝，撑得几乎连路都走不动了，便撩起窗帘看外面飞逝而过的景致。

马车离开繁华热闹的市集，开始往人烟稀少的山道行去。舒隽放下窗帘，只留一道小缝，细细的山风将伊春耳旁的软发吹得飘来荡去，看得他心痒痒，有个冲动想吻一吻她沾染着酒气的嘴唇。

马车突然停下，骏马长嘶一声，显是被人强行拉住了。伊春本能地按住腰上佩剑，舒隽丢给她一个安心的眼神，靠在车壁上懒洋洋地问："什么事？"

老徐自己反倒先揭了帘子，神情疑惑，不太像是装出来的。

"前面的路有古怪，像是有人泼了许多猪油在上面。这里是山崖，万一车子打滑，摔下去可不是闹着玩的。公子和姑娘请稍候，我去看看情况。"

两人打开车门探头去看，果然见前面很长一段山路都是白花花的，显然是凝固起来的猪油，而且相当厚，不要说马车，只怕他们这种身手高强的武林人士走在上面也要打滑。

伊春瞪圆了眼睛，骨碌碌地转，用口型无声问他："山贼？"

她眼里有期待而且兴奋的光芒，遇到山贼对她来说根本不是什么危险事，相反，山贼等于有银子进账，伊春相当期待。

舒隽摇摇头没说话，眼见老徐摇摇晃晃走在猪油上，四处张望，只怕是没见到什么异状，这才艰难地走回来抱拳道："还请两位等候，待我将路上猪油弄干净。"

话音未落，路边闪电般飞窜出十几个人，奇异的是每人手里都拎着一桶油。老徐大吃一惊，只来得及抽出防身兵器，但见他们呼啦啦将滚烫的猪油泼了满马车。

变故只在一瞬间，不知是谁丢了个火把过去，“呼”的一下，火龙猛然蹿上了天空，然后顺着地上的猪油飞快烧过去，眨眼工夫整条山道被烧得通红，老徐只来得及惨呼一声，很快就被烧成了个火人，在地上滚了几圈，再也不动了。

伊春只觉眼前一红，炽烈的火焰便从四面八方一起朝自己扑来，她下意识地先去抓舒隽，谁知却抓了个空，她心中一沉，拔剑将燃烧的车壁砍得稀巴烂，没命地抱着脑袋冲出去。

火火火，到处都是火，浓烟眯了她的眼睛，令她不能呼吸，她不顾一切地放开嗓子大吼：“舒隽！”

没有人回答他，遥远的地方似乎有一阵阵打斗声，还伴随着被烧伤之人的惨呼，令她心惊肉跳。

是他？是他？老天！不要是他！

背后传来破空之声，是有人拿刀来砍，伊春本能地用剑一架，那人力气却极大，这一刀竟将她砸得朝前踉跄数步，一头栽进火海里，只觉浑身皮肤都要烧烂了。

伊春痛得尖叫起来，后面有人一把抓住她的领子，硬是将她扯出来，然后噼噼啪啪一顿，把火苗拍灭。

“没事吧？”是舒隽的声音，他第一次这么失态这么焦急。

伊春猛然回头死死抓住他，他浑身上下从头到脚都是黑乎乎的，头发也被烧得少了一半，狼狈得要死。

她张口要说话，他却忽然低头在她唇上吻了一下，低声道：“快！上树！不要下来！”

说罢舒隽用力将她一抛，伊春像飞起来似的，直直撞向对面一株高大的槐树上，她手脚灵活，当下勾住枝干，身子微微一晃，便翻身跳上了树顶。

火，突然自地下烧起，后背一片烧灼剧痛之感。伊春倒抽一口凉气，猛然转身，却见火势早已蹿了数丈高，浓烟滚滚而起，几乎遮住半边天空。

她本能地上前一步，差点从树顶一头栽下。

“舒隽！”她大叫，可是没有人回答她，冲天的火焰里隐约有几个人影一晃，奔至山崖边，其中一人似是脚下一滑摔了下去。伊春又叫一声：“舒隽！”依然没人回答她，她只觉肝胆俱裂，没命地从树上跳了下来，又踩在猪油上，滚了好几尺，恨不得要冲进火里找人。

火光灼目，似是烧进了眼睛里，剧痛无比。刀光剑影在身边闪烁，她只是本能地反手挡下。

横剑、斜刺、倒劈，有鲜血溅在脸上，伊春抬手想擦，可是脚底又是一滑，她狠狠摔了下去。那些刀光剑影一齐朝眼里扎来，要把她扎穿。

她就地一滚，一直滚到山崖边上。

这座山并不高，摔下去并不会死。

所以，舒隽，如果你摔下去了，如果你死了，我会鄙视你一生一世！

她毫不犹豫地纵身跳了下去，风一下子就把她包围了，攀生在崖边的树木密密麻麻，柔软的树叶此刻擦在脸上，疼得像要裂开似的。伊春护住头脸，把身体尽可能地蜷缩起来，下坠中感觉撞在一根树枝上，左边胳膊一阵剧痛，估计是骨头断了。

最后，伊春狠狠落在一片厚实柔软的东西上，脑袋被什么硬邦邦的东西狠狠磕了一下，眼前顿时金星乱蹦，她哼也没哼一声便晕了过去。

那日，晏于非为着扬州诸多帮派一夜之间解散并不知所终的事情去找门主商量。晏门有意拓展江南势力，奈何对方似乎并不怎么给面子，也并不像巴蜀湘地遇到的反抗那么激烈，江南大小诸多帮派玩的是龟缩战，一夜之间解散势力，将偌大一块江南宝地拱手让出。

须知道肥肉再美味，也不可能一口全吞了，晏门得到势力的同时，还需要付出两到三倍的代价，光是在官府那里打通上下便是一笔巨款，沿河而居的百姓对新来的晏门亦是兴趣缺缺，倘若此时有人自外部集结反攻，晏门在江南一域的计划很可能功亏一篑。

自晏于非失了右手，殷三叔走遍五湖四海，寻得一块千年香木料，请了最好的工匠为他做了一只木头假手嵌在伤处。假手做得惟妙惟肖，连指甲上的纹路都好似真的，除了不能动，乍一看他与常人并无任何区别。

此刻他正用那只假手轻轻敲门，平常这个时候，门主都在书房里批阅信件公文的。

敲了没两下，门主身边的贴身部下老林便来开门，朝他恭恭敬敬地行礼："二公子，门主如今不在府内，临走时交代了，要事便由大公子、二公子决定，他半月之后才能返回呢。"

"门主说了是什么事吗？"晏于非有些奇怪，此时正值江南势力大变迁的要紧时刻，门主怎会不通知一声便擅自离开？

"他老人家并未交代，只说江南的事交给大公子和二公子便足够。"

晏于非皱眉离开了门主的院落，刚过了竹林，却听林中一人笑道："二哥，我知道爹去了什么地方，要我告诉你吗？"

他淡然转身，果然见晏于道笑吟吟地站在林中，前些日子他不知在何处受了重创，卧床半月有余才养好，那原本圆溜溜的脸也消瘦了下去，露出些尖嘴猴腮的味道来。

晏于非对这个同父异母的三弟并没过多好感，只说："这个时间，不去培训你的秋风班，来门主的庭院做什么？"

晏于道笑道："二哥，我知道你素来冷静，不会轻易被人套住，也不能怪爹总偏心，你和大哥确实是有才干的，不过嘛，你们大才干是有，小聪明就没什么了。"

晏于非懒得听他废话，转身便走，只听他在后面叫道："二哥！砍断你右手的那个女人，我遇上啦！你放心，我必替你报仇！”

晏于非先是一愣，紧跟着心里便是一惊，像是一个曾经竭力忘记的回忆突然汹涌而来。他倏地转身，紧紧盯着晏于道，低声道：“什么意思？”

晏于道呵呵笑道：“我知道爹做什么去了，他托人给舒隽带了一封信，打算见见他。那女的不是一直和舒隽在一起吗，何况咱们晏门和舒隽他爹也有血海深仇，何必文绉绉地搞什么见面，直接杀了了事。我的秋风班，现在应当找到他们了吧？”

晏于非这时才大吃一惊：“你派人跟踪监视门主的一举一动？”

“别说得那么难听，什么叫跟踪监视？爹既为一门之主，做事当然要谨慎再谨慎，我不过是多替他分忧罢了……”

话未说完，便见晏于非快步走出竹林，他在后面又大叫：“二哥！你安心等着我把那两人的脑袋提过来！”

晏于非拐个弯，迅速消失在庭院门外。

走了没一会儿，他忽然低声道：“殷三叔！”

一个人影无声无息地出现在他身前，头戴斗笠缓缓跪下，正是许久不见的殷三叔。他垂头道：“属下已探访过，三少爷所说基本属实，门主如今人在江城，舒隽与葛伊春二人也在江城，三少爷的秋风班亦在江城集合。”

晏于非猛然将拳头捏紧，断腕处的肌肉一阵剧烈收缩，牵扯出断裂般的疼痛，令他想起右手从身体脱离飞出的那个瞬间。

几乎是咬牙切齿的，他一个字一个字地慢慢说道：“准备一下，即刻赶去江城。”

心里有一种骄傲在抬头，葛伊春，要死也只能死在自己手上。最桀骜的鹰，岂能容别人染指！

小小山道上一个人也没有，只留下被焚烧过的痕迹，马车的废墟堆在山崖旁，隐约能看出是门主的车。

殷三叔用手在地上抹了一把，放在鼻前一嗅：“少爷，像是有人在地上泼过猪油，还点火来烧。”

晏于非眉头紧皱，低声道：“三弟怎能如此胡闹！”

他看了看山崖边缘的几个脚印，转身便走：“去山谷看看！她……她不会如此轻易被杀！”

殷三叔欲言又止，只得把斗笠往下压了压，随他一同攀下山崖找人。

这座山并不高，身怀武功的人跳下去绝不至死，晏于非拨开拦在眼前的枝叶，心里不知为何有一种焦急，像有一面油锅在嗞嗞煎熬着他的心，滋味相当不好受。

他甚至不明白为什么会变成这样，脑海里偶尔会想到下一刻拨开浓密枝叶，看到的是她支离破碎的被烧焦的尸体，自己该怎么办？

断腕的地方没有受到任何刺激，却在不受控制地一阵阵疼痛。提醒着他小叔的耻辱，自己断腕的耻辱。

葛伊春，你怎么可以就这样死了？死得这么狼狈又毫无声息！

前方不远的地方传来一阵细碎的脚步声，很轻。殷三叔动作奇快，瞬间便挡在了晏于非面前，手执双剑马上便要出鞘。

浓密的草丛缓缓分开，“啪”一声轻响，一只脏兮兮染满鲜血的手抓在一棵槐树上，乱七八糟的头发耷拉在脸前，衣服也破破烂烂的，左手呈一个古怪的角度蜷缩在胸前。

她像个野生的小兽，披荆斩棘地出现在两人眼前，狼狈得紧，可那双眼依然亮得惊人。

殷三叔眉头一皱，正要拔剑，却听晏于非低声道：“殷三叔你退下。”

他回头不可思议地看着他，张开嘴想说点什么，最后还是吞了回去，默然退到一边。

晏于非朝前走两步，双眼一眨也不眨地看着她，隔了许久，他低声道：“葛伊春，你没死。”

他感到十分喜悦，先前的沮丧失落一瞬间全部消失了。

伊春眼前是一片刺目的白光，她在崖底躺了一天一夜，终于能收拾气力上路找舒隽，她在山林里徘徊了很久很久，可是舒隽究竟在什么地方？

树，眼前永远是一株又一株沉默不语的树，谁也无法告诉她舒隽在什么地方。细长的草叶子刮在衣服上发出窸窣的响声，她想起与他在一起的那么多日子，曾以为世上人都要离去，只有他不会走，不会出事。

他很强，从来也不需要她为他担心什么，和他在一起总是无比安心。

两个人一起上路，被他说了很多次“老婆老婆”的，她没有承认也没有否认，大抵还是因为没确定自己到底是怎么想的。还有一个原因，她笃定他会跟着自己，他会等她。

从来也没想过他会出意外。

杨慎死的那天，那种心快要碎裂的感觉再度袭来。

她还什么都没有和他说，她从未像现在这样痛恨过自己，为什么每次到了无法挽回的时候，才知道自己真正的想法。

倘若他死了……她不敢想下去，只是憋着一口气，无论如何也要找到他。

有一次他开玩笑，吹牛说世上没有毒药能毒死他，要杀他，几乎是不可能的。

你骗人啊……伊春在心底说，这么容易就死掉，你还是舒隽吗？如果你没死，你为什么不见了？

她几乎要筋疲力尽，只剩最后一口气，快要再次晕死过去。

拨开挡住视线的枝叶，在白光深处，忽然见到舒隽笔直地站在对面冲她笑，招手说：“小葛，怎么弄得这样狼狈？”

伊春从喉咙里发出一声古怪的呻吟，像兔子一样跳了起来，一下扑上去。

殷三叔大吃一惊，本能地要拔剑相向。可他家少爷一动不动，也可能是呆愣住了，任由她扑上去死死抱住他，脏兮兮的脑袋撞在他胸上，他微微一震，竟还是不动。

“舒隽！”她低声说，死死揪住他的袖子，“你这浑蛋，活得好好的！”

晏于非愣在那里，低头看着她肮脏看不出轮廓的脸，只有那双黑白分明的眸子能让他意识到这人是葛伊春。她的眼神充满了狂喜，跟着紧紧搂住他的脖子，轻轻说：“你活得好好的！”

话未说完，人已经软了，真正晕死过去。

晏于非有些哭笑不得地抓住她的衣领，毫不费力地提起来，她出人意料地轻而且瘦，真是这个看上去一折就碎的人挥剑斩断了自己的手？

他简直不敢相信。

葛伊春是强大的，不能轻易被打败的。他对她一直是这个印象，她的鼻子眼睛长什么样，他脑海里是一片模糊，可是只要她一靠近，那种气息便令他振奋，像是发现了强大对手的那种兴奋。

不知为了什么，他忽然举起袖子把她脏兮兮的脸擦了两下，原来她是长了这样一张脸，这样的鼻子、这样的嘴、这样的眉毛。记忆里那模糊的面容此刻全然被眼前的脸庞代替——她是个女子，她年纪不大，她有倾心相爱的人，除了一身武艺和那颗什么也束缚不了的心，她与世上平常女子并没有任何两样。

“殷三叔。”过了很久，他低低唤了一声，“我们回去。”

殷三叔终于忍不住开口：“少爷……要把这女子带回晏门有些不妥……”

晏于非猛然回头，神色十分古怪，脸色是煞白的，眼睛却亮得十分诡异，似是有无数巨浪在身体里拍打，不能安静。

他低声道：“我说……回去。”

殷三叔默然点头，喉头颤了两下，转身先走了。

晏于非近几年常常会做一个梦，谈不上是噩梦或者什么别的。

梦里他只是个旁观者，模糊了很多年的小叔的脸在梦中是如此清晰。庭院深深，月色溶溶，小叔拿着匕首与人过招。那人身形犹如鬼魅，轻巧不能捉摸，短刀的光辉像呼啸而过的星光，短促急切，充满杀意。

开始他还会在旁边急切地呼喊，可很快就发现没有人能听见。

他只能眼睁睁、一次又一次地看着那呼啸的星光切断小叔的右手，浓稠的鲜血，带着发紫的暗红色，如雨落下。

他忽然觉得自己的右手也空荡荡的，低头一看，手腕不知何时断开了，肌肉收缩痉挛，剧痛无比。

晏于非紧紧握住伤处，脸色惨白，想要从喉中嘶吼出伤痛，偏偏发不出一点声音。

小叔轰然倒地，他心口被剜了个大洞，伤重无救。月色溶溶的庭院，忽然变成春光明媚的后庭，凶手一身布衣，长发凌乱地披在肩头。

他长笑一声，剑尖回挑，桌上酒杯“噌”地跳起，酒液灌入他口中，一滴也没漏出来。

“十年磨一剑，霜刃未曾试。今日把示君，谁有不平事？”

那人哈哈大笑，收剑回鞘，细小的血珠子落在地上，落在晏于非脸上，又烫又冷，令他不能呼吸。

他长歌而去，无人敢阻拦，晏于非胸中像是要爆裂开一般，双脚不受自己控制，飞快追上去，张开双手挡在那人面前。

“我和你比试！”他不顾一切地说出来。

那人扶剑又是一笑，春光明媚的后庭，不知何时再次变成月色溶溶的庭院，站在他对面的不是别人，正是葛伊春。

她生得瘦削娇小，身体却站得很直，脖子扬着，唇角似笑非笑，两眼却比星子还要亮。

“你们总喜欢强迫别人听从自己，可我偏偏不喜欢这样。”

像是被无形又尖锐的东西击中身体，他实在禁不得，倒退了两步。小叔的尸体在身后飘荡，一遍一遍低声问他：于非，于非，为何不替我报仇？杀了她，杀了她，杀了她……

晏于非默然垂首，看着伤口狰狞的右腕，他忽然感到，自己心里也存在着一个同样的伤口，比这还要大、还要深。

每夜，他都感到那伤口传来的深深痛楚，只是觉得痛，却不明白为什么会痛。

小叔的声音在耳边徘徊，凄凉而且悲怆：于非，杀了她，为我报仇。

他不由得犹豫了。

殷三叔跪在脚边，声音低沉：少爷，强极则辱。少爷最想要的是什么？

晏于非醒来的时候浑身冷汗，喉咙像是被一双手扼住，无法呼吸。他揉了揉眉心，翻个身，微薄的晨曦透过窗纸洒在案上。

案上放着一个水晶盒子，里面是他的右手。

晏于非坐在床沿，静静地看着那只盒子，看了很久很久。

原来，他到现在还是没能放下。

无论是断手，还是小叔。

梦里殷三叔问得不错，他要的，究竟是什么？或许他心里很清楚自己的目标，只是前所未有地对前进的方向产生了怀疑。

“小叔……”他发出一个低低的叹息，犹如耳语。晏门的二公子，许多人眼里杀人不眨眼的大魔头，终于看上去有那么些脆弱无助，“小叔，如果你活着，告诉我该怎么办？”

没有人回答他，晏于非自嘲地笑了，顺手一拉床边的小铃，早有仆人端了热水进来供他梳洗。

“少爷，您带回的那个姑娘醒了，大夫说她病得挺重，要好生照料。”仆人给他汇报昨晚的事，“殷先生照料了姑娘一晚，正吩咐厨房熬药。”

晏于非微微一愣，殷三叔亲自照顾葛伊春？他葫芦里卖的什么药，大约只有他自己知道。

第十五章

各自的路

伊春确实醒了，不过醒得相当狼狈，浑身上下除了眼睛，几乎全部被裹上了绷带。她怀疑自己是不是全身骨头都碎了，或者是皮肤全烂了，不然为什么形象如此惊悚？

屋子里很暗，药气又湿又热，游走在周围，令她浑身痒到发麻，偏偏一根手指也不能动，急得快要抓狂。

嘴上覆盖一层厚厚的绷带，她索性用牙咬开，扯了嗓子大叫：“舒隽！”

还没叫完，便听门口一个低沉的声音响起：“醒了？精神不错，你果然命大！”

这声音让她大吃一惊，手在床边一撑，险些翻身摔个狗吃屎，结果牵动了左手的伤口，痛得她“哎哟”一声。

殷三叔走过去，足尖一抬，轻轻将她歪过来的身体踢回床上，且不至于伤到她的断手。他面无表情地坐在床边椅子上，手里不伦不类地端着一碗药，也不打算给她喝，只用一种像要把她活剐的眼神定定地看着她。

伊春丝毫不惧，直勾勾地瞪回去，隔了良久，才问：“舒隽呢？”

殷三叔冷道：“山崖下面只有你一人，若不是少爷好心，岂能容你这般嚣张！”

她没说话，却把眼睛慢慢合上了，神情平静。和舒隽去参加品香大会，收到晏门主的信，驾车前往黄鹤楼，遭遇突袭舒隽生死未卜就此失踪——这一系列的过往在她脑海里一遍一遍如流水般掠过。

殷三叔声音冷淡，分明含着极度的不情愿：“少爷总还是宅心仁厚，念着你是女子，多处忍让，又因你剑术出众，愿屈尊前来招揽。你若再冥顽不灵，纵然少爷饶得了你，老夫的双剑必不饶你！”

他认定晏于非救她是另有企图，此时正值晏门大肆招揽人才、全力拓展势力范围的时候，葛伊春剑术高明，年纪又轻，绝对是个好料子，纵然脾气古怪不好拉拢，但如今少爷救了她一条命，先前的恩怨也可以相抵了，她自是找不到什么由头来推辞。

虽然在殷三叔心里有一万个不愿意，他始终忘不掉少爷的右手断得那么冤屈且突然，把葛伊春砍成一千块也不能弥补少爷的损失。可是少爷要成大事，岂能纠结于这等私人恩怨，他殷三亦只能成全。

“老夫真恨不得将你双手都砍去！”他皱眉厉声说。

伊春慢慢睁开眼，既不生气，也不恐惧。她淡淡地望着殷三叔，只说了一句话：“你们做梦。”

殷三叔扬手便要抽出双剑，门口一人忽然轻声道：“殷三叔，你辛苦了。”

他飞快收势，急急转身：“少爷！老夫一万分不赞同您的行为，此女留着必成祸患！”

说罢他恶狠狠地哼了一声，疾步出门，竟连礼也不行。晏于非眼见他横冲直撞出了庭院，也不知今天多少部下要承受殷三叔的怒火，面上不由得浮出一丝笑，不过很快这丝笑容就消失不见了。

他见伊春虽然包扎得根本看不出头脸，但白布下那双眼却依然黑白分明、磊落干净。不知为什么，他竟在这个瞬间想到在山崖下她狂乱而迷惘的眼神。

大约在山崖的时候，她才真正像个女人，而不是云一样自由自在的侠客。

晏于非走过去，端起先前被殷三叔泼了大半的药，轻轻吹着上面的热气，低声道：“我们没找到舒隽，不过以他的身手，要死也并不容易。”

伊春说：“你们最擅长的不光是胡乱杀人，还要加上装模作样！你敢拍着胸口说，这件事与晏门无关？”

晏于非摇了摇头：“确实不能否认，此事是我三弟任性妄为……”

话未说完，便见她闪电般弹跳而起，他手上那碗药没端稳，被她甩手直接丢了出去，“咣”一声碎了。晏于非吃惊之下定睛再看，却见她早已扯下满脸白布，露出红红白白的脸，脸上有许多细小伤疤，因上了药，颜色相当古怪，使得那张脸像唱戏花脸一般。

她森然道：“放火杀人，在你们嘴里只是任性妄为！没有这种任性妄为，杀人偿命而已！”

晏于非只觉喉中发苦，真要遂了平日里的心性，直接把她乱剑刺死才是最简单快速的解决方法。事实上，他早就该把她杀了，一直拖到如今，时间越久，他却越不想动手。

门主说：“此女不简单，苍鹰似的人物，日后必要有所成就，倘若有机会为我所用，自然是好，不能为我所用，那也不能为难了她，好生待之，以友相处方为上。”

想到这里，他也只能苦笑，纵然没有她那断手一剑，没有杨慎死得突然，他与葛伊春也永远做不了朋友。只要他还记得小叔，交这个朋友就是妄谈。

“你先养伤吧，以晏门的势力，要找到舒隽并非难事。”晏于非不愿与她多说，起身便走。

伊春猛然抓住他的袖子：“晏于道在哪里？”

她问得如此理所当然，如此不客气，晏于非略感恼怒，皱眉道：“莫忘了，这里是晏门，葛姑娘还是谨慎为好。”

伊春一把放开他，抬脚便要冲出去，她不是个擅长讲理的人，她向来擅长动手。

晏于非尚未来得及阻拦她，眼见她跑出几步，然后歪歪倒倒地摔了下去，说到底她的伤还没好，方才只是硬撑罢了。

“我……我要去找晏于道！”她脸色发绿，蜷缩在地上喃喃说着。

“葛姑娘保重，只当为了与舒隽重逢吧。”晏于非伸手想扶，不知为何又缩回来，径自走出去将门关上了。她瑟瑟发抖的模样也被关在门内。

晏于非神色凝重地背着手，朝斜对面树顶望了一眼，立即有属下自隐蔽处奔出跪在脚边等候命令。

“去找三少爷，他不是一直想对付扬州一带的水鬼吗，这次便派他去了，不成功不许回来。”

无论如何，还是把晏于道暂时调离晏门为上。

到了中午，一直黑着脸的殷三叔终于主动出现了，他勉强压抑着满腹不满，沉声道：“少爷的计谋自然是好的，属下目光短浅，只是不明白少爷要拿那女子如何？”

这个问题晏于非已经问过自己无数遍，始终没有答案。他长叹一声，将狼毫放在笔架上，长袖下是一幅画，墨迹犹新，画的是秋菊数朵，用色严谨，秀雅高洁。

他声音很轻：“殷三叔，从小晏门里很多人都夸我有才干，和死去的小叔很像。所以有时候，我甚至会觉得，自己就是他，我和他已经分不出彼此了。”

殷三叔一时明白到他为何突发这种感慨，温言道：“少爷与小门主才干相当是好事啊。”

晏于非笑了笑：“连你也这么说，可见我一生也逃脱不了小叔的阴影。”

殷三叔有些急：“少爷何出此言！”

晏于非拦住他后面的话，淡道：“所以我才不想做第二个小叔，晏于非是晏于非，与晏小门主并不一样。他能做的事，我也能做；他不能做到的事，我一样能做。他是最好的猎人，死在最强悍的苍鹰爪下，我却不同，我不会死……殷三叔，我不会死，也不会再受一点伤。”

“少爷……”殷三叔默然。

“殷三叔不用担心我。”他又笑了笑，取笔将秋菊勾勒出阴影来，“你什么也不用担心。”

真的不用担心吗？殷三叔深深看着他，如果不用担心，为什么你眼中神采与平日不同？为什么……你看上去全无平日的稳重冷淡？

葛伊春，不过为了这个女人，断一只手还不够？她究竟算什么东西！值得被这样看重！

“少爷，不过是个女人。”殷三叔冷冷地说，“她只是个女人，少爷从小自律，少近女色，遇到个特别点的难免慌乱。少爷若是喜欢她，也是这等江湖女子的福气，今晚我便让人抬她去少爷房里！”

晏于非愣了半晌，忽然失笑，反手将案上画纸一把揉烂，低声道：“你不明白我，殷三叔，你从来也没了解我……”

这复杂而纠结的思绪，岂是简单的色欲所能概括。

她若是桀骜的鹰，他便是敏锐的猎手；她若是无所拘束的云，他便要做一阵狂风；她若是自在绽放于山野间的花朵，他便要做那个摘花人。

无关男女，只是征服。小叔没有做到的事，他未必做不到。不会了，他再也不会被小叔的阴影蒙蔽遮盖，他是他，他有自己的方式。

葛伊春，断了他右手的人，世间唯一能让晏二少记在心底的影子。

我若要你活，你便必须活着。你若是死，也只能死在我手里。

伊春的伤向来好得快，没几天她就开始活蹦乱跳。在第十七次伤了守门属下企图逃逸未果之后，小屋的门窗前一夜之间被装了手指粗细的铁条，她硬生生地被晏于非软禁起来。

开始几天，她闹得非常凶，殷三叔甚至难得给她用上了“母老虎”的称呼，除了门窗的铁条她没办法掰断，屋里能砸的、能摔的、能踩的，已经被她弄得不成样子。好好一张床，硬是被她一上午拆成了碎木片，吓得看守人瞠目结舌。

下午晏于非慢悠悠地来了，既不发火也不皱眉，隔着铁窗见她在屋里走来走去，左手还吊在胸口不能动，右手却抓了三四根碎木头往地上砸，真像不安分的老虎，他难免有发笑的冲动。

“放我出去！”伊春一见他，立即扑了上去，属下们虽然明知她扑不出来，但各自曾经或现在见识了她身手的，都不由得心慌，下意识地将晏于非挡在后面。

晏于非说：“葛姑娘重伤未愈，为了自己的身体，还是多注意休息。”

“晏于非！”伊春忍不住大吼，她从未如此讨厌过一个人，即使以前知晓墨云卿背叛师门，要将她与杨慎逼上互斗的死地，她也未曾强烈地恨过他。“你若要软禁我，最好小心些关我一辈子，否则我出来必取你项上人头！”

这话说得极狠，跟在后面的殷三叔登时大皱眉头，肚子里又开始叽叽歪歪少爷和葛伊春的事，恨不能自作主张把她杀掉干净。

晏于非不为所动，转头示意属下捧上一件烧得焦黑的外套，上面血迹斑斑，东一块黑污西一个破洞，几乎看不出那原本的绛色。

“我派了属下将整个山崖包围搜索，只找到这件外套，想来舒公子身手绝佳，早已脱离险境。这衣服，便交给葛姑娘吧。”

伊春慢慢伸手接过这件破烂外套，默不作声地先将领口翻开，在后领的那块白绸上，赫然用红线绣着歪歪扭扭的两个字“舒隽”。那是某天他抱怨衣服裂了个小口子，打算丢掉，于是自己突然来了兴致替他补上的。

伊春识字不多，写得更是难看，绣了整整两天才成功，这件衣服也成了舒隽的最爱，有事没事都穿在身上，笑得贼兮兮。

她的心忽然被一根利刺狠狠扎中，痛得眼泪奔涌而出，怎么也控制不住。她死死咬住嘴唇，将哽咽的声音压下去，不想让这里任何人见到自己脆弱的一面。

从来在她心里，并不怎么需要为舒隽担心，他太强了，无论身体还是心灵，都轮不到她来操心。舒隽也常常感慨：“我一辈子却栽在这丫头手里，我对你的感情，可比你对我的强烈多了。伊春，我会不会只是一个替补？”

她没有回答过，或许她潜意识里也真的认为他只是个替补，他强大，诙谐，有趣，和他在一起那么轻松，什么都不用怕。可是她永远也不能体会到与杨慎一起的那种怦然心动，那种患得患失与互相依赖。

但她如今才知道错了，他在她心里是如此重要，失去的他那个刹那，她的心跳都停了。

舒隽偶尔叹息：“伊春，多依赖我一些会死啊？你不让我靠，那我来靠靠你算了。”

不不，他怎会是替补，她是个笨蛋，只不过一直没明白而已。

依赖他，相信他，有什么不好？让他同样依赖自己、信任自己，难道就不行吗？

舒隽和杨慎，本就是不同的两人。她自己一直混淆，害得他也只能迁就，受了不少委屈。她现在想见到他，抱着他，什么都不说，只要抱着就好。

但他在什么地方？人为什么总在失去的时候，才明白对方的重要？

晏于非低声道：“既然只有衣服，便证明舒公子还活着，葛姑娘可放心了。”

伊春将衣服紧紧握在手里，沉声说：“有你们晏门在追杀他，你何必假惺惺地说这些。”

“门主找舒公子并非为了报仇。”晏于非显然不打算与她多说，“你不信也罢，总之好生养伤。”

他转身欲离去，却听伊春在身后问他：“晏于非，你究竟要怎样？拉拢我？讨好我？还是拿我当作人质来要挟舒隽？”

他没有回头，定定站了半晌，才回答：“我也不知，我只知不能放你走，在我明白之前。”

伊春抓住铁窗继续大喊：“那好，你留住我，至少要给我好点的待遇。这床已经烂了，你给我换个新的来，不然怎么睡觉？”

晏于非这次却回头了，淡淡打量她一番，说：“不必了，床既然是你自己砸碎的，想必你就喜欢睡在碎片上，这点爱好我不会剥夺。”

世道终于变了，连老实纯善的葛伊春都会骗人，她眼睛里分明写着：趁你开门换床，我就要开溜。

他若看不出来，就不是晏门二少了。

于是这次便轮到伊春瞠目结舌地看着他的背影消失在庭院里，她大约还不太敢相信什么叫自作自受。

最后屋里的东西还是给换了个彻底，一夜之间就换好了。令伊春毛骨悚然的是，她明明记得自己是睡在碎片上的，屋里一片狼藉，可第二天早上醒来，她却已经被移到了新的大床上，碎片杂物都清理了出去，换成崭新的家具，什么时候换的，她竟完全不知道。

不过她也因此明白了，晏于非如果真的想杀她，并不是什么困难的事。那么，睽违了两三年，再见之时他突然选择将她强行软禁，究竟为了什么？

这个问题只怕是无解的。

伊春再也懒得砸东西发疯，她过上了米虫的生活，每天有人送上好饭菜，大约是为了让她的臂骨早点痊愈，一天起码给她炖三四次汤。匆匆大半个月居然就这么过去了，伊春被软禁在小屋里，非但没变得颓废消瘦，整个人居然还胖了一圈，和几个看守小哥也熟悉了，每天神采飞扬地跟他们谈天说地，“绝望”和“无助”两种情绪依稀与她诀别了。

她快活得简直像在田野中奔驰的小牛。

殷三叔偶尔去暗中监视她一天，回来都是摇头叹息，连声称自己老了，不能理解年轻人的想法。他不明白少爷的想法也就算了，如今连一个小小江湖菜鸟也搞不懂，他果然是老了。

又是半月过去，晏门主依然下落不明，晏于道从扬州凯旋，大约是为了显摆威风，让手下足足提了两麻袋的人头进门，一时间吓得婢女们花容失色，血腥味充斥着晏门。

老大略坐了一会儿便皱眉摇着轮椅走了，只留晏于非忍着血腥味在大堂听三弟大肆鼓吹自己在扬州时的英明果断，看他一会儿捞出一个人头当球甩。

“二哥，如何？你说我这计谋是不是第一流的？”晏于道终于说累了，眉飞色舞地低头喝茶，趁着这工夫，晏于非早早命人将那些人头丢出去埋好。

“不要这么死板嘛！”因见没人说话，晏于道便笑嘻嘻地说道，“老四年纪也不小了，也该让他见见世面。来人，去把四少爷和门主都请来！”

晏于非抬手阻止：“不必了，老四身体不好，受不了血腥味。爹也不在门中，不知去了什么地方。我想这点你应当比我清楚才对。”

晏于道笑道：“二哥何必这般见外，我一次错，难道次次错吗？爹不在也罢，这次扬州的事总算搞妥，他也算落下个心头大石吧？”

你杀了那么多人，自以为花钱无数就能摆平官府，哪有这么容易。善后只怕还要困难三四倍，爹心头的大石哪会落下。晏于非默然想，却没说出口。

晏于道平日里和善得很，但他太清楚这和善后面藏着的是怎样一条毒蛇，长期被大哥二哥打压，他已有些心理扭曲了，门主都相当忌讳他，只因是自己儿子又不能表现得过分，只吩咐其他三人要小心老三。

他不是成大事的料，可怕的是，他总以为自己做的都是大事。

“既然没事，就早点去歇息。”晏于非不想与他多说，起身便走了。

晏于道在后面笑嘻嘻地叫他一声：“二哥，我原是想替你报仇来着，你怎么不领我的情，反而把那丫头放在自己屋里享用？你若早说看上她那身排骨，我便不用那招狠的，只叫人洗剥干净了送你床上不是更好？”

晏于非停了一下，回头定定地望他一眼，淡道：“你莫要再打她的主意，我只忍你这一次，也是最后一次警告，你记好了。”

晏于道的圆脸笑得越发和善可亲了：“二哥的女人，我怎敢觊觎，言重了。”

晏于非终于走了，殷三叔的声音在耳边低低响起：“少爷，你自己下不了手，就让三少将那女子解决了，岂不更好？”

他目光一闪，神色终于变得阴沉。

“殷三叔，我并未打算杀她。”他淡淡说着，“我也不希望自己的部下成天想着杀人。”

殷三叔沉默了，隔了很久，他似乎终于醒悟了一般，眼里是亮了，可紧跟着又黯淡下去，把声音压得极低，说：“少爷，殷三是看着你长大的，也算是半个长辈，今日我只想问你一句，少爷是喜欢上葛伊春了吗？”

喜欢？喜欢。

晏于非似乎不太能理解这两个字代表的意思，他猛然抬头，茫然地看着前方，脚步慢慢停下，轻声道：“殷三叔？你……说什么？”

殷三叔走到他面前，用长着皱纹的双眼静静看着他，低声道：“少爷，你十三岁的时候很喜欢一个小婢女，拉着她的手去门主面前说要娶她，门主只说了一句门不当户不对，你便脸色未变地将那婢女放走了。门主后来与我感慨，此子冷情，必成大器。这么多年，你身边从来不缺美貌婢女，少年时行走江湖，多少名门贵女、江湖侠女投怀送抱，也未曾见少爷有一丝异常。可是现在，少爷太反常了，你护着她，强留她，不杀她，在我看来，只有一个缘故——少爷，你当真喜欢上葛伊春了。”

晏于非眉头一皱，浓黑的眼眸一暗，本能地要反驳，话到嘴边却又发觉什么也说不出。

喜欢，一个男人对一个女人的喜欢，是炽烈的，天下独君一人的，间杂着无上的温柔与绝对的占有——这是所谓的喜欢。

他缓缓摇头，清俊的脸上难得带了一丝茫然无措，轻声说：“殷三叔，我不知道……我不知道喜欢一个人是怎样的感觉，我……从未喜欢过。”

“我不杀她，只是因为不想杀。是的，我想拉拢她，她是个人才，所以我不能杀她，我会把她留住，留在晏门。”

他终于找到一个好理由，为此心满意足。

殷三叔没有再问他，他只是默默地笑了笑，带着一丝悲伤与了悟，退到了晏于非的身后。

或许连晏于非自己，也不能信服这个理由。

饭后无事，他不由得漫步到了软禁伊春的那个庭院，看守的下人正端着饭菜要给她送过去，一见他来了，立即跪下行礼。

“不必了，东西给我。”晏于非接过木盒，打开看了看，里面两菜一汤，一荤一素外加一大碗米饭，倒也丰盛得很。

他犹豫了一下，转头问：“这些东西……她都能吃完？”

在他的印象里，普通年轻女孩子很少有这么能吃的，一个不练武的年轻男人只怕也没她吃得多，那满满一碗白饭，他一日三餐三碗饭，才抵得上这一海碗。

下人回复：“是的，今日膳食房米饭不够了，平日里都是两碗的。”

晏于非不由得无语，盖上盖子又问：“她……最近有闹腾吗？”

“没有啊，一直都安安静静的，有人闲着就陪她说笑，忙的时候她就自己睡觉。”

为什么？被软禁在不见天日的地方，她还能这么悠闲，莫非她胸膛里是没有心的？

他想，或许他一辈子也无法理解葛伊春的想法，就好像水里的鱼，永远不知天上的鸟是怎样飞翔的。

晏于非提着食盒走到窗前。隔着铁栏杆，屋里很暗，床上的帐子半掩，她就靠在床头闭目养神。一段时间没见，气色比开始好了不少，也不再瘦骨嶙峋，只是没什么精神。

“葛伊春，吃饭了。”他低低唤了一声。

伊春立即睁开眼，略有些不可思议地看着窗外。

这才真是稀客，睽违了十几天，他到底还是亲自来了。不知道是不是她耳朵出了毛病，今天他的声音怎么怪怪的，好像……软了不少，以前那种不可一世高高在上的语气不晓得溜到什么地方去了。

伊春淡道：“我现在不想吃，你放好了就快走。”

可他没有走，倚在窗前，欲言又止的模样。伊春奇怪地抬头看他，却发现这位平日里冷若冰霜、泰山崩于前都面不改色的公子爷，今天神色有些怪异，像是心不在焉，眼神游离着，好像心里面藏着什么秘密心事，折磨得他辗转难安。

“葛姑娘……”晏于非低着头，长睫微颤，轻轻说着，“我今日来，是为了请你加入晏门。”

伊春有些发愣：“我没听错吧？你再说一遍？”

“我希望葛姑娘能加入晏门，日后一同开拓版图，一统江湖。”这句话终于说得顺畅了些，晏于非抬头，定定望着她的双眼。

伊春呆了半天，突然笑了：“晏于非，你发烧了？我要是会答应，早就答应了，你今天何必再来浪费口舌。”

晏于非淡道：“我知道葛姑娘曾经拒绝过，但此一时彼一时。实不相瞒，舒隽一直没有消息，我晏门门主也不知所终，倘若我没有猜错，这两人想必已经见面了，兴许正在商讨晏门未来大计也未可知。”

伊春还是笑，慢悠悠地说：“不会的，你太小看舒隽了。”

“哦？男子汉大丈夫生于世间，岂会没有宏图伟愿，葛姑娘身为女子，未必能理解。”

“他或许有他的宏图伟愿是我不清楚的，但我确定，舒隽的宏图绝对不会和晏门有任何交集。”

晏于非沉默了，隔了很久，他轻声说：“那么……你们要做什么？”

伊春看了他一会儿，像是要看穿他的皮肉骨头，一直看到他心里的最深处去。

她说：“晏于非，你很怪，自己不觉得吗？你到底要和我说什么？”

他被问住了，居然无法回答。

不错，他到底要和她说什么？他心底想的是什么？

名闻天下的晏门二少，生平第一次被问得难堪。他要做什么？他要做什么！他自己完全不知道！像一个失去目标的傻子，只懂得顺着直觉，这样危险而失去品格的事情，多么让人尴尬！

他在乎的，是小叔的阴影笼罩，还是晏门的大展宏图，抑或是殷三叔说的——喜欢？

不受控制地，他突然有话从舌尖吐出：“葛伊春，喜欢一个人是什么样的？”

伊春莫名其妙地失笑：“你问我？”

他也失笑，是啊，何必问她，何必相问，他真的成了傻子吗？

“葛伊春，”他将多年的防备轻轻卸下，像面对一个老友，将自己的困惑道出，“你有过迷惘的时候吗？不确定自己走的路是不是正确的，不知道下一步要往什么方向走，甚至连自己生命的意义也要去怀疑——你有过吗？”

伊春忍不住又抬头看他，这次看了很久，才慢慢说：“有过，但我只会一直往下走。”

晏于非倒抽一口气，掀起长睫瞪她，似是活了二十多年，第一次看到旁人的模样，看得那么专注认真。

不，她不是说谎，更不是随口敷衍，她的眼神告诉他，她说的是真话。

他将胸腔里那团气缓缓吐出，好像很久以来的困惑也慢慢被吐了出来，脑海渐渐清明，道路在缭乱的云雾中越发峥嵘。

“我……”他只说了一个字，紧跟着脸色大变，浑身肌肉瞬间绷紧，猛然转身，只见围墙上人影一闪，似是瞧见了他，吓得又飞快缩了回去。

一团紫色的雾气从树后蔓延而出，被风一吹就散开了，偶尔刮在树枝草叶上，那树和草立即从碧绿变成了枯萎。

香甜中带着苦涩的味道迅速在庭院里蔓延。晏于非捂住口鼻飞快退了一步，低声道：“快关窗！”

伊春反应相当敏捷，还没等他说完就“砰”一声把窗户关上了。

晏于非把手指放在面前搓了搓，轻轻一嗅——这是大哥五年前配置的秘毒，可令人死得神不知鬼不觉，药效虽然迅猛，却有个致命缺点：怕水。烟雾散开，只要用水在屋内喷洒两遍，毒性就完全消失了。

殷三叔早已用暗号通知其他属下前来救援，自己却飞身跳上围墙，将那倒霉撞上晏于非的刺客生擒了提进院子，彼时庭院里到处被人洒满了水，毒性早已消失。

晏于非一把扯了那人的面罩，跟着却大吃一惊：“陈五叔，怎么会是你？”

晏门主有四男二女，两个女孩儿没学武，养在深闺等候嫁人，四个儿子每人身边都跟着一个中年护卫，贴身保护，出门在外也好，留守在晏门也好，这四个中年护卫的身份都是极其特殊的。

譬如晏于非身边有殷三叔，晏于道身边的人就是陈五叔了。

这样一个人物，连门主都要给三分面子的，居然跑来做暗杀，晏于非只觉不可思议。

陈五叔身材佝偻，但身手在晏门中却是排得上名的。他此刻脸色有点发绿，隔了半晌才长叹一声：“冤孽。”

晏于非低声道：“是于道要你来的？”

陈五叔苦笑道：“除了他，还有谁？只说要将后院一个女子摆平，不承想二少也在，幸好尚未酿成大祸，否则老夫有何脸面活在世上？”

殷三叔脸色一沉，厉声道：“老陈休要撒谎！你又不是初出茅庐的毛头，放毒之前难道不看院子里有没有旁人？你分明见到二少也在，却还下毒，被人发现之后反而伺机遁逃！你可知今日所犯之罪，足以令你死十几次！到这种时候，你还包庇那兔崽子！”

陈五叔叹道：“殷三，你何苦为难我。你有你的主子，难道还不能理解我吗？他是我看着长大的，我怎能……今日的事，算在我一人头上好了，休要找三少麻烦。”

晏于非猛然起身，面色却出乎意料地平静，只吩咐手下：“将陈五叔送回三少的庭院，顺便传话给三少，今晚戌时，到我书房一叙。”

陈五叔急得直叫：“二少！二少莫要寻他麻烦！只当老夫求你了！”

晏于非摇了摇头，摆手让人将他架着提出去了。伊春的窗户还死死关着，没任何动静，晏于非走过去将木窗一推，问道：“没事吧？”

窗户“呼啦”一下被拉开，伊春站在窗后，面无表情地看着他。

“晏于非，你关着我到底要做什么？就这么关一辈子？”

他张开嘴，似是想说话，却什么也没说出来，只怅然摇头。过了一会儿，他转身走向庭院门口，忽然低声道：“我不明白，你知道吗？”

伊春陡然大吼：“你不明白和我有什么关系？我问你，你到底要干吗？”

晏于非浑身一震，一言不发，飞快走了。

去抓晏于道，自然是一番乱七八糟、哭哭啼啼、打打闹闹，等满脸青肿的晏于道被带进晏于非书房的时候，他那原本就圆乎乎的脸看上去更圆了一倍，十足的猪头模样。

他见到晏于非，既不笑也不说和气话，只冷道：“是我要陈五叔下毒，那女的不是斩断了你一只手吗？怎么，因恨生爱了不成？你也给我清醒清醒！不看看她是谁，你又是谁！”

殷三叔皱眉道：“三少，二少当时也在，这事不好给门主交代。”

晏于道恶狠狠地笑道："有什么不好交代的？我若真要杀他，怎会让他发觉！陈五叔是什么身手，真要下毒能让你们发现了？你们还记不记得小时候爹总在院子里设置各类机关来考验我们的应变能力？枉费你年纪虚长，又是名满江湖的晏门二少，谁见了都要夸赞一声，谁知道你现在木头木脑，为了一个女人倒退许多！我问问你，那个女人重要，还是晏门重要？"

殷三叔大抵是觉得他说得有道理，毕竟在他心里也是这样想的，便索性沉默不语了。

晏于非隔了很久，才低声道："殷三叔，你先出去。"

殷三叔只得垂手走了出去，守在门口，打算拉长了耳朵听，奈何什么也听不到，过了大约半个时辰，却听晏于道在里面惨呼一声，惊得他满身冷汗，只当二少当真昏了头把自己亲弟弟给杀了。

门突然从里面打开，晏于道半边身子都是血，神情颓靡，眼睛却亮得惊人，唇角甚至带了一丝笑。他死死捂住左手，指缝里不停有鲜血漫溢出来，依稀看到是被斩断了一根手指。

他大声道："很好！二哥，我信你！这根手指，我断得不冤！"

说罢他仰头大笑，径自走远了，头也不回。

殷三叔一肚子的疑问，也不知从何问起，只得缓缓把头探进门内，轻声道："少爷……"

晏于非背着双手从里面走出来，他衣袍上溅了斑斑点点的血迹，可整个人出乎意料地神清气爽，像是许多年的难题突然得到了解决，连腰身都比先前挺直，看上去高了许多似的。

他面上挂着罕见的笑容，从容而且沉稳地说道："老三做事鲁莽冲动，而且往往不留余地，我只是给他一个教训罢了，相信他以后会收敛。"

殷三叔一时倒有些反应不过来，木木地点了点头，喃喃道："少爷，你去哪里？"

晏于非转身往后院走去，只说了三个字："葛伊春。"

殷三叔飞快追上去，挡在他身前，皱眉沉声道："少爷！你不要发疯！"

他自小看着晏于非长大，此人冷情冷性，门主私下里无数次说过晏门交给他便可放心，可如今这天纵之才做了什么事？在湘地减兰山庄受挫，白白浪费了一年时间不说，如今又像得了失心疯，每天只念着葛伊春，这个征兆危险至极。

谁也不知他要做什么，心里想的是什么，殷三叔甚至认为连晏于非自己都不清楚。

他绝不能眼睁睁地看着晏于非走上歪路。

"少爷，属下拼了这条老命，也要让你清醒过来！我这便去杀了葛伊春！"殷三叔一意孤行，认定了葛伊春是个祸害，绝对留她不得。

晏于非眉头微微一皱，跟着又舒展开，含笑轻言："杀？何必杀她，真要杀，又何须殷三叔动手，一个微不足道的小人物而已。"

"少爷！"殷三叔惊疑不定地唤一声。

晏于非摆了摆手，人已走到院外："殷三叔，这些年总是令你担心，好生过意不去。"

殷三叔心中又是惊愕又是感慨，若要再说什么，却显得矫情了，可若是不说，他心里那块石头怎能落地，只得拔腿跟在后面，将身形隐在一株月桂树后，听他俩到底要说什么。

晏于非回到那扇窗前，伊春依然坐在床上闭目养神，听见他的脚步声，她缓缓睁开了眼睛，波澜不惊地望着他。

他好像总是与她隔着那么远，距离中有许多不能跨越的障碍，从来也不能好好把她看清楚一次。他们的方向截然不同，偶尔有一次交会，便迸发出许多意想不到的念头来。

想要真正看清一个人，用心认真去看，时间长了或许能了解一二。然而人最困难的并不是看清别人，而是看清自己，那并非用心用力就能办到的，至少对他而言如此。

认识她那么长时间，“葛伊春”三个字代表的就是不顺从。

不顺从晏门，不顺从自己，不顺从小叔。

小叔曾自诩世上最好的猎手，要将最桀骜的鹰降伏，可最后他失败了。

在他死去多年后，晏于非也想过要降伏另一只桀骜的鹰，依然是失败。

他也曾懊恼地审视自己，为什么总是抓着她不放，比她优秀且有才智的人并非少数，何必一定是她。他对她的感情是如此复杂，怎样也说不清。

那不是简单的男女喜欢，亦不是纯粹的征服霸占。他像是在与她下棋，自己步步紧逼，对方却从容不迫。在最焦急难忍的时候，隐约明白了，他将自己当作小叔，把葛伊春当作了舒畅，多年前未能完成的胜负，要在自己手中做个了断。

他们太自信，自信的人不愿接受失败，也不愿接受别人不听从自己。

直到如今，他终于彻底明白，所谓的棋盘，自始至终只是自己一人惶惶，出棋、博弈，全部是他一人，对方早已远远飞走，不被困在这一方囹圄之地。

对方从来也没想过要与他们博弈，他与葛伊春，小叔与舒畅，本就不是一个世界的人，所以无所谓输赢。

天上的鸟和水里的鱼，谁赢谁输，又有什么意义？

各自在各自选择的道路上奔跑畅游，想不开的，只是他和小叔而已。

晏于非静静地看着伊春，过了很久，突然笑了笑，开口道：“葛伊春，你的路好走吗？”

伊春并不明白他指的是什么，她素来最不喜欢和人打这种哑谜，于是淡淡说道：“有什么路是好走的？难道还能生出翅膀来飞？”

他哂然一笑，点点头，忽然取出钥匙将铁栏杆打开。

“好了，你走吧。”

伊春毫不犹豫，立即起身把靴子系好，一手按着窗台就跳了出来，在太阳下伸个懒腰，周身都被阳光映得金灿灿的，像一只刚刚睡醒的猫，浑不解事，仿佛被软禁的这一个月对她完全没有影响。

“我的剑，还有包袱。”她朝他伸手要东西。

晏于非摇了摇头："东西已经丢了，我赔你二十两银子。"

不是说晏门很有钱吗？怎么晏于非如此小气，就给她二十两？

"太少，五十两。"伊春漫天开价，毫不心虚。

晏于非直接取出银票，轻飘飘地掷给她。伊春飞快接过，展开一看，却是一张百两的银票。

她看了他一眼，没有说话，只将银票随手塞进荷包里，利索地转身便走。

走得那么快，那么潇洒，似乎世上没有什么事会被她挂在心上纠结。葛伊春只做自己喜欢的事、自己想做的事，一切如此简单。

晏于非忍不住，在后面轻轻问："你……去哪里？"

她声音干脆："与你无关。"

他将眼睛微微闭上，低声道："于道他……年少轻狂……"

伊春淡道："年少轻狂不是胡乱杀人的借口。"

"舒隽并未死，你心里清楚，要杀他不会如此容易。"

伊春笑了笑："难道因为没有被杀死，他便毫无过错吗？"

晏于非无话可说，眼看着她轻巧的背影快要消失在院门外，他从心底的最深处，终于泛出一股陌生的味道。他禁不住，又叫一声："葛伊春。"

她没有回头："什么事？"

他却什么也说不出来。其实是有很多话想和她说，关于那只断手，关于他小叔，他前半生都生活在小叔的阴影里，摸不清自己的位置，常常在她身上看到过去的阴霾。可是以后不同了，以后不同。

如果问问她，会不会留下，她的答案一定是否定的。

如果告诉她，他好像有点明白"喜欢"两个字是什么意思，她会不会大声地笑。一个男人对女人的喜欢，并不深沉，也不炽烈，甚至还带着一丝迷惘与不情愿，他还不能明白这算什么，或许永生也不会明白。

但他大约一辈子都会记得她今天的这个背影，像是要与阳光融为一体了，背上真的生出金色的翅膀来，马上就要飞得很远，飞到他再也看不见的地方。

他们的道路，是相反的，仅仅是一个连暧昧都谈不上的交集，从此海阔天空，永生不见。

所以晏于非摇了摇头，淡道："没什么，只希望你与晏门不会再起冲突。"

伊春没来得及回答，头顶墙上有个久违的声音替她回答了："我的老婆，不用别人操心她会做什么了。"

伊春大吃一惊，猛然抬头，却见舒隽披着浅碧色的外袍，歪在墙头笑眯眯地朝她招手，一副风轻云淡、什么事都没发生过的模样。好像是他偶然路过这里，发现了她，上来打个招呼似的。

这人永远神出鬼没，也不知他什么时候来的，更不知他怎么摸进来的。

虽然之前一直告诉自己要相信舒隽不会有事，可如今看到他真的没事，她还是忍不住浑身发抖，眼泪都快要出来了。

人在喜悦到极致的时候，原来也会流泪。

她什么也说不出来，只把嘴咧着，一会儿笑一会儿哭，定定地看着他。

没有变，什么也没变，那种讨人嫌的神情，初看纯善实则奸诈的笑容，还有那风骚艳丽并不适合男子穿的衣服。

只是一个月没见到他而已，却好像已经过了半辈子。

不能动，她不能动，或许是巨大的惊喜击中了她，她的膝盖发软，几乎要站不住。伸出手想去抓他，下一刻眼前一花，整个人已经被他紧紧抱在怀里。

“没事吗？”舒隽贴着耳朵轻轻问她，眼睛却看着晏于非，目光冰冷。

伊春死死攥着他的衣服，好半天才从哽咽的喉咙里吐出一句话：“我没事……就是胖了好多。”

好傻的一句话，而且答非所问，舒隽愣了一下，跟着哈哈大笑起来。

“确实胖了不少。”他假装抱怨，将她一绺乱发拨到耳后，“从排骨精变成皮球精了。”

伊春也开始笑，眼泪却不由自主地流下来。

她有那么多美好的事情要与他分享，她有那么多迫不及待的心事想与他倾诉，还有个天底下最最美丽的秘密要告诉他。天神啊，他会是什么反应？

可是现在她什么也说不出，只想抱着他，就这么紧紧抱住，最好永远也别松手。

舒隽在她额角上轻轻吻了一下，跟着将她打横抱起，纵身跳上围墙。

晏于非上前一步：“等一下！家父……”

“晏老爷子过两天就到。”舒隽回头看了他一眼，眼神又变得冰冷，“你有个好弟弟，以后仔细了，当心他某日横尸街头。”

晏于非猛然合上嘴，背上隐隐渗出冷汗，嘴角却慢慢扬了起来。

半晌，他低声说：“好，我就等着你。”

舒隽用鼻子哼了一声，抱着伊春纵身而去。

尾声

相许一生

那天，老狐狸晏门主遇到了大狐狸舒隽，一个匆匆赶往约定地点，途中有点迷路；一个刚刚遭遇杀手突袭，浑身狼狈。

两只狐狸相逢，结果什么也没发生。

舒隽很爽快地把晏门主领到了滇西北的雪山，他老爹的坟墓随意地安置在树下，让晏门主半天没缓过神。

舒隽捧着两壶烧刀子过来，递给他一壶，只说："现在你人来了，有旧仇也好，新怨也罢，没什么可避讳的。你爱挖坟、鞭尸，只管做，记得回头把人埋回去，墓碑摆好就行了。"

说罢他竟转身走了。

晏门主微笑道："我不挖坟也不鞭尸，只当看一个过世的英雄侠客吧。舒隽，你与你父亲，还是很像的，过来陪我老人家喝几杯。"

舒隽也笑了，摸摸鼻子，到底还是年轻了些，带着点孩子气："我怎么会像他。"

晏门主将一壶烧刀子倒在舒畅的墓碑前，长叹一声，轻声道："许多年，都过去了。他死了，你也死了，人既然都死了，计较在世的恩仇又是何必。总有一日，活着的都要死去，当日我只道是他看不开，原来你也一样看不开。"

他默然喝了一杯酒，良久无语。

舒隽陪着他蹲在雪地里喝烧刀子，笑道："老爷子说得好听，活着的都要死去，那晏门拓展霸业又是何必。"

晏门主慢慢摇头："正是因为所有人都会死，所以才要做一番大事。你总要留下一些东西，无论是在人心还是在这个世间，那是死亡都无法带走的。否则，白来世间一趟，又算什么？"

他见舒隽只管笑，那笑淡淡的，略有些心不在焉，于是便道："我有两个女儿，大的十九，小的十七，都未曾许得婆家。你若有心与晏门一处，我便将两个女儿都嫁给你。小伙子，男儿在世，怎能没有宏图伟愿？"

舒隽还是笑，眼睛弯弯的。他指指天，指指地，说："我有宏图伟愿，这辈子只愿做个有钱有闲的江湖散人，娶一个好老婆，生两个儿子一个女儿。人心也好，世间也好，有没有我的痕迹，那有什么关系？我自己知道一辈子活得快不快活。老爷子，你我道不同啊。"

晏门主呵呵笑了两声，在他肩上拍拍，便不再说话了。

隔日下了雪山，得知伊春被软禁在晏门，舒隽年轻脚程快，便抢先一步赶到晏门把老婆接出来了。

出了江城，便远远地看到了晏门主的马车。经过两人身边的时候，马车略停了一下，晏门主探出头看着他俩，点头笑道："如此，告辞不见了。"

马车走远之后，还能听到伊春的声音："原来你这一个月和晏门的老爷子待在一处，他人如何？"

舒隽歪着脑袋想："嗯……是个枭雄。"

"那好累哦。"

"就是，累得很。"

走了一段，她又开口："舒隽，我有个事情要告诉你。"

"嗯？是告诉我你这个月过得很好，把自己吃成小肥猪了？那是挺好的……"

"不是，其实……就是……那个……"

她想了又想，好像这些甜蜜肉麻的话，不太适合从自己嘴里说出来，别扭得很，怎么斟酌词语也不行。

额头上开始有汗渗透出来，舒隽低头看她咬牙切齿了半天，最后终于下定决心似的，抬头定定地看着他，脸有点发红，一个字一个字地说："附近有寺庙吗？我们去求个签再说。"

舒隽微微一笑，在她头上摸摸："你要说的，我知道。"

伊春一下奇了，顾不得再纠结，急忙问他："你怎么知道我要表白？"

他扬起嘴角，笑意渐渐加深，嘴里却故意说："我刚才不确定，现在确定了，原来是要向我表白。姑娘家，不知道害臊。"

伊春急了："你要我！你才不害臊！"

他还是笑，怎么也停不下来，嘴角扬起的弧度越来越大。握住她的手，两个人晃啊晃地往前走，要去哪里？前面通向哪里？他一点也不在乎。

"那你喜欢我什么地方？"他问了个非常白痴问题。

伊春别过脑袋："哪里都不喜欢。"

他揉揉鼻子，悠然道："不过你哪里我都喜欢，太吃亏了。"

伊春笑了，回头看着他："果然最不害臊的在这里。"

舒隽把她两只手抓过来，环在自己脖子上，笑得甜蜜："有老婆了，脸皮还要来做什么？"

伊春摸着他的脸颊，两人的额头靠在一起，久久，没有分开。

"我们去永州宁裕镇，我爹娘在那里，他们见到你，一定欢喜。"

舒隽点了点头："好，不过我这个丑女婿见岳父岳母之前，还有个事要做。"

伊春静静看着他微笑。不用他说出口，眼神已经告诉了她一切：去苏州，看杨慎的墓。

“伊春，我们会活下去，替他一起活着。”他摩挲着她的脸颊，低声道，“我们永远也不分开。”

伊春心中一阵感慨，久违了，这句话。她曾想说，却没说出口，眼睁睁看着那少年凋谢在自己面前。

她和舒隽会活着，一直活到老，此后的生命中会遇见许多愉快和不愉快的事情，从此一起分担。

可是那少年永远停留在十五岁的那个冬天，那是她曾想与之共度一生的人。

迟了，一切都太迟。也过去了，所有的都过去了。

她点头，轻道：“好，我们永远也不分开。”

番外一　孕中

午后略带了些热气，院里白花花一片日光，池塘里的荷花都奄奄一息地耷拉着脑袋，偶有鲜红的蜻蜓停留片刻，也很快躲在荷叶下面纳凉。

伊春午觉醒来，背后全是汗。因已有了四个月身孕，她的动作笨拙了许多，吃力地从床上坐起，还没开口，舒隽早已从窗下走过来，拿着扇子替她扇风。

“热得厉害吗？”他替她把头上的汗擦干净，又将乱发拨到耳后去。

伊春喝一口茶，脸上有点泛红，摸了摸脑袋小声说：“呃，我好像……又饿了。”

睡觉前她可是吃了很多东西，再这么下去，不等孩子生出来，她就要变成猪了。

舒隽一点都不介意她吃成猪，巴不得她多吃点，柔声问：“想吃什么？”

伊春咳了一声，有点不好意思：“想吃碱面。”

她自有了身孕后，饮食习惯上和别人还不一样，寻常人的孕吐她是半点也没有，寻常人有了身孕，大多喜吃酸甜之物，她喜欢的偏是一些稀奇古怪的东西。

比如碱面，比如胡瓜拿来拌糖，再比如把鸡胸脯用水煮了，白白的，蘸酱吃。

舒隽立即回头高叫：“小冬瓜！”

很快就有一个眉清目秀的小男孩从外面跑了进来，看着年纪也就十一二岁，与小南瓜的机灵慧黠不同，他看着十分老实。

这孩子是他俩在滇地遇上的，因为村里闹饥荒，父母只能忍痛把他领到外面卖，换些柴米油盐，刚好他二人路过，小南瓜又不在身边，便把他买了下来当作小厮。

他虽然不如小南瓜伶俐，却老实体贴，自有了新屋安顿下来之后，每日打扫，屋里屋外都干净清爽，舒隽十分信任他。

“主子有啥吩咐？”小冬瓜对二人十分恭敬。

“去外面买一碗碱面，要最好的。”

小冬瓜微微一愣：“碱面？主子，这东西都一样，没什么好坏，我都会做呢。”

伊春馋得厉害，赶紧说：“那你来做吧，多加点猪油和大葱，其他的别放。”

小冬瓜手脚麻利，很快就给她端了一碗香喷喷的碱面来。

伊春拿了筷子正要挑面，舒隽忽然起身走到门边，轻声道：“好像有客人来了。”

说着便走出去，过了片刻，伊春忽然听见庭院里有爹娘的说话声，惊喜交加地跑出去，果然见她那一家子三口都来了，正对着院子里新长出的冬青树指指点点。

“姐！”二妞最先看到伊春，惊讶极了，“你怎么变这么胖？简直像颗球！”

舒隽笑嘻嘻地引着岳父岳母进屋，小冬瓜早已利索地去厨房烧水煮茶了。伊春娘一见女儿，眼圈便泛红，攥着她的手连声道：“姑爷把你养得真好，胖了这许多。日子过得还顺心吧？孩儿有没有闹你？”

她母女三人到了里屋说悄悄话，舒隽便陪着伊春爹在外间聊天。

且说当日伊春带了杨慎回家过年，陪老爷子下了几盘棋，自那之后老爷子就对杨慎念念不忘。得知女儿要成亲，还是怀了身孕才成亲，老爷子对舒隽的恶感简直滔滔不绝，见到他就没好脸色。

这是在他们婚后第一次来看女儿，伊春爹见房舍崭新，装修舒适，倒也挑不出什么刺，只板着一张脸，一个字也不说。

舒隽毫不在意，小冬瓜刚上了茶，他便含笑道：“伊春曾和我说，岳父最爱喝老君眉。这是今年的新茶，还请岳父品茗。”

伊春爹哼了一声，端起杯子只轻轻一嗅，登时为那清香倾倒。

他素来要强，不肯示弱，嘴里胡乱说：“茶也就这样罢了！并不出众。”

舒隽还是笑，正要说话，忽见伊春爹皱眉盯着对面桌上一碗碱面，问他：“那是什么？”

舒隽眼珠转了转，并没回答，倒是旁边的小冬瓜好心说：“女主子害喜挑嘴，想吃碱面，这是我刚下好的，还不及吃老爷太太就来了。”

老爷子勃然大怒，跳起来指着舒隽的鼻子大吼：“我家闺女就给你这样糟蹋！她怀了身孕你只给她吃碱面？”

本来坐在里屋聊天的母女三人听见叫嚷，不知发生何事，赶忙跑了出来劝解。

老爷子还在痛心疾首：“大妞在家里也没吃过半点苦！家里虽然穷，还不至于给她吃碱面！你把屋子弄那么好看有什么用？连鸡汤都舍不得给她炖？她肚子里不是你的孩子？”

伊春急忙解释：“爹，是我想吃碱面。鸡汤我都吃得腻死了，还有什么鸽子汤、乌鱼汤、王八汤……天热，我想吃点清淡的嘛！”

老爷子越发怒了：“我家闺女还好心替你辩解！王八汤是个什么汤？听名字就不是好东西！”

伊春急了，她老爹对舒隽的恶感太强，什么事都往坏处想，她张大嘴还要说。

舒隽咳了一声，朝她使个眼色：这事儿我来。

他笑着柔声道：“岳父岳母来得正好，伊春自有了身孕便常说想吃家里的饭菜，二老不如就在这里住段日子。岳母比我细心，伊春自然也欢喜。”

伊春娘正拽着老伴的衣服朝他丢白眼，听这样说，急忙点头答应。

她对这个女婿就挺满意的，俗话说，丈母娘看女婿，越看越欢喜。这孩子品貌举止，比杨慎强了许多，处世也老练，对自家女儿也万般体贴，她要再不满意，天底下哪里还能找出更好的呢？

何况，杨慎已经去世了，总念着个死去的人也不行。

“小舒啊，你岳父来的时候灌了几两酒，瞎说胡话呢，你别往心里去。这会儿青天白日的，你一定也有事情要忙，先去忙你的吧。”

伊春娘忙着给舒隽台阶下。

舒隽起身道：“既如此，晚辈就先告辞了，失礼。”

他又朝伊春丢个含笑的眼神，径自出门，也不知忙什么去了。

伊春爹余怒未消，叽叽咕咕也不知说些什么，伊春娘打了他一下，嗔道：“女儿明明过得欢欢喜喜，你老掺和什么？非搞得女婿心里厌烦了，对大妞冷言冷语的，你才开心？”

她爹也说不出话，只好端着茶猛喝。

伊春娘拉着女儿的手，又到里屋，小声问她：“大妞啊，你上回说姑爷家里是做生意的，可我怎么看他大白天还赖在家里，做的到底是什么生意？”

伊春心里暗笑，他做的是高利贷生意，手里握着大笔没收回来的款子，自然不用出门。但这种事不能和爹娘说，否则她爹真要把这里给拆了。

她胡乱说了个名头，然后岔开话题，说到腹中的孩子，家人的注意力很快就被转移了。

俗话说，近朱者赤近墨者黑。伊春跟舒隽住了些日子，好歹也学了点滑头，应付爹娘还是没问题的。

到了晚间饭点，舒隽带了个盒子回来，饭后朝伊春爹温言：“前几日有一位世交送晚辈一套棋，据说棋子是碧玉玛瑙所制，棋盘乃千年紫檀木刻就，晚辈于这方面所知甚浅，不懂鉴赏，还请岳父帮忙过目。”

伊春爹最爱下棋，一听说有这么高级的棋子棋盘，早就迫不及待想要见识，但少不得脸上装出“你个小子果然不行”的神色来，故意冷冰冰地说：“送什么棋！好好的棋到了俗人手上也俗了。拿来，我看看！”

舒隽连忙请他去书房，掀了帘子让他进去，回头看一眼伊春，她正用手刮着脸皮笑话他投机取巧鬼灵精怪。

他做个“你放心”的手势，气定神闲地进了书房。

据说后来他俩下了一夜的棋，第二天早上伊春爹出来的时候，鄙夷已经完全变成了佩服，一扫先前的愤懑，竟拍着舒隽的肩膀大赞他：“后生可畏啊！不过我还未拿出全部实力，今晚再来一局。”

舒隽连连点头：“自然，输了那几局，晚辈不服气得很。”

匆匆两个月过去，伊春的肚皮像吹气球似的越来越大，请了大夫来诊，说是孪生子，喜得一家人又庆祝一番。

因着爹娘家里还有事，不能久留，老两口万般不舍地打点行李要告辞了。

与来的时候不同，现在伊春爹和舒隽好得简直恨不得称兄道弟，完完全全算得上是忘年交了。

临走的时候，他拍着舒隽的肩膀，语重心长地说："我那闺女别的还好，就是脾气倔，小舒平日里要多担待着些了。不过女人总有不听话胡搅蛮缠的时候，不用顾忌，尽管给她几个耳光，马上就老实了……"

话未说完，胳膊上就被伊春娘狠狠揪了一把，他赶紧改口："做做样子吓唬她就行，可别真打。小夫妻还是和和美美互相谦让为上。"

舒隽笑得像只狐狸，温柔无比："岳父放心，晚辈死心塌地，至死不渝。"

眼看着马车渐行渐远，伊春把他袖子轻轻一拽，说："没想到这么快就被你哄好了，我爹他真是个老小孩。"

舒隽"嗯哼"一声，揽住她的肩膀，低头在她额角吻了一下，低声道："我倒是能理解为人父的心。倘若将来我有个女儿像你这么胡来，被野小子欺负了，瞧我不打断那小子的腿。"

伊春"哈哈"笑了起来："野小子？你说谁？说你自己？"

他也跟着笑，眼见马车再也看不见了，两人这才回屋，房门轻轻合上了。

番外二

一寸金

前两日厨房做了一顿红烧肉，伊春贪嘴吃得太多，拉了两天肚子。

因两天未曾练剑，师父的脸色越来越不好看。他素日积威，伊春见到他的黑脸也难免胆战心惊，顾不得肚疼腿软，隔日就背着木剑上了一寸金台。

师父正在台上指导杨慎练剑，墨云卿和文静两人被远远地打发在角落里，偷偷握着手不知在说什么悄悄话。

伊春猫腰一溜小跑到师父身边，拱手不敢吭声。

师父给杨慎细细讲述握剑的力道与技巧，只拿眼角儿瞥了瞥她，隔了半日方道："你身子好了？"

伊春赶紧点头："都好了，和铁打似的！绝对没问题。"

师父便说："我想也是，你平日里风吹雨打惯了，比不得那些侯门贵族小姐，以后少来那种娇滴滴的模样，我很不待见！"

伊春连连点头称是，一个字也不敢反驳。

师父又说："一寸光阴一寸金，这一寸金台的名字就是由此而来。你们不趁着年轻力壮的时候努力，等光阴溜走再后悔也迟了。你闲了两日未练功，我算你输给杨慎两场，今日你二人当着我的面拆招，你若不能把两场赢回来，就给我绕山跑五圈，晚上不给饭吃。"

伊春心里连连叫苦，回头看看杨慎，他面无表情地回望过来，淡淡地说一句："师姐，承让了。"

这孩子才来了不过一两个月，先前是有些武功底子的。

第一次上一寸金台的时候，师父为了测他的功底，先让他和墨云卿过招，两人拆了百儿八十招，最后还是墨云卿急了，连拽头发咬胳膊抱腰拧的无赖招数都用上，硬是没能把他掰倒，最后被师父骂得狗血淋头。

从此墨云卿把杨慎也给恨上了，以前还偶尔与他说两句话，大抵有拉拢他到自己的圈子里，从而排挤伊春的意思，后来干脆把他当作空气。

说到正式跟杨慎拆招，这还是头一遭，原先不过小打小闹而已，伊春有些不安。

一寸金台寸草不生，尽数用青石长板铺成，每日都有下人悉心将台上青苔刮去，省得练剑的时候滑倒伤了筋骨。

伊春拿脚在石板上蹭了蹭，拿稳木剑捏个剑诀，凝神定气。

忽听对面杨慎把嗓子压得低低的，说："就这么无缘无故比试怪没意思的。师姐，我们来赌钱，这两场你赢了，我给你十文钱，你输了给我十文，打平就互不相欠，如何？"

伊春登时傻了，抓抓头发奇道："什么？"

"你不反对就是答应了！"杨慎不等说完，当头就是一剑劈下来，伊春哇呀怪叫急忙接住："你……你要赖！"

奈何对方攻势猛烈，伊春再也顾不得说话，铆足了劲和他拆招。

因他学减兰山庄剑法的时间不长，要着要着就变成了乱七八糟她从未见过的招式，伊春纵然身手敏捷，到底实战经验不足，居然节节败退，眼看着就被他迫到了台子边缘。

一想到自己如果输了就得绕山跑五圈，还不能吃晚饭，伊春急坏了，远远望着师父的脸色高深莫测，她顾不上腿软，先跳进台中再说。

肚子里忽然一阵绞痛，她的脸顿时白了，捂着肚子朝挥剑而上的杨慎连连叫嚷："等等、等等！我……我肚子……"

杨慎一剑击下，正停在她鼻尖前，轻轻笑了起来："师姐，我赢了。"

伊春急得两脚乱蹬，丢了剑冲下台去找茅厕，回来的时候师父看也不看她一眼，用手指着台上："再比一场。"

她差点哭了。

想当然耳，她这两场输得相当彻底，拆不到一半就着急找茅厕，那慌张模样惹得文静在后面捂着嘴偷偷笑。

师父哼了一声，拂袖而去，只丢下一句话："你自己知道怎么办！"

伊春大气也不敢出，掉头就开始绕山跑，其余的人说的说、笑的笑，也都散了。

杨慎回到自己的小屋子，又练了一套拳法，打水洗了一把脸，看看天色，应当已到晚饭时分了。他从厨房拿了一兜馒头，坐在门槛上就着生水吞进肚里去。

非到过年过节，他跟伊春是没资格与山庄主人一同吃饭的，文静有些不一样，大家心知肚明也不用说。

眼看着太阳沉到山底下，晚霞像倾倒在宣纸上的颜料，铺开老大一片，艳艳红光把山石都染成了淡淡橙色。兜里还剩两个馒头，杨慎本是放到嘴边打算咬下去的，不知为何他想到了伊春，到现在还没见她回来，难不成真的照师父说的，绕山跑五圈？

他索性把馒头一收，起身走了。

一直走到半山腰，不远处一个人影晃晃悠悠朝这里跑，看上去随时都会倒在地上似的。杨慎站在路边，等她跑到近前，就见伊春浑身上下像被水淋了个湿透，全是汗，脸上更是一道黑一道白，脏得吓死人，还带了一股酸酸的汗臭。

他说："师姐，师父早就回庄里了，也没人看着你，不必跑了吧？"

伊春累得只能喘气了，勉强摇摇头，继续拖着凌乱的步子前进。杨慎跟在她后面，从怀里掏出两个馒头：“师姐，你要吃点东西吗？”

她还是一言不发地摇头。

杨慎一时觉得尴尬，只当她跟自己赌气，差点甩手走人。到底还是忍不住回头再看看她，平日里总听师父夸她学得快又好，将来必定是个厉害角色，但此时此刻拼尽全力朝山上奔跑的背影看起来和普通女孩子并没什么区别。

余晖笼罩在她身上，影子被拖了很长，双肩像快要垮下去一般，只撑一口气倔强地挺着。

杨慎心里一动，脚下不由自主地追回去，随着她爬上山顶。山顶东面有一座活泉，小瀑布自上倾泻而下，夏天的时候他们最爱来这里玩水乘凉。

伊春跑到水潭前，全身脱力似的，“扑通”一声整个人直接砸在潭子里，水花“噼里啪啦”炸开，下雨一般溅了杨慎一头一脸。

他也不恼，抹了一把也跟着坐在潭边，舀水洗脸，一面说：“天还不是很热，师姐小心着凉。”

她整个人沉在水底，过了老半天才浮起来，挺尸一样漂在水面上，隔了一会儿才把身子转过来，嘴里吐出一口水，长叹：“真凉快……”

话刚说完，就见两颗馒头送到了自己面前。杨慎别过脸去不看她，只望着远方尚未褪色的晚霞，声音里有一种故作自然的平淡：“快吃吧，没人知道的。”

伊春大为感动，捏着馒头吸了吸鼻子：“刚才好不容易不拉肚子了，吃下去会不会又开始拉啊？”

杨慎回头看她一眼，忽然笑了笑，道：“你稍等一下，我马上回来。”

他一溜烟跑了个没影，过了片刻又跑回来，兜里装了一捧野草，碧绿的叶片，上面结着紫色小果子。

“我家乡有个治拉肚子的秘方，所幸山庄里也有这味药草。你把果子摘了，只拿叶子熬汤，早晚喝一碗，保管你不会再拉了。”

他将药草放在潭边，见伊春抬手来拿，他立即一拦，露齿笑道：“虽说是师姐身体不佳才让我侥幸得胜，但胜就是胜，师姐欠我十文钱来着。咱们既是同门，我也不会让你吃亏，给我十文钱，这药草就算我卖给你的，还会教你怎么熬制。”

伊春和他接触不多，这孩子平时看着可老实了，实在想不到他居然贪财到这种地步，不由得瞠目结舌。

杨慎见她半天没反应，就把药草一收：“不要就罢了。”

就听“哗啦”一声水响，伊春早已跳起来掩住药草，急道：“好好，我给你钱！”

她湿答答地站在潭子里，在破旧的衣服里掏了半日，才掏出两个铜板来，塞给他：“我身上只有两文钱，你先拿着吧，剩下的钱等我回家拿了再给你。你得了钱财也别和守财奴似的死存着，多买点好东西吃，把自己养胖点。回头短了什么，就告诉我，我替你张罗。”

杨慎捏着那湿漉漉的两文钱，听见她这么一串絮叨，不由得又笑了。

“师姐，你跑了几圈？”他半躺在水潭边，靠着石头把药草拿在手里反复地玩。

“还差一圈。”

“你不是还打算继续跑完吧？”

“为什么不跑完？”伊春对他这个问题感到很奇怪。

杨慎笑着说：“反正也没人监督你，只跑一圈师父也不知道。何苦这样折腾？若是我，只怕早就回屋睡觉了。”

伊春摇了摇头：“我不会这么做。”

杨慎便转头看着她：“人活着都不懂变通，你再这样下去，会很累。”

伊春还是摇头：“和变通没有关系。我只是想，很快我就到十五岁了，该下山历练了。江湖上只怕再也不会有人叫我绕山路跑五圈，山上这些景色，再也见不到了。”

他居然不知该搭什么话，总之是没想到她会这样说。

杨慎突然有些好奇，这看上去傻乎乎的师姐，平时脑子里都在想些什么稀奇古怪的道理？

入了江湖，不会有人再每日催你练武，不会有人因为你剑法不精勃然大怒。以前觉得无比痛苦愤恨的责罚，到后来只会变成甜美略涩的回忆。

确实，与叵测的人心相比，这些事情又能算得什么？

伊春就着潭里的水把头发拆了洗。天快要热起来，她只穿了一件破旧的外罩，看着像是她父亲的旧袍子，一浸水就全贴在身上，透过那暗灰色的料子，能见到里面莲青肚兜的带子。

被她握在手里的一蓬青丝往下滴着水，细小的涟漪一圈一圈绕开，从她纤细的腰身旁掠过。

像是第一次看到她的真容，杨慎先时没注意，跟着又一怔，等反应过来的时候，自觉地把眼光别开了。

她头发湿透了贴在耳后，露出整张脸来的样子，并不难看，和平时那个脏兮兮又邋遢的葛伊春不像一个人。

杨慎忽然有点心慌，从耳根那里觉得发烫，自觉眼前的情景尴尬得很，应当赶紧离开，偏还有些舍不得。

伊春一面把洗好的头发编成一条长辫子，一面又说：“咱们在山上的日子不多了。师父不是说一寸光阴一寸金吗？师兄弟们在一处练武学习，这种日子以后也不会有了。”

杨慎飞快站起来拍了拍衣服上的尘土，只说：“晚了，我走了，你继续跑吧。”

伊春在水里朝他招手：“别走呀！你来都来了，咱们一起跑不好吗？都说一寸光阴一寸金了！”

他只是发笑，自己也不明白为什么。从心底涌上许久不曾有过的宁静欢愉，像两根小钩子，钩着他的唇角往上提。

他说：“我才不要，你自己跑。”

话没说完，伊春早就从水潭里跳上来，湿漉漉地来抓他：“师姐命令你一起跑！”

杨慎拔腿就奔，她就紧紧追在后面不放，大叫：“一起啦！”

那时光像黄金的碎屑一般，细细密密落下，终有一日要将这清脆的叫声覆盖。

但那也没什么，现在这样就很好了。

有风，有树，有月，有山，有一个还算秀气的母夜叉在后面穷追不舍。

已经很好了。